수호지 지도

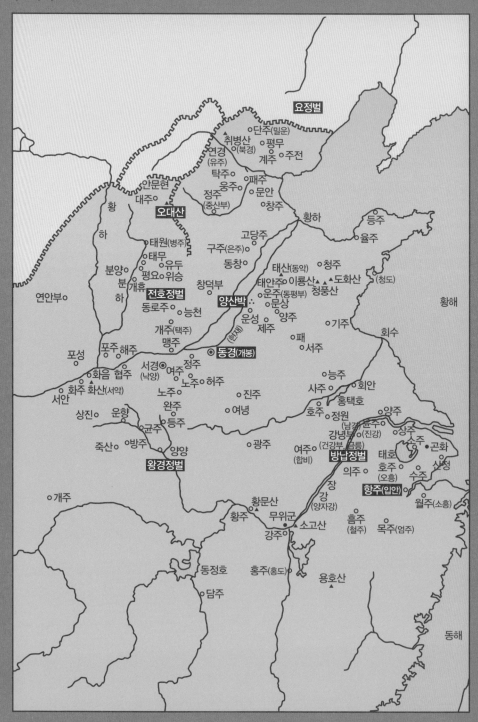

수호지 6

설욕복수 편

수호지 6
설욕복수 편

초판	1쇄 발행 2021년 10월 15일

지은이	시내암
평역	김팔봉
펴낸이	한승수
펴낸곳	문예춘추사

편집	이상실
디자인	이유진, 심지유
마케팅	박건원, 김지윤

등록번호	제300-1994-16
등록일자	1994년 1월 24일
주소	서울시 마포구 동교로27길 53 지남빌딩 309호
전화	02-338-0084
팩스	02-338-0087
블로그	moonchusa.blog.me
E-mail	moonchusa@naver.com

ISBN	978-89-7604-482-2 04820
	978-89-7604-476-1 (세트)

水滸誌

김팔봉

수호지

시내암 지음 | 김팔봉 평역

6

설욕복수

문예춘추사

수호지
제6권 | 차례

일러두기

1. 이 책은 팔봉 김기진 선생이 『성군(星群)』이라는 제목으로 1955년 12월부터 〈동아일보〉에 연재한 작품으로, 1984년 어문각에서 『수호지(水滸誌)』라는 제목으로 바꿔 출간한 초판본을 38년 만에 재출간한 작품이다.

2. 이 책은 수호지의 판본 중 가장 편수가 많은, 164회(전편 124회, 후편 40회)짜리 『수상 오 재자 전후합각 수호전서(繡像 五才子 前後合刻 水滸全書)』라는 작품을 판본으로 했다.

3. 가능한 한 원본에 맞게 편집했으나 최신 표준어 맞춤법에 맞게 고쳤고, 지명이나 인명은 일부 수정하여 독자들이 읽기 편하게 했다.

4. 한자 표기는 정오正誤에 상관없이 원본을 따랐으나 동일 인물이나 지명의 상반된 표기가 있는 경우에는 올바른 한자를 찾아 표기했다.

5. 이 책의 지도는 내용에 맞게 새로 제작한 것이다.

요국 출정

　그런데 이때 서울 성내로 몰래 돌아온 대종과 연청은 숙태위 저택으로 찾아가서 이번 사건의 실정을 상세히 보고했다.

　숙태위는 두 사람의 이야기를 듣고 그날 저녁으로 대궐에 들어가서 천자께 자세히 말씀 올렸다.

　다음날,

　천자가 문덕전에 앉아서 조회를 열고 있을 때, 중서성 관원이 반열로부터 나와서 아뢰는 것이었다.

　"아뢰옵니다. 이번에 새로 귀순한 장수 송강의 부하 병졸 한 명이 중서성에서 주육(酒肉)을 분배해주려고 간 관원 한 사람을 죽였사옵니다. 그놈을 잡아 심문하도록 성지를 내려주시옵소서."

　그러자 황제는 아주 냉정하게 말씀하는 게 아닌가.

　"그런 일을 중서성이 담당해서 하는 것이기에 가만뒀지 처음부터 짐은 못마땅하게 생각했었다. 중서성에서 바른 사람을 보냈더라면 그런 일이 생기지 아니했을 거 아니냐? 군사들에게 주는 주육이 절반이나 줄어들어 유명무실하니까 그런 일이 생긴 거지?"

　말씀이 끝나자, 관원은 변명을 시작했다.

　"폐하께서 내리신 주육을 누가 감히 덜겠습니까…?"

관원의 말이 채 끝나기도 전에 황제의 호령이 떨어졌다.

"내가 가만히 사람을 보내서 염탐해봤다! 내가 자세히 알고 있는데, 그래도 너희들은 나를 속이려는 거냐? 술은 반병씩 덜어내고, 고기는 엿 냥쭝씩 잘라냈기 때문에 군사들이 노해 일을 저지르게 만든 게 아니고 무어란 말이냐?"

추상같은 호령에 중서성 관원이 고개를 숙인 채 말을 못 하자,

"그래, 그 정범(正犯)은 어떻게 했다더냐?"

하고 황제는 노기가 가득 찬 음성으로 묻는 것이었다.

"하수인(下手人)은 송강이 벌써 그 목을 베어 효수하고, 본성(本省)에 보고를 올리고서 군사는 머물러둔 채 처분을 기다린다 하옵니다."

관원이 이같이 아뢰니까, 황제는 음성을 가다듬어 분부를 내렸다.

"이미 정범을 베어 효수했다면, 송강의 감독이 엄중치 못했다는 죄만 기록해두어라. 나중에 요(遼)를 치고 돌아온 뒤에, 공적과 비교해서 생각하도록 할 터이다."

중서성 관원은 아무 말도 더 못 하고 그대로 물러나왔다.

황제는 그날로 성지를 내려, 송강은 곧 출정하고, 목을 베인 병졸의 머리는 진교역에서 모든 사람이 볼 수 있는 곳에 매달게 하라고 사람을 보내게 했다.

한편, 진교역에서 조정의 처분을 기다리고 있던 송강은 이 같은 성지를 받들고서 그 병졸의 머리는 진교역에 효수하고, 시체는 땅에 묻어주고, 그 무덤 위에서 일장통곡을 한 후 북쪽을 향해 행군하는데, 날마다 60리만 가고서는 군사를 쉬게 하고, 지나가는 고을마다 백성에게 폐를 끼치지 못하게 했다. 그리하여 이같이 행군해서 아무 일 없이 요나라와의 국경 가까운 곳에 도착했다.

송강은 여기서 먼저 오용을 청해 상의했다.

"지금 요군(遼軍)이 네 갈래로 길을 나누어서 우리나라를 침략하고

있으니, 우리도 군사를 몇 갈래로 나누어서 치는 것이 좋을까요? 그러지 말고 정면으로 성(城)을 몇 개 공격하는 것이 좋을까요?”

“군사를 갈라 나아간다면 끝없이 넓은 지방에서 우리 군사의 병력은 부족하니 서로 돕기가 어렵습니다. 그보다는 적의 성을 몇 개쯤 공격해 보고 나서 다시 계책을 강구하는 게 좋겠지요. 공격이 맹렬하기만 하면, 적은 우리나라 땅에서 자연히 물러갈 겁니다.”

하고 오용이 대답하자,

“그렇게 하는 것이 좋겠습니다.”

송강은 오용의 계책에 찬성하고서 단경주를 불러 말했다.

“자네는 이곳 북쪽 지방에 익숙해서 지리를 잘 알고 있을 거니까 군사를 거느리고 나가 보게. 제일 가까운 지방이 심주현(甚州縣)이지?”

“아니죠. 앞에 있는 지방이 단주(檀州)라는 지방인데, 요국(遼國)으로서는 중요한 요해지랍니다. 앞으로 강물이 흐르고, 항구가 제법 깊은데, 이 노수(潞水)가 성을 뺑 둘러 흐르고 있습니다. 그리고 이 노수가 위하(渭河)까지 직통되어 있으니까, 전선(戰船)으로 쳐들어가는 것이 좋을 겁니다.”

“육로로 해서 가는 것보다 수로로 가는 게 좋겠군?”

“아니죠. 속히 수군 두령들을 재촉해서 배를 한 군데로 모으게 한 다음에 수륙양로로 쳐들어가면 단주를 점령하기는 용이합니다.”

송강은 그 말을 듣고 즉시 대종을 불러 수군 두령 이준을 독려하여 배를 모조리 노수의 나루터에 집결하도록 지시했다. 그리고 이같이 준비가 다 된 다음에 그는 수륙양로로 단주를 쳐들어갔다.

그런데 이때 단주성 안에서 고을을 지키고 있는 관리는 요국 관명(官名)으로 ‘동선시랑(洞仙侍郎)’인데, 이 사람 밑에 용맹무쌍한 장수가 네 사람이나 있으니, 한 사람의 이름은 아리기(阿里奇), 한 사람은 교아유강(咬兒惟康), 한 사람은 초명옥(楚明玉), 그리고 또 한 사람은 조명제(曹明

濟)였다. 그리하여 이들 네 사람은 송나라에서 송강 등 일당이 저희들을 공격해오고 있다는 소식을 알고 급히 표문(表文)을 작성하여 요국 왕에게 상주하는 동시에, 단주에서 가까운 이웃 고을 계주(蓟州)·패주(覇州)·탁주(涿州)·웅주(雄州)로 구원을 청한 뒤에 군사를 뽑아 성 밖으로 나아가 송군(宋軍)을 대적하려고 먼저 아리기와 초명옥 두 장수가 나갔다.

한편, 송군의 선봉대장 대도 관승은 이때 군사를 거느리고 단주 관하의 밀운현(密雲縣)에 육박했는데, 그 고을 책임자는 두 사람의 장수에게 급보를 주어 이것을 단주의 동선시랑에게 바치게 했다.

"송조(宋朝)의 원정군이 쳐들어옵니다. 이 군사들은 이번에 송조에서 초안받은 양산박 송강의 일당입니다."

이 같은 보고를 들은 아리기는,

"응, 양산박 좀도둑 놈들이로구나. 그놈들이 죽으려고 멀리 예까지 걸어왔군!"

하고 코웃음 쳤다. 그러고는 즉시 군사를 모아서 밀운현으로 나아가 송강과 싸울 준비를 했다.

다음날 아침, 송강도 요국 군사가 가까이 왔다는 정보를 듣고 즉시 전군에 명령을 내렸다.

"우리가 나라를 위해서 충성을 다하는 처음 기회다. 모두들 적의 동정을 잘 살피면서 조금도 실수 없이 잘 싸워라!"

모든 장수들은 명령을 듣고 각각 갑옷을 단단히 입고 말 위에 뛰어올랐다. 송강과 노준의도 무장을 단단히 하고 진두에서 지휘하다가 앞을 바라보니, 요국군의 대부대가 새까맣게 땅 위를 덮으며 나오고 있다. 가만히 보니까 바람에 펄럭이는 깃발도 모두 검정 깃발이다.

송강의 군사는 적군이 가까이 오기를 기다려 일제히 화살을 쏘았다. 그러자 적군도 역시 화살을 쏘아오므로 양쪽 군사는 각각 그 자리에서 더 앞으로 나가지 못하고 서로 활만 쏘았다. 잠시 동안 이 모양으로 마주보던 중 먼저 요국군의 검정기가 좌우로 갈라지더니, 그 중간에서 한 명의 장수가 뚜벅뚜벅 말굽 소리를 내면서 이리로 나오는 것이었다.

송강이 바라다보니, 꿩의 꽁지털을 꽂은 세 뿔 난 붉은 투구를 쓰고, 등에다 봉황새를 수놓은 백라포(白羅袍)를 입은 위에 연환빈철(連環鑌鐵)의 갑옷을 걸치고, 사자(獅子) 대가리를 조각한 금띠를 두르고, 매발톱같이 뾰족한 가죽신을 신고, 까치 그림을 그린 활을 메고, 비자전(紕子箭)의 화살통을 메고, 손에 강창을 쥐고, 은빛 나는 권화마(拳花馬)를 치켜탄 장수가 나오는데, 말 등에 꽂힌 깃발에는 '대요상장 아리기(大遼上將 阿里奇)'라 쓰여 있다.

송강은 이 모양을 바라보고서, 뒤에 있는 장수들을 돌아보며,

"저 장수를 섣불리 보지 말고, 주의해야 해요!"

이같이 말했다. 이때 송강의 말이 끝나기도 전에 금창수 서녕이 구겸창을 휘두르며 고함을 지르고 뛰어나갔다.

그러자 아리기가 서녕을 보고 큰소리로 꾸짖는 것이었다.

"송조도 이젠 다됐다! 도둑놈들을 장수로 써서 감히 우리나라를 침범하다니, 그러고서도 나라가 잘되겠느냐?"

"이놈아, 더러운 나라의 조무래기 장수 놈이 누구한테다 감히 욕지거리하는 거냐?"

양쪽 군사가 일시에 와 하고 소리를 지르고, 아리기와 서녕은 마주 붙어 각기 힘을 다하여 싸우기 시작했다. 창과 창이 서로 부딪고 불똥을 튕기며 말과 말이 서로 으흥거리며 가로 뛰고 세로 뛰니, 군사들의 고함 소리 속에서 일대 장관이 벌어졌다.

그러나 이같이 싸우기 불과 30합에 서녕은 도저히 아리기를 당할 수 없어서 본진을 바라보고 도망쳐 들어왔다. 이때 송군의 본진에서는 화영이 급히 화살을 집어내어 시위에 메기고 있는데, 아리기는 서녕을 안 놓치겠다고 진 앞으로 쫓아들어온다.

이때 장청도 급히 한쪽 안장 밑에 있는 포대 속에서 돌멩이 한 개를 집어내 아리기가 가까이 이르자,

"에익!"

하고 냅다 던져, 아리기의 왼편 눈을 정통으로 맞혔다.

아리기는 말 위에서 떨어졌다.

송군의 본진에서는 급히 화영·임충·진명·삭초 네 사람 장수가 쫓아나가 먼저 그의 말을 붙들고, 아리기를 사로잡아 본진으로 돌아왔다.

이때 요국군 부장(副將) 초명옥은 이 모양을 당하고서 아리기를 구하려고 달려갔으나, 송강의 군사가 에워싸고 치는 바람에 어쩔 도리 없어서 밀운현을 버리고 단주로 도망했다.

송강은 도망가는 초명옥을 추격하지 않고 그대로 밀운현에 주둔해버렸다. 그런데 왼쪽 눈깔이 빠져 붙들려온 아리기가 허무하게도 그날로 죽어버린 까닭에 송강은 그 시체를 화장해버리게 하고, 장청의 첫 번째 전공(戰功)을 공적부에다 기록하게 하고, 아리기의 갑옷과 강창과 금띠와 말과 그 밖의 신·전포·활 같은 것은 모두 장청에게 주었다. 그러고서 그날은 잔치를 벌이고 술을 나누었다.

이튿날 송강은 전군에 명령을 내려 밀운현을 떠나 단주로 향했다. 그런데 이때 단주를 지키는 동선시랑은 부하 장수 한 사람이 전사했다는 기별을 듣고 겁이 나서 성문을 굳게 닫은 채 가만히 있었는데, 조금 있다 또 송군의 전선(戰船)이 성 아래 가까이 온다는 보고를 받고서 그는 부하 장수들을 데리고 성 위로 올라가 내려다보았더니, 아니나 다를까, 송강의 보군(步軍)과 마군(馬軍)이 깃발을 펄럭이며 고함을 지르면서 위풍당당하게 가까이 오는 것이었다.

"흥! 송군이 저만하니까, 소장군(小將軍) 아리기가 일을 당했지!"

동선시랑은 이같이 탄식했다.

그러자 부장(副將) 초명옥이 구차스러운 변명을 하는 것이었다.

"소장군이 저것들한테 먼저 싸움에 지지는 않았습니다. 지기는 저쪽 놈이 먼저 졌지만, 우리 소장군이 도망가는 놈을 쫓아가다가 푸른 옷 입은 놈한테 돌멩이로 얻어맞아 말 위에서 떨어졌던 것이랍니다. 그랬는데 저놈들 진중에서 한꺼번에 네 놈의 장수가 뛰어나와 소장군을 끌고 가니 어떻게 해낼 도리가 없었지요!"

"어쨌든 간에 싸움에 진 거 아니냐? 그래, 돌멩이를 던진 장수란 녀석은 어떻게 생긴 녀석이더냐?"

동선시랑이 이같이 묻자, 그 당시 현장을 눈여겨본 군사 하나가 손가락으로 가리키며 말하는 것이었다.

"저기 성 밑에 파란 두건을 쓰고 있는 저 사람입니다. 저놈이 지금 우리 소장군이 입던 갑옷을 입고, 소장군 타시던 말을 타고 있습니다. 저놈이 바로 그놈이죠."

동선시랑이 이 말을 듣고 더 자세히 보려고 앞으로 나섰을 때, 어느새 장청이 이쪽을 보았는지, 말을 채쳐 달려오더니 돌멩이 한 개를 던지는 것이었다.

"어서 피해라!"

좌우에 있던 사람이 일제히 소리 지르고 몸을 움츠리는데 어느새 돌멩이는 동선시랑의 한쪽 귀를 때리고 화살같이 지나갔다. 동시에 동선시랑의 귓바퀴는 찢어져서 피가 흘렀다.

"저놈은 얕볼 수 없는 놈이다!"

동선시랑은 아픈 것을 참으면서 성을 내려와 즉시 상주문을 작성하여 요국 왕에게 바치는 동시에, 국경 각 고을엔 통문을 내어 수비를 단단히 하도록 했다.

한편, 군사를 단주성 아래에 집결시키고서 총공격을 개시한 송강은 4, 5일을 계속해서 공격했으나 적의 수비가 완강하여 좀처럼 함락시킬 수 없는 고로 하는 수 없이 도로 밀운현으로 회군한 후 장수들과 함께 단주성 공략 작전을 토의하기 시작하려는데, 이때 마침 수군(水軍)과 연락하러 갔던 대종이 돌아왔다.

"마침 잘됐소. 그래 수군은 어떻게 됐지요?"

송강이 물었다.

"네. 수군 두령들이 전선(戰船)을 타고서 모두 지금 성 아래 노수(潞水)에까지 와 있습니다."

"그러면 이준 형제와 상의해야겠군."

송강은 이렇게 말하고 즉시 사람을 보냈다. 그러자 미구에 이준이 달려와서 인사를 하는 것이었다.

"형제들이 지금 모두 명령만 기다리고 있습니다. 과히 염려 마십시오."

"내 말을 자세히 들으시오. 이번 싸움은 양산박에서 하던 때와는 사정이 다르니, 우선 수세(水勢)와 심천(深淺)을 잘 조사해본 연후에 군사를 움직이도록 해야 하오. 내가 보기엔 이곳 노수의 수세는 무척 급해서 잘못하다간 큰코다치고, 만일에 화를 당한다면 서로 구하기가 어려울 테니, 내 말을 자세히 들으란 말요. 우리 배를 모두 양곡선(糧穀船)처럼 뚜껑을 해 덮고, 두령들은 모두 무기를 가지고 배 속에 잠복하고, 4, 5명만 배 위에서 노를 저어 성 아래까지 가서는 양쪽 언덕에다 배를 매어두고 우리 보군(步軍)이 치고 나갈 때까지 기다리란 말요. 그러면 그때 성중에서는 반드시 수문(水門)을 열고 우리 양곡선을 뺏으려고 나올 테니까, 그때 형제들이 뛰어나와 적의 수문을 뺏으란 말요. 그렇게 하면 틀림없이 우리가 성공할 거요."

"네, 잘 알았습니다."

이준은 명령을 받고 물러갔다.

조금 지나서 수로(水路)를 정찰하고 있던 군사 한 명이 달려오더니 보고를 올린다.

"지금 서북방에서 한 떼 군사가 달려오고 있는데, 모두 검정 깃발을 들고, 수효는 아마 1만 명이나 되는 것 같아요. 모두 단주를 향해서 오는 것 같습니다."

이 말을 듣고 오용이 고개를 갸웃하면서 입을 열었다.

"아마 그게 요국의 구원군일 겁니다. 우리가 먼저 장수를 내보내어 그것들을 막아야 하겠습니다. 그래서 이것들만 흩어지게 하면 성안에 있는 적들은 간담이 서늘할 테니까요."

"그렇겠군!"

송강은 곧 장청·동평·관승·임충 등으로 하여금 각각 십여 명의 소두목(小頭目)과 5천 명의 군사를 거느리고 나가서 적을 습격하도록 했다.

그런데 알고 보면 이번에 양산박 송강 일당이 군사를 거느리고 단주에 쇄도하여 성을 포위하고 있다는 보고를 받은 요국의 임금은 자기 생질 두 사람한테 부탁해서 구원을 내보낸 것이니 한 사람은 야율국진(耶律國珍)이요, 한 사람은 야율국보(耶律國寶)로서 두 사람이 그 나라의 상장(上將)인데, 용맹이 무쌍하여 혼자서 능히 만 명을 당하는 사나이였다. 그리고 지금 이 두 사람은 1만 명의 군사를 거느리고 구원을 온 것인데, 두 사람이 오다가 앞에서 송강의 군사가 막고 있는 것을 보고 그들은 말을 달려 진 앞으로 나왔다.

두 사람은 세 뿔 난 금관을 쓰고, 황금색 갑옷을 입고, 백옥으로 된 띠를 두르고, 두 길이나 되는 긴 창을 들고, 구척같이 높은 은발마(銀髮馬)를 타고 있었다.

송강의 진에서 두 사람을 보고, 먼저 쌍창장 동평이 말 위에 앉아 나오면서 큰소리로 호령했다.

"어디서 오는 오랑캐 도둑놈들이냐?"

이 소리를 듣고 야율국진이 크게 노했다.

"양산박 도둑놈들이 우리 대국을 침범하면서 됩데 우리더러 어디서 오느냐고 묻느냐?"

동평은 더 묻지 않고 말을 달려 야율국진과 접전했다.

나이가 어리고 성미가 급한 야율국진이 어찌 적에게 한 발자국인들 양보하랴. 그는 동평에게로 달려들었다.

한쪽은 창 한 개, 한쪽은 창 두 개, 두 마리의 말이 네 굽을 치며 살기를 돋우는 가운데서 두 장수는 묘기를 다하여 싸우기를 50여 합, 그래도 승부가 나지 아니하자, 야율국보는 자기 형이 너무 오랫동안 싸우느라고 기운이 빠졌을까 봐서 징을 쳤다.

야율국진은 이때 한참 싸움에 열중해서 정신이 없었는데 징소리가 들리므로 급히 몸을 빼려고 했다. 그러나 동평은 두 개의 창을 들이밀며 놓아주지 않는다. 그때 야율국진은 마음이 초조해서 한 손에 들고 있는 창법이 어지러워졌다. 그 순간, 동평은 오른손으로 상대편의 창을 누르는 동시에, 왼손으로 야율국진의 목을 찔러 그의 금관이 벗겨지게 하면서 두 다리를 쭉 뻗고 말 위에서 떨어지게 했다.

그의 아우 야율국보는 자기 형이 땅바닥에 떨어지는 것을 보고 급히 혼자서 달려나와 구해내려 했다.

그러나 송군의 진지에서는 몰우전 장청이 이 모양을 보고 이화창(梨花鎗)을 안장에 걸고, 한 손으로 포대에서 돌멩이를 꺼내들고 말을 달려나오므로 야율국보는 자기를 대항하러 오는 줄만 알고, 창을 휘두르며 달려왔다. 그러자 장청의 손이 번뜩 올라가면서 딱! 소리와 함께 야율국보는 얼굴 한복판을 돌멩이에 얻어맞고 말 위에서 떨어졌다.

이럴 때, 관승과 임충이 군사를 휘몰아치고 달려드니, 지휘관을 잃어버린 요국 군사는 거미새끼처럼 뿔뿔이 흩어져 달아나는 게 아닌가.

송강의 군사는 이 싸움에서 1만여 명의 요국군을 살상하고 두 장수의 말과 안장과 방패를 얻었을 뿐 아니라 목까지 베어버렸으니, 참으로 거짓말같이 쉽게 거둔 전과(戰果)였다. 그리하여 그들 장청·동평·관승·

임충 네 장수는 적군의 전마(戰馬) 1천여 두를 이끌고 밀운현으로 돌아가 송강에게 바쳤다. 송강은 대단히 기뻐했다.

"형제들 공훈이 실로 대단하오. 기적을 나타낸 것 같구려!"

그러고서 송강은 잔치를 열어 모든 군사들을 위로하고 공적부에다 장청과 동평의 두 번째 전공을 기록하게 한 후 조정에 보고를 올리는 일은 단주성을 완전 점령한 뒤에 하기로 했다. 그리고 또 오용과 상의하여 군령서를 작성했으니 임충과 관승은 군사를 거느리고 서북방으로부터 단주를 공격하고, 호연작과 동평은 군사를 거느리고 동북방으로 진격하고, 노준의는 서남방으로부터 쳐들어가고, 중군(中軍)은 동남방 큰길로 쳐들어가는데, 포수(砲手) 능진과 흑선풍 이규와 포욱·번서·항충·이곤 등은 단패군(團牌軍) 1천 명을 거느리고 곧장 성 밑으로 가서 호포(號砲)를 사용하도록 하는 것이었다.

"2경 때쯤 해서 호포 소리를 군호로 수륙양로에서 전군이 일제히 쳐들어가는 거니까 모두들 실수 없이 하기 바라오."

송강의 명령이 떨어지자, 군사들은 각각 출동 준비를 서둘렀다.

한편, 단주의 동선시랑은 성을 굳게 지키고 앉아서 구원병이 오기만 기다리고 있었는데, 구원병이 오기는커녕 패잔병이 들어와서 놀라운 소식을 전하는 것이었다.

"저희가 모시고 오던 두 분 대장님은 전사하셨습니다. 야율국진 대장님은 쌍창 쓰는 놈한테 죽고, 야율국보 대장님은 푸른 두건 쓴 놈한테 돌멩이에 맞아서 떨어지자 그놈들이 붙들어갔어요."

동선시랑은 발을 구르면서,

"이 개새끼들아! 어째서 두 분 황질(皇姪) 대감을 뺏기도록 싸움을 안 했느냐 말이다! 이래서야 내가 무슨 면목으로 국왕님을 뵙겠느냐? 에라 이놈, 청두건 쓴 놈을 내가 잡기만 하면 사지를 찢어 죽이겠다!"

이같이 호령하고 분해했다.

그날 밤에 파수병 한 놈이 동선시랑한테 와서 보고를 올린다.

"지금 노수 강가의 양쪽 언덕에 적의 양곡선이 5, 6백 척이나 들어와 있습니다. 그리고 저 멀리서 적군 한 떼가 달려오고 있습니다."

"그거 잘됐다! 그 새끼들이 이곳 수로를 잘 몰라서 양곡선이 잘못 왔구나. 멀리서 오고 있는 군사는 그게 양곡을 받으러 오는 적군일 게다."

동선시랑은 이렇게 말하고 즉시 초명옥·조명제·교아유강 세 사람 장수를 불렀다. 양곡선을 빼앗으려는 생각이었다.

"이거 봐라. 저 송강이란 놈 일당이 오늘밤에도 많은 군사를 이끌고 온다는구나. 그런데 한 가지 기쁜 소식이 있다."

"무언데요?"

"그놈들의 양곡선이 우리 강으로 들어왔단 말야. 아마 수로를 잘 몰라서 그런 모양이니까, 자네들은 이렇게 하란 말야. 교아유강은 군사 1천 명을 데리고 나가서 적을 공격하고, 초명옥·조명제는 수문(水門)을 열어 젖히고 나가서 양곡선의 삼분의 이만이라도 뺏으면, 그 공로가 크지!"

"네, 그렇게 합죠."

세 사람의 장수는 대답하고 물러갔다.

이때 송강의 군사는 흑선풍과 번서가 우두머리 장수가 되어 군사를 거느리고 성 밑으로 몰려와서 크게 고함을 지르며 욕을 퍼부었다.

그러나 동선시랑은 태연했다.

"이거 봐, 저놈들이 제 발등에 불똥이 떨어진 줄 모르고 저러는 모양이니, 속히 나가서 저놈들을 치라구!"

그는 교아유강을 불러 이렇게 명령했다.

교아유강은 군사를 거느리고 나와 성문을 열고 조교(吊橋)를 내리고 성 밖으로 쏟아져 나가자, 이쪽에서는 흑선풍·번서·포욱·항충·이곤 다섯 명 장수의 1천 명 군사가 미리부터 기다리고 있다가 조교 앞을 꽉 막아버린다. 게다가 이들 다섯 명의 군사가 모두 용맹무쌍한 도패수(刀牌

手)들이니 요국군이 어디를 한 발자국인들 나갈 수 있으랴.

이때 능진은 발포할 준비를 해놓고 아직도 시각이 되기만 기다리고 있는데, 성벽 위에서는 화살이 빗발처럼 날아오건만 패수(牌手)들은 아무 일 없이 좌우로 화살을 잘 막고 있다. 그리고 포욱은 후방에서 고함을 지르는데, 군사들 수효는 1천 명이지만 고함 소리는 어찌나 요란한지 만 명도 더 되는 것같이 요란하다.

동선시랑은 군사들이 성 밖에서 적을 치고 나가지 못하는 것을 성안에서 알고 급히 초명옥과 조명제를 불러, 수문을 열고 나가서 양곡선을 뺏으라고 명령했다.

그런데 송강의 수군 두령들이 미리 단단히 준비하고 배 안에 엎드려서 때가 오기만 기다리고 있는 줄도 모르고 초명옥과 조명제는 수문을 열고서 차례로 배를 타고 밖으로 나왔다.

이때 능진이 탐색병으로부터 이 소식을 알고서 먼저 풍화포(風火砲) 한 방을 터뜨렸다.

포성이 터지자 양쪽 언덕에 대어 있던 전선(戰船)이 일제히 움직이기 시작하면서, 왼쪽에서는 이준·장순·장횡이 튀어나오고, 오른쪽에서는 원가 삼형제가 튀어나오더니 다짜고짜로 요국군 전선의 한복판으로 들어오는 게 아닌가.

초명옥과 조명제는 뜻밖에 일을 당했는지라 어찌할 줄 몰랐는데 벌써 적병은 갑판 위로 뛰어오르고, 또 복병이 어디 숨어 있는지도 알 수 없다 싶어서 그들은 부리나케 배를 뒤로 돌리려 했다.

그러나 때는 이미 송강군의 수부(水夫)와 군졸들이 배 안으로 뛰어들어온 뒤였다.

"언덕으로 가자!"

그들은 힘을 다해 노를 저어 배를 언덕에 대고, 적군과 싸움을 해볼 생각도 못 하고, 모두 언덕 위로 기어올라 도망질쳤다.

이러는 동안 송강의 수군 두령 여섯 명은 수문(水門)을 점령했다. 원래 수문을 지키는 군사가 있기는 했으나, 송강군의 칼을 맞아 죽을 놈은 죽고, 그 나머지는 모두 도망해버렸다. 그리고 도망친 놈은 비단 군졸뿐만이 아니고, 장수 초명옥과 조명제도 도망쳤으니 말해 무엇하랴.

송강의 수군 두령들은 수문을 점령하는 즉시 우선 횃불을 올렸다.

그러자 능진은 또 차상포(車箱砲) 한 방을 터뜨렸다. 공중으로 치솟은 포탄이 중천에서 터지며 불꽃이 쫙 퍼졌다.

동선시랑은 포탄이 중천에서 터지는 소리를 듣고 혼비백산해서 어쩌면 좋을지 몰라서 갈팡질팡했다.

이때 흑선풍과 번서와 포욱은 패수의 항충·이곤 두 사람의 부하 군사들과 함께 쏜살같이 성내로 뛰어들어갔다. 동선시랑과 교아유강은 이때 성안에 있다가 사방으로부터 송강의 군사가 조수같이 들이미는 것을 보고 기급초풍해서 말을 타고 북문으로 빠져나갔다. 그들한테는 단주성을 지키는 일보다는 목숨 하나가 더 컸던 것이다. 그러나 불과 2리도 못 가서 송강군의 대도 관승과 표자두 임충이 길을 가로막고 서 있는 것을 보게 되었다.

이 모양을 바라보고 애초부터 싸울 생각이 없는 두 사람은 저쪽 눈치만 살피다가 옆길로 빠져서 죽을힘을 다하여 도망쳤다. 관승과 임충은 성을 빼앗는 것이 목적이니까 두 사람을 추격하지 않고 그대로 성내로 들어가버렸다.

뒤미처 대군을 이끌고 단주에 입성한 송강은 요국군을 모조리 소탕하고서 백성들을 선무(宣撫)하기에 힘썼다. 그는 자기 군사들이 조금도 백성들을 해치지 않을 터이니 주민들은 안심하고 전과 같이 생업에 종사하라는 방문을 써서 여러 곳에다 붙이게 한 후, 전선을 모두 성내에 집결하도록 명령했다. 그리고 소와 말을 잡아 군사들에게 배불리 먹인 후, 요국에 붙어서 벼슬하던 사람들 중에서 송나라 사람과 같은 성을 가진 사람은 그대로 쓰고, 그런 성이 없는 사람은 모두 성 밖으로 쫓아내어 사막으로 가서 살도록 했다.

그리고 이같이 현지에서 처리할 일을 처리하는 한편, 단주성이 함락된 보고서를 작성해서 창고 속에 들어 있는 재물을 꺼내어 전부 서울로 올려보내는 동시에, 숙태위에게도 자세히 경과를 적어서 보내고, 이것을 천자께 말씀드리도록 했다.

휘종 황제가 송강이 이 같은 전과를 올린 것을 알고 기뻐한 것은 말할 것도 없다.

황제는 즉시 칙명을 내려 동경부의 부장관(副長官)격인 동지(同知)벼슬에 있는 조안무(趙安撫)에게 어영군(御營軍) 2만 명을 거느리고 현지로 나가서 감찰하도록 분부했다. 조안무란 안무사(安撫使)의 조씨라는 뜻이다.

한편 송강은 조안무가 온다는 소식을 듣고, 부하 장수들을 데리고 성 밖에 멀리 나가서 그를 영접하여 부청에 모셔들인 후 편히 쉬게 했다. 그리고 이곳을 우선 행군수부(行軍帥府), 이를테면 원정군 사령부로 삼은 후, 부하 장수들과 두목들로 하여금 모조리 나와서 조안무에게 인사를 드리게 했다.

그런데 원래 조안무라는 사람은 그의 조상이 송나라 황실 조씨(趙氏)의 일족으로서 위인이 착하고, 너그럽고, 행실이 공명하고, 단정한 사람이었다. 그래서 일부러 숙태위가 이번에 휘종 황제에게 말씀드려 송강군을 감찰하는 특사로 보내게 한 것이다.

조안무는 송강을 대해보고, 이 사람이 착하고 덕이 있는 사람이라 인정하고 속으로 좋아했다.

"폐하께서는 이번에 당신네들이 수고를 많이 한다고 나더러 나가서 당신네들을 보살펴주라 하셨습니다. 그래서 폐하께서 내리시는 금은과 비단 스물다섯 차량을 끌고 왔습니다마는, 특별히 공을 세운 사람은 조정에 보고해서 관작을 내리시도록 하겠습니다. 장군은 이미 이 고을을 점령하셨으니까 이 사람이 다시 조정에 보고하겠습니다. 부디 진충갈력(盡忠竭力)해서 공을 세워 속히 서울로 돌아가시도록 힘쓰십시오. 그렇게만 되면 폐하께서는 여러분을 반드시 중용하실 겝니다."

송강은 일어나서 감사한 예를 드리고 말했다.

"상공께 감사를 드립니다. 그런데 죄송합니다만, 상공께서는 이곳 단주를 지키고 계시기 바랍니다. 저희들은 군사를 나눠 각각 요국의 중요한 고을을 들이쳐서 이것들이 다시는 우리나라를 엿보지 못하도록 해놓겠습니다."

"그리하시오."

송강은 조안무의 양해를 얻은 후 그가 가지고 온 은사품을 장병들에게 나누어주었다. 그러고서 군사를 각로(各路)로 갈라 각처의 요해지를 공격하도록 영을 내렸다.

그런데 이때 양웅이 그에게 와서 진언하는 것이었다.

"이 앞에 보이는 곳이 바로 계주인데요, 여기가 아주 큰 고을입니다. 땅이 넓은 지방이고 전량이 풍부해서, 요국의 보고(寶庫)라는 별명이 있습니다. 그러니까 먼저 이곳을 뺏고 보면 다른 지방은 뺏기 쉽습니다."

"그래? 그럼 군사(軍師)와 상의해서 결정합시다."

송강은 양웅의 의견을 들은 후 즉시 오용을 청해 상의했다.

한편, 단주성을 버리고 동쪽을 향하여 도망가던 동선시랑과 교아유강은, 패잔병들을 이끌고 오는 초명옥과 조명제를 만나 급히 계주로 달려가서 요국 왕의 아우 되는 야율득중(耶律得重)에게 호소했다.

"송강이란 놈의 군사가 어찌나 센지 말할 수 없습니다. 그 중에서도 돌팔매질을 잘하는 놈이 한 놈 있는데, 이놈의 재간이 어떻게 좋은지, 백발백중 어긋나는 일이 없습니다. 두 분 황질 어른도, 그리고 우리 소장(小將) 아리기도, 이놈의 돌멩이에 맞아 죽었답니다. 저희들은 간신히 살아서 도망했습니다만, 저놈들을 어떡하면 좋겠습니까?"

"그런 놈이 있단 말이지? 그럼 너희들이 여기서 나를 도와다오. 그놈을 여기서 잡아치워야겠다!"

야율득중의 대답이 채 끝나기 전에 연락병 한 놈이 말을 달려 들어와서 고함 소리로,

"지금 송강의 군사가 두 갈래 길로 계주를 치러 왔습니다. 한 떼는 평욕현(平峪縣)을 치고, 한 떼는 옥전현(玉田縣)을 치러 달려가고 있습니다."

하고 보고를 드린다.

야율득중은 깜짝 놀라더니, 즉시 동선시랑에게 명령했다.

"지금 곧 군사를 거느리고 평욕현으로 나가거라! 그런데 거기 가서 싸움일랑 하지 말고 있으란 말야. 내가 먼저 옥전현으로 가서, 거기 와 있는 놈들을 무찔러버리고 나서 배후에서 평욕현을 칠 테니까. 그렇게 되면 평욕현에 와 있는 송군은 도망갈 구멍이 없어진단 말이지! 그리고 얼른 패주(覇州)와 유주(幽州)에 기별해서 구원병을 보내도록 해라!"

그는 이같이 명령을 내리고 부하에게도 출동 준비를 시켰다. 그런데 본래 이곳 계주에 와 있는 야율득중은 요국 왕의 동생으로서 그에게는 범강장달이 같은 아들이 넷이나 있으니, 맏아들 이름은 종운(宗雲), 둘째 아들은 종전(宗電), 셋째가 종뢰(宗雷), 넷째가 종림(宗霖)이며, 또 이들 밑에는 십 수 명의 장수가 있고 그 총사령관격인 총병대장(總兵大將)은 보밀성(寶密聖)이라 하고, 부사령격인 부총병(副總兵)은 천산용(天山勇)이라는 사람으로, 이들이 모두 맹장들이었다.

출동 준비를 마친 야율대왕(耶律大王)은 총병대장 보밀성에게,

"그럼 나는 옥전현으로 갈 테니까, 계주성을 총병대장이 잘 지키고 있도록 하란 말야!"

이같이 당부하고, 네 명의 아들과 부총병 천산용을 데리고 떠났다.

그런데 이때 송강은 군사를 몰고 평욕현으로 왔으나, 적의 수비가 너

무도 물샐틈없이 짜여 있으므로 섣불리 서두르지 않고, 평욕현 서쪽에다 진을 치고 적의 동정을 살피고 있었다.

또한 노준의는 많은 장수와 군사 3만 명을 이끌고 옥전현으로 갔었는데 그곳에 닿자마자 적과 부딪치게 되었다.

노준의는 먼저 군사(軍師)로 모시는 주무한테 의견을 물었다.

"자아, 아무래도 싸우기는 해야겠는데 우리가 적의 지리에 어두우니 걱정이외다. 무슨 좋은 도리가 없을까요?"

"글쎄요. 제 생각 같아서는 군사를 몰고 이 이상 더 전진하는 것은 불리할 것 같군요. 적의 지리를 모르고 무턱대고 나가다가는 큰일 납니다. 차라리 이곳에서 장사형(長蛇形)으로 진을 치고, 대오를 벌여서 머리와 꼬리가 서로 상응하도록 만드는 것이, 지리에 어두운 우리에겐 유리할 것 같습니다."

"나도 그렇게 생각합니다."

노준의는 찬성하고서 군사를 조금 더 전진시켜 장사진을 치려 했는데, 이때 벌써 요국군은 땅 위를 까맣게 덮고 나오는 것이었다.

지금 저 앞에서 오는 적군이 바로 요국 왕의 동생 야율득중의 군사로서 이들은 노준의보다 먼저 옥전현에 도착하여 이쪽으로 나오는 터이었는데, 그들은 송강의 군사를 바라보더니 즉시 진을 치기 시작하는 것이었다.

송군에서는 이때 주무가 구름사다리를 뻗치고서 올라가 보고 내려오더니 노준의를 보고,

"저놈들이 지금 오호고산진(五虎靠山陣)을 벌여놓고 있습니다. 뭐 대단찮은 것이니까 염려 마십시오."

이렇게 말하고서 다시 장대에 올라가더니, 신호기를 들고 왼쪽 오른쪽으로 이리저리 내저으면서 한 개의 진을 벌여놓는 것이었다.

노준의가 보고서도 알 수 없으니까 물었다.

"이게 무슨 진(陣)입니까?"

"이건 곤(鯤)이 변해서 붕(鵬)이 된다는 진형이지요."

"무슨 말씀인지 못 알아듣겠군요. 곤이 무어고, 붕은 무엇입니까?"

"북해(北海)에 고기가 있는데요, 그 이름이 곤이라 하는데, 이놈이 능히 대붕(大鵬)으로 변해 한 번 날으면 구만 리를 난답니다. 이 진이 멀리서 보면 한 개의 작은 진영에 불과하지만, 적이 공격해오기만 하면 금방 변해서 한 개의 큰 진이 돼버립니다. 그래서 이름을 곤화위붕진(鯤化爲鵬陣)이라 하는 거랍니다."

"아, 그래요? 참 훌륭합니다."

노준의가 칭찬하는 판인데 느닷없이 적진에서 북소리가 요란하게 울리며 문기(門旗)가 좌우로 열리더니 어제대왕(御弟大王) 야율득중이 그의 아들 사형제를 좌우에 거느리고 나온다.

머리에는 철만립창건(鐵縵笠鐵巾)의 투구를 쓰고 몸에는 보원경유엽(寶圓鏡柳葉)의 갑옷을 입고 큰 활을 울러매고서 말을 달려 나오고 있는데, 허리엔 긴 칼을 차고 손에는 각기 짧은 칼을 들고 있다.

그리고 이같이 복색을 차린 사형제가 진전(陣前)에 나와서 좌우로 갈라서고 중간에 어제대왕이 섰는데, 또 그 뒤에는 이중삼중으로 그의 부하 장수들이 호위하고 섰다.

그러더니 사형제 중에서 한 명이 크게 소리를 지른다.

"이놈들! 조무래기 도둑놈들이 어째서 우리나라를 침범하느냐?"

노준의가 듣고서 뒤를 돌아다보며,

"저놈들을 누가 먼저 처치하겠소?"

하니까, 말이 미처 끝나기 전에 대도 관승이 청룡도(靑龍刀)를 휘저으면서 달려나가는 것이었다.

그때 저쪽에서는 야율종운이 달려나와 관승을 취한다. 이래서 두 사람이 맞붙어 4, 5합 싸우는 중인데, 막내동생 야율종림이 말을 채쳐 달려나와 저의 형을 도와서 관승에게 덮치므로 이쪽에서도 가만있을 수 없어 호연작이 쌍편을 쳐들고 달려나갔다. 그러자 저쪽에서는 야율종전과 야율종뢰가 뛰어나와 응원하는 고로, 이쪽에서는 또 서녕과 삭초가 뛰어나갔다. 이렇게 되어 모두 여덟 명의 장수가 한 군데 뭉쳐서 싸우는 중인데, 이때 몰우전 장청이 이 모양을 바라보더니, 말을 채쳐 진전으로 뛰어나가는 것이었다.

이때 장청의 얼굴을 아는 놈이 야율대왕에게 달려오더니,

"지금 뛰어나오는 저놈이, 푸른 전포 입은 저놈 말씀입니다, 저놈이 돌멩이를 잘 던지는 그놈이에요! 저놈이 또 제 재주를 보이려고 나왔으니 조심합쇼!"

이렇게 고하는 것이었다.

이때 옆에서 이 말을 듣고 있던 천산용이 야율대왕 앞으로 나왔다.

"대왕께선 염려 마십쇼! 제가 저 오랑캐 같은 놈의 모가지에다 노전(弩箭)을 한 개 먹여줍니다."

원래 이 사람은 말 위에서 노전을 잘 쏘기로 유명한 사람인데, 그는 이같이 말하고 즉시 두 사람의 부장(副將)을 자기 앞에 세워 아무쪼록 적의 눈에 띄지 않도록 조심조심 앞으로 나갔다.

이때 적의 장수 세 사람이 앞으로 나오는 것을 본 장청은 돌멩이 한 개를 집어 에익! 하고 던졌다.

그러나 어떻게 잘못되느라고, 돌멩이는 적장을 정통으로 맞히지 못하고 투구 위를 스치고 그냥 날아가버렸다.

이럴 사이에 천산용은 두 사람의 부하 장수 등 뒤에서 화살을 시위에 메겨가지고 있다가 장청을 겨냥대고 탕! 쏘았다.

"액!"

소리와 함께 그 순간 장청은 말 위에서 땅바닥으로 떨어졌다. 이 모양을 보고 쌍창장 동평과 구문룡 사진이 해진·해보 형제를 데리고 뛰어

나가 죽을힘을 써서 장청을 구해 돌아왔다.

노준의는 급히 장청의 목에서 화살을 뽑았다. 새빨간 피가 걷잡을 수 없이 흐른다. 그들은 부리나케 응급 치료한 후, 장청을 수레에 실어 단주로 보내게 했다. 신의(神醫) 안도전이 단주에 와 있는 까닭이다.

그런데 이때 또 진전(陣前)에서 함성이 요란하더니, 군사 한 명이 달려와서 급한 소리를 하는 것이었다.

"서북방에서 지금 한 떼 군사가 달려오고 있는데요, 어디서 오는 군사라고 말도 않고 그냥 마구 진지를 뚫고 들어와요!"

장청을 수레에 실어보낸 지 얼마 되지 아니해서 형세가 이렇게 되는 것을 본 노준의는 완전히 전의(戰意)를 잃어버렸다. 노준의뿐 아니라, 관승·호연작·서녕·삭초 등 네 사람의 장수도 싸울 뜻이 없어져서 지는 체하고 돌아와버리니까 기세등등해진 야율대왕의 군사는 서북방으로부터 한 떼가 들이밀고 쳐들어오는데, 정면에서는 대부대가 산이 무너지는 듯한 기세로 공격해온다.

이렇게 되고 보니, 언제 진세(陣勢)를 바로잡고 어쩌고 할 새가 있으랴. 노준의의 군사는 각기 도망가기에 정신이 없어서 전후중(前後中) 삼군은 칠단팔속(七斷八續)되어, 선봉으로 나가 있는 노준의도 말 한 마리, 창 한 자루의 홀몸이 되고 말았다.

날은 저물었다.

이때 야율대왕의 아들 사형제가 말머리를 돌려오다가 노준의를 만났다.

노준의는 혼자서 창 한 자루만 가지고 싸우지 않으면 안 되는 판이다.

그러나 두려워할 노준의가 아니다. 그는 조금도 허둥대지 않고 침착하게 힘을 다하여 한 시간가량 싸웠다. 이렇게 싸우는 동안 비로소 꾀를 하나 얻었다.

그래, 그는 일부러 실수를 하는 체했더니, 야율종림이 칼을 들고 치려 하므로, 노준의는 그 틈을 타서 벽력같은 소리와 함께 창끝으로 적의 목을 찔렀다. 야율종림은 쳐들었던 칼을 뻗쳐든 채 말 위에서 떨어져버렸다.

이같이 한 명이 거꾸러지는 꼴을 보더니, 세 명의 소장군(小將軍)들은 겁을 집어먹고 달아나버렸다.

노준의는 이때 말 위에서 뛰어내려, 거꾸러진 놈의 목을 베어 말목에 매달고 남쪽을 향해서 달려가다가 자그마치 1천여 명이나 되는 적군 한 떼를 만났다.

그러나 그는 여기서도 조금도 겁내지 않고 닥치는 대로 장다리무 베어버리듯이 요국군을 베어버리니까, 요국군은 제각기 모가지를 움츠리고 달아나버리는 게 아닌가.

이렇게 적군을 물리치고 몇 리를 가노라니까, 노준의 앞에 또 한 떼의 군사가 나타난다. 이날 밤은 달이 없었기 때문에 어느 쪽 군사인지 분간도 할 수 없었는데, 다행히 말소리를 들어보니 그것은 송나라 사람들의 말소리가 분명하다.

노준의가 소리쳤다.

"거기 오는 게 누구요?"

그러자 저쪽에서 호연작이 가까이 오면서 대답하는 것이었다.

"호연작이올시다."

노준의는 무어라 말할 수 없이 기뻤다. 두 사람은 서로 말을 걸려 다가섰다.

"저는 적군한테 패해 우리 편 군사를 도와줄 여유가 없었습니다. 다행히 한도·팽기를 조금 전에 만나 합력해서 적진을 뚫고 여기까지 나왔습니다만, 다른 장수들은 어떻게 됐는지 알 수 없군요!"

"난 적장 네 명을 만나서 한 놈을 죽였더니, 세 놈은 달아나버리더군요. 그 뒤에 또 천 명가량 적군을 만나 한바탕 좌충우돌해가며 목을 베었더니 모두 달아나기에 무사히 나왔소마는, 여기서 호연작 형제를 만날 줄은 몰랐구려."

두 사람은 말을 나란히 걸리면서 군사를 이끌고 남쪽을 향해서 내려갔다.

이렇게 두 사람이 십여 리쯤 갔을 때, 또 한 떼 군사가 나타나 앞길을 가로막고서 이리로 오는 게 아닌가. 호연작이 소리쳤다.

"캄캄 칠야(漆夜)에 무슨 싸움이 되겠다고 이러는 거냐? 날이나 밝거든 내일 결전을 내자!"

이 소리를 듣더니 저쪽에서도 곧 귀에 익은 목소리가 울렸다.

"저기 오는 게 호연작 장군 아니시우?"

호연작이 그 음성을 들으니, 이는 대도 관승이므로, 그는 반가워서 소리쳤다.

"여기 노두령이 계시오!"

이 소리를 듣고 두령들은 말 위에서 내려, 길가 풀밭에 모여앉았다.

노준의와 호연작이 먼저 경과를 이야기하니까 관승은 자기의 전투 경과를 보고하는 것이었다.

"저는 진전(陣前)에서 싸움이 불리하게 되자 어떻게 급했던지 형제들을 도와줄 겨를이 없었습니다. 그래, 선찬·학사문·단정규·위정국 네 사람과 함께 도망해나와서 우리 군사 1천 명을 모아 여기까지 왔습니다만, 이 어두운 밤에 지세(地勢)를 알아야지요? 그래 여기 잠복해 있다가 날이나 밝거든 길을 떠나려고 하던 중입니다. 여기서 형님을 만날 줄은 참으로 꿈밖입니다."

서로 이야기를 마치고 날이 밝을 때까지 이러고 있을 수 없는 일이라고 의논을 정한 후, 그들은 일제히 일어나 길을 떠났다.

남쪽을 향해서 몇 십 리를 걸어 옥전현 가까이 왔을 때, 한 떼 인마(人馬)가 길에서 정찰을 하는 모양이 보인다. 자세히 보니 쌍창장 동평과 금창수 서녕인데, 사실인즉 이 두 사람은 옥전현 성내에 있던 적군을 모두 쫓아내고 진을 치고 있었던 것이다.

두 사람은 즉시 이쪽을 알아보고 달려와서 보고했다.

"후건·백승 두 형제는 송공명 형님한테로 보고하러 갔습니다만, 해진·해보·양림·석용, 이 형제들은 모두 어떻게 됐는지 알 수 없습니다."

노준의는 즉시 옥전현 경계에다 군사를 집결시키게 하고 장수와 병졸을 점검해보았다.

"이거 이럴 수가 있나?"

점검한 결과 군사의 수효가 5천 명이나 부족한 것을 보고 노준의는 마음이 무거워졌다. 너무도 손실이 컸다고 생각한 까닭이다.

그러나 점심때가 되어서 해진·해보·양림·석용이 2천 명가량 군사를 이끌고 무사히 왔다.

"우리 네 사람은 적을 공격해 들어갔었습니다만, 너무 깊이 들어갔었기 때문에 그만 길을 몰라서 돌아오지 못하고 있다가, 오늘 아침에 적의 대부대를 만나서 크게 싸우고서 지금 길을 찾아 나온 길입니다."

이 같은 보고를 들은 후 노준의는 야율종림의 모가지를 옥전현 넓은 마당에 높이 내걸어 그 꼴을 군사들과 백성들에게 보여주라고 명령했다.

이날 저녁때쯤 되어서 군사들이 잠시 몸을 쉬고 있을 때 멀리 나가서 잠복하고 있던 척후병 하나가 달려오더니 급한 소리로 보고하는 것이었다.

"지금 적군이 굉장히 많이 사방에서 성을 에워싸고 있습니다."

노준의가 깜짝 놀라 연청을 데리고 성벽 위로 올라가서 내려다보니, 횃불이 십 리 밖에까지 뻗쳐 있는데, 선두에서 지휘하는 자는 야율대왕의 아들 사형제 중 야율종운이었다. 횃불이 비치는 가운데서 당나귀 같이 못생긴 말을 타고 앞뒤로 왔다 갔다 하는 모양이 똑똑히 보인다.

"오냐! 네가 잘 왔다. 어제는 장청이 네놈들한테 화살을 맞고 상했다마는, 오늘은 네가 나한테 답례를 받아야겠다!"

연청은 이렇게 혼잣말하고, 즉시 노전 한 개를 쏘았다. 핑! 소리와 함께 노전이 날아가더니 틀림없이 그자의 코밑을 맞추어 말에서 떨어뜨렸다. 병정들이 달려와서 안아 일으켰을 때는 이미 그가 기절해버린 뒤였다.

이 바람에 요국군은 겁을 집어먹고 5리 밖으로 물러났다.

노준의는 이때 여러 장수들을 모아놓고 상의했다.

"자아, 노전 한 개로 적군을 다행히 멀리 물리치기는 했지만, 날이 밝으면 반드시 저것들이 또 와서 철통같이 에워쌀 터이니, 이렇게 되면 그때엔 어떻게 빠져나가느냐가 걱정이오!"

군사 주무가 의견을 말한다.

"과히 염려 마십시오. 송공명 형님이 우리가 이런 줄 아시고 반드시 구하러 오실 겁니다. 그때엔 안팎에서 동시에 적을 치면 도리어 우리한테 유리합니다."

"그렇게만 된다면 다행이지만, 꼭 구원병이 올까?"

"좀 기다려보십시오."

이같이 의논하고 여러 사람이 기다리고 있는데, 날이 채 밝기도 전에 요국군한테 성은 포위당했지만 별안간 동남방에 티끌이 일면서 굉장히 많은 군사가 달려오고 있다. 여러 사람이 일제히 바라다보다가,

"오, 저건 송공명 형님의 군사가 틀림없습니다. 적군이 저 군사를 치려고 남쪽으로 움직이거든 우리는 쫓아나가서 적군의 배후를 들이칩시다."

주무가 이렇게 말했다.

그러나 요국군은 주무가 생각했던 것과는 달랐다. 아침나절이 지나고 점심때가 되도록 요국군은 성을 에워싸고 풀지 아니했다. 그러다가 송강군이 일제공격을 개시하니까 그제야 요국군은 견딜 수 없다는 듯

이 뿔뿔이 달아나버리려 든다.

이때 주무는 자기주장대로 요국군을 치자고 했다.

"지금 쫓아나가서 저놈들을 무찔러야 합니다. 나중엔 기회가 없다니까요!"

"그럽시다!"

노준의도 찬성하고서, 즉시 영을 내려 사방의 성문을 열고 전군이 성 밖으로 쏟아져 나갔다.

이와 같이 앞뒤에서 공격을 당하게 된 요국군은 형편없이 참패하여 삼지사방 흩어져 달아나는 것을 송강의 군사는 얼마쯤 추격하다가 징을 쳐 군사를 거두어 옥전현으로 되돌아갔다.

송강은 옥전현에 들어와서 노준의와 함께 계주를 공략할 방침을 토의하고 다음과 같이 정했다. 즉, 시진·이응·이준·장횡·장순·원가 삼형제·왕영·호삼랑·손신·고대수·장청·손이랑·배선·소양·송청·악화·안도전·황보단·동위·동맹·왕정륙 등 23명은 조안무(趙安撫)를 모시고 단주에 남아 있고, 그 외는 좌우 두 대로 나누어 송강이 좌군(左軍)을 영솔하기로 하니, 군사(軍師)에 오용·공손승·임충·화영·진명·양지·황신·주동·뇌횡·유당·흑선풍·노지심·무송·양웅·석수·손립·구붕·등비·여방·곽성·번서·포욱·항충·이곤·목홍·목춘·공명·공량·연순·마린·시은·설영·송만·두천·주귀·주부·능진·탕융·채복·채경·대종·장경·김대견·단경주·시천·육보사·맹강 등 48명이요, 노준의가 영솔하는 우군(右軍)의 37명 장수는 군사에 주무·관승·호연작·동평·장청·삭초·서녕·연청·사진·해진·해보·한도·팽기·선찬·학사문·단정규·위정국·진달·양준·이충·주통·도종왕·정천수·공왕·정득손·추연·추윤·이립·이운·초정·석용·후건·두흥·조정·양림·백승이다. 그리고 이같이 편성된 두 부대는 길을 두 길로 나누는데, 송강의 부대는 평욕현 길로 나가고, 노준의 부대는 옥전현 길로 나가고, 조안무는 23명의 장수와 함께 단주를 지키기로 했다.

송강은 군사들이 연일 신고하는 것을 보고 며칠 동안 쉬도록 하는 동시에 단주로 사람을 보내어 장청의 전창(箭瘡)이 그 후 경과가 어떤가 알아오게 했더니, 신의(神醫) 안도전으로부터 다음과 같은 회답이 왔다.

　"거죽으로 피부에는 상처가 아직 낫지 아니했습니다마는 속은 별로 상하지 아니했으니 주장(主將)께서는 안심하십시오. 치료하는 동안 고름만 빠지면 자연 무사하게 될 겁니다. 그리고 지금 날씨가 몹시 뜨거워 군사들 중에는 병이 생기는 사람이 많아졌습니다. 그래서 조안무 상공께 말씀드려 소양과 송청을 서울로 보내어 약을 구해오라 했습니다. 또 태의원(太醫院)에 가서 더위에 먹는 약을 얻어오라 했습니다. 수의(獸醫) 황보단도 말에게 먹일 약이 필요하다 하기에 그 약도 소양과 송청에게 부탁했으니까 가지고 올 것입니다."

　송강은 이 같은 회답을 받고 안심하고서 노준의와 함께 계주를 공략할 계교를 상의했다.

　"난 노형이 이번에 옥전현에서 포위당해 있을 때, 그전에 벌써 계주를 칠 계책을 세웠었습니다. 공손승은 원래 계주 사람이고, 양웅은 그전에 이곳서 관청에 다닐 때 절급이었고, 그리고 석수와 시천은 계주에 오랫동안 살고 있었으니까 이 사람들이 모두 공을 세울 수 있단 말씀예요."

　"아, 그래요? 그건 아주 잘된 일인데요."

　"그렇지요. 그래 요전에 요국군을 쫓아버리던 날, 석수와 시천을 저놈들의 패잔병같이 차리고서 그 틈에 끼어 가도록 했으니까, 필연코 지금쯤은 성내에 들어갔을 겁니다. 그들은 성내에 들어가면 거처할 데가 있답니다. 그전에 시천이 이런 말을 했거든요. 계주성 안엔 보엄사(寶嚴寺)라는 큰 절이 있는데, 한옆에 법륜보장(法輪寶藏)이 있고, 한가운데 대웅보전(大雄寶殿)이 있고, 그 앞에는 높다란 보탑(寶塔) 하나가 우뚝 서 있답니다."

　"그래서요?"

"그래서 시천이 그런 이야기를 하니까, 석수가 그 말을 듣고 시천이더러 그 탑 꼭대기에 올라가 숨어 있으면 밥은 제가 날마다 몰래 갖다 준다더군요. 그러다가 성 밖에서 우리 군사가 총공격을 하는 때 그 탑에다 불을 질러 신호를 올린답니다. 시천이는 본시 남의 집 처마 끝을 타고 다니기 잘하고, 벽에 짝 붙어서 기어다니기도 잘하는 사람이니까, 그런 것쯤 쉽게 할 겁니다. 시천이가 탑에서 불을 올리고, 석수는 관가로 가서 또 불을 지른다는군요. 둘이서 이같이 서로 약속하고서 떠났으니까, 우리는 준비만 해서 가기만 하면 되는 겝니다."

"아주 잘됐습니다."

두 사람은 이렇게 의논하고서 이튿날 송강은 평욕현을 버리고 노준의의 부대와 함께 계주를 향해서 떠났다.

한편, 아들 둘을 잃어버린 야율대왕은 어떻게든지 하루 속히 원수를 갚으려고, 부하 대장 보밀성·천산용과 동선시랑을 불러놓고 상의하고 있었다.

"지난번 탁주와 패주에서 오던 구원군은 모두 흩어졌지? 송강은 지금 옥전현에서 군사를 모두어 계주를 치러 온다고 하는데 이렇게 되면 우리가 어떻게 해야 하나?"

대장 보밀성이 큰소리를 해붙인다.

"송강이란 놈이 안 온다면 할 수 없는 노릇이지만, 그놈의 오랑캐새끼가 오기만 한다면, 제가 나가서 상대해주지요. 그놈들이 몇 놈 내 손에 잡히고서야 아마 모두 물러날까 봅니다."

"그런데 적군 장수 중에 푸른 전포 입은 놈한테는 미리부터 조심해야 돼요! 그놈은 돌멩이를 귀신같이 잘 던져서 사람을 아주 잡치는 놈이니까 말야."

동선시랑이 이같이 보밀성에게 주의를 주니까, 곁에서 천산용이 한마디 거든다.

"내가 노전을 쏘아서 그놈을 떨어뜨렸는데, 그놈이 이때까지 살아 있을라구요?"

"글쎄, 그놈이 죽어서 없어졌다면 다행한 노릇이지만, 꼭 알 수 없지. 다른 것들은 별로 겁날 게 없지만."

마침 이렇게 상의하고 있을 때, 척후병 한 놈이 뛰어들어와서 보고를 올렸다.

"송강의 군사가 지금 이곳으로 쇄도하고 있습니다."

보고를 듣고 야율대왕은 급히 삼군의 인마를 정돈하여 보밀성과 천산용으로 하여금 속히 나가도록 했다.

두 사람은 군사를 거느리고 성 밖으로 30리를 나와서 송강군과 마주 보며 진을 쳤다.

요국 대장 보밀성이 창을 비껴들고 말을 걸려 진전으로 나오자, 송강이 그것을 보고 소리쳤다.

"장수를 베고, 기를 뺏는 것이 첫째가는 공이 아니냐?"

이 소리가 끝나기도 전에 송강의 등 뒤에서 표자두 임충이 뛰어나가 적장 보밀성과 들어붙어 싸운다.

서로 싸우기 30여 합.

승부가 좀처럼 나지 아니하니까, 임충은 기어코 첫 공을 세울 작정으로 한 길(丈)이 넘는 긴 창으로 보밀성의 정신을 산란하게 만들다가, 별안간 벼락같이 소리를 지르면서 번개같이 그놈의 뒷덜미를 찔러 말 위에서 떨어뜨렸다.

송강이 이 모양을 보고 입이 딱 벌어지도록 기뻐하고 양쪽 군사들은 일제히 소리를 질렀다.

요국 대장 천산용은 이 모양을 보고 분해서 창을 춤추며 말을 달려 왔다.

이때 송강군의 진영에서 이 모양을 바라본 서녕이 구겸창을 들고 달려나가 천산용과 맞붙었다.

두 장수가 한데 어우러져 싸우기 30여 합, 서녕의 창이 한 번 번쩍하는 듯했는데, 그 순간 천산용은 말 아래 떨어지는 게 아닌가.

적의 장수 두 명이 눈앞에서 거꾸러지는 광경을 본 송강은 너무도 기뻤다.

"자아, 이제 마구 들이쳐라!"

송강이 부하 군사들을 독촉하여 들이치니, 요국군은 대패하여 계주성 안으로 쫓겨들어갔다.

송강의 군사는 십여 리나 그 뒤를 추격하다가 일단 본진으로 돌아왔다. 그러고서 그날은 송강이 군사들에게 배불리 먹게 한 후, 그 이튿날은 명령을 내려서 계주를 향해 총진군했다.

큰 접전이 있은 지 사흘째 되는 날, 야율대왕은 아들을 둘이나 잃어버리고서 정신이 얼떨떨한 판이었는데 또 송강의 군사가 몰려왔다는 보고를 받았는지라, 기운이 죽어서 동선시랑을 불렀다.

"여보게! 자네가 나를 위해서 나가 싸워주게! 내 근심을 덜어달란 말야."

동선시랑은 저도 겁이 나기는 했지만, 명령이라기보다 애원하는 듯한 부탁을 받고서야 어쩌는 도리가 없어서, 교아유강과 초명옥과 조명제를 데리고, 군사 1천 명을 거느리고서 성 밖으로 나가 진을 쳤다.

이때 송강의 군사는 성을 향해서 가까이 오더니, 성 밑에서 얼마 멀지 않은 곳에다 진을 치는 것이었다.

조금 있다 송강군의 진에서 문기(門旗)가 좌우로 열리더니, 삭초가 커다란 도끼를 들고 말을 타고 나온다.

요국군의 진에서도 교아유강이 말을 몰아 나왔다.

두 장수는 서로 한마디 말도 없이 싸우기 시작했는데 20합가량 싸우더니 겁을 집어먹은 교아유강은 그만 달아나버린다.

삭초는 도끼를 휘두르며 그 뒤를 쫓아가다가 교아유강의 뒤통수를 내리쳤다. 머리가 두 쪽으로 쪼개지면서 교아유강은 말 아래 떨어졌다.

동선시랑이 이 꼴을 보고 초명옥과 조명제를 보고 명령했다.

"빨리 가서 구해주지 못하고, 어째서 이 모양인가!"

그러나 이 두 사람도 겁을 집어먹은 지 오래라 용기는 나지 아니하지만 어찌는 수가 없어서 창을 비껴들고 나갔다.

이때 송강군에서는 구문룡 사진이 칼을 휘두르며 달려나와 두 장수를 상대로 싸우다가 별안간 소리를 버럭 지르며 한칼로 후려치니, 초명옥이 말 아래 떼구르르 굴렀다.

조명제가 이 모양을 보고 급히 말머리를 돌이켜 달아나려 했으나, 사진은 이것도 놓치지 않고 한칼에 베어서 거꾸러뜨렸다.

그리고서 그는 숨도 돌리지 않고 요국군 진지로 뛰어들어가 마구 찌르니, 송강이 이 모양을 바라보다가 채찍을 높이 들고 일제돌격령을 내렸다. 송강군은 회오리바람처럼 적을 죽이며 몰려가, 성문 앞 조교까지 갔다.

성안에 있던 야율대왕은 이 모양을 당하고서 너무도 겁나고 근심스러워 성문을 굳게 닫은 후, 모든 장병들은 성벽 위로 올라가서 성을 지키라 하고, 한옆으로 요국 왕에게 급보를 올리는 동시에 패주와 유주로 구원병을 청했다.

한편, 송강은 오용과 더불어 대책을 의논했다.

"이놈이 성을 이렇게 견고하게 지키니 우리가 어찌하면 좋을까요?"

"성안에 석수와 시천이가 들어가 있으니까 미구에 무슨 일이 있을 겝니다. 그러나 우리도 가만있는 것보다는, 구름사다리를 사방에 뻗치고, 포가(砲架)를 단단히 세우고서 곧 성을 칠 준비를 하십시다. 그리고 능진을 시켜 사방에서 화포를 터뜨리면서 한꺼번에 들이치면 성은 필경 함락될 겝니다."

송강은 즉시 명령을 내려 주야 계속해서 성을 공격하도록 했다.

이때 야율대왕은 송강의 군사가 맹렬히 공격하므로 계주성 안의 백성들을 모조리 성벽 위에 올려보내어 죽기를 한하고 적이 가까이 못 오도록 싸우게 했다.

그런데 석수는 성내의 보엄사에서 여러 날 기다리고 있었으나 성 밖에서 아무 동정이 없었는데, 하루는 시천이 급히 찾아왔다.

"지금 성 밖에서 형님의 군사가 성을 맹렬히 공격하신단 말야! 그러니 내가 지금 가서 불을 질러야지, 이때를 놓치면 또 언제 기회가 있겠소."

"그렇고말고! 먼저 보탑에 불을 질러! 그다음에 불전을 살라버리고!"

"그럼, 석형은 빨리 관가에다 불을 지르도록 해! 남문 요긴한 곳에서 불이 일어나면 밖에서는 힘을 더 얻어 성을 칠 거니까, 그러면 성이 깨질 거야."

시천과 석수는 의논을 끝내고 각기 화약(火藥)·화도(火刀)·화석(火石)·화통(火筒)·연매(煙煤) 따위를 신변에 감추었다.

그날 밤 송강의 군사는 맹렬히 성을 공격했다.

그런데 시천은 본래 처마 끝이나 바람벽으로도 잘 다니고 담을 뛰어넘고 성을 넘어 다니기를 평지같이 하는 사람이라, 먼저 보엄사에 들어가서 예정대로 보탑 위에다 불을 질렀다. 원래 이 보탑은 최고로 높은 탑이었기 때문에 불이 일어나자, 성 내외에서는 물론이요, 성 밖 30리 밖에서도 화광이 보이는 터이다.

시천은 보탑에 불을 지르고서 그다음에 불전에다 질렀다.

이같이 두 곳에서 화광이 충천하는 바람에 성안에서는 야단법석이 일어났다. 집집마다 늙은이 젊은이가 고함을 지르고, 여자들은 아우성치고, 어린애들은 울부짖고 하면서 불을 피해 도망가느라고 들끓었다.

한편, 석수는 이때 계주의 부청 지붕 위에 올라가서 불을 질렀다. 기왓장 밑에 깔린 판자는 기름과 화약을 먹은 위에 불을 댕기자 활활 타기 시작하니, 이같이 세 군데서 불이 나는 것을 보고서 군졸은 물론이요 백성들까지도 벌써 적의 일당이 성안에 들어와 있는 것을 알았다. 그러고 보니, 성을 지키고, 싸우고, 어쩌고 할 생각이 있을 리 있으랴. 제각기 제 집 일이 걱정되어 뿔뿔이 흩어지고 말았다.

조금 있다가 이번에는 산문(山門) 안에서 또 불이 일어났다. 이것은 시천이 보엄사에서 나오다가 지른 불이었다.

이때 야율대왕은 성중에서 잠시 동안에 세 군데, 네 군데에서 화광이 충천하는 것을 보고, 송강의 군사가 이미 성내에 들어와 있는 것을 깨닫고,

"빨리 군사를 모두 거둬라!"

이같이 명령을 내리고 자기는 가족과 두 명의 아들을 데리고 짐을 내다 싣고서, 북문(北門)을 열고 내빼버렸다.

이때 송강은 성내의 적군이 크게 혼란을 일으킨 줄 알고서 최후 공격을 퍼부어 먼저 남문(南門)을 깨뜨리고 들어갔다.

이때까지 성을 지키고 있던 동선시랑은 어떻게 해볼 도리가 없는지라, 야율대왕의 뒤를 따라서 북문으로 도망했다.

송강은 군사를 이끌고 성안에 들어와서 먼저 불부터 끄라고 명령을 내렸다. 그러고서 날이 밝자마자 성내 각처에다 방을 써붙이고서 백성들을 선무(宣撫)하는 한편, 삼군(三軍)을 모두 성안으로 모은 후 잔치를 베풀어 그들을 위로하고 공적부에다 석수와 시천의 공훈을 기록하게 하는 한편, 문서를 작성하여 조안무에게 보고를 올리었다.

계주성을 함락시켰으니 이곳으로 옮겨와서 주둔해주십시오, 하는 내용이었던 것이다.

그랬더니 조안무로부터는 도리어 송강더러 계주성에 주둔하고 있으

라는 회답이 왔다. 자기는 단주에 머무르고 있는 것이 좋겠으니 그대가
계주를 지키고 있으라, 더위가 심한 때이니 군사를 움직이는 일은 당분
간 그만두고, 날이 생량해지거든 다시 토의해서 결정하자는 내용이었다.

송강은 이 같은 회답을 받고, 노준의로 하여금 그전대로 장병을 거느
리고 옥전현으로 가서 그곳에 주둔하게 하고, 자기는 그 나머지 군사를
데리고서 계주를 지키기로 했다. 조안무의 말대로 날씨가 서늘해질 때
까지 기다려보는 것이 옳다고 생각한 까닭이다.

한편, 어제대왕 야율득중은 계주성이 함락되기 직전에 동선시랑과
함께 가족을 데리고 유주로 도망했다가 그곳에서 다시 연경으로 와서,
대요(大遼)의 국왕을 뵈오려고 대궐로 들어갔다.

이때 요국 왕은 금전(金殿)에 나와 앉아서 문무백관을 모으고 조회를
마친 때인데, 국왕이 자리에서 일어서기 전에, 합문대사(閤門大使)가 들
어와서,

"계주에 계옵시는 어제대왕이 지금 돌아오셨습니다."

하고 아뢰는 것이었다. 합문대사란 합문 안에서 이런 일을 책임 맡아
보는 근시의 직함이다.

"빨리 들어오라고 해라."

국왕의 분부가 있자, 야율대왕은 동선시랑과 함께 금전 앞에 이르더
니 뜰아래 엎드려서 통곡을 하는 게 아닌가.

"아우야! 무슨 까닭으로 그러느냐? 너무 슬퍼하지 마라. 울지 말고,
자세한 이야기를 하려무나."

"송조(宋朝)의 애송이 황제 놈이 송강에게 군사를 주어 우리나라를
치게 했답니다. 그런데 그놈의 병력이 어찌나 센지 도무지 대항할 수가
없습니다. 그래서 저는 이번에 그놈들 때문에 아들 두 놈을 잃었고, 단
주에 있던 장수 네 명까지 잃어버렸습니다. 그러고도 송강의 군사가 조
수같이 밀고 오는 바람에 계주마저 빼앗겼습니다. 제가 죄를 지었으니

그저 죽여주십시오!"

"뭣이라고? 단주, 계주 두 군데를 다 뺏겼단 말이냐?"

하고 국왕은 놀라더니 한동안 입을 다물고 있다가, 다시 부드럽게 말하는 것이었다.

"일어나거라. 일어나 앉아라. 나하고 얘기나 하자! 그래, 군사를 끌고 왔다는 그놈들은 도대체 어떤 놈들이더냐?"

국왕의 말이 떨어지자, 반열 중에서 우승상 태사(右丞相太師) 서견(緒堅)이 앞으로 나와서 아뢰었다.

"신이 듣자옵건대, 이번에 군사를 끌고 온 놈은 송강이란 놈인데, 이놈의 일당은 본시 양산박 수호채에 살고 있던 도둑놈들입니다마는, 양민을 조금도 해치지 않고 체천행도 한다 하면서, 백성을 긁어먹는 탐관오리만 죽여왔답니다. 그래서 동관과 고구가 토벌을 갔다가 다섯 번 싸웠지만 번번이 참패하고서 한 놈도 제대로 살아나온 놈이 없다 합니다. 이놈들이 이렇게 대단한 놈들이니까, 애송이 황제가 세 번이나 초안을 내려 간신히 귀순시켰습니다. 이번에 송강에게만 선봉사(先鋒使)를 맡기고, 아직 관직은 안 주었다 합니다. 두목이 이러하니 그 나머지 무리들이야 아무것도 아니지요. 그래서 이번에 이것들을 보내서 우리를 치는 것입니다. 그리고 이놈들의 두목은 모두 1백 8명으로서 스스로 하늘 위 별의 화신이라 하면서 저마다 재주가 비상하답니다. 얕잡아볼 수 없는 것들이오니, 깊이 살피시기 바랍니다."

"음, 그래? 또 다른 사람은 할 말이 없는가?"

"폐하! 소신이 부족하오나 조그만 꾀로, 저 송군을 물리칠까 하옵니다."

국왕이 바라보니, 기장이 긴 난포(襴袍)를 입고, 상아로 만든 홀(笏)을 들고 있는 구양시랑(歐陽侍郞)이라는 사람이었다.

귀순의 이면

요국 왕은 기쁜 얼굴로 그를 바라보면서 말했다.

"그래, 무슨 좋은 생각이 있단 말이지? 그럼 어서 말해봐!"

구양시랑은 자신 있는 어조로 아뢰는 것이다.

"네. 저 송강의 일당들은 모두 양산박의 영웅이요, 호걸들입니다마는, 지금 송조(宋朝)의 내정을 살핀다면 그들이 오랫동안 용납될 까닭이 없습니다. 무슨 까닭이냐 하면, 지금 송조로 말씀하면, 채경·동관·고구·양전 등 네 놈의 적신(賊臣)이 조정에서 실권을 쥐고 앉아서 권세를 부리고, 어진 사람을 시기하고 능한 사람을 미워하고, 잘난 사람을 못 나오게 하고, 친근한 사람이 아니면 승진시키지 아니하고, 재물을 바치지 아니하면 채용하지도 아니하는 터이니, 이런 판국에서 저희들이 오래 부지하겠습니까? 신의 소견을 말씀드리오면 대왕께서 저들에게 관작을 내리시는 동시에, 금백(金帛)과 경구비마(輕裘肥馬)를 하사하시고, 신이 사신이 되어 저들을 찾아가서 우리나라에 귀순하도록 달래보는 것이 좋겠습니다. 이같이 해서 대왕께서 저들의 병력을 수중에 넣으신다면, 중원(中原) 땅을 빼앗기는 아주 쉬운 일일 것입니다. 대왕께서는 밝히 살피시기 바랍니다."

"그래! 그 말이 그럴듯하군."

국왕은 잠시 생각하다가 말했다.

"그럼 그대가 사신이 되어 1백 8두의 좋은 말과, 1백 8필의 비단을 가지고 가서 예물로 주는 동시에, 송강을 진국대장군(鎭國大將軍) 총령요병대원수(總領遼兵大元帥)로 봉한다는 칙명을 전하라고! 그리고 금과 은을 한 주머니씩 선사하고, 두목들 1백 8명의 이름을 적어와서, 모두 관작을 하나씩 주면 되겠군그래."

그러자 반열 중에서 올안 도통군(兀顏都統軍)이 나서면서 아뢰는 것이다.

"송강 같은 그따위 도둑놈을 귀순시키다니, 너무 심하십니다. 소신의 배하에는 28수(宿)의 장군과 11요(曜)의 대장이 있고, 그 밑에도 강병 맹장이 수두룩합니다. 조금도 저것들을 겁낼 필요가 없습니다. 만일 저 것들이 얼른 물러가지 않는다면 제가 군사를 끌고 가서 저놈들을 죄다 없애놓고 돌아오겠습니다."

"누가 네 실력을 모른다고 그랬니? 범의 겨드랑이에 날개가 생기면 더 좋은 거나 마찬가지로, 그대들에게 저것들이 와서 붙으면 더 힘이 세어질 거 아니냐 말이야. 내가 알아서 하는 일이니 긴말 마라!"

국왕이 올안 도통군의 말을 눌러버리니, 다른 사람은 감히 반대 의견을 입 밖에 내지도 못했다.

그런데 원래 올안 도통군은 요국에서 첫째가는 상장으로서 십팔반 무예에 정통할 뿐 아니라, 병서(兵書)는 모르는 게 없고, 전략도 뛰어난 인물이었다. 그리고 나이는 35, 6세로서 체구는 늠름하고, 풍채는 당당 하고, 얼굴은 희고, 입술은 붉고, 수염은 누르고, 눈알은 파랗고, 싸움에 나갈 때는 혼철점강창을 사용하는데, 싸움이 절정에 달했을 때엔 허리 에 차고 있는 철통을 번개같이 뽑아 휘두르는 소리가 쟁쟁한 기막힌 장 수였다.

올안 도통군은 더 국왕에게 가하지 아니했다.

한편, 구양시랑은 국왕으로부터 칙서와 예물과 마필을 받은 후 계주를 향해서 떠났다.

이때 송강은 계주에 머무르면서 군사를 휴양시키고 있었는데, 뜻밖에 요국에서 사신이 찾아왔다는 보고를 듣고, 무슨 일로 왔는지 알 수가 없으므로 점을 쳐보고 싶었다.

그래서 그는 현녀(玄女)로부터 받은 천서(天書)를 꺼내놓고 점을 쳐보았더니, 아주 상상대길(上上大吉)의 괘가 나왔다.

송강은 즉시 오용을 보고 말했다.

"아주 상상패가 나왔구려! 요국에서 아마 초안하러 온 모양인데, 만일 그렇다면 우리가 어떻게 하는 게 좋을까요?"

"글쎄요… 만일 그래서 온 거라면, 이야기를 듣는 체하다가 형편 봐서 임기응변할 작정이고, 우선 초안을 받아두지요. 그래서 이곳 계주는 노선봉더러 지키라 하고, 우리는 슬며시 패주를 뺏읍시다. 만일 패주가 우리 손에 들어오기만 하면, 요국을 깨뜨리는 건 문제없습니다. 지금 단주를 뺏어서 우선 요국의 한쪽 팔을 떼어버렸으니까, 앞으론 일이 쉽단 말입니다. 다만 한 가지 주의해야 할 것은, 처음엔 일이 어려운 것처럼 꾸미다가 끝에 가서는 쉽게 되는 것처럼 해야 저것들이 우리를 의심하지 않을 겁니다."

이런 이야기를 하고 있을 때, 사신이 지금 성 밖에 도착했다는 보고를 올리므로 송강은 즉시 영을 내려 구양시랑을 인도하게 했다.

구양시랑은 아문(衙門) 앞에서 말을 내려 바로 대청으로 들어가 송강과 인사를 하고 자리에 앉았다.

"무슨 일로 이렇게 찾아오셨는지요?"

"예, 잠시 말씀드릴 일이 있어서 왔습니다만 좌우에 딴 사람이 없었으면 좋겠습니다."

"예, 그렇게 하죠."

송강은 즉시 자기 곁에 있는 사람들에게 나가 있으라고 이르고서, 다시 구양시랑을 호젓한 뒷방으로 인도해 들였다. 구양시랑은 그 방에 들어와서 다시 새로 절하고 인사를 드리더니 말하는 것이었다.

"우리 대요국(大遼國)에서는 오래전부터 장군의 고명을 듣고 있었습니다만, 산은 높고 물은 멀고 해서, 길이 막혀 가서 뵙지 못했습니다. 그리고 장군이 양산의 대채에 계시면서 하늘을 대신하여 도를 행하시느라고 수다한 형제들과 동심협력하신다는 것도 알고 있었습니다. 그런데 아시다시피, 송조(宋朝)에서는 간신들이 어진 사람의 길을 막고, 뇌물을 바치지 아니하면 아무리 공이 큰 사람일지라도 티끌 속에 파묻혀서 상을 받지 못하지 않습니까…?"

"그런 말씀은 다 아는 이야긴데, 뭣하러 하십니까?"

"그래서 제가 말씀하려는 것은, 저렇게 간사한 놈들이 권세를 움켜쥐고서 어질고 능한 사람은 배척하고, 상과 벌이 불명한 까닭에, 지금 천하가 어지러운 게 아닙니까? 우선 강남(江南)·양절(兩浙)·산동(山東)·하북(河北)만 해도 도적들과 악리(惡吏)가 벌떼같이 일어나기 때문에 양민이 도탄에 들어 살 길을 찾지 못하고 있습니다. 이번에 장군께서 10만 대군을 이끌고 진심으로 귀순하시고서도 얻으신 것이 무엇입니까? 겨우 선봉이라는 직함 하나뿐이고, 그리고 장군의 수다한 형제들은 모두 직함도 없습니다. 그리고 간신들은 여러분들을 이런 사막으로 싸움을 내보냈습니다. 장군께서 목숨을 내놓고 크게 공훈을 세우더라도 조정에서는 은상(恩賞)이 없을 것이니, 두고 보십시오. 이게 다 모두 간신들의 계략입니다. 그러나 만일 장군께서 금은주옥(金銀珠玉)을 어디서 약탈해와 채경·동관·고구·양전, 이 네 놈한테 뇌물을 쓰신다면, 관작의 은명은 금방 내려올 것입니다. 그러나 장군이 이렇게 못하신다면, 아무리 정성을 다해서 큰 공을 세우고 돌아가신대도, 조정에서는 됨데 장군한테 죄를 씌워 처단할 것이니, 이런 억울한 노릇이 또 있겠습니까?"

"그래, 대관절 하실 말씀이 무엇입니까?"

"그런데 말씀입니다. 이번에 우리 국왕께서 저를 부르시어 칙서를 주시면서, 장군을 우리 요국의 진국대왕군 총령병마대원수에 봉하시고 금 한 주머니, 은 한 주머니, 채단 1백 8필, 말 1백 8두를 드리고 또 1백 8인 두령님의 성명을 적어다가 그 이름 하나 하나에 관작을 내리시겠다고 말씀하셨습니다."

"별일이 다 있습니다! 당치도 않는 말씀 아닙니까?"

"아니올시다. 제가 장군을 꾀려고 온 사람이 아닙니다. 오직 국왕께서 오래전부터 장군의 성덕(盛德)을 들으시고 특히 저를 심부름 보내셨을 뿐입니다. 장군과 여러분 장수들이 합심협력해서 저희 나라를 위해 힘을 보태주시기만 바랍니다."

송강은 아주 겸손한 태도로 대답했다.

"그처럼 말씀하시니 감사합니다. 이 사람은 본래 운성현에서 아전 다니던 하찮은 인간으로, 뜻밖에 죄를 저지르고 피신해 다니다가 마침내 양산박에 가 있었는데 천자께서 세 번이나 조서를 내려주셨기 때문에 귀순했습니다. 아직 관직은 미천합니다만, 우리가 공적을 세운 것이 없으니 그럴 수밖에 없지요. 그런데 귀국 국왕께서 이 사람에게 무거운 관작과 두터운 은상을 보내신 데 대해서는 감사합니다마는, 사양할 수밖에 없습니다. 도로 돌려드리는 터이니 갖고 가십시오. 지금은 더위가 심한 때인 고로 한동안 군사를 휴양시켜야겠어서 당분간 이곳 두 개의 성을 국왕께 차용하겠으니, 그거나 돌아가셔서 말씀드려 주십시오. 그리고 날씨나 생량해지거든 다시 고쳐서 상의하는 것이 좋겠습니다."

구양시랑은 조금 실망하는 듯하더니 그래도 더 권해보는 것이었다.

"그렇게까지 말씀하실 건 없지 않습니까. 우선 우리나라 국왕께서 보내주신 예물은 받아주시기 바랍니다. 그리고 저는 일단 돌아갔다가, 후일에 다시 기회를 보아 천천히 찾아뵙겠습니다."

"시랑께서는 잘 모르시니까 그렇게 말씀하십니다그려. 우리 양산박 1백 8명 중에는 참으로 별의별 사람이 많습니다. 그러다가 이야기가 미리 밖으로 누설되면 어찌할라구요?"

"병권을 전부 장악하고 계시면서 무얼 그러십니까. 누가 감히 복종하지 않겠습니까?"

"시랑께서 우리들 내정을 잘 모르시니까 그러시는 겝니다. 우리 형제들 가운데는 성질이 곧고 맹렬한 사람이 더러 있기 때문에 그러는 겝니다. 내가 그 사람들을 데리고 잘 타일러 합의한 후, 천천히 회답을 드리려는 겝니다."

하고 송강은 술을 내다가 구양시랑을 은근하게 대접했다.

조금 있다가 구양시랑은,

"그럼, 그렇게 알고, 저는 돌아가겠습니다."

하고 일어섰다.

"네, 평안히 가십시오. 부탁하신 말씀은 잘 상의하겠습니다."

송강은 따라나가서 구양시랑을 성 밖에까지 전송하고 돌아와서 즉시 오용과 상의했다.

"지금 요국의 시랑이 와서 하던 말을 어떻게 생각하시나요?"

그가 이같이 물으니까 오용은 한숨을 쉬고, 고개를 떨어뜨리고 두어 번 입맛을 쩍쩍 다시더니, 아무 말이 없다.

"왜 한숨을 쉬시고는 말이 없습니까?"

송강은 이상해서 오용의 손을 흔들면서 이같이 물었다.

"저도 그 사람의 이야기를 듣고 여러 가지로 생각해봤습니다만, 형님은 오직 충의 하나만 아시는 분이니까 여러 말 않겠습니다."

"그렇게만 생각하지 말고, 솔직하게 이야기해주시오."

송강이 이같이 말하고 재촉하니까 오용은 또 주저하는 빛을 보이다가 입을 열었다.

"솔직하게 말씀하면, 저 구양시랑의 말은 다 유리한 말입니다. 지금 송조의 천자는 어질고 밝으신 양반이지만 실권은 채경·동관·고구·양전 네 놈의 간신이 거머쥐고 있고, 천자는 이놈들의 말을 잘 믿습니다. 그러니 설사 우리가 앞으로 공을 세우는 일이 있다 할지라도 아마 묵살되고 말 것입니다. 우리가 세 번이나 초안을 받고서도 우리 중에서 제일 높은 형님 한 분만 겨우 선봉이라는 허직(虛職) 하나 얻었을 뿐이 아닙니까? 그러니까 송을 버리고 요에 붙는 것이 제 생각으로는 좋을 것 같습니다만 이것은 형님의 충의심을 배반하는 것이니 딱합니다."

송강은 조용히 말했다.

"군사(軍師)의 말씀이 글렀습니다. 송을 버리고 요에 붙다니 그게 될 뻔이나 한 이야깁니까? 설사 송조가 나를 버린다 해도 나로서는 송조를 버리지 못하는 것이 진심입니다. 가령 상훈(賞勳)은 받지 못한다 하더라도 이름만은 청사(靑史)에 남을 것이 아닙니까? 정(正)을 배반하고 역(逆)을 따른다면 우선 하늘이 용서하지 않을 겁니다. 우리는 오직 진충보국(盡忠報國)하다가 죽어버리면 그뿐 아닙니까?"

"형님이 그렇게 끝까지 충의를 지키시겠다면, 당초에 생각한 대로 패주를 뺏읍시오. 그렇지만 지금은 너무 더위가 심한 때이니 여기서 잠시 군사를 쉬게 하는 것이 좋을 겁니다."

송강과 오용은 이같이 의논을 끝냈으나 다른 사람들한테는 알리지 않고, 다만 더위가 심해서 그대로 계주에 주둔하는 것이라고만 말했다.

이튿날 송강은 중군에 앉아서 공손승과 더불어 한담을 하다가 문득 공손승의 스승님 생각이 났다.

"그런데 참, 선생의 사부님 나진인 그 어른은 지금 세상에서 가장 높으신 선비인 줄 압니다. 그런데 고당주를 칠 적에 고렴의 사법(邪法)을 깨뜨리기 위해서 내가 대종과 이규를 보내어 선생을 찾아오게 했었습니다만, 나진인 선생의 법술은 참말 대단하시다지요? 어떻습니까, 내일이라도 나를 데리고 나진인 선생께 가서 분향재배를 하게 해주시고 한 번 속진(俗塵)을 씻게 해주실 수 없을까요?"

공손승은 반가운 말을 들었다는 듯이 기뻐하면서 말했다.

"저도 잠시 고향에 돌아가서 늙은 어머니께 문안도 드리고, 사부님 도 찾아뵙고 싶었지만, 형님이 군사 일에만 열중하시기 때문에 차마 입을 벌리지 못하고 지내왔습니다. 그래, 오늘은 틈을 봐서 말을 꺼내보려고 생각했었는데, 마침 형님이 먼저 말씀을 꺼내주시니 다행합니다. 내일 아침 일찍이 형님을 모시고 스승님께 가지요. 그리고 저도 어머니를 뵙고 오겠습니다."

이튿날 송강은 그곳 일은 오용에게 위임하고서, 명향(名香)·정과(淨果)·금주(金珠)·채단(綵緞)을 준비해서 화영·대종·곽성·연순·마린 등 여섯 사람을 데리고 사기와 공손승을 합쳐서 팔기(八騎)가 5천 명 군졸을 거느리고 구궁현(九宮縣)의 이선산(二仙山)을 향하여 길을 떠났다.

송강 일행의 가는 길이 점점 산속으로 들어가니, 하늘도 보이지 않을 만큼 송림은 우거졌고, 싸늘한 기운이 몸에 스며들어 더운 줄을 전혀 모르겠는데, 겹겹으로 둘러싸인 푸른 장막 속이 태곳적같이 적막하다가 소나기 소리같이 요란한 소리가 나므로 바라보니, 절벽 위에서 폭포가 흐르는 게 아닌가. 참으로 아름다운 산속이었다.

"여기가 유명한 어비산(魚鼻山)입니다."

공손승이 마상에서 이렇게 가르쳐준다.

조금 지나서 송강과 일행은 자허관(紫虛觀)이라 쓴 큰 집 앞에서 말을 내린 후 의관을 정돈하고서 예물을 소교(小校)한테 들리워서, 자허관 뒤에 있는 학헌(鶴軒) 앞으로 갔다. 이때 자허관에 있던 도사(道士)들이 공손승을 보고 모두 나와서 인사를 하는 것이었다.

"그간 안녕하셨습니까?"

"지금 돌아오셨습니까? 원로(遠路)에 피곤하시겠습니다."

그들은 이렇게 인사하고, 다시 송강에게도 예를 했다.

"선생님은 어디로 가셨나?"

공손승이 그들을 보고 물었다.

"네. 사부님께서는 요사이 저 뒷산에 들어가 계시고, 좀처럼 이 관에 안 나오십니다."

이 말을 듣고 공손승은 송강과 함께 뒷산에 있는 초암(草庵)을 찾아 올라갔다. 자허관 뒤로부터 실낱같이 가느다란 길이 꼬불꼬불 뻗치었는데, 1리쯤 올라가니까 가시나무로 울타리를 만들고, 바깥으로는 잣나무가 둘러 있고, 울타리 안에는 기화요초(琪花瑤草)가 있으며, 그 가운데 삼 칸 설동(雪洞)이 있는데, 나진인이 단정히 앉아서 경(經)을 외우고 있는 모양이 보인다.

이때 울타리 안에서 동자가 바깥에 손님이 온 것을 알고 나와서 영접한다.

먼저 공손승이 초암의 학헌 앞으로 가서 예배를 드린 후 말씀을 드렸다.

"같이 온 사람이 저의 옛 친구 산동 송공명이란 사람입니다. 이번에 조정으로부터 초안을 받고, 칙명으로 선봉이 되어 군사를 거느리고 요국을 치러 나왔다가 사부님께 인사를 드리려고 지금 계주에서 오는 길입니다. 그 사람이 지금 밖에 있습니다."

"그럼 들어오라고 하지."

송강이 동자를 따라서 초암 앞에 이르자, 나진인은 층계를 밟고 뜰아래 내려와서 그를 마중하므로 송강은 그에게 절을 하려고 했으나 나진인은 절을 못 하게 그를 붙든다.

"장군은 국가의 상장이요, 이 사람은 일개 산야 촌부 아닙니까. 어찌 그럴 수가 있습니까?"

그러나 송강은 선생한테 경의를 표하지 않고서는 못 배길 것 같아서 끝까지 말씀드렸다.

"너무 이렇게 사양하시면, 제가 찾아뵈오러 온 것이 잘못되었나 봅니다. 그러지 마시고 잠시 좌정해주십시오."

이 말을 듣고 나진인도 하는 수 없다는 듯이 자리에 올라와 앉았다.

송강은 먼저 향을 꺼내서 향로에 피우고, 팔배(八拜)의 예를 드렸다. 그리고 나서 화영 등 여섯 사람도 앞으로 나와서 각각 예를 드리도록 했다.

"자아, 이리들 앉으시오."

나진인은 그들에게 자리를 권하고 동자를 시켜 차와 과자를 내오게 한 후, 송강을 보고 말했다.

"그런데 장군은 위로는 성괴(星魁)에 응하고, 밖으로는 열요(列曜)와 합하여, 일동이 하늘을 대신해 도를 행하다가 지금은 송조에 귀순하셨으니까, 이 같은 깨끗한 이름은 만년 후에도 사라지지 않을 거외다."

송강은 나진인 앞에 머리를 숙이고서 공손히 말했다.

"저는 본시 운성현의 아전 퇴물입니다. 죄를 저지르고 산속으로 도망했더니, 사방에서 호걸들이 저를 따라왔기 때문에 모두 동기같이 지내게 되어 친형제나 다름없이 정들었습니다. 아마 하늘이 한 군데 모이도록 천성지요(天星地曜)를 내리신 것 같습니다. 이번에 칙명을 받고서 대군을 거느리고 요국을 치러 왔다가, 전생에 연분이 있었음인지, 선경에 들어와서 선생님을 찾아뵙게 된 터이오니, 선생님께선 저희들 전정에 대해서 가르쳐주시면 만행이겠습니다."

"너무 과만한 말씀이외다. 이 사람은 출가한 사람으로 세속을 떠난 지 오래이니, 마음이 식은 재 같아서 아무 짝에 쓸모가 없는 사람이올시다. 그런 말씀은 묻지 마십시오."

그러나 송강은 나진인한테 다시 두 번 절하고 간청했다.

"아무쪼록 버리지 마시고 한마디 말씀이라도 가르쳐주십시오."

"장군은 잠깐 앉으십시오. 날도 이미 저물었으니, 먼저 재(齋)를 올려야겠습니다. 불편하시겠지만 하룻밤 여기서 쉬시고, 내일 아침에 떠나시도록 하십시오."

"네. 그보다도 선생님의 가르치심을 받지 못하고서야 어찌 이대로 돌아가겠습니까?"

송강은 이같이 말하고서, 데리고 온 소교(小校)로 하여금 금주채단(金珠綵緞)을 가져오게 하여 그것을 나진인에게 바쳤다.

그러자 나진인은 그것을 받지 않는다.

"나는 산속에 파묻혀 있는 늙은이인 고로 금과 구슬을 받아도 소용이 없습니다그려. 그리고 몸을 가리는 것으로는 이런 무명이면 족합니다. 비단 같은 것은 한 번도 몸에 걸쳐본 일이 없는 사람이니까요. 그러나 장군은 수만의 군사를 거느리고서 사졸들한테 상으로 주시는 물자만 해도 굉장히 많을 것이니, 제발 이 물건들을 도로 가져가시기 바랍니다."

송강은 다시 두 번 절하고 그 물건들을 받아주십사고 간청했건만 나진인은 끝내 받지 않는 것이었다.

그러자 곧 재가 나오고, 재가 파한 뒤 차가 나오더니, 나진인은 공손승을 보고 이른다.

"가서 어머님을 뵙고, 내일 아침 일찍이 와서 장군과 함께 돌아가도록 해!"

공손승이 나간 뒤에 송강은 그날 밤 나진인을 모시고 자기의 뱃속에 있는 이야기를 죄다 쏟아놓고서 또 한 번 가르치심을 빌었다. 그랬더니 나진인은 허허 웃으면서 말하는 것이었다.

"장군의 그 충의지심은 하늘과 땅과 같은데, 어찌 신명이 보우하지 않겠습니까. 일후에 반드시 귀한 몸이 될 것이요, 죽은 후엔 반드시 나라의 사당에 모셔지게 될 터이니, 결코 의심하지 마시오. 다만, 장군은 일생의 운이 박명한 것이 결점이라 할까, 좋은 일이 생기면 반드시 마가 들고, 근심이 많고 낙은 적고 하니까, 뜻했던 일이 성공하거든 즉시 그 자리에서 물러나야 합니다. 결코 부귀에 연연해 있어서는 안 됩니다."

"선생님! 저는 애당초 부귀 같은 것은 추호도 마음속에 두지 않습니다. 오직 한 가지, 지금 동거하고 있는 형제들과 언제까지나 함께 있게 될 수만 있다면, 아무리 가난하고 험하게 지낸다 할지라도 항상 저는 만족하겠습니다. 저는 다만 형제들 전부가 안락하게 지내는 것만이 소원입니다."

나진인은 빙그레 웃으면서,

"생명의 기한이 닥치는 때엔, 어찌 그대들이 더 머무를 수 있으리오!"

이같이 말하는 것이었다.

송강은 다시 일어나서 두 번 절하고,

"선생님! 부디 일생을 두고 경계할 법어(法語)를 내려주시기 바랍니다."

이같이 간청했다.

나진인은 동자를 부르더니 종이와 붓을 가져오게 한 후, 앉은 자리에서 여덟 귀의 글을 적는 것이었다.

> 충심 있는 자 적고
> 의기 있는 자 드물다.
> 유연(幽燕)에 공을 다하니
> 밝은 달만 빛나도다.
> 늦겨울에 비로소 만나,
> 기러기 각각 나누나

오두초미(嗚頭楚尾)에

관록(官祿) 함께 오도다.

　송강이 받아 이것을 읽어보았으나 무슨 뜻인지 도무지 알 수 없으므로 다시 절을 하고 나서 물어보았다.

　"선생님! 제가 우매해서 무슨 뜻인지 알 수 없습니다. 좀 가르쳐주십시오."

　그러나 나진인은 머리를 좌우로 흔들었다.

　"이것은 하늘의 기밀인 고로 누설하면 안 되는 거요. 일후에 때가 되면, 장군이 자연 알게 될 거요. 이제 밤도 깊었으니 장군은 저 관내(觀內)에 가서 쉬십시오. 내일 다시 봅시다. 난 언제나 여기서 자고 관내에 돌아간 일이 없으니, 장군 혼자서 건너가 주무시오."

　송강이 나진인한테 받은 법어를 품속에 간직하고 인사를 드린 후 관내로 건너오니까, 도사의 무리들이 나와서 영접하여 방장(方丈)으로 인도하는 것이었다. 송강은 이 방에서 그 밤을 지냈다.

　이튿날 송강이 아침 일찍이 나진인의 초암으로 인사를 갔더니 벌써 공손승이 먼저 와 있었다.

　나진인은 잿밥에 소찬을 내다가 아침을 대접하고 상을 물린 다음에 송강을 보고 말하는 것이었다.

　"장군에게 이 사람이 특히 청할 말씀이 있소이다. 내 제자 공손승은 본시 나를 따라 산속으로 출가한 사람이라 속진을 멀리하고서 인연을 아주 끊는 것이 당연한 일이지만, 여러분들과 같은 천상의 별이었기 때문에 다 함께 모이지 않을 수 없었던 것입니다. 그러나 이젠 속세와 인연도 얼마 남지 않았고, 도행(道行)도 엔간히 쌓았으니까, 이제 나한테 돌아와 있어야 할 계제입니다. 그렇지만 지금 당장 그렇게 하면 여러분 형제들에 대한 의리와 정분에 옳지 못하니까, 오늘은 장군을 따라서 가게 하고 대공(大功)을 세우도록 하는 것입니다마는, 개가를 올린 후 서울로 돌아가게 되거든 그땐 돌려보내 주시기 바랍니다. 그렇게 하셔야만 첫째 이 사람도 도(道)를 전해줄 사람이 있어서 좋고, 또 저의 노모가 자식이 그리워서 항상 문 앞에 나가 살지 아니해서 좋고, 두 가지로 좋습니다. 장군은 충의지사니까 반드시 충의지행을 하시리라 믿습니다. 이 사람의 말씀을 들어주시겠지요?"

"사부님의 말씀을 어찌 감히 제가 어기겠습니까. 하물며 공손승 선생과 저와는 형제지간인데요. 가자고 하든지, 있자고 하든지, 피차에 서로 복종할 따름입니다."

"그렇게 말씀하시니, 참으로 감사합니다."

나진인과 공손승은 동시에 이같이 말하며 예를 드린다.

송강이 작별 인사를 드리고 초암에서 나오니까 나진인은 따라 나와서,

"그러면 장군, 아무쪼록 몸조심하시고, 하루 속히 제후(諸侯)에 봉해지게 되어 귀하게 되십시오."

이같이 전송하고 들어갔다.

송강이 관(觀) 앞으로 나오니, 따라온 일행들은 벌써 말을 세워놓고 기다리고 있으며, 도사들도 그곳에 나와 있다가 전송하는 것이었다. 송강은 그들과 작별하고 얼마쯤 걸어나오다가 평탄한 곳에 이르러 공손승과 함께 모두들 말을 타고서 계주로 향했다.

도중에 아무 일 없이 계주성 안으로 돌아와서 송강과 공손승이 아문(衙門) 앞에 이르러 말에서 내리니까, 흑선풍 이규 외에 여러 두령이 그곳에 와서 있다가 두 사람을 마중하면서 먼저 흑선풍이 원망하는 듯, 반겨하는 듯 한마디 하는 것이었다.

"형님! 나진인한테 가시면서 왜 난 안 데리고 가셨어요?"

그러니까 곁에서 대종이 송강 대신 한마디 대꾸했다.

"나진인 선생을 이형이 죽이려고 했다면서? 이형을 여간 미워하지 않는다는데!"

"경을 칠! 그느무 영감쟁이, 저는 나한테 어쨌기에? 난 죽을 뻔했어!"

흑선풍이 이렇게 말하는 고로 여러 사람은 모두 웃음을 터뜨릴 수밖에 없었다.

지난날 흑선풍이 대종과 함께 이선산으로 공손승을 찾으러 갔을 때, 흑선풍이 나진인을 도끼로 죽이려고 했기 때문에, 나진인은 도술을 써서 흑선풍을 구름에 태워서 한 번 혼내준 일을 지금 그들은 생각한 까닭이다.

송강은 아내(衙內)로 들어가서 모든 형제들을 후당으로 불러들인 후, 품속으로부터 나진인한테서 받은 여덟 구절의 법어(法語)를 꺼냈다.

"우선 이것 좀 읽어봐 주시지요."

송강은 이렇게 말하고 그것을 오용에게 주었다.

오용은 받아서 읽어보더니,

"무슨 소린지 알지 못하겠는데요!"

하고 내려놓는다. 다른 사람들도 제각기 모두 들여다보았지만, 안다는 사람이 하나도 없다.

그러자 공손승이 송강을 보고 말하는 것이었다.

"형님! 그것은 천기(天機)의 오묘한 이치를 말한 것이니까 함부로 누설하면 못쓴다고 사부님이 말씀하시지 않았습니까? 어서 집어넣으셨다가 나중에 요긴할 때 꺼내보시고 징험하실 일이지, 지금 이러니 저러니 할 때가 아닙니다."

송강은 그 말을 옳게 여기고서, 법어를 천서(天書) 틈에 접어 넣고서 감추어두었다.

그 후로 한 달 동안, 군사가 계주에 주둔하고 있는 동안, 별다른 일은 없었다.

7월 중순이 지날 무렵이었다.

하루는 단주에 있는 조안무로부터 문서가 왔는데, 조정에서 칙지가 내렸으니 빨리 군사를 휘동하여 싸움을 시작하라는 것이었다.

송강은 공문을 받고 즉시 오용과 상의한 후 먼저 옥전현으로 가서 노준의와 함께 군사의 조련, 무기의 정돈, 인원의 배치 등을 결정한 다음, 다시 계주로 돌아와서 군기제(軍旗祭)를 집행한 후, 날을 받아 출동하기로 했다.

이럴 때에 군사 한 명이 들어와서 보고를 했다.

"지금 요국에서 사신이 왔습니다."

송강이 나가 보니, 지난번에 왔던 구양시랑이었다.

송강은 그를 후당으로 인도하고 자리에 앉아서 인사를 끝낸 후 물었다.

"이번엔 무슨 일로 오셨습니까?"

"네. 좌우에 아무도 없으면 좋겠습니다."

이 말을 듣고 송강이 좌우에 있던 군사를 밖으로 내보내니까, 구양시랑이 말하는 것이었다.

"우리 대요(大遼)의 국왕께서는 장군의 덕망을 대단히 사모하고 계십니다. 만일 장군이 영단을 내리셔서 우리나라로 귀순하신다면, 칙지를 받들어 장군을 봉후(封侯)하게 될 것이니, 하루 속히 영단을 내리시어 우리 국왕의 간절한 희망을 이루어주시기 바랍니다. 그동안 제가 장군의 기별을 기다리다 못해 이렇게 찾아온 것입니다."

"글쎄요. 지금 이 방에 아무도 딴 사람이 없으니까 털어놓고 이야기합니다마는, 지난번 형장께서 다녀가신 다음에 우리 형제들이 모두 형장이 오셨던 뜻을 다 알고 말았답니다. 그런데 형제들 중에서 절반이나 귀국에 귀순하는 것을 반대하지 않겠습니까? 만일 이 사람이 지금 형장을 따라서 유주에 간다면, 부선봉 노준의가 틀림없이 군사를 거느리고 내 뒤를 쫓아올 거란 말씀입니다. 이렇게 돼서 그쪽 성 밑에서 우리가 형제끼리 싸우게 된다면, 이때까지 지켜오던 형제간 의리가 어떻게 되겠습니까? 차라리 이 사람이 심복만 골라서 어느 성으로든지 들어가서 그곳에 숨어 있도록만 형장이 허락하신다면, 그렇게 하는 것이 좋겠습니다. 그래야 노준의가 쫓아와서 내가 숨어 있는 것을 알았다 할지라도, 나는 그와 싸우는 것만은 피할 수가 있습니다. 그래서 내가 피하는 데도 기어코 그가 싸우겠다면 그때 가서는 싸울 수밖에 없겠지요.

그런데 이와 반대로 그가 우리들의 거취를 알아내지 못할 때에는, 그가 바로 서울로 보고하러 올라갈 것이고, 그렇게 되면 사정이 아주 딴판으로 변할 게니까, 그때엔 이 사람이 귀국의 국왕님을 찾아뵙고 대요(大遼)의 군사를 거느리고 나가서 그자와 싸워 결판을 지을 겁니다. 이렇게 하는 것이 좋지 않을까요?"

구양시랑은 송강이 이같이 하는 말을 듣고 마음이 대단히 기뻤다.

"좋습니다. 우리나라 패주로 들어가는 어귀에 아주 험한 요해지가 두 곳 있습니다. 하나는 익진관(益津關)으로서 좌우에 험한 산이 있고, 그 가운데로 한 가닥 역로(驛路)가 있을 뿐입니다. 그리고 또 하나는 문안현(文安縣)인데, 이곳도 역시 양옆이 험한 산이고, 관구(關口)를 통과해야 현청(縣廳)이 있습니다. 이 두 곳은 말하자면 패주를 지키는 대문이죠. 장군의 뜻이 그러시다면, 이곳 패주에 들어가 계십시오. 패주는 우리나라 국구(國舅)이신 강리정안(康里定安)이란 분이 지키고 계십니다. 장군께선 거기 가셔서 국구님하고 같이 계시면서 이쪽 동정을 살피시면 좋겠습니다. 어떠십니까?"

"좋습니다. 그렇게만 해주신다면 이 사람은 급히 고향 집으로 사람을 보내서 아버님을 모셔와야겠습니다. 그래야 후고(後顧)의 근심이 없겠습니다. 그리고 형장께서는 이 사람을 그리로 데려갈 사람을 몰래 보내주십시오. 우리가 피차에 언약을 세운 이상, 오늘밤으로 나는 준비를 해놓고 기다리겠습니다."

구양시랑은 크게 만족해서 송강과 작별하고 말을 타고 유주로 돌아갔다.

구양시랑을 돌려보낸 뒤에 송강은 사람을 보내어 노준의·오용·주무, 세 사람을 청했다.

일동은 모여서 패주를 꾀로써 점령해버릴 의논을 했다.

잠시 후 방침을 정하고 나서 노준의는 먼저 있던 곳으로 가고, 오용과 주무는 모든 장수들에게 이리 이리 하라고 지시를 내렸다.

송강이 데리고 갈 장수로는 임충·화영·주동·유당·목홍·번서·포욱·항충·이곤·여방·곽성·공명·공량 등 열네 명의 두령과 1만여 명의 병졸인데, 이들은 구양시랑이 오기만 하면 출발할 만반의 준비를 갖추었다.

이같이 기다리기 이틀 만에 고대하던 구양시랑이 달려왔다.

"국왕께서는 장군이 훌륭한 마음씨를 가진 분이라는 것을 알고 계시는데, 이미 장군이 귀순했으니까 송조(宋朝)의 군사 같은 것은 문제가 아니라고 아주 만족하고 계십니다. 우리나라에는 훌륭한 장병이 대단히 많습니다. 장군의 아버님을 모셔오는 일은 장군이 패주의 국구님한테 와 계시면, 우리가 사람을 보내서 모셔오겠으니 그 일은 염려 마십시오."

"좋습니다. 그건 그렇게 하시고, 우리가 떠나는 건 언제쯤 하는 것이 좋을까요? 가고 싶어 하는 장병들은 벌써부터 준비를 해놓고 기다린답니다."

"그렇습니까? 그렇다면 오늘밤으로 곧 출발하십시다. 지금이라도 명령만 내리십시오."

구양시랑이 이렇게 말하므로 송강은 즉시 영을 내렸다. 모든 군사들은 오늘밤으로 출동하는데, 말의 모가지에서는 방울을 떼어 놓고, 병사들은 모두 입에다 헝겊을 한 쪼가리씩 물고서 행군하라는 것이었다. 그러고는 음식을 내다가 구양시랑을 대접했다.

황혼 때가 지난 뒤에 일행은 서쪽 성문을 열고서 출발하는데, 선두에는 구양시랑이 수십 기(騎)를 거느리고서 나가고, 송강은 자기 군사를 거느리고 그 뒤를 따랐다.

일행이 이같이 행군하기를 20리쯤 했을 때, 별안간 송강이 마상에서 큰소리로,

"아차! 내가 깜빡 잊었구나!"

이처럼 혼잣말하는 게 아닌가!

"무얼 그러십니까?"

구양시랑이 급히 달려와서 묻는 것이었다.

"아, 내가 군사 오용과 함께 대요(大遼)에 귀순하기로 약조를 해놓고서도, 그만 황겁결에 그 사람을 기다린다는 것을 잊어버리고 그냥 떠났군요. 아무래도 사람을 보내서 그를 데려오도록 하고, 우리는 좀 천천히 가십시다."

이때는 벌써 밤이 3경이 지났을 때다. 그리고 전면엔 벌써 익진관(益津關)이 보이는 것이었다.

구양시랑은 관문 앞으로 달려가서 소리를 질렀다.

"빨리 문을 열어라!"

그러자 관문을 지키는 파수병이 문을 열었다. 일동은 관문을 통과하여 바로 패주로 들어갔다.

구양시랑은 송강을 성중으로 인도하고서 곧 국구 되는 강리정안에게 달려가서 사실을 보고했다.

그런데 강리정안이란 사람은 요국 왕의 왕후의 오라비로서 위인이 권세도 대단하거니와 담이 크고 용맹이 무쌍한 사람으로 부하에 금복시랑(金福侍郎)과 섭청시랑(葉淸侍郎)이라는 두 사람의 시랑을 데리고서 패주를 지키는 터였다.

강리정안은 송강이 자기 나라에 귀순해왔다는 보고를 듣고, 군사는 성 밖에 두어두고 송선봉(宋先鋒)만 성안에 들어오도록 하라고 명령했다.

구양시랑이 그의 명령대로 송강을 데리고 들어가자, 강리정안은 송강의 인물이 비범한 것을 보고 일어나서 뜰아래까지 내려와 영접하여 후당으로 청해 들인 후, 그를 상좌에 앉게 했다.

"이리로 앉으십시오."

그러나 송강은 사양했다.

"천만의 말씀입니다. 국구님은 금지옥엽 같은 귀하신 몸이시고 소장은 일개 항복해온 천한 몸입니다. 국구님이 이같이 관대히 만나주시는 것만 해도 저에게는 영광이옵고, 감사한 말씀 이루 다 말씀드리지 못하는 처지입니다."

"장군의 이름이 사해에 떨치고, 위엄이 중원을 누른다는 말은 자주 듣고 있었습니다. 그래 우리나라 국왕께서도 장군을 사모하고 있던 터입니다."

"황송합니다. 소장은 국구님이 인도하시는 대로 국왕님의 은혜에 진심갈력 보답할 각오입니다."

강리정안은 너무 기뻐서, 급히 음식을 내다가 경하연을 차리게 하고, 또 그와 동시에 소와 말을 잡아서 송강의 군사까지 위로하게 했다.

그뿐만 아니라, 강리정안은 성내에 정결한 집 한 채를 주고서 송강과 화영 등을 그곳에 거처하도록 하고, 또 성 밖에 있던 송강의 군사들도 모두 성내에 들어와 있게 했다. 그는 송강을 꽉 믿고 마음을 턱 놓은 것이다.

송강은 즉시 구양시랑에게 부탁했다.

"미안하지만, 관문을 지키는 파수병에게 부탁 좀 해주십시오."

"무슨 말씀인데요?"

"오용 군사(軍師)가 관문 앞에 닿거들랑 곧 문을 열어주고 통과시켜

주셔야겠습니다. 어젯밤에도 말씀했지만, 황급히 오느라고 내가 기다리지 못하고 먼저 왔기 때문에 그럽니다. 그 사람은 문무겸전하고, 지모 출중하고, 육도삼략을 무불통지(無不通知)하는 사람입니다. 꼭 있어야 할 사람이니 들어오게 하십시오."

"네, 염려 마십시오."

구양시랑은 곧 명령을 내려 익진관과 문안현 두 곳 파수병에게 만일 오용이 오거든 지체 없이 통과시키라고 일러놓았다.

문안현의 파수병이 이 명령을 받은 지 얼마 지나지 아니해서 익진관 앞길에 먼지를 뽀얗게 일으키며 한 떼의 군마가 달려오고 있으므로 파수병들은 그것이 무엇들인지 알 수 없어서 일단 방비할 준비를 갖추고 있노라니까, 아주 청초하게 생긴 수재 한 사람이 앞에 타고 있고, 바로 그 뒤에는 한 사람의 행각승과 한 사람의 행자가 있고, 그리고 그 뒤에 수십 명 수행원이 따라오는데, 그들은 관문 앞까지 가까이 오더니 선두에 섰던 수재가 큰소리로 외치는 것이었다.

"나는 송강의 부하로 있는 군사 오용이라는 사람이다. 형님을 찾아서 오다가 송병(宋兵)한테 추격을 당했으니, 빨리 문을 열어주고 나를 도와다오!"

생각하고 말 것도 없이 이 사람이 틀림없는 오용이므로 파수병들은 의심하지 않고 문을 열었다.

오용이 관문 안으로 들어가자, 행각승과 행자도 들어오려고 하는 것을 파수병들은 막았다.

"안 되오!"

그러나 이때 벌써 행자는 문안으로 뛰어들어가고, 행각승만 병정에게 붙들렸다.

"왜, 나만 못 들어가게 하나? 우리 두 사람이 다 함께 송병한테 쫓겨오는 판인데… 이러지 말고 나를 도와줘!"

"안 돼! 나가!"

파수병들이 기어코 통과시키지 않으려 하자, 행각승과 행자는 그만 소리를 지르는 것이었다.

"이 자식들아! 우리는 중이 아니란 말야! 살인태세(殺人太歲) 노지심과 무송을 몰라?"

이렇게 호령을 하고 노지심이 철선장으로 마구 때리는데, 무송은 관문 밖으로 쫓아나오면서 계도(戒刀)로 파수병을 닥치는 대로 찔러 거꾸러뜨린다. 그리고 수행원 모양으로 따라오던 사람들은 해진·해보·이립·이운·양림·석용·시천·단경주·백승·욱보사 등 일당으로서, 그들은 삽시간에 관문을 지키던 파수병들을 처치해버리고 그곳을 점령해버렸다.

그러자 이때 노준의가 군사를 거느리고 와서 무난히 관문을 통과하여 무안현으로 갔다.

한편 오용은 말을 달려 패주로 갔었는데, 관문을 지키던 파수병의 보고를 듣고 송강은 구양시랑과 함께 성 밖에까지 나와 영접하여 들어가, 즉시 국구가 되는 강리정안에게 오용을 소개시켰다.

오용은 강리정안에게 절을 하고 말했다.

"제가 저 형님하고 함께 떠났더라면 좋았을 것을, 그만 늦게 나오다가 노준의한테 들켜서 관문 앞까지 추격을 당했었는데, 지금 어떻게 됐는지 모르겠습니다."

그가 이렇게 말하고 있을 때, 척후병 한 놈이 급히 뛰어들어오더니 보고한다.

"송병이 문안현을 뺏고서 또 여기로 쳐들어옵니다."

강리정안이 이 소리를 듣고 즉시 군사를 성 밖에 내보내어 싸우도록 하라고 명령하니까, 곁에 있던 송강이 그를 보고 말리는 것이었다.

"아직 가만 계시지요. 그것들이 성 아래까지 온다면, 제가 나가서 좋은 말로 구슬러보겠습니다. 그래도 안 듣는다면, 그때 가서 쳐부셔버려도 늦지 않습니다."

이렇게 말하고 있을 때 또 척후병이 달려와서 보고한다.

"송병이 지금 성 밑에까지 들어왔습니다!"

강리정안이 송강과 함께 성벽 위에 올라가 보니까, 과연 송군은 질서정연하게 성 아래다 진을 쳐놓고 있는데, 진문 앞에서 노준의가 성루 위를 쳐다보더니 큰소리로 외치는 게 아닌가.

"조정을 배반한 송강아, 나오너라!"

이때 송강은 성루 아래 얕은 성벽 위로 내려서서 부드러운 음성으로 말했다.

"여보게, 내 말을 좀 듣게! 송조(宋朝)에서는 상벌이 분명하지 못하고, 간신들이 세도를 하기 때문에 세상이 말이 아닐세. 그래, 나도 여러 가지로 궁리하던 끝에 대요국 황제한테 항복했단 말야. 자네도 나하고 동지가 되어 대요국 황제를 모시고서 부귀를 같이 누리는 것이 양산박 의리가 아니겠는가?"

그러니까 노준의는 대뜸 송강에게 욕을 퍼붓는 것이었다.

"이놈아! 내가 북경서 조용히 가업에 종사하고 있는 것을 네놈이 나를 속여 양산박으로 끌어들였지? 송조의 천자님이 세 번이나 조서를 내려서 우리를 초안하셨는데, 뭣이 부족해서 네놈이 조정을 배반했느냐? 이 어리석고 못난 놈아, 빨리 나와서 승부를 결판짓자!"

송강은 크게 노해 성문을 열게 한 후 임충·화영·주동·목홍 네 사람의 장수로 하여금 노준의를 사로잡으라고 명령했다.

노준의는 네 명의 장수가 뛰어나오는 것을 보더니, 창을 비껴들고 달려나와 마주 싸운다. 그는 조금도 겁내는 기색이 없다.

이렇게 싸우기를 20여 합, 마침내 네 명의 장수가 그를 당해내지 못하고 성으로 도망쳐 들어가자, 노준의는 창을 휘저으며 군사를 휘동하여 그 뒤를 쫓는다.

이때 임충과 화영이 성문을 지키며 조교(吊橋) 앞에 섰다가 그를 가로막고 두어 번 접전하더니, 못 당하는 체하고 달아나면서 노준의를 성내로 들어오게 했다. 그러자 밖에 있던 군사들이 일제히 쏟아져 들어가고, 안에 있는 송강의 군사가 이에 합세하여 동충서돌(東衝西突)하는 바람에 성내에 있던 요국 군사는 대부분 거꾸러지고 남은 것들은 모두 항복해버렸다.

국구 강리정안은 눈을 멀거니 뜨고 입을 벌린 채 혼비백산하여 어쩔 줄을 몰라 하다가 마침내 구양시랑과 함께 송강군한테 포로가 되고 말았다.

송강이 군사를 거느리고 성중에 들어가서 관아(官衙)에 좌정하니까 모든 장수들이 들어와서 그에게 인사를 드린다. 송강은 그들에게서 인사를 받은 후 즉시 강리정안과 구양시랑·금복시랑·섭정시랑 등 네 사람의 포로를 데려오게 하여 그들에게도 자리를 권하고 앉게 했다.

그러고서 송강은 그들을 보고 부드러우나 위엄 있게 말했다.

"당신네들은 우리를 잘못 보았소! 우리들 일당은 흔히 산속에 숨어 있는 도적놈들과는 종류가 다른 사람들이란 말요. 우리는 한 사람 한 사람이 다 하늘의 성수의 일원이란 말이오. 천자를 배반하고 요에 귀순하다니 그럴 이치가 있겠소? 이번에 우리가 당신네 패주 땅을 뺏으려고 그 기회를 만든 것뿐이오! 이제 우리가 이곳을 빼앗고 성공했으니까, 국구님은 본국으로 돌아가시오. 결코 당신네들을 죽일 생각은 없으니까 안심하고, 부하들이나 가족들도 모두 데리고 가시오. 그리고 패주 땅이 우리 조정의 소유가 된 이상, 감히 도로 찾으려는 생각도 하지 말란 말요. 만일 그렇지 않고 싸울 생각을 갖는다면, 그때엔 조금도 용서 없을 테니까 그런 줄 아시오!"

송강은 이렇게 이르고 그들을 모조리 유주로 쫓아보냈다. 그러고서 그는 성중 여러 곳에 방을 써붙이고 백성들을 어루만지는 한편, 부선봉 노준의에게 군사의 절반을 주어 계주에 가서 그곳을 수비하도록 하고 나머지 절반의 군사는 자기가 거느리고 패주를 지키기로 했다. 그리고 조안무에게 패주 땅을 점령했다는 보고를 올렸더니, 조안무는 대단히 기뻐서 즉시 상주문을 조정으로 보냈다.

한편, 강리정안은 세 사람 시랑과 함께 많은 사람들을 데리고 연경으로 들어가 국왕한테, 송강이 거짓 항복해와서 패주를 빼앗은 사실을 아뢰었다.

요국 왕은 보고를 듣고 화를 벌끈 내면서, 구양시랑을 보고 큰소리로 꾸짖는 것이었다.

"도대체 네가 사람의 새끼냐? 눈을 뜨고 앉아서 적에게 속아 패주 같은 요긴한 성지(城池)를 빼앗기다니… 그러다간 이 연경(燕京)도 내주겠구나? 여봐라, 빨리 이놈을 내다가 목을 베어라!"

국왕이 이렇게 호령하자, 열(列)에서 올안 도통군이 국왕 앞으로 나와 아뢰는 것이었다.

"나라님께선 너무 근심하지 마십시오. 제가 그놈들을 쳐부술 도리가 있습니다. 그러니 구양시랑을 살려주십시오. 만일 송강이 안다면, 도리어 그놈이 우리를 비웃을 겝니다."

요국 왕은 이 말을 듣고 구양시랑을 끌어다 죽이라는 명령을 거두었다.

올안 도통군은 다시 아뢰었다.

"제가 부족한 인간이올시다마는, 부하로 있는 이십팔수(二十八宿) 장군과 십일요(十一曜)의 대장을 끌고 나가서 그놈들 오랑캐들을 단숨에 무찔러버릴 테니 안심하십시오."

올안 도통군의 이 말이 채 끝나기 전에, 이번엔 하통군(賀統軍)이 열에서 앞으로 나오더니 아뢰는 것이었다.

"나라님, 안심하십시오. 제가 말씀드릴 테니 들어주십시오. 속담에도 있지 않습니까? 닭을 잡는 데도 소 잡는 칼을 쓴다더냐? 이렇게 말합니다. 그러니까 정통군(正統軍)이 친히 나갈 것도 없습니다. 제가 나가서 계교를 써서 그놈들을 모조리 죽여 씨를 없애놓고 오겠습니다."

요국 왕은 이 소리를 듣고 입이 딱 벌어지더니,

"그래? 그런 묘계가 있다니, 대관절 어떤 계책이란 말인가?"

하고 그에게 계교를 묻는 것이었다.

그런데 이 하통군이란 사람은 성이 하(賀)가요, 이름은 중보(重寶)로 올안 통군 밑에 부통군(副統軍)으로 있는 사람인데 키는 열 자나 되고, 힘은 만 명을 대적할 만하고, 게다가 요술을 잘 부리고 삼첨양인도를 잘 쓰는 장수로서, 현재 유주를 지키고 있으면서 인근 여러 고을의 군마를 총괄하고 있는 사람이다.

청석욕의 혈전

하중보는 국왕한테 묘계(妙計)라는 것을 아뢰었다.

"제가 지키고 있는 유주에 청석욕(青石峪)이란 곳이 있습니다. 그런데 이곳에 들어가려면 길은 하나밖에 없는 데다 사방이 모두 산으로 에워싸였기 때문에 빠져나갈 길이라곤 없습니다. 제가 십 수 기 부하를 데리고 가서 그놈을 청석욕으로 꾀어들인 후 밖에서 군사로 에워싸버리면, 그놈들은 나오지도 못하고, 그 안에서 굶어죽을 수밖에 도리가 없게 됩니다."

그러자 올안 도통군이 묻는 것이었다.

"좋은 꾀요마는, 대관절 무슨 계교로 그놈들을 청석욕으로 꾀어들인단 말이오?"

"예, 어려울 거 없습니다. 저놈들이 그동안 우리나라 큰 고을 세 군데를 빼앗고서 지금 아주 기고만장해 있을 겁니다. 그리고 또 유주를 치려고 들먹거릴 게란 말씀예요. 이럴 때에 우리가 저놈들을 조금만 충동거리면 저놈들은 틀림없이 쫓아나올 게니까, 그때 청석욕으로 낚아들이면 됩니다."

"글쎄, 그렇게 생각한 대로 일이 들어설까? 하여간 싸우기는 해야 할 형편이니까, 아무쪼록 잘해보시오."

하중보 하통군은 올안 도통군의 허락을 얻은 후 국왕 앞을 물러나와 부하 병정들을 이끌고 유주로 돌아왔다. 유주로 돌아온 그는 군사를 소집하여 3대로 나누어서, 한 대는 유주를 지키고 두 대는 패주와 계주를 향해서 떠나보내는데, 큰 동생 하탁(賀拆)에게는 패주를 맡기고, 작은동생 하운(賀雲)에게는 계주를 맡겼다.

　　"똑똑히 들어라! 패주로 가서든지, 계주로 가서든지, 어느 쪽이고 들이치는 체하고 적을 꾀어내기만 하란 말야! 꾀어내서 유주 경계선까지 끌어오면, 그땐 내가 하라는 대로만 하면 되는 거야!"

　　하통군은 두 아우에게 이같이 일러보냈다.

　　한편, 이때 패주를 지키고 있는 송강은 연락병으로부터 보고를 받았다.

　　"적군이 지금 계주에 침입해왔습니다! 혹시 낭패가 있을지 모르니까, 구원병을 보내주십사고 합니다."

　　"알았다. 치러 왔다면 대적해 싸워야지. 이번 기회에 아주 유주를 뺏어버려야겠다!"

　　송강은 이렇게 말하고 극히 소수의 인마만 남겨 패주를 지키게 한 후, 대부분의 군마를 이끌고 계주로 달려와 노준의 군사와 합세한 후 기회가 닥치면 유주를 들이치기로 작정하고 기다렸다.

　　그런데 그동안 하통군의 큰동생 하탁이 군사를 이끌고 패주에 갔을 때 마침 이때 송강이 군사를 이끌고 나오는 중이었다. 그래서 양쪽 군사는 도중에서 만나 마주 싸웠다.

　　그러나 하탁은 불과 3합을 싸우고서 몸을 돌이켜 도망하므로, 송강은 만일을 염려하여 그 뒤를 쫓지 아니했다.

　　또 한편, 하통군의 둘째동생 하운의 군사도 계주를 향해 나오다가 도중에서 호연작의 군사를 만나 싸우지도 않고 자진해 퇴각해버렸던 것이다.

송강은 이같이 해서 노준의와 함께 합세하여 지금 중군에 들어가서 유주를 공략할 의논을 시작했다.

이때 송강과 노준의의 주장만 듣고 있던 오용과 주무가 걱정스럽게 말했다.

"유주에서 적병이 두 갈래의 길로 나누어서 우리를 치러 오는 것을 본다면, 이것은 반드시 우리를 유인하려는 계책입니다. 좀 더 정세를 관망할 일이지 경솔히 쫓아나갈 일이 아닙니다."

그러나 노준의는 오용과 주무의 말에 반대하는 것이었다.

"그렇지 않습니다. 두 분의 생각이 잘못입니다. 적군이 그동안 여러 차례 싸움에 지고 난 뒤니까, 도저히 그 같은 유인책을 쓸 여유가 없을 지금, 시작한 김에 아주 요정을 지어야지, 그러지 않고서는 언제 유주를 뺏게 되는지 알 수 없단 말예요."

곁에서 송강도 노준의와 같은 의견을 말했다.

"적은 지금 세궁역진(勢窮力盡)해서 그런 꾀를 쓸 여유가 없죠. 이번에 아주 유주를 공략합시다!"

송강과 노준의는 마침내 오용과 주무의 말을 듣지 않고, 유주를 치기 위해 패주와 계주의 군사를 3대로 나누어 출동했다.

이같이 하여 행군하노라니까, 전군(前軍)에서 보고가 들어왔다.

"앞에서 요국군이 길을 막고 있습니다."

송강이 선두로 달려나와 바라보니, 과연 언덕 서쪽에 검은 기를 든 한 떼의 군사가 나와 있는 게 아닌가.

송강은 즉시 선두에 있던 군사를 산개시켰다.

적군도 이때 군사를 교대로 나누어서 언덕 아래다 진을 벌이는데 송강과 노준의가 바라보니, 마치 검은 구름이 땅 위에 덮인 것처럼 쫙 깔려서 병력은 수십만 명이나 되는 것 같은데, 진전에 말을 타고 서 있는 장수는 손에 삼첨양인도를 들고 있으며, 그의 인군기(引軍旗)에는 '대요

부통군 하중보(大遼副統軍 賀重寶)'라고 쓰여 있다.

"저게 요국의 통군이지만, 필시 상장(上將)일 거요. 누가 나가서 저놈을 대적할꼬?"

송강이 적진을 바라보며 이같이 말하자, 대도 관승이 청룡언월도를 비껴들고 적토마를 채쳐 적진으로 달려나가 하통군과 마주 싸운다.

두 장수가 맞붙어 싸우기를 30여 합, 처음에는 하통군이 잘 싸웠으나 점점 기운이 부치는 것처럼 피로해 보이더니, 그는 몸을 돌이켜 자기 진으로 달아나버린다.

관승은 소리를 지르면서 급히 그 뒤를 추격했다.

하통군은 패군을 이끌고 언덕을 돌아서 정신없이 달아난다.

송강은 이놈을 잡아야겠다 생각하고서 그 뒤를 질풍같이 쫓아갔는데, 약 4, 50리가량 갔을 때 사방에서 북소리가 요란하게 일어났다.

'아뿔싸! 너무 깊이 들어왔나 보다…'

송강이 깨닫고서 급히 군사를 도로 돌리려 했을 때, 왼쪽 산모퉁이에서 한 떼의 적군이 뛰어나와 길을 막는 게 아닌가.

송강은 급히 군사를 나누어 대적하려 했으나, 어느새 오른편에서도 적군이 뛰쳐나오고, 이때까지 달아나고 있던 하통군이 돌아서서 정면으로부터 달려든다. 이리해서 송강은 삼면협공을 당해 형편없이 참패하여 그의 부대는 마침내 두 토막으로 잘렸다.

이때 노준의는 군사를 거느리고 후방에서 싸우고 있었지만, 전방의 군사가 보이지 않았기 때문에 급히 길을 찾아 회군하려 했다.

그러나 이때 별안간 옆길에서 고함 소리가 천지를 진동시키며 삼중으로 포위하는 게 아닌가.

노준의는 정신을 가다듬으며 포위망을 뚫으려고 동충서돌하는데, 이때 갑자기 음산한 바람이 불기 시작하더니 검은 구름이 하늘을 덮어버리고, 사방은 어두워져서 동서남북을 도무지 분간하지 못하게 되었다.

노준의는 대단히 당황해 약간의 부하 장병들과 함께 죽을힘을 다해 가면서 빠져나갈 길을 뚫는 중인데, 전면에서 말방울 소리가 들리므로 그는 그쪽으로 돌격하여 나가봤다. 그랬더니 좀 더 전방에서 사람의 말소리와 말이 우는 소리가 들리는 까닭으로 그는 장병들을 이끌고 앞으로 더 나갔다. 그럴 때에 갑자기 모진 바람이 일면서 모래와 조약돌이 마구 날리는 통에 얼굴을 맞대고서도 누가 누구인지 알 수 없는 형편이다.

노준의는 눈을 찌그려 감은 채 아무렇게나 마구 달렸다.

이렇게 얼마를 가노라니까 바람이 겨우 자고 구름이 걷히면서 하늘에 별이 보이는 것이었다. 밤이 아마 2경쯤 된 모양이다.

이때서야 비로소 여러 사람이 사방을 둘러보니 뺑 둘러 높은 산이 보이고 좌우 양쪽으로는 깎아세운 듯한 절벽이라 발을 붙이고 올라갈 도리가 없어 보인다.

노준의는 마음이 대단히 불안했지만, 우선 누구누구가 따라왔나 하고 장병을 둘러보니, 서녕·삭초·한도·팽기·진달·양춘·주통·이충·추윤·양림·백승 등 대소 12두령과 군사 5천 명이 따라와 있는 것이다.

그는 현상을 확인하고서 우선 빨리 이곳을 빠져나가야겠으므로 별빛 아래서 돌아갈 길을 찾아보았으나, 사방이 고산준령(高山峻嶺)이기 때문에 나갈 길이 없다. 노준의는 그만 한숨을 쉬었다.

"온종일 싸웠기 때문에 모두들 기진맥진했을 거요. 우선 여기서 잠시 눈을 붙이고 내일 아침 날이 밝거들랑 나갈 길을 찾아봅시다."

노준의는 장수들한테 이렇게 말하고 땅바닥에 다리를 뻗고 누워버렸다.

그런데 한편, 송강으로 말하면, 하통군의 군사와 맹렬히 싸우는 중별안간 검정 구름이 하늘을 덮고 모진 바람이 일면서 모래와 조약돌이 풀풀 날아오는 까닭에 눈도 뜨지 못하는 판국이었는데, 송강을 따라오던 공손승은 이것이 곧 요술인 것을 알고, 급히 보검을 빼들고서 마상

에 앉은 채 주문을 외우고는,

"빨리!"

하고 소리를 지르고 칼끝으로 앞을 가리키니까, 이제까지 하늘을 덮었던 검은 구름이 걷히고 바람이 자버리면서 요국군도 싸우지 않고 물러선다.

이때 송강의 군사는 포위망을 뚫고 몰려나와 높은 산 밑으로 달려오다가 본부에서 오는 군마를 만나 군량을 실은 수레를 삥 둘러 세운 후, 그 속에서 그 밤을 쉬었다.

날이 밝자 부하들을 찾아보니 노준의 등 13명과 5천 명 군사가 어디로 갔는지 보이지 아니하므로, 송강은 호연작·임충·진명·관승 등 네 사람으로 하여금 노준의의 행방을 찾아보라고 부탁했다.

그러나 네 사람은 군사를 데리고 나가서 종일토록 헤매다가 아무 소식도 못 얻은 채 그대로 돌아왔다.

"심상한 일이 아니다. 아무래도 무슨 변이 난 모양인데…?"

송강은 이렇게 혼잣말하고, 향로에 향을 피운 후 현녀(玄女)의 점을 쳐보았다. 그러고서 점괘를 하나 얻었다.

"음, 대체로 말해서 걱정할 건 없으나, 그러나 지금 그늘진 으슥한 곳에 떨어져서 쉽사리 못 나오게 된 형상이다."

송강은 이내 마음이 불안해서 견딜 수가 없으므로 해진·해보 두 사람을 불러 일렀다.

"자네들 형제가 사냥꾼으로 변장하고 산속에 들어가 찾아보게. 아무래도 그늘진 으슥한 곳에 빠져 있는 모양이야."

그러고서 송강은 또 시천·석용·단경주·조정 등 네 사람을 불러 그들을 보고도 사방으로 다니면서 소식을 알아오라고 부탁했다.

해진과 해보는 호랑이 가죽으로 지은 겉옷을 입은 후 사냥할 때 쓰는 강차(鋼叉)를 들고 깊은 산속으로 들어갔다.

어느덧 날이 저물었다.

두 사람이 아무리 가면서 보아도 사람이 사는 집이라곤 보이지 아니하고 겹겹이 둘러 있는 게 산이었다.

이날 밤 하늘에선 달빛이 몽롱하게 비치는데 그들은 또 몇 고개를 넘어갔다. 이렇게 가다가 한 고개 위에서 바라다보니 저 아래 산모퉁이에 불빛이 하나 보인다.

"저기 불빛이 보이지 않니? 저게 필시 사람이 살고 있는 집일 거야. 우리 저 집으로 가서 밥이나 좀 얻어먹자."

그들은 불빛을 바라보고 걷기 시작하여 불과 1리도 못 가서 보니까 수림이 우거진 그 속에 초가삼간이 있고, 뚫어진 바람벽으로 불빛이 새어나오는 것이었다.

두 사람이 문을 열고 들어가니까, 방 안에는 60쯤 되어 보이는 노파가 등불 아래 앉았다가 그들을 바라본다.

형제는 손에 들었던 강차를 내려놓고 노파에게 절을 했다. 그러자 노파는 눈을 끔뻑끔뻑하면서 두 사람을 자세히 보더니 말하는 것이었다.

"난 우리 집 아들들이 돌아온 줄 알았더니, 어디서 온 나그네들이시우? 절은 그만두고 어서 일어나시우. 그런데 어디서 온 사냥꾼들인데, 어쩌다가 여길 오셨수?"

"네. 저희들은 원래 산동서 사냥꾼으로 지내다가, 이번에 이 지방으로 장사를 하러 나왔습니다. 그런데 뜻밖에 여기 와서 난리를 만나게 되어 그 바람에 본전을 몽땅 손해봤답니다. 그래 하는 수 없이 산에 들어와서 짐승이나 잡아 요기나 하려다가 그만 길을 잃어버렸습니다. 대단히 죄송합니다만, 하룻밤 댁에 신세를 져야겠습니다."

"참, 뜻밖에 고생을 하시는군… 우리 집 아들들도 사냥꾼이라우. 아마 곧 돌아올 게니까, 조금 앉아서 기다려보시우. 내가 저녁밥을 지어드릴게."

"참, 너무나 감사합니다."

노파가 안으로 들어간 뒤에 해진과 해보가 문간에 걸터앉아 있노라니까 조금 있다가 젊은 사내 두 사람이 노루 한 마리를 떠메고 문 앞에 가까이 오더니,

"어머니! 어데 계셔요?"

하고 부르는 것이었다. 그러자 노파가 안에서 총총히 나왔다.

"인제 오는구나! 어서 그걸 내려놓고 이 손님들하고 인사나 해라."

이 말을 듣고서 해진과 해보가 얼른 일어나서 절을 하니까, 두 사람도 답례를 하고서 묻는 것이었다.

"손님들은 어디 사시는 분이신데, 어떻게 여길 오셨습니까?"

해진 형제가 아까 노파에게 말한 대로 그들이 여기까지 오게 된 내력을 이야기하니까 젊은이 한 사람이 입을 열었다.

"우리는 조상 때부터 여기 살고 있는 터입니다. 나는 유이(劉二)라는 사람이고, 이 사람 내 동생은 유삼(劉三)이라고 부릅니다. 우리 아버지는 유일(劉一)이라는 어른이십니다마는, 불행히 연전에 이 세상을 떠나시고 지금 어머니만 모시고 지냅니다. 그러니까 저희 집에서는 3, 40년 오래전부터 사냥꾼으로 생업을 삼고 살아오는 터이죠. 그런데 이 고장의 지세가 어찌나 험한지, 우리도 아직 모르는 곳이 있답니다. 지금 말씀을 들으니 두 분이 다 산동 사람이라고 하십니다마는, 산동 사람이 뭣 때문에 이곳까지 옵니까? 옷이 그립습니까? 밥이 없습니까? 숨길 건 없습니다. 바른대로 말씀하십시오. 두 분은 사냥꾼이 아니시지요?"

본색을 알고서 이같이 묻는 데야 숨길 수가 없으므로 해진과 해보는 땅바닥에 무릎을 꿇었다.

"사실대로 말씀드립니다. 저희들도 본시 산동 땅에서 사냥을 하던 사람입니다. 저희들 두 사람도 형제간인데, 저는 해진이고, 동생은 해보입니다. 두 사람이 다 같이 양산박에 있는 송공명 형님 밑에서 도적 행

세를 하고 지내오다가 이번에 초안을 받았기 때문에 형님을 따라 요국을 치러 나왔습니다. 그런데 일전에 하통군과 접전을 했을 때 우리 장병 한 떼가 어디로 갔는지 행방불명이 됐기 때문에 송공명 형님이 저희 형제더러 행방을 알아오라 해서, 그래서 나온 것입니다."

이 말을 듣고, 그 집 젊은이 형제는 껄껄 웃는다.

"하하, 그러고 보니까 두 분이 다 호걸이구려! 어서 일어나시오. 길은 내가 가르쳐드릴 테니까 걱정 마시고, 저리로 가서 앉읍시다. 노루다리를 찌고 술을 따끈하게 데워 우리 같이 술이나 한잔 하십시다."

유이와 유삼은 두 사람을 데리고 방으로 들어갔다.

노파가 술과 고기를 내다주니까, 젊은이 형제는 해진 형제에게 술을 권하면서 이야기를 시작했다.

"그런데 우리 이야기나 합시다. 양산박 송공명이라는 사람이 하늘을 대신해서 도를 행한다는 소문은 오래전부터 듣고 있습니다만, 정말로 양민한테는 해를 끼치지 아니했나요?"

해진 형제가 대답했다.

"정말입니다. 송공명 형님은 충의만 생각하시는 분이지, 절대로 양민들한테는 손을 대지는 않았습니다. 그저 탐관오리들만 때려잡았지요."

"그럼, 듣던 말이 사실이로군!"

주인 형제는 아주 탄복하면서 좋아한다. 그리고 또 술을 권했다.

해진과 해보가 말을 꺼냈다.

"그런데 우리 군대의 장병들이 어디로 갔을까요? 두령이 10여 명, 병정이 4, 5천 명이 없어졌는데, 혹시나 함정에 빠져버린 거 아닐까요?"

"당신들은 이 북쪽 지방의 지리를 잘 모르실 겝니다만, 이곳 유주 관내엔 청석욕이란 곳이 있는데, 사방은 대패로 밀어놓은 것처럼 깎은 듯한 절벽이 높다랗게 둘러섰답니다. 그래서 한 번 이 골짜기에 들어갔다가 길이 막히고 보면, 꼼짝 못 하고 독 안에 든 쥐가 돼버리지요."

"그런 곳이 있단 말씀이죠? 그럼, 노두령이 그곳에 빠지셨나?"

"글쎄요… 하여간 이 근처엔 거기만큼 넓은 골짜기는 없습니다. 지금 당신네들의 송선봉이 주둔하고 있는 곳은 독록산(獨鹿山)이라는 곳인데, 그 산 앞 평지에서는 접전을 할 수 있을 뿐 아니라 산등성이에 올라서서 바라보면, 사방에서 오는 군사가 보일 겝니다. 만일 당신네들이 행방불명된 장병들을 구해내려면 먼저 청석욕을 깨트려야지요. 그런데 이 청석욕 어귀는 틀림없이 많은 군사가 막고 있을 겝니다."

"그렇겠군요."

"그런데 이 근처 산에는 측백나무가 흔하지만, 특히 청석욕 입구에는 유별나게 큰 측백나무 두 그루가 서 있는데, 이놈이 우산을 쫙 펴서 높이 세워놓은 것처럼 사방 어디서고 잘 보입니다."

"그 큰 나무 있는 곳이 바로 청석욕 들어가는 입구로군요?"

"그렇지요. 그런데 또 한 가지 미리 알아둬야 할 것은 하통군이 요술을 잘 부린다는 겁니다. 송선봉이 하통군을 무찌르려면, 우선 이 점을 알고 대비해야지요."

"감사합니다."

해진 형제는 이튿날 유씨의 집을 떠나, 송강의 진지로 돌아왔다.

송강은 해진 형제로부터 자세한 보고를 듣고 놀랐다. 그는 곧 오용을 청해 노준의를 구해낼 계책을 의논하는 중인데, 군졸 한 명이 쫓아들어오더니,

"지금 단경주·석용 두 분이 백승 두령을 데리고 옵니다."

하고 보고를 올리는 것이었다.

"뭐라구? 백승 두령을 데리고 오다니… 그 사람은 노선봉과 함께 행방불명됐던 사람인데 그가 돌아왔다면 필유곡절일 게다. 빨리 들어오시라고 해라!"

세 사람이 들어오더니, 먼저 단경주가 경과보고를 시작했다.

"제가 석용 형님하고 높은 산모퉁이에서 바라보노라니까 산등성이에서 담요때기 커다란 뭉치가 데굴데굴 굴러 내려오지 않겠어요? 그래 땅바닥에 떨어진 뒤에 쫓아가 보니까, 담요를 꿰매어 전대같이 만들어 끈으로 칭칭 감아놓았는데, 그 속에 백승 형님이 들어 있군요!"

그러자 곁에서 백승이 이야기를 가로채 설명한다.

"노두령님하고 저희들 열세 명이 적과 대전하고 있는데, 별안간 천지가 캄캄해지더니 동서남북을 분간할 수 없게 되는군요. 그런 중에도 전방에서 사람들의 소리와 말 우는 소리가 나기 때문에 노두령이 치고 나가라고 명령하셨지 뭐예요. 그래, 우리가 마구 치고 들어갔더니, 누가 그런 줄 알았나요? 아주 사지에 뛰어들었단 말씀예요! 사방이 모두 깎아세운 듯한 높은 산이고, 당장 군량이 떨어지고 없으니까 큰일 났다고, 노두령이 절더러 산꼭대기로 올라가 굴러떨어져 길을 찾아 본진에 보고를 하라 해서, 그래서 그렇게 했던 것인데, 마침 석용과 단경주 두 형제를 만나게 된 거랍니다. 어서 속히 구원병을 보내서 구해내셔야지, 그렇지 않으면 모두 목숨을 부지하지 못할 겁니다."

"한시도 지체할 수 없다!"

송강은 즉시 군사를 동원시키고, 해진과 해보 두 사람으로 하여금 길을 인도하도록 한 후, 밤을 도와 큰 측백나무 있는 곳을 찾아가게 했다. 그리고 마군과 보군에게 엄명을 내려, 세상없어도 골짜구니 입구를 막고 있는 적군을 분쇄해버리고 들어가야 한다고 일렀다.

이 같은 엄명을 받고 군사들이 진격하는 도중에 날이 밝아오는데, 멀리 바라다보니 과연 산기슭에 우산같이 생긴 두 개의 높다란 나무가 보인다.

해진과 해보는 군사를 휘몰아 그 앞에까지 바싹 들어갔다.

"오냐! 너희들 오기를 기다렸다!"

하통군은 이때 그곳을 수비하고 있던 군사들을 일렬로 산개시키면서 이렇게 큰소리했다. 그러자 그의 큰동생 하탁과 작은동생 하운이 일시에 뛰어나간다.

송강의 군대는 세상없어도 이곳은 점령해야 하는 형편이라, 표자두 임충이 먼저 말을 달려 들어가 하탁과 싸우기 불과 두 합, 어느새 하탁은 아랫배를 창에 찔려 말 위에서 떨어져버렸다.

이때 마군한테 선공을 빼앗긴 보군들은 일제히 '와' 소리를 높이 지르면서 흑선풍 이규가 두 자루 도끼를 춤추며 선두에서 요국군을 무찌르고 들어가니, 그 뒤로는 혼세마왕 번서·상문신 포욱·그리고 패수(牌手)의 항충·이곤이 부하를 거느리고 요국군의 중앙을 돌격하는 것이었다.

이때 흑선풍이 하운 장수 앞으로 뛰어들면서 말 다리를 도끼로 찍으니까 말이 거꾸러지면서 하운이 땅바닥에 떨어진다. 흑선풍은 달려들어 사람과 말을 토막토막 도끼로 난도질해버린다.

이 모양을 보고 요국군은 일제히 흑선풍 앞으로 뛰어가려 했으나, 혼세마왕 번서·상문신 포욱·항충·이곤 등의 패수들에게 질려서 감히 접근하지 못하는 것이었다.

이때 하통군은 동생 둘이 죽는 것을 보고는 입속으로 부지런히 주문을 외웠던 것이다.

도대체 요술이란 무엇인지, 별안간 광풍이 대작하고, 검정 구름이 골짜구니를 꽉 메우더니, 지척을 분간할 수 없게 된다.

이렇게 하통군이 재주를 부리는 것을 본 공손승은 말을 달려 가까이 나오더니, 보검을 뽑아들고 입속으로 불과 두어 구절 주문을 외우고는 큰소리로,

"빨리!"

하고 칼끝을 견주니까 이 아니 신통한가! 지금까지 거세게 몰아치던 광풍이 잔잔해지고, 캄캄하던 구름도 깨끗이 사라지고는, 금시에 맑은 하늘에 눈부신 해가 드러난다.

송강군의 마군과 보군은 이때 목숨을 버리고 들이쳤다.

이렇게 되고 보니 요술도 효력이 없어지고 사태가 급하게 되었는지라 하통군은 칼을 높이 들고 쫓아나와 송강군의 장수들과 싸웠다. 그러나 원체 송강군의 형세가 강대하기 때문에 하통군의 군사는 동쪽과 서쪽 두 갈래로 쪼개져 물러났다.

그러자 송강군의 마군이 요국군을 추격하는 동안, 보군의 일부가 골짜기니 입구에 막아놓은 청석(靑石)을 모조리 헐어버리고 길을 터놓으니, 삼군이 일제히 청석욕 안으로 조수처럼 밀려들어갔다.

이때 노준의는 구원병을 보고 얼마나 반갑고 부끄러웠던지, 눈물을 좔좔 흘렸다.

송강은 곧 영을 내려 요국군 추격하는 것을 그만두고 군사를 거두어 독록산으로 돌아가도록 했다. 그리고 그동안 청석욕 사지에 빠져 굶주리던 군사들을 편히 쉬게 했다.

노준의는 송강을 만나자 소리를 내어 흐느껴 울었다.

"형님이 만일 구해주시지 아니했더라면, 우리는 속절없이 여기서 죽었을 겝니다!"

"그런 말씀 마십시오. 어서 돌아가십시다."

송강은 이같이 위로하고서 노준의·오용·공손승과 함께 말을 나란히 타고 본진으로 돌아가 군장을 풀었다.

이튿날, 군사 오용이 말하는 것이었다.

"청석욕을 깨뜨렸으니까 이제는 완전히 우리가 유리하게 되었습니다. 이 기회를 놓치지 말고 유주를 뺏어야 합니다. 유주를 뺏기만 하면, 요국이 송두리째 우리 손에 들어오는 날이 멀지 않습니다."

"옳은 말씀이오! 그렇게 합시다."

송강은 즉시 찬동하고 노준의 등 열세 명의 장수들과 청석욕에 빠져서 고생하던 군사들은 일단 계주로 돌아가도록 한 후, 자기는 친히 다른 장수들을 데리고 군사를 거느리고서 유주를 향해 독록산을 떠났다.

이때, 하통군은 성중으로 물러가 있었으나, 동생 둘을 잃어버렸기 때문에 가슴이 아파서 만사에 도무지 뜻이 없었다.

그런데 이같이 시름없이 앉아 있는 하통군한테 파수병이 쫓아들어와서 놀라운 사실을 알리는 것이었다.

"송강의 군사가 지금 유주로 쳐들어온답니다!"

이 소리를 듣고 하통군의 부하가 먼저 성 위에 올라가 바라보니 동북방에서는 붉은 기를 든 군대가, 서북방에서는 푸른 기를 든 군대가 각각 유주성을 향해서 몰려오고 있으므로 그들은 즉시 하통군에 보고했다.

하통군이 친히 성 위에 올라가 바라보니, 그것은 송강군의 기호가 아니라 요국군의 기호가 분명하므로 너무도 좋아서 그는 어쩔 줄 몰랐다. 동북방에서 오는 군사의 붉은 기에는 모두 은자(銀字)를 수놓았는데, 이 부대를 거느린 사람은 요국 왕의 부마 태진서경(太眞胥慶)으로서 그가 거느린 병력은 5천여 명이나 되어 보이고, 서북방에서 오는 군사의 푸른 기에는 금자(金字)를 수놓고 모두들 꿩의 깃을 꽂았는데, 이 부대를 거느린 사람은 이금오(李金吳) 대장이다. 금오라는 것은 이름이 아니고 집금오(執金吳)라는 벼슬 칭호를 줄여서 부르는 말인데, 원래 이 사람은 정수황문시랑(正受黃門侍郎) 좌집금오상장군(左執金吾上將軍)으로서 성은 이가(李哥)요 이름은 집(集)이지만, 모두들 이금오라 부르는 것이었다.

그런데 이 사람은 저 이능(李陵)의 자손이기 때문에 '금오'라는 관작을 계승하고 있는 터인데, 지금은 웅주에 주둔하고 있으면서 십만여 명의 군사를 거느리고 있는 터이다.

그리고 바로 이 사람이 송나라의 국경을 침노하던 장본인인데, 이번에 요국 왕이 성을 몇 곳 빼앗겼다는 기별을 받고서 응원을 온 것이다.

하통군은 이같이 두 갈래의 길로 구원병이 오는 것을 바라보다가 사람을 내보내어 미리 연락을 했다. 즉, 구원병들은 바로 성내로 들어오지 말고 산 뒤로 돌아가서 복병하고 있다가, 성안에서 우리 군사가 나오고 송강의 군사가 닥쳐오거든, 그때 좌우에서 송강군을 협공해달라는 것이었다.

이같이 연락을 시키고 나서 하통군은 적을 맞아 싸우려고 유주의 성을 나왔다.

이때 송강 등 여러 장수들은 이미 유주에 가까이 당도했었는데, 오용이 문득 이렇게 말하는 것이었다.

"적이 성문을 닫고 밖으로 안 나온다면 그것은 준비가 없는 증거일 것이고, 만일 가까이 군사를 거느리고 성 밖으로 싸우러 나온다면 그것은 반드시 근처에다 복병을 숨겨놓고 있다는 증거일 겝니다. 그러니까 우리는 미리 군사를 세 갈래로 나누어서 진격해야 합니다. 한 갈래는 바로 유주를 곧장 들이치고, 두 갈래의 군사는 새의 날개처럼 유주를 양쪽으로 에워싸고 들어가다가 만일에 복병이 나타나거든, 그때 그것들과 싸우게 해야 할 겁니다."

송강이 이 말을 듣고 찬성했다. 그러고서 송강은 즉시 관승·선찬·학사문으로 하여금 좌군을 영솔하게 하고, 호연작·단정규·위정국으로 하여금 우군을 영솔하게 하는데 각각 1만 명의 군사로써 산 뒤편의 오솔길로 천천히 나아가게 하고, 송강 자신은 대군을 거느리고 바로 유주를 향해서 나아갔다.

한편, 하통군은 군사를 이끌고 나오다가 도중에서 송강의 군대와 맞부딪쳤다.

양군이 서로 상대하자 임충이 말을 채쳐 나와 하통군과 싸우는데, 하통군은 5합도 싸우지 못하고서 말머리를 돌려 도망쳐버린다.

송강의 군사가 그 뒤를 급히 추격했더니, 하통군은 군사를 두 갈래로 나누어 유주로는 들어가지 않고, 성의 왼편을 돌아 멀찍이 달아난다.

이때 오용이 마상에서 소리쳤다.

"추격하지 말라!"

이 소리가 떨어지자마자 과연 복병하고 있던 태진부마가 뛰어나왔다.

그러나 이때 날쌔게 관승이 뛰어나와 가로막고 싸운다. 그러자 오른 편에서 또 이금오가 뛰어나오는 것을 호연작이 기민하게 가로막고 싸웠다.

이와 같이 세 갈래의 군사가 적군을 가로막고 크게 싸우니, 피는 흘러 내를 이루고, 시체는 들에 가득히 쌓이는 형편이었다.

하통군은 싸움의 계획이 처음부터 어긋나 이 모양으로 역습을 당하게 되자, 도저히 이길 자신이 없으므로, 일단 유주로 돌아가야겠다 생각하고 돌아섰다. 그러자 송강군의 두 장수가 그에게 덮쳐드니, 한 사람은 화영이요, 한 사람은 진명이었다.

하통군은 두 장수를 피하여 서문 쪽 성 밑으로 도망했더니 그곳에 쌍창장 동평이 기다리고 있다가 들이치는 바람에 쫓겨 남문 쪽으로 달아났다. 그랬더니 그곳에는 주동이 기다리고 있다가 덮치는 통에 성안으로 들어갈 수 없으므로 그는 돌아서서 큰길로 북쪽을 향해 달아났다.

그러나 얼마 가지 못해서 진삼산 황신이 큰 칼을 휘두르며 뛰어나오니 하통군은 정말 정신을 차릴 수가 없었다. 그런데 어느새 황신의 칼에 하통군이 타고 있는 말의 모가지가 베어졌다. 하통군은 말을 버리고 걸음아 나 살려라 하고 달음박질해 도망가는데, 이번엔 또 양웅·석수 두 사람의 보군 두령이 뛰어나와 하통군을 붙잡더니 보기 좋게 메어붙이고는 발로 배를 꽉 밟는다. 그러고 있을 때, 송만이 창을 꼬나들고 달려와서 마구 찔러 그 자리에서 하통군을 죽여버린다. 만일 서로 공을 다투는 일이 생긴다면 도리어 피차간 의리가 상할 염려가 있기 때문에 죽여버린 것이다.

하통군이 이 모양으로 전사해버리자, 그가 거느리고 있던 요국군은 제각기 살 길을 찾아서 도망해버렸다.

이때, 태진부마는 하통군의 부대에서 수자기가 넘어지고 군졸이 모두 도망하는 것을 보고, 일이 글렀음을 짐작했는지라, 홍기군을 끌고서 산 뒤켠으로 도망해버렸다.

태진부마가 도망해버린 뒤, 이금오도 송강군과 싸우다가 문득 태진부마의 홍기군이 보이지 않는 것을 깨닫고, 그 역시 글렀다 싶어서 청기군을 휘몰아 산 뒤켠으로 달아나버렸다.

세 갈래 길에서 싸우던 적군이 모두 이같이 풍비박산되는 것을 본 송강은, 의기등등해서 대군을 유주로 몰아, 별로 힘도 들이지 않고 성을 점령했다.

송강은 성내로 들어가 삼군을 주둔시킨 후, 글을 써붙여 백성을 안심시키고, 한편으로 사자(使者)를 단주로 보내어 이번 싸움에 완전히 이긴 첩보를 조안무에게 올리는 동시에 군사를 계주로 이동시켜 그곳을 수비하고, 또 수군의 두령과 배들도 유주로 보내어 이쪽 지휘를 받도록 해달라고 청했다. 그리고 또 부선봉 노준의는 따로 떨어져나가서 패주를 지키고 있게 하니, 전후 모두 네 개의 큰 고을이 수중에 들어온 것이다.

조안무는 이 첩보를 받고 대단히 기뻐서 급히 조정에 상주하는 일방, 계주와 패주 두 고을에 문서를 보내 자세한 일을 알리고, 또 수군 두령에게도 떠날 준비를 시켜 수륙병진(水陸並進)하기로 차비를 차렸다.

그런데 이때 요국 왕은 좌승상 유서패근(幽西孛瑾)과 우승상 태사 저견(太師 褚堅)과 그리고 통군(統軍)의 여러 대장과 기타 문무백관을 모아놓고 중대 회의를 하고 있다.

"송강이 국경을 침범해서 우리의 큰 고을 네 개를 빼앗았는데 이러다간 조만간 황성(皇城)을 침범할 것이니 아마도 연경(燕京)을 지키기 어려울 것이야! 하통군의 삼형제가 없어지지 않았나? 장차 어이할 것인고! 국가 다사지추(多事之秋)에 대하여 어떻게 조치하면 좋을 것인가, 말들 하오!"

국왕이 이같이 묻는 것이었다.

그러자 도통군 올안광(兀顔光)이 열에서 앞으로 나와 아뢰는 것이었다.

"국왕께서는 과히 염려 마시기 바랍니다. 전자에 제가 몇 번이나 친히 군사를 끌고 나가려 했었건만, 그때마다 번번이 다른 사람들 때문에 제가 못 나갔었습니다. 그래서 결국 그동안 적의 기운만 양성해줬기 때문에 오늘날 화를 당하는 겝니다. 그러하오니, 지금이라도 저에게 군사를 거느리고 나가도록 허락만 내려주신다면, 각처 군사를 모두 영솔하고 나가서 송강 일당을 모조리 사로잡고 빼앗긴 성지(城池)를 죄다 도로 찾아놓겠습니다."

국왕은 이 말을 듣고 만족해하면서 즉시 명주호패(明珠虎牌)·금인칙지(金印勅旨)·황월백모(黃鉞白旄)·주번조개(朱旛皁蓋)를 올안광에게 내어주면서 부탁하는 것이었다.

"좋아! 금지옥엽이거나, 황친국척(皇親國戚)이거나 가릴 것 없이, 누구든지 그대가 필요하다고 인정하거든 뽑아가라. 그래서 속히 부대를 편성해서 나가라!"

올안 통군은 이 같은 성지와 병부를 받은 후 물러나와서 여러 장수들을 교련장으로 모으고 각처의 병력을 모두 집결시키라고 명령했다.

이같이 장령을 내리고 있노라니까 올안 통군의 큰아들 올안연수(兀顔延壽)가 연무정(演武亭) 위로 올라오더니 저의 부친에게 아뢰는 것이었다.

"아버님께서 토벌군을 편성하고 계시는 동안, 제가 먼저 날쌘 장수 몇 사람을 데리고 태진부사와 이금오 장군의 두 갈래 군사를 수습하여, 미리 유주로 들어가서 도둑놈들을 무찔러버리고 아버님이 오시기를 기다리고 있겠습니다. 그렇게만 해놓는다면, 아버님께선 독 안에 든 쥐를 잡아내듯이 송군을 소탕해버리실 것인데, 어떻겠습니까?"

"그래, 그거 좋은 생각이다! 그러면 너한테 마군 돌격병 5천 명과 정병 2만 명을 줄 테니까, 태진부마와 이금오를 만나 합력해서 그놈들을 무찔러라. 그래서 이기기만 하거든 화속(火速)히 보고를 해다오!"

"네!"

올안연수는 대단히 기뻐하면서 삼군을 정돈하여 유주를 향해서 떠나니 그 수효가 2만여 명이었는데, 도중에서 태진부마와 이금오의 군사를 만나 합세하니, 도합 3만 5천의 병력이 되었다.

이때 유주성 안에 있는 송강에게 척후병이 들어와서 보고를 올렸다.

"지금 요국군이 또 진격해옵니다!"

송강은 보고를 받고서 곧 오용을 청해 상의했다.

"요국군이 몇 번을 참패했으니까 이번에는 반드시 정병 맹장들만 쏟아져올 겝니다. 무슨 계책으로 이것들을 대할까요?"

"성 밖에다 군사를 끌어내어 진을 쳐놓고 있다가 요국군이 가까이 오거든 천천히 싸움을 걸어보도록 하지요. 만일 저것들이 무능한 것들이라면 자연히 퇴각하게 될 겝니다."

송강은 그 말에 좇아서 군사를 성 밖으로부터 10리가량 떨어진 방산(方山)이라는 평탄한 지방에다, 산을 등지고 물을 안고 있는 곳에, 구궁팔괘진(九宮八卦陣)을 치고 기다리게 했다. 얼마 지나지 아니해서 요국군이 3대로 나누어서 몰려오는데, 올안 소장군의 부대는 흑기(黑旗), 태진부마의 부대는 홍기(紅旗), 이금오 장군의 부대는 청기(靑旗)의 표시였다.

그런데 이 세 부대의 요국군이 와서 보니 송강의 군사는 벌써 진을 치고 있으므로 올안연수도 자기 군사를 정지시키고 그곳에 진을 치게 했다. 본래 그는 자기 부친한테서 진법을 배웠는지라, 탄복할 만큼 그 방면의 지식이 있는 사람이었다.

송강을 돕는 구천현녀

먼저 그는 청기, 홍기 두 부대를 좌우로 나누어 진지를 구축하게 하고, 자기는 중군에 있으면서 구름사다리를 세우고 올라가 송강군의 진세를 정찰하고 내려와서 냉소하기를 마지아니했다.

"장군께선 왜 자꾸만 웃으십니까?"

이때 그의 좌우에서 부장들이 이렇게 물으니까, 올안연수는 또 웃으면서 대답했다.

"웃음이 절로 나는구나. 저것들이 기껏 차려놓은 것이 구궁팔괘진이니 그까짓 '구궁팔괘진'을 누가 모를 거라고 그걸로 사람을 속일 작정이거든! 두고 봐라, 내 저놈들을 한번 혼을 내줄 테니까!"

올안연수는 이렇게 말하고 군사를 시켜 북을 세 번 치게 하고는 장대를 급히 만들어 세우고 그 위에 올라가서 신호기를 흔들며 진열(陣列)을 꾸며놓은 다음에 장대에서 내려와 말을 타고 진 앞에 나아가 송강을 향해서 큰소리로 외쳤다.

"이놈아! 케케묵은 구궁팔괘진을 벌여놓고 누구를 속이려는 거냐? 그 대신 네가 지금 우리 진을 알아맞혀 봐라!"

송강이 이 소리를 듣고, 저놈이 진법을 가지고 대결하자는 거라고 생각한 후, 군사들로 하여금 구름사다리를 세우게 하고서, 송강·오용·주무 세 사람이 그 위에 올라가 적의 진형을 바라보니, 세 대가 나란히 있는데 좌우 부대가 피차에 서로 돌보아줄 수 있는 진형이었다.

"저건 '태을삼재진(太乙三才陣)'이란 겁니다."

먼저 주무가 송강을 보고 이렇게 말하니까, 송강은 오용과 주무를 남겨두고 장대로부터 내려와 말을 타고 진 앞으로 나가서 말채찍으로 올안연수를 가리키며 꾸짖었다.

"이놈아! '태을삼재진'을 누가 모를까 봐서 자랑이냐?"

올안연수가 이 말을 듣고 껄껄 웃더니,

"네가 우리 진을 알아봤구나! 그렇다면 이번엔 네놈이 모르는 것을 하나 만들 테니, 어떤가 봐라!"

이렇게 말하고 즉시 중군으로 돌아가 장대 위에 올라가더니, 신호기를 흔들어 새로운 진을 꾸며놓는다.

오용과 주무는 장대 위에서 그것을 보고 있다가 사람을 내려보내 송강에게, 저것은 '하락사상진(河洛四象陣)'이라고 알려주었다.

올안연수가 이때 다시 진 앞에 나타나더니 큰소리를 한다.

"네놈이 이번 것도 알아보겠느냐?"

"이놈아, 하락사상진을 모를까 봐서 묻느냐?"

올안연수는 고개를 흔들며 입을 비죽거리면서 다시 장대 위로 올라가 신호기를 흔들어 진을 바꾸었다.

오용과 주무는 장대 위에서 보고 있다가,

"이건 '순환팔괘진(循環八卦陣)'으로 바꾼 거로구나."

하고, 즉시 사람을 시켜 또 송강에게 알렸다.

올안연수는 다시 진 앞으로 나오더니 자신만만하게 소리를 지른다.

"이번에도 네깐 놈이 내 진을 알겠느냐?"

송강은 껄껄 웃고 대답했다.

"이 어리석은 놈아! 순환팔괘진을 누가 모를까 봐서 큰소리를 치는 거냐?"

올안연수는 기가 막혔다. 이 몇 개의 진법은 모두가 아는 사람이 극히 드문 비전(秘傳)의 진법인데, 이것을 모두 아는 것을 보면, 송강군 내부에 반드시 뛰어난 인물이 있는 까닭이라고 생각되기 때문이었다.

올안연수는 다시 장대 위로 올라가서 신호기를 좌우로 분주히 흔들어가며 이번에는 아주 신기한 진형을 벌였으니, 사방 어느 쪽에서도 들어갈 입구가 없는데, 한가운데에 팔팔육십사대(八八六十四隊)의 군사가 빽빽하게 들어 있는 이상한 진형이었다.

주무는 이것을 내려다보고 오용에게 말했다.

"저건 제갈무후(諸葛武侯)의 '팔진도(八陣圖)'라는 것이죠. 선두와 꼬리를 감추어버린 까닭으로 아무도 모르게 만든 진법입니다."

이렇게 말하고서 주무는 군사를 시켜 송강을 장대 위로 올라오도록 청했다. 송강이 장대로 올라오자, 주무는 그를 보고 말했다.

"저 진을 보십시오. 참으로 얕볼 수 없는 적이올시다. 저 진법은 세상이 잘 모르는 비전의 진법들입니다. 이 네 개의 진법이 모두 한 파(派)에서 전해 내려오는 것으로 외부에 흘러나갈 수 없는 비법이죠. 맨 처음의 '태을삼재진'이 변해서 '하락사상진'이 되고, 그것이 '순환팔괘진'으로 변했다가 또 '팔팔육십사괘진'으로 변했었는데 그것이 이번에 변해서 '팔진도'가 됐습니다. 이렇게 순환해가면서 자유자재로 변하는 절묘한 진법이니, 저놈을 얕볼 수 없습니다."

"알겠소이다."

송강이 다시 장대를 내려가 말을 타고 진 앞으로 나아가니까, 올안연수는 창을 짚고 마상에 앉아서 큰소리를 하는 것이었다.

"이번에도 우리 진형을 네가 알겠느냐?"

송강도 적의 귀청이 떨어질 만큼 큰소리로 말했다.

"이 자식아! 입에서 젖냄새가 나는 우물 안 개구리 같은 놈아! 모두 아는 것이 그뿐이면서 어쨌다고 천하제일인 체 우쭐대는 거냐? 그까짓 '팔진도'쯤으로 누구를 속이려는 거냐! 우리 대송(大宋)나라에서는 어린 애들도 그까짓 '팔진도'는 죄다 알고 있다!"

"오냐! 그렇게 네가 우리 진법을 안다면 그만해두고 너희들 진법을 하나 보여서 우리의 눈을 속여봐라!"

"이놈아! 새 진법을 구경하기 전에, 네가 천박하다고 얕잡아본 우리의 구궁팔괘진이다마는, 네놈들이 능히 이 진을 깨뜨리겠느냐?"

올안연수는 크게 웃고 나서,

"이놈아, 그따위 어설픈 진을 깨뜨리는 건 누워서 떡먹기다! 내가 한 번 해볼 테니, 네놈들은 구경이나 해라!"

하고는, 즉시 태진부마와 이금오에게 명령했다.

"두 장군이 각각 1천 명씩 군사를 거느리고 있다가, 내가 적진을 돌 파하거든 곧 응원을 오도록 하시오."

이 같은 명령을 내리니까 요국군은 일제히 북을 울렸다.

이때 송강도 이미 명령을 내려 전고(戰鼓)를 세 번 울리고서 문기(門 旗)를 좌우로 열고, 올안연수로 하여금 들어올 수 있도록 했다.

이때 올안연수는 30여 명의 부하 장수와 1천 명의 마군을 휘몰고 나 오면서 손가락을 꼽아보는 것이었다. 마침 이날은 '화(火)'에 속하는 날 인 까닭에 그는 손가락으로 계산해보고서 정남(正南)인 이위(離位)의 방 각(方角)을 버리고, 군사를 오른편으로 돌려 서쪽 태위(兌位)의 방각으 로부터 흑기를 펄럭이면서 송강의 진 속으로 뛰어들었다. 그러나 그의 뒤를 따라오던 군사들은 화살에 맞아 절반밖에 못 들어오고 나머지 군 사들은 죄다 저의 진영으로 돌아왔다.

그런데 올안 소장군은 이런 것 저런 것 생각하지 않고 진중으로 돌입 하여 바로 중군(中軍)으로 달려갔었다.

그러나 어찌된 셈인지, 은장철벽(銀墻鐵壁)같이 하얀 것이 눈앞을 가로막고 있을 뿐, 뚫고 나갈 수가 없다. 그의 얼굴은 금시에 흙빛이 되어 버렸다.

'이럴 수가 있나? 진중(陣中)에 성(城)이 있을 이치가 없는데, 이게 웬일일까?'

올안 소장군은 부하 장수들에게 오던 길로 돌아서 나가자고 명령했다. 그래서 그들이 돌아서 나오다가 보니, 뽀얀 안개가 바닷물같이 땅 위에 가득한데, 이쪽저쪽에서는 물소리만 들리고 길이라곤 아무 데도 보이지 않는다.

올안 소장군은 당황해서 허둥지둥 남쪽으로 달려갔다. 그랬더니 여기서는 천 개 만 개도 더 되는 불덩어리와 새빨간 안개가 땅 위에서 소용돌이치고 있을 뿐, 군사는 한 명도 보이지 않는다. 그리고 도저히 여기서 나갈 도리가 없다.

하는 수 없이 그는 방향을 돌려 동문 쪽으로 달려갔다. 그랬더니 여기서는 잎사귀가 달려 있는 통나무가 땅바닥에 가득 쌓여 있고, 그리고 온통 여기저기 녹각(鹿角)이 깔려 있기 때문에 그 위를 밟고 나갈 수가 없다.

서·남·동 세 군데가 이 모양인 고로 올안 소장군은 북쪽으로 달려갔다. 그랬더니 여기서는 새카만 구름이 갑자기 머리 위를 덮어버리어 캄캄한 지옥 속같이 만들어버리는데 자기 손을 들고 보아도 너무 어두워 손바닥이 안 보인다.

진중에 있는 네 개의 문이 모두 이 모양이므로, 올안 소장군은 비로소 의심을 품었다.

'이게 요술이다! 송강이란 놈이 요술을 부린 것이 틀림없다! 그렇다면 한사코 뚫고 나가야지!'

이렇게 생각하고서 그는 어둠 속에서 소리를 질렀다.

"요술 속에 빠졌으니, 빨리 내빼자!"

군사들은 명령을 듣고 일제히 고함을 지르면서 어둠 속을 내달렸다. 이렇게 그들이 내빼는 판인데, 별안간 곁에서,

"어린놈아! 네가 어딜 가느냐!"

하는 큰소리가 들리면서, 철편 한 개가 올안 소장군의 이마에 떨어지는 것을, 소장군은 날쌔게 방천극(方天戟)으로 막았다.

그랬으나 또 한 개의 철편 소리가 나면서 방천극 가지가 부러지는 동시에, 그는 멱살을 단단히 붙들리고 말았다.

"네놈들도 빨리 말에서 내려라!"

그리고 벼락같은 호령 소리가 이같이 들린다.

올안 소장군이 사로잡히고 이 같은 호령이 떨어지니, 소장군을 따라오던 부하장수들이 정신이 있을 리 없다. 그들은 벌벌 떨면서 캄캄한 어둠 속에서 모두들 말에서 내려 항복하고 말았다.

이렇게 소장군 올안연수를 사로잡은 사람은 다른 사람 아닌 호군대장 쌍편 호연작이었다. 그리고 이때까지 중군에 앉아서 법술을 쓰고 있던 공손승은 올안연수를 사로잡았다는 보고를 듣고, 즉시 법술을 거두어 다시 청명한 날씨로 복구시켰다.

한편, 태진부마와 이금오 두 장군은 각각 1천 명 군사를 이끌고 올안 소장군을 응원하려 했건만, 아무리 기다려도 적진 중에서 소식이 없기 때문에 감히 출동하지 않고 가만히 있었는데, 돌연 적진의 진문 앞에 송강이 나타나더니 큰소리로 외치는 게 아닌가.

"너희들 두 놈도 진작 항복하지 않고, 어째서 가만히 있는 거냐? 네 놈들의 올안 소장군을 내가 사로잡았는데도 아직 모르고 있느냐?"

그러고서 한 떼의 군도수(群刀手)로 하여금 돌격하게 한다. 이금오는 이 모양을 보고 혼자서 창을 꼬나들고 용감히 뛰어나가 먼저 올안연수를 구해보려고 했다. 그랬는데 앞장서서 달려오던 벽력화 진명이 낭아곤(狼牙棍)을 휘두르면서 나오는 바람에 이금오는 앞이 막혔다. 그래

서 두 장수의 말이 서로 머리를 부딪고, 두 장수의 무기가 서로 맞부딪고 양쪽 군사는 고함을 지르고 하는데, 이금오의 마음은 당황하고 초조하건만 수단은 마음을 따라가지 못하는 동안, 어느새 진명의 낭아곤 한 대에 투구와 머리가 깨어지면서 그는 땅바닥에 굴러떨어졌다.

태진부마는 이 모양을 보고 군사를 끌고 내뺐다. 송강은 급히 그 뒤를 추격했다.

요국군이 형편없이 참패당해서 도망해버리니, 송강군이 이번 싸움에 얻은 전마(戰馬)만도 3천여 두다. 그리고 적이 버리고 달아난 기(旗)와 창은 개울을 메우고 골짜기에 가득 찼다.

이때 송강은 지체하지 않고 군사를 휘몰아 곧장 연경을 들이쳐 요국을 뒤집어엎고, 송나라 조국 땅을 도로 찾아놓으려 했다.

한편, 요국군 패잔병들은 연경으로 돌아가서 올안 도통군에게 보고했다.

"올안 소장군이 송강군의 진을 무찌르려 하시다가 그만 사로잡혔습니다. 그리고 부하 장수들은 모두 적에게 항복했구요. 이금오 장군은 낭아곤을 한 대 얻어맞고 돌아가시고, 태진부마는 도망가셨는데 어디로 가셨는지 도무지 행방을 알 수 없습니다."

올안 도통군이 이 말을 듣고 깜짝 놀란다.

"뭐라고? 내 자식은 어려서부터 진법(陣法)을 배웠기 때문에 모르는 것이 없을 정도인데, 대체 송강이란 놈이 무슨 진을 쳤기에 내 자식을 사로잡았다는 거냐?"

"그건 구궁팔괘진이었으니까 별로 신기할 건 없지요. 우리 소장군께선 그 전에 네 가지 종류의 진형(陣形)을 벌이셨지만, 모두 그놈들이 알고 있는 진법이었더랍니다. 그랬는데 나중에 그놈들이 우리 소장군더러, 네가 구궁팔괘진을 알고 우습게 보았거든 한번 이걸 깨뜨려보겠느냐고 하니까, 소장군께선 1천여 명의 군사를 이끌고 서문 쪽으로 쳐들어가셨는데, 그때 적이 화살을 빗발처럼 쏘기 때문에 군사가 반수밖에는 못 들어갔지요. 그런데 그 뒤에 어쩌다가 소장군께서 사로잡혔는지 그건 모르겠습니다."

"구궁팔패진이라면 못 깨뜨릴 이유가 없는데, 아마 그놈들이 도중에 진형을 바꿨던 게 아니냐?"

"아닙니다! 저희들이 장대 위에서 끝까지 보고 있었는데요, 적은 대오를 움직이기는커녕 깃발 하나 흔들리지 아니했었습니다. 그런데 한 가지 이상한 것은, 그때 갑자기 시커먼 구름이 적진의 상공을 덮어버리더군요!"

올안 도통군은 고개를 끄덕끄덕하고서 말하는 것이었다.

"알겠다! 그놈들이 요술을 썼구나! 만일 내가 먼저 치고 나가지 않는다면 저놈들이 먼저 치고 들어오겠다. 그러니까 내가 먼저 나가서 그놈들을 이겨야지… 만일 못 이긴다면, 내 손으로 내 목을 자르겠다! 그래, 누가 선봉이 되어 앞서서 나갈 사람 없을까? 난 본부대대(本部大隊)를 이끌고 그 뒤를 따라갈 테니까 말이다."

이 말이 떨어지자, 장수 두 사람이 동시각에 도통군 앞으로 나오더니,

"저희들 두 사람을 선봉으로 세워주십시오."

하고 청하는데 보니, 한 사람은 무관으로 있는 경요납연(瓊妖納延)이요, 한 사람은 연경의 효장(驍將)으로 이름 있는 구진원(宼鎭遠)이다.

올안 도통군은 두 사람이 이같이 선봉을 자원하는 것을 보고 대단히 만족했다.

"좋아! 그럼, 두 사람이 군사 1만을 거느리고 조심조심해서 선봉이 되어 산을 만나거든 길을 내고, 내를 만나거든 다리를 놓고 하란 말이야. 나는 군사를 거느리고서 그 뒤를 바싹 따라갈 테다."

경요납연과 구진원 두 장수가 선봉이 되어 출발하는 동안, 올안 도통군은 자기 휘하에 있는 십일요 대장과 이십팔수 장군을 불러놓고 그들

전원이 함께 출정할 것을 명령하는 동시에 부대를 편성했다.

먼저 11요 대장의 부대 편성을 보면 다음과 같다.

태양성 어제대왕 야율득중(太陽星 御弟大王 耶律得重)은 군사 5천 명을 거느리고,

태음성 천수공주 답리패(太陰星 天壽公主 答里孛)는 여군(女軍) 5천 명을 거느리고,

나후성 황질 야율득영(羅喉星 皇姪 耶律得榮)은 군사 3천 명을 거느리고,

계도성 황질 야율득화(計都星 皇姪 耶律得華)는 군사 3천 명을 거느리고,

자기성 황질 야율득충(紫炁星 皇姪 耶律得忠)은 군사 3천 명을 거느리고,

월패성 황질 야율득신(月孛星 皇姪 耶律得信)은 군사 3천 명을 거느리고,

동방청제수성 대장 지아불랑(東方靑帝水星 大將 只兒拂郞)은 군사 3천 명을 거느리고,

서방태백금성 대장 오리가안(西方太白金星 大將 烏利可安)은 군사 3천 명을 거느리고,

남방형혹화성 대장 동선문영(南方熒惑火星 大將 洞仙文榮)은 군사 3천 명을 거느리고,

북방현무수성 대장 곡리출청(北方玄武水星 大將 曲利出淸)은 군사 3천 명을 거느리고,

중앙진성토성 상장 도통군 올안광(中央鎭星土星 上將 都統軍 兀顏光)은 비병마수장(飛兵馬首將) 5천 명을 영솔하고서 중단(中壇)을 진수(鎭守)한다.

그러고서 올안 도통군은 다시 휘하의 이십팔수 장군을 벌여놓으니, 그들은 다음과 같다.

각목교 손충(角木蛟 孫忠)

항금룡 장기(亢金龍 張起)

저토맥 유인(氐土貉 劉仁)

방일토 사무(房日兔 謝武)

심월호 배직(心月狐 裵直)

미화호 고영흥(尾火虎 顧永興)

기수표 가무(箕水豹 賈茂)

두수해 소대관(斗水獬 蕭大觀)

우금우 설웅(牛金牛 薛雄)

여토복 유득성(女土蝠 愈得成)

허일서 서위(虛日鼠 徐威)

위월연 이익(危月燕 李益)

실화저 조흥(室火猪 祖興)

벽수유 성주나해(壁水貐 成珠那海)

규목랑 곽영창(奎木狼 郭永昌)

누금구 아리의(婁金狗 阿里義)

위토치 고표(胃土雉 高彪)

묘일계 순수고(昴日鷄 順受高)

필월오 국영태(畢月烏 國永泰)

자화후 번이(觜火猴 潘異)

참수원 주표(參水猿 周豹)

정수한 동리합(井水犴 童里合)

귀금양 왕경(鬼金羊 王景)

유토장 뇌춘(柳土獐 雷春)

성일마 변군보(星日馬 卞君保)

장월록 이복(張月鹿 李復)

익화사 적성(翼火蛇 狄聖)

진수인 반고아(軫水蚓 班古兒)

올안 도통군은 이상과 같이 '11요 대장'과 '28수 장군'으로써 정병 20만의 부대를 편성해 국왕에게 친정(親征)합시사고 청했다. 그리하여 지금 요국군은 땅 위를 덮어서 송강군을 치러 나오는 길이다. 그리고 요국군의 선봉으로 출동한 경요납연과 구진원은 1만 명의 군사를 거느리고 앞장서 오는 것이다.

그런데 이때 송강군의 척후병은 요국군의 동정을 알아내어 급히 송강에게 보고했다.

"이번엔 큰 싸움이 벌어지겠는데요! 적이 지금 20만 대군을 두 패로 나누어 우리를 치러 오는 중입니다."

송강이 듣고 크게 놀라 노준의 휘하에 있는 군마는 물론이요, 단주와 계주에 있는 군사들도 전부 자신의 지휘 아래 들도록 명령을 내리는 동시에, 조안무에게도 감전(監戰)하러 나오기를 청하고, 또 수군 두령들한테도 모두 육지로 올라와서 패주에 병력을 집중했다가 육로로 진격하도록 명령을 내렸다.

송강의 이 같은 명령대로 수군 두령들은 조안무를 호위하여 병력을 유주로 집결시켰는데, 조안무가 도착하자 송강 등 모든 장수가 그 앞에 절하고 인사를 드리니까, 조안무는 위로의 말을 하는 것이었다.

"장군이 이렇게 수고하시고, 얼마나 괴로우시겠소? 국가의 주석(柱石)으로 이름이 만대에 전하리라. 이 사람이 조정에 돌아가면 폐하께 사뢰어서 반드시 중보(重保) 있으시도록 하겠소이다."

송강이 듣고 황공해서 두 손을 부비며 대답했다.

"무능한 사람에게 너무 과도한 칭찬을 하시니 부끄럽습니다. 저는 오직 위로는 폐하의 홍복을 받자옵고, 아래로는 원수(元帥)의 호위(虎威)에 의지해서 우연히 공을 세운 것이옵지, 결코 저의 힘으로 이룬 것이 못 됩니다. 이번에 첩보대에 들어온 보고에 따르면 요국의 올안 도통군은 20만 명의 군사를 일으켜 총력을 기울여서 우리를 치러 온다 합니다. 아마도 홍망승패가 이 일전(一戰)에 달린 것 같습니다. 바라옵건대 상공께서는 사오 리 밖에다 따로 영채를 세우시고 그곳에서 저희들 일동이 합심단결하여 적과 결전하는 모양을 보아주십시오."

"장군은 아무쪼록 최선의 방책을 다해서 잘 싸우시오."

송강은 드디어 조안무에게 하직을 고하고 노준의와 함께 군사를 거느리고 유주성을 떠나 관내의 지방 영청현(永淸縣) 경계까지 와서 그곳에 군사를 멈추고 영채를 세웠다. 그러고서 여러 두령들을 한자리에 모으고 군사회의를 열었다.

"이번에 올안 통군이 친히 군사를 거느리고 나왔으니, 이것은 적이 나라의 운명을 걸고 결전하려는 것이오. 그러니까 형제들은 모두 일심합력해서 이번 싸움에 반드시 이겨야겠소. 털끝만치라도 후퇴한다거나, 목숨을 아껴서는 안 될 것이니, 반드시 이겨 조정의 은상을 우리가 모두 함께 입도록 노력해야겠소."

송강이 이렇게 말하니까 모두들 일어서서 일제히 맹세를 하는 것이었다.

"누가 감히 형님의 명령을 어기겠습니까!"

모두들 이같이 맹세를 하는 중인데, 병정 하나가 쫓아들어와 보고를 올리는 게 아닌가.

"요국의 사자(使者)가 도전장을 가져왔습니다."

"들여오너라."

송강은 사자를 들어오게 한 후 봉서(封書)를 떼어보니, 그것은 요국군 선봉 경요납연과 구진원 두 장수가 내일 결전을 해보자는 글발이었다.

송강은 그 도전장 끝머리에다,

'내일 결전'

이렇게 회답을 써서 주고, 사자에게는 술과 음식을 먹인 후에 돌려보냈다.

이때는 가을도 다 가고 겨울이 닥친 때라 군사들도 두텁게 입고, 말도 피갑(皮甲)을 걸치게 되었다.

이튿날 새벽 5시경 송강의 군사는 밥을 지어 배불리 먹은 다음에 날이 밝자마자 영채를 거두고서 전원이 행동을 개시했다. 적의 20만 대군을 기어코 무찔러버리겠다는 사기는 왕성했다.

그런데 송강군은 4, 5리도 못 가서 요국군을 만났다. 검은 기가 펄럭이고 북소리가 요란한 가운데 문기(門旗)가 열리면서 선봉 장수가 뛰어나오는데, 이 사람이 바로 경장군(瓊將軍)이다. 머리엔 철관을 쓰고, 몸엔 붉은 전포를 입고, 허리엔 칠보황금대를 띠고, 왼쪽 어깨엔 경궁(硬弓)을 메고, 오른쪽 어깨엔 장전(長箭)을 메고, 손에는 기다란 창을 꼬나쥔 풍채가 실로 당당하다.

송강이 문기 밑에서 적장의 이 같은 풍채를 바라보다가 뒤를 돌아다보고,

"누가 먼저 저놈과 싸우겠는가?"

하고 물으니까, 구문룡 사진이 칼을 휘두르며 말을 채쳐 달려나가 서로 싸우기 시작하니, 사나운 호랑이 두 마리가 싸우는 듯 일대장관이 벌어졌다.

이같이 두 장수가 30여 합 싸우다가 사진이 한 번 칼을 헛쳤기 때문에 형세가 위태하므로 그는 말머리를 돌이켜 본진으로 내빼왔다. 경장군은 그 뒤를 쫓아오면서,

"이놈! 네가 도망가면 살 줄 아니?"

이같이 고함을 지른다.

이때 송강의 진에서는 소이광 화영이 송강의 등 뒤에서 이 모양을 바라다보다가 화살을 집어 경장군을 향하여 힘껏 쏘았다. 그 순간 씽 하고 화살이 날아가더니 경장군의 얼굴을 정통으로 맞힌다.

경장군은 두 다리를 뻗고 땅바닥에 떨어졌다.

사진은 뒤에서 쫓아오던 적장이 말에서 떨어지는 소리가 나므로 즉시 돌아서서 한칼에 그를 베어버렸다.

경장군이 이같이 죽는 것을 본 구장군(寇將軍)은 크게 흥분해 창을 꼬나쥐고 뛰어나갔다.

"이놈! 우리 형님을 유인해들여서 이 모양을 만들어? 죽일 놈들!"

그가 이같이 소리를 지르자, 송강의 진에서는 병울지 손립이 말을 달려 뛰어나와 구장군을 창으로 찌른다. 이때 양쪽 군사들은 하늘이 진동할 만큼 북을 울리고, 쉴 새 없이 고함을 지른다.

이같이 두 장수가 서로 싸우기 20여 합, 구선봉은 아무래도 못 당하는 듯 말머리를 돌이켜 달아나더니, 군사들의 사기가 꺾일까 염려했던지, 저의 진영으로 돌아가지 않고 동북쪽으로 도망가는 것이었다.

손립은 공을 세우려고 급히 그 뒤를 쫓았다.

그러나 언제든지 추격하는 사람보다는 도망가는 사람이 더 빠른 법이다. 벌써 구장군은 까맣게 멀리 바라보이는 게 아닌가.

손립은 그대로 둘 수 없어서 얼른 창을 창걸이에 걸고, 활을 들고서 구장군을 향하여 한 대 쏘았다.

그러나 구장군은 화살이 시위에서 떠나는 소리를 듣고 몸을 뒤로 젖히더니만 벌떡 일어나 앉으면서 한 손으로 그 화살을 덥석 잡아쥐는 것이었다. 손립은 이 광경을 보고 맘속으로 탄복했다.

구장군은 화살을 들고 보이면서 손립을 꾸짖는다.

"이놈아! 내 솜씨를 봤니?"

그러고선 손에 들었던 화살을 입에다 물고, 창을 창걸이에 걸더니, 활을 집어 손립의 가슴을 향하여 화살을 한 대 쏘는 것이었다.

손립은 이 순간 몸을 좌우로 흔들다가 화살이 가슴팍에 올 때쯤 해서 뒤로 벌렁 드러누웠다. 그러자 화살은 가슴에 맞지 않고 허공을 지나가 버렸다.

이때 구장군이 활을 어깨에 걸면서 바라보니, 손립이 말등 위에 드러누워 있으므로,

"그러면 그렇지! 네가 내 화살을 안 맞고 배겨내겠느냐!"

이렇게 중얼거렸다. 그러나 손립은 원래 두 다리의 기운이 세어서 등자(鐙子)를 꽉 밟은 채 드러누워 두 무릎으로 말 등허리를 꽉 껴안고 있는 까닭에 말에서 떨어지지 않는 것이다.

구장군은 그런 줄 모르고 손립이 마상에 죽어 자빠진 것을 잡으러 갔다.

마침내 구장군의 말이 손립의 말에 가까이 이르렀을 때 별안간 손립은 벌떡 일어나 앉으면서 큰소리로 호령하는 게 아닌가.

"이놈아! 그따위 활솜씨로 감히 나를 쏘았더냐?"

구장군은 손립이 호통치는 것을 보고 깜짝 놀랐다.

"이놈이 살아 있구나! 그래, 너하고 활은 겨뤄봤다. 그러나 네깟 놈이 나하고 창은 겨뤄볼 자격도 없다!"

그는 이렇게 호령을 해붙이면서 날쌔게 손립의 가슴팍을 창으로 내찔렀건만, 창끝이 손립의 갑옷에 닿기 전에 손립이 번개같이 몸을 옆으로 틀었기 때문에, 구장군은 헛손질을 하고 그 바람에 몸의 중심을 잃고 손립의 가슴에 푹 고꾸라졌다. 이럴 때 손립은 한 팔에 걸치고 있던 강편을 내리쳐 구장군의 머리를 수박쪽처럼 두 조각으로 깨뜨려버렸다. 이렇게 해서 수십 년 동안 요국 내에서 이름을 날리던 무장도 손립

의 철편에 목숨을 끊기고 시체는 땅바닥에 떨어지고 말았다.

손립은 창을 비껴들고 진지로 돌아갔다.

송강은 이때를 놓치지 않고 군사를 몰아 적진으로 돌격했다. 주인을 잃은 요국군은 그 자리에서 개미떼같이 흩어진다.

기운이 뻗친 송강군이 도망가는 요국군을 한참 쫓아가노라니까 전방에서 연주포 터지는 소리가 들린다.

송강은 즉시 명령을 내려 수군 두령들로 하여금 일개 부대를 인솔하고 가서 수문을 엄중히 경비하게 하는 일방, 화영·진명·여방·곽성 등 네 명으로 하여금 산 위에 올라가서 정찰을 하게 했더니, 뜻밖에도 요국군이 새까맣게 땅을 덮으며 몰려오는 게 아닌가.

송강은 대부대의 적이 도착한 것을 알고 군사를 일단 영청현 산모퉁이까지 후퇴시키고 그곳에 진지를 만든 후, 중군(中軍)으로 노준의·오용·공손승 등 몇 사람을 모아놓고 긴급 참모회의를 열었다.

"오늘 우리가 적의 선봉장 둘을 처치해버리고 공을 세우기는 했지만, 내가 언덕 위에서 보아하니 지금 몰려오는 요국군은 그 형세가 대단해서 땅 위를 온통 덮고 온단 말씀이야. 내일은 반드시 일대접전이 벌어질 모양인데, 적은 많고 우리는 적으니, 어찌하면 좋을까요?"

오용이 먼저 입을 열었다.

"옛날부터 용병을 잘하는 사람은 적은 병력으로써 큰 적을 쳐부수지 아니했나요? 진(晉)나라 때의 사현(謝玄)이는 5만의 군사로 부견(符堅)의 백만 대군을 깨뜨렸습니다. 우리가 병력이 부족하다고 겁낼 건 조금도 없습니다. 전군에 영을 내려 싸울 준비를 튼튼히 하도록 하고서 구궁팔괘진을 펴놓고 있다가, 적이 덮쳐오거든 차례차례로 우리가 임기응변해가면서 싸우면 됩니다. 이렇게 한다면, 적이 백만 대군일지라도 우리한테 치고 들어오지 못합니다."

"군사의 말씀이 옳겠소."

송강은 즉시 각군 부대의 장수들에게 이같이 명령을 내렸다. 그리하여 그날 밤 새벽에 밥을 지어 군사들의 배를 불리고, 아침 일찍이 영채를 거두고서 창평현 경계선까지 나아가 그곳에다 진영을 설치하는데 전면에는 모두 마군을 벌여놓았으니 호군대장 진명이 맨 앞이요, 뒤는 호연작이요, 왼편은 관승이요, 바른편은 임충이요, 동북방은 서녕이요, 동남방은 삭초요, 서남방은 동평이요, 서북방은 양지요, 송강은 중군을 영솔하고 그 외의 장수들은 그전대로의 직분을 맡기로 하고, 후면의 보군은 따로이 진지를 만들고서 노준의·노지심·무송 세 사람이 총지휘를 하게 했다. 이렇게 준비를 끝내고 모두 일기당천의 맹장들이 칼을 어루만지며 어깨를 뽐내면서 적이 닥치기만 기다리고 있는 것이다.

이윽고 요국군이 몰려오는데, 전면의 여섯 대오는 각 대가 5백 명씩으로 되어 있는데, 왼편에 세 대, 바른편에 세 대가 서로 순환해서 왔다 갔다 하는 통에 잠시도 형세가 일정하지 않으니, 이것이 이른바 호초(呼哨) 또는 압진(壓陳)이라 하는 것으로 이를테면 척후대였다. 그리고 그 뒤에는 대부대가 땅을 뒤덮어오고 있는데, 그 전군은 모두 검은 기를 들었고, 한가운데에 일곱 개의 기문(旗門)이 있고 문마다 마군(馬軍) 1천 명과 대장 한 명씩이 배치되어 있는데, 그들은 모두 꼭 같이 검은 투구·검은 갑옷·검은 전포에 검정말을 타고 있으며, 손에 들고 있는 무기도 역시 똑같은 것이었다.

뿐만 아니라, 두·우·여·허·위·실·벽(斗牛女虛危室璧) 일곱 개의 문 한가운데에는 전체를 지휘하는 총대장이 북쪽의 현무수성(玄武水星)을 상징하여 누르고 검은 빛으로 된 군복으로 몸을 단속하고서 검정말을 타고 손에 삼첨도(三尖刀)를 쥐고 있으니, 이 사람이 요국대장 곡리출청이다.

그 왼쪽에 있는 좌군은 청룡기를 들고 있고, 역시 일곱 개의 문이 있는데 한 문마다 마군 1천과 대장 한 명씩이 배치되었고, 군사들은 모두 푸른빛 투구·푸른빛 갑옷·푸른빛 전포·푸른빛 청준마(靑駿馬)를 타고 있으며, 손에 들고 있는 무기도 역시 같은 것이니 이것은 동쪽의 각·항·저·방·심·미·기(角亢氐房心尾箕)를 본 뜬 것으로서 일곱 개의 문 안에는 총대장이 동방 창룡목성(蒼龍木星)을 상징하여 푸른빛 군복으로 몸을 단속하고, 손에 월부금사간(月斧金絲桿)을 쥐고, 용구옥괴청(龍駒玉塊靑)을 타고 있으니, 이 사람은 요국대장 지아불랑이다.

오른쪽에 있는 우군(右軍)은 백호기(白虎旗)로서 역시 일곱 개의 문이 있고, 문마다 마군 1천과 대장 한 사람이 배치되었고, 군사들은 모두 은빛 나는 투구·갑옷·전포에 백설 같은 흰 말을 타고 손에는 역시 같은 무기를 들었으니, 이것은 서쪽의 규·누·위·앙·필·자·참(奎婁胃昴畢觜參)을 딴 것으로서 일곱 개의 문 안에는 역시 총대장이 서방 함지금성(咸池金星)을 상징하여 은빛 군복으로 몸을 단속하고 속에 강은조삭(鋼銀棗槊)을 들고 조야옥준마(照夜玉駿馬)를 타고 있으니, 이 사람은 요국대장 오리가안이다.

뒤에 오는 후군은 홍기(紅旗)로서 일곱 개의 문마다 마군 1천과 대장 한 사람이 배치되었고, 군사들은 모두 주홍빛 투구·갑옷·전포에 적토마를 타고 손에는 역시 같은 무기를 들었으니, 이것은 남방 정·귀·유·성·장·익·진(井鬼柳星張翼軫)을 딴 것으로서 일곱 개의 문 안에는 총대장이 남방 주작화성(朱雀火星)을 상징하여 주홍빛 군복으로 몸을 단속하고 손에는 팔척화룡도(八尺火龍刀)를 들고 어깨에는 기다란 활과 화살을 메고서 연지마(胭脂馬)를 타고 있으니, 이 사람은 요국대장 동선문영이다.

그러고서 진두 좌측에는 용맹스러워 보이는 군사 5천 명으로 편성된 한 대가 있는데, 모두 금빛 투구·금빛 갑옷·금빛 전포로 장속하고, 손에 붉은 기를 들고 붉은 말을 타고서 앞에 대장 한 사람이 나섰으니, 그는 부용꽃 모양의 금관을 쓰고 핏빛같이 붉은 전포를 입고 벽옥(碧玉)으로 장식한 칠보대를 띠고 양구일월쌍도(兩口日月雙刀)를 들고 붉은빛 말을 타고 있으니, 이는 다른 사람 아닌 요국의 어제대왕 야율득중이었다.

그는 하늘의 태양성군을 상징한 것으로서 진두의 바른편에는 여군(女軍) 5천 명으로 부대를 거느렸으니, 그들은 모두 흰 관을 쓰고 흰 갑옷을 입고 흰 전포를 걸치고 흰 기를 들고 흰 말을 타고 흰 칼과 흰 창을 들고 있는 여장군을 앞세웠으니, 이는 요국의 천수공주 답리패였다.

이 두 개의 대오 사이에 둥그렇게 진형을 이루고 있는 대오가 있는데, 이 군사들은 모두 누런 기를 들고, 누런 말을 타고, 금빛 나는 갑옷을 입고 있다. 그리고 이 황군(黃軍) 부대에는 네 사람의 대장이 각각 군사 3천 명씩 거느리고 네 구석에서 원진을 지키고 있는데, 그 동남방 대장은 푸른 전포에 황금 갑옷을 입고, 손에는 보창(寶槍)을 들고, 분청마(粉靑馬)를 타고 있으니, 이는 요국 왕의 황질 야율득영이었다.

그다음 서남방 대장은 자줏빛 전포에 은빛 갑옷을 입고, 한 자루 보도를 들고 해류마(海騮馬)를 타고 있으니, 이는 요국 왕의 황질 야율득화요, 그다음 동북방 대장은 초록색 전포에 은빛 갑옷을 입고, 손에는 방천화극을 들고 오명황마(五明黃馬)를 타고 있으니, 이는 요국 왕의 황질 야율득충이요, 서북방 대장은 흰빛 전포에 구리쇠 갑옷을 입고, 손에는 칠성보검을 들고 탁운오추마(踔雲烏騅馬)를 타고 있으니, 이는 요국 왕의 황질 야율득신이었다.

그리고 이 같은 황군 부대의 한복판에 한 사람의 상장이 있는데, 그 왼편에는 청기를 든 사람, 오른편에는 백월(白鉞)을 든 사람, 앞에는 주번(朱旛)을 든 사람, 뒤에는 조개(皁蓋)를 든 사람이 호위하고 있으며, 그리고 그 주위에 있는 기호는 이십사기(二十四氣)와 육십사괘(六十四卦)를 상징한 가지각색 그림이 그려져 있어 건곤혼돈지상(乾坤混沌之象)을 나타내고 있다.

그런데 그 상장은 새빨간 자루에 그림을 그린 방천극을 들고 있는데, 머리에는 칠보자금관(七寶紫金冠)을 쓰고, 몸에는 구배황금(龜背黃金)의 갑옷과 서천(西川) 비단에 수를 놓은 전포를 입고 구슬로 띠를 두르고, 왼쪽 어깨에 철태궁(鐵胎弓)을, 바른쪽 어깨에 비자전(紕子箭)을 메고, 발에는 독수리 입부리 같은 운근화(雲根靴)를 신고서 은준마(銀駿馬)를 타고, 허리엔 칼을 차고, 손에는 강편을 쥐고서 대군을 통솔하고 앉았으니, 이 사람이 바로 요국의 도통군대원수 올안광이다.

그리고 이 황군의 바로 뒤가 중군으로서 국왕이 타고 앉은 봉련용거(鳳輦龍車)가 있고, 그 전후좌우에는 칠중검극(七重劍戟)이 에워싸고 있는데, 봉련이 있는 곳에는 다시 좌우에 36명의 황건역사(黃巾力士)가 수레를 호위하고 있고, 수레 앞에는 아홉 필의 준마가 나란히 있고, 뒤에는 두 줄로 각각 여덟 명씩 위사(衛士)가 호위하고 있다.

이 봉련의 한복판에 앉은 사람이 요국의 국왕이니, 머리엔 충천당건(衝天唐巾)을 쓰고, 몸에는 구룡황포(九龍黃袍)를 입고, 허리엔 남전옥대(藍田玉帶)를 띠고, 발에는 주이조화(朱履朝靴)를 신고 있다.

그리고 그 좌우에는 대신 두 사람이 모시고 있으니, 하나는 좌승상 유서패근이요, 하나는 우승상 태사 저견인데, 두 사람은 각각 초선관(貂蟬冠)을 쓰고, 붉은 관복에 옥대를 둘렀다. 그리고 국왕이 앉아 있는 용상(龍牀) 양쪽에는 금동옥녀(金童玉女)가 간(簡)과 규(珪)를 받들고 있다.

요국의 군대가 이와 같이 하늘의 형상에 응해서 진형을 벌였으니, 그 형상이 계란 같기도 하고 항아리를 엎어놓은 것 같기도 해서, 기를 사방에 배치하고, 창을 팔방에 휘젓도록 자유자재로 하게 되었건만, 나아가고 물러가는 데 일정한 법칙이 있는 것이었다.

송강은 이 같은 적의 진용을 한번 살펴자마자, 그 자리에서 화살을 쏘게 하여 적으로 하여금 전진을 못 하도록 한 후, 중군에다 장대를 세우고 구름사다리[雲梯]를 놓고, 오용·주무와 함께 그 위로 올라가 다시 바라보았다.

"정말, 이건 대단한 형세로구나!"

송강은 자못 경탄했다.

주무는 한참 바라보다가 이것이 천진(天陣)인 것을 알아보고 송강과 오용을 돌아보며 말했다.

"이건 '태을혼천상(太乙混天象)'이란 진입니다."

"그럼, 저걸 치는 방법은, 어떻게 친다?"

송강이 이같이 물으니까, 주무가 다시 말한다.

"저 '천진'은 변화무궁해서 그 비밀을 측량하기 어렵습니다. 섣불리 건드렸다가는 큰코다치지요."

"저걸 쳐부수지 않고서야 어떻게 적을 물리칠 수 있겠소?"

그러자 오용이 말했다.

"먼저 저놈의 진내(陣內)의 허실을 알아야 합니다. 그렇지 않고서는 치기가 어렵지요."

세 사람이 이렇게 상의하고 있을 무렵, 요국군의 올안 통군은 중군에 명령을 내렸다.

"오늘은 금(金)에 속하는 날이다. 그러니 항금룡 장기·우금우 설웅· 누금구 아리의·귀금양 왕경, 이렇게 네 장수를 태백금성 대장 오리가안 이 데리고 나가서 적군을 치도록 해라."

금(金)에 속하는 날이라서 모두 쇠 금(金)자가 붙은 사람들이 나가게 한 것이다.

한편, 이때 송강군의 여러 장수가 진 앞에서 바라보니 요국군 우군 (右軍)에 있는 일곱 개의 기문(旗門)이 열렸다 닫혔다 하더니 그 가운데 로부터 돌연 뇌성(雷聲)이 들리면서 진형이 빙글빙글 돌아가며 인군기 (引軍旗)가 진 안에서 동쪽에서 북쪽으로, 북쪽에서 서쪽으로, 다시 서쪽 에서 남쪽으로 옮겨간다.

주무는 마상에서 그 모양을 바라보고 있다가 말했다.

"저게 '천반좌선지상(天盤左旋之象)'입니다. 오늘이 금(金)의 날이기 때문에 천반을 왼편으로 굴린 것입니다. 반드시 저것들이 치고 나올 겝니다."

말이 채 끝나기도 전에 다섯 방 대포 소리가 나면서 적군이 쏟아져 나오는데 가운데가 금성이니, 이는 오리가안으로서 장기 이하 4수(四宿)가 5대의 군사를 휘몰아 나오는 것이다.

어떻게나 그 형세가 어마어마하고 빠르던지 도저히 당할 수가 없어서 송강군은 그만 뒤를 바라보고 달아나려 했으나 어느새 요국군은 바람같이 에워싸고 본대의 좌우를 협공하는 바람에 송강은 크게 패해서 본진까지 후퇴했다. 다행히 요국군은 추격하지 아니했으므로 돌아와 보니, 공량은 칼에 상했고, 이운은 화살에 맞았고, 주무는 포에 다쳤고, 석용은 창에 찔렸으며, 그 외에 부상을 당한 군사는 부지기수였다. 송강은 곧 그들 부상당한 장병들을 후송하여 안도전의 치료를 받도록 했다.

이렇게 하고 나서 송강은 전군에 명령을 내려 철질려(铁蒺藜)와 녹각(鹿角) 같은 것을 땅바닥에 묻어놓고 적의 침입을 방어하게 한 후, 중군에 앉아서 번민하다가 노준의를 보고 말했다.

"어쩌면 좋을까요? 오늘 이렇게 참패했으니! 만일 우리가 다시 나가서 싸우지 않는다면 반드시 저것들이 먼저 쳐들어올 것이니 말이오?"

"내일은 군사를 두 갈래로 나누어 적의 압진(壓陣)을 치고, 다시 두 갈래 군사로 적의 정북(正北)에 있는 일곱 개의 기문을 치는 동시에, 보군으로 하여금 한복판을 치고 들어가게 해서 저놈들의 진 안의 허실이나 한번 살펴두는 것이 어떨까요?"

"그렇게 합시다!"

송강은 두말없이 찬성했다.

이튿날 송강은 노준의의 의견에 좇아서 출동할 준비를 마친 후 진문을 활짝 열고서 나아갔다.

나가다가 보니, 요국군의 압진병 여섯 부대가 그다지 멀지 않은 곳에서 이쪽을 정찰하면서 오고 있다.

송강은 이것을 보고 즉시 왼편에 관승을, 오른편에 호연작을 배치하고, 각각 자기가 거느린 군사로써 정찰하러 나온 적에게 공격을 가하도록 했다.

본대는 전진해서 벌써 요국군과 맞붙었다.

송강은 다시 화영·진명·동평·양지를 왼편에, 임충·서녕·삭초·주동을 오른편에 배치하여, 두 부대의 군사로써 검정 깃발의 일곱 개 기문(旗門)을 공격시켰다. 그랬더니 과연 검정 기의 군사들 진세(陣勢)는 쉽사리 무너졌다.

일곱 개 기문의 대오가 흩어지는 것을 보고 송강의 진중에서는 흑선풍 이규·번서·포욱·항충·이곤 이하 5백 명의 패수(牌手)들로 하여금 쫓아나가 공격하게 하는 일방, 노지심·무송·양웅·석수·해진·해보 등 보군의 두령들 전원이 일제히 적의 혼천진(混天陣) 안으로 뛰어들어갔다.

이때 별안간 사방에서 대포 소리가 요란하게 터지더니 동쪽과 서쪽 두 군데 있던 군사와 정면에 있던 황기군(黃旗軍)이 일제히 합류해 반격하는 바람에 송강의 군사는 갑자기 막아낼 도리가 없어서 도망쳤으나, 뒤에 있던 군사들은 미처 적의 공격을 피할 길 없어서 아주 참패하여 돌아왔다. 돌아와서 점검해보니, 절반 이상이나 없어졌는데, 두천·송만이 중상을 입었고, 게다가 흑선풍 이규가 없어진 게 아닌가.

그런데 흑선풍은 본래 성질이 급했기 때문에 좌우를 살피지 않고 마구 돌입하여 적진 속으로 깊이 들어가다가 적의 요구창에 걸려서 그만 사로잡혔던 것이다.

진중에서 이 소식을 들은 송강은 크게 놀랐으나 당장 어찌할 도리가 없는 일인 고로, 우선 두천과 송만을 뒤로 후송하여 안도전의 치료를 받게 하고, 부상당한 말들도 수레에 실어 보내어 황보단의 약을 쓰도록 한 후, 오용을 보고 상의했다.

"오늘은 흑선풍을 잃고 그 위에 참패당했으니 대체 앞으로 어떻게 하면 좋지요?"

"지난번에 우리한테 사로잡힌 올안 소장군이 올안 통군의 아들 아닙니까. 그것하고 흑선풍을 교환하지요."

"이번엔 그렇게 한다 하고 이다음 번에 또 이런 일이 있다면 그땐 어떻게 구원해내지요?"

"형님은 왜 먼 장래 일까지 걱정하십니까? 당장 눈앞에 닥친 일이나 해결할 생각을 하셔야잖아요!"

이렇게 의논하고 있을 때 군사 한 명이 들어와서 알린다.

"요국의 통군(統軍)한테서 사자가 와서 말씀드릴 게 있답니다."

"데리고 들어오너라."

송강의 명령대로 조금 있다 요국군의 사자는 들어왔다.

"저는 원수(元帥)의 명령을 받고 온 사람입니다. 오늘 싸움에서 당신네 두목 한 사람을 사로잡아서 우리 원수께 바쳤습니다. 그랬더니 우리 원수께서는 그 사람을 죽이시지 않고 술과 고기로 관대하신 후 이리로 돌려보내시겠다고 하십니다. 그 대신 우리 원수님의 아드님이신 올안 소장군을 당신네가 우리한테 돌려보내 주셨으면 합니다. 장군께서 우리 원수님 생각과 동감이시라면, 지금이라도 곧 그 두령을 보내드리겠답니다."

"좋소! 그렇다면 내일 내가 소장군을 데리고 진 앞에 나가 서로 교환하도록 하겠소."

"알았습니다. 돌아가서 우리 원수님께 그같이 아뢰겠습니다."

요국군 사자는 송강의 승낙을 얻어 즉시 돌아갔다.

송강은 다시 오용을 보고 의견을 묻는 것이었다.

"이왕 일이 이렇게 됐으니 내일 소장군을 데리고 나가 흑선풍과 교환할 때 아주 양쪽 군사가 서로 싸우는 걸 그만두고 휴전을 하자고 하는 것이 어떨까요?"

오용도 이 의견에 찬성이었다.

"그게 좋겠지요. 잠시 군사를 쉬게 했다가 달리 좋은 계책이 생기거든 그때 가서 적을 친대도 늦을 건 없습니다."

"그래, 우리 그렇게 합시다."

이같이 합의를 본 후, 날이 밝자마자 송강은 사람을 보내어 올안 소장군을 데려오게 하는 일방, 올안 통군에게도 사자를 보내어 흑선풍과 교환하고서 잠시 휴전하자는 뜻을 전하게 했다.

이때 올안 통군이 중군에 좌정하고 앉았는데, 군사가 들어와 보고했다.

"송강군의 사자가 지금 말씀드릴 게 있다고 왔습니다."

"데려오너라!"

올안 통군의 허락이 내린 뒤에 송강군의 사자라는 사람이 들어오더니,

"저는 송선봉(宋先鋒)의 사자로 장군님의 의향을 여쭈어보러 왔습니다. 이번에 아드님 올안 소장군을 돌려드릴 테니, 그 대신 저희들의 두령을 돌려달라 하십니다. 그리고 지금은 때가 엄동설한이라 군사들의 노고가 너무 심하니 잠시 싸움을 중지했다가, 내년 봄에 다시 상의해서 하기로 하여 군사들로 하여금 동상(凍傷)을 면하게 하자고 말씀하십니다."

이 말을 듣더니 올안 통군은 발을 구르면서 호령하는 것이었다.

"이게 다 어디 당한 수작이냐! 바보 같은 내 자식놈이 네놈한테 붙들려 있다만, 이제 그 자식이 살아서 돌아온대도 내가 상판대기를 안 보겠다! 제가 무슨 면목으로 돌아온다냐? 교환이 다 뭐냐! 나 대신 그 자식을 베려거든 당장 베려무나! 만일 휴전을 하고 싶거든 송강이 두 손을 묶고 와서 항복을 해야 한다. 그런다면 목숨만은 살려두겠지만, 만일

그러지 않는다면 대군을 몰고 가서 풀 한 포기 안 남길 만큼 죄다 죽여 버리겠다! 썩 물러가거라!"

이 같은 호령을 듣고 그 자리를 물러난 사자는 돌아와서 그대로 보고했다.

송강은 그 말을 듣고 한숨만 후후 쉬면서 걱정했다. 잘못하다간 흑선풍을 구해내지 못할 것 같아서 마음이 졸아붙는 까닭이었다.

그는 마침내 올안 소장군을 데리고 적진 앞으로 가까이 가서 크게 외쳤다.

"지금 올안 장군을 돌려보냅니다. 우리 쪽 두목을 돌려보내시오. 휴전은 안 해도 좋으니, 지금이라도 결전을 해봅시다."

이렇게 소리를 쳤더니 조금 있다가 요국군 진에서도 말 한 마리와 흑선풍을 이끌고 나오는 게 아닌가.

이 모양을 보고 이쪽에서도 올안 소장군을 말에 태워 앞에 내세웠다.

올안 소장군이 먼저 송강의 진영을 떠나서 나가니까, 저쪽에서도 흑선풍이 말을 타고 나왔다. 이리해서 처음엔 그렇게 버티던 올안 통군과의 포로 교환이 쉽게 끝나버렸다. 그러고서 이날 양쪽 군사는 서로 싸우지 아니했다.

송강은 흑선풍을 데리고 돌아와서 위로연을 열고, 모든 장수들과 한자리에 앉아서 의논했다.

"적의 형세가 저렇게 대단하니, 도무지 깨뜨릴 계책이 안 생기는구려. 정말 걱정이 태산 같아서 하루를 못 견디겠으니, 이 일을 장차 어찌하면 좋소?"

그러자 호연작이 그 말을 받는다.

"형님, 너무 근심하지 마십시오. 한번 해보는 게죠. 적이 강하면 얼마나 강하겠습니까? 우리 내일은 군사를 열 대로 나누어 두 대는 적의 압진을 들부수고, 여덟 대는 돌격을 해서 결전을 해봅시다."

"모두 찬성한다면 그렇게 하지! 그러려면 형제들이 한마음 한뜻으로 힘을 다해야 할 거요!"

송강이 이렇게 찬동하는 뜻을 말하니까, 오용이 반대의견을 내놓는다.

"나는 반댄데요. 우리가 공격을 취할 게 아니라, 적이 공격해오거든 싸워줍시다. 그동안 두 번이나 우리가 실패했으니까, 당분간 엄중히 수비하는 게 좋습니다."

그러나 송강은 오용의 의견을 좇지 아니했다.

"아니, 적이 쳐들어오기를 기다리고 앉아 있어야 한다는 건 좋은 생각이 아니지! 형제들이 한마음 한뜻으로 싸우기만 하면 결코 지지 않을 거요!"

하고 송강은 당일로 영을 내려 준비를 시킨 후, 다음날 군사를 열 대로 편성해서 진격시키는데, 비창대(飛槍隊)가 두 갈래로 앞서 가서 적의 압진병의 후방을 끊고, 여덟 대의 군사는 함성을 올리고 깃발을 흔들면서 혼천진 속으로 뛰어들게 했다.

그러자 이때 적진 속에서 뇌성이 크게 들리고서 대개의 기문(旗門)이 일제히 열리더니, 일자장사진(一字長蛇陣)으로 변해 맹렬히 반격해오는데, 송강의 군사는 도무지 손을 쓸 여유가 없다.

"자, 퇴각해야겠다!"

송강은 퇴각명령을 내리고 속히 달아나라 하니, 창에 찔리고 칼에 상해서 죽는 자가 부지기수였다. 이같이 참패당해 본진에 돌아온 송강은, 다시 영을 내려 산모퉁이 입구에다 채책을 세우고, 참호를 깊게 파고, 녹각을 각처에다 묻고, 문을 굳게 닫고 앉아서 겨울을 지나기로 작정했다.

그런데 한편, 부추밀(副樞密) 조안무는 그동안 여러 번 서울로 보고를 올리고 피복 기타 군수품을 청구했던 고로 조정에서는 어전(御前) 팔십만 금군에게 창봉을 가르치고 있는 교두 왕문빈(王文彬)을 특사로 내려보냈다. 그런데 이 사람은 정수정주단련사(正受鄭州團練使)로서 문무쌍전(文武雙全)한 인물이기 때문에 조정에서도 모든 사람들로부터 존경을 받는 사람이었다. 그래서 이 사람이 이번에 1만 명 군사를 이끌고 의류 50만 점을 수레에 실어 송강한테 가서 군사들에게 나누어주고 장병들을 독려해서 빨리 싸움에 이기고 돌아오게 하라고 명령을 받은 것이다.

왕문빈은 이 같은 성지(聖旨)와 공문서를 받아 서울을 떠나 진교역(陳橋驛)으로 나왔다. 2백여 채나 되는 수송차량이 수레마다 '어사의오(御賜衣襖)'라 쓴 황기(黃旗)를 꽂고 열을 지어 지나가는 곳마다 관사들이 나와서 음식을 대접하는 등, 대우가 매우 융숭했다.

일행은 며칠 뒤 변경에 도착하여 조안무에게 중서성 공문서를 바쳤더니, 조안무가 받아보고서 대단히 기뻐하는 것이었다.

"마침 잘 오셨소이다. 그렇잖아도 지금 송선봉이 요국의 올안 통군이 혼천진을 쳐놓았기 때문에 연전연패하고 두령들도 부상당한 사람이 많아서 후송하여 안도전의 치료를 받는 중이랍니다. 송선봉은 지금 영청현에다 진을 치고 있으면서 감히 치러 나가지도 못하고 있는 형편이니까요."

"아, 그렇습니까? 조정에서는 그런 줄 모르고, 싸움을 독려하라고 내려보냈는데요. 지금 말씀과 같이 연전연패하는 중이라면, 제가 돌아가서 보고를 하기도 매우 어렵게 됐습니다."

"글쎄 말이오. 좀 기다려볼 수밖에 없지요."

"기다리고만 있을 게 아니라, 제가 나가서 송선봉의 힘이 돼서 도와드리면 어떻겠습니까? 제가 재주는 없지만, 어려서부터 병서를 읽었기 때문에 진법(陣法)을 다소 짐작합니다. 부족하겠지만 군전(軍前)에 나아가 계책을 써볼까 생각하는데, 추밀 상공께서 허락하실는지요?"

"그렇게 해준다면 오죽 좋겠소, 고마운 일이지!"

조안무는 대단히 기뻐하면서 술을 내오게 하여 그를 대접하는 일방,

수레를 끌고 온 인부들까지도 음식을 주게 했다. 그리고 왕문빈이 이같이 의류와 군수품을 많이 가지고 왔으니까 곧 진중(陣中)으로 찾아갈 것이라고 송강에게 알렸다.

그런데 이때 송강은 진중에서 머리가 아프도록 근심하고 있었는데 조한무로부터 사자가 와서, 서울로부터 정주단련사 왕문빈이 피복 50만 점을 가지고 독전(督戰)하러 왔다고 알리는 것이었다.

송강은 곧 사람을 내보내어 왕문빈을 진중으로 영접해 들이고서 술상을 벌이고 술을 권하면서 이야기를 했다.

"제가 조정의 명을 받들어 이곳 변경에 와서 폐하의 홍복으로 네 개의 큰 고을을 손에 넣기는 했습니다마는, 이번에 유주로 온 뒤엔 적의 올안 통군이 혼천상진(混天象陣)을 치고 국왕을 모시고 나와 20만의 병력으로 대항하는 통에 크게 괴로움을 받는 중이랍니다. 저는 그동안 몇 번 싸웠지만 번번이 패하고 이제는 어떻게 할 계책이 없기 때문에 군사를 주둔시키고서 감히 싸우러 나가지도 못합니다. 다행히 장군이 이렇게 오셨으니 앞으로 어떻게 했으면 좋을지 가르쳐주십시오."

"혼천진이 무에 그리 대단한 거라고 그러십니까? 제가 아는 것이 부족은 합니다마는, 장군과 같이 나가서 적진을 한번 정찰해보고, 제가 새로 진법을 하나 만들어보죠."

송강은 너무도 기뻐서 그에게 감사했다. 그리고 그가 가져온 의류를 배선으로 하여금 장병들에게 나누어주게 하니, 여러 장병들은 모두 새 옷을 갈아입고서 남쪽 하늘을 바라보며 절하는 것이었다.

이날 송강은 중군에서 잔치를 열고 또 휘하 군졸들에게도 음식을 주었다. 그러고서 그다음 날은 일제히 출동하기로 했다.

다음날, 왕문빈은 가지고 온 투구와 갑옷으로 완전히 무장을 하고, 말을 타고서 일동과 함께 진 앞으로 나아갔다.

맞은편 요국군 진에서는 이쪽을 바라보고 있다가, 송강군이 싸우러

나온다고 보고를 올렸기 때문에, 요국군 진중에서는 별안간 금고 소리가 요란하게 들리고 함성이 진동하더니, 여섯 부대의 전마가 치고 나오는 것이었다.

이때 송강은 기운 있게 군사를 지휘하여 적을 퇴각시켰다.

왕문빈은 이때 장대 위에 올라가서 적진을 한참 바라보고는 고개를 끄덕끄덕하고 아래로 내려오더니,

"저 같은 진세(陣勢)는 항용 쓰는 진세랍니다. 조금도 겁낼 거 없습니다."

이같이 흰소리를 하므로, 송강은 그 말을 꽉 믿었다. 그러나 사실은 왕문빈 자신도 적의 혼천진에 대해서는 전혀 아는 것이 없는 것이다. 그는 다만 서울서 내려온 장군의 체면을 세우려고 일부러 모르는 것을 아는 체해본 것이다.

왕문빈이 이렇게 흰소리를 했기 때문에 이에 속은 송강은 전군에 명령을 내려 북을 치게 하고 이어서 공격을 개시했다.

이때 적진에서도 북소리가 요란하게 울렸다.

송강은 말을 진두에 세우고서 큰소리로 호령을 했다.

"강아지새끼 같은 조무래기는 나오지도 말고, 굵은 놈들이나 나와서 덤벼봐라!"

이 같은 호령이 떨어지자마자, 흑기대에서 네 번째 기문(旗門)이 열리더니, 머리털을 흐트리고 검정 갑옷에 검정 전포를 입고 검정말을 타고 삼첨도를 든 장수 한 사람이 수없이 많은 부하장수들과 함께 튀어나오는데, 검정빛 인군기에는 은자(銀字)로 '대장 곡리출청'이라 쓰여 있다.

이 모양을 보고 왕문빈은 생각했다.

'내가 이런 때 수완을 보여주지 않는다면, 또 언제 기회가 있겠느냐?'

그는 이같이 생각하고, 창을 꼬나잡고 쫓아나가 아무 말도 없이 달려드니까, 곡리출청은 칼을 춤추면서 그를 맞는다. 이리해서 두 장수가 서

로 싸우기 20여 합, 갑자기 곡리출청은 말머리를 돌이켜 달아나기 시작한다.

왕문빈은 이놈을 놓치지 않겠다고 말을 채쳐 그 뒤를 쫓아갔다. 그러나 사실인즉 싸움에 져서 내빼는 것이 아니고 일부러 그를 속이려고 이러는 것인데 그것을 모르고 그는 쫓아가다가 별안간 적장이 몸을 돌리면서 칼로 내려치는 바람에 어깨로부터 가슴 아래까지 몸이 두 조각이 나 말 아래 떨어졌다.

송강은 이 광경을 바라보고 시급히 군사를 거두어 퇴각하려 했으나, 질풍같이 몰아나오는 요국군에게 여지없이 다 갈려서, 엄청나게 많은 수효의 군사를 잃은 채 황망히 진지로 돌아왔다. 그리고 진지에서 나오지 않고 있던 장병들은, 그렇게도 흰소리를 하던 왕문빈이 이같이 허무하게 죽은 것을 보고, 너무도 놀라워 어안이 벙벙했다.

진지로 돌아온 송강은 즉시 문서를 작성하여 왕문빈이 자진해서 전장에 나가 죽어버린 사실을 조안무에게 보고하고 왕문빈이 데리고 온 수행원들은 서울로 돌아가도록 했다.

조안무는 보고를 받고 근심에 싸여서 밤새도록 잠을 못 자고, 이튿날 문서를 작성하여 이 일을 성원(省院)에 보고하는 동시에 왕문빈의 수행원들을 모두 서울로 올려보냈다.

송강은 진중에서 근심이 태산 같았다. 이리 궁리 저리 궁리, 아무리 생각을 쥐어짜보아도 요국군을 깨뜨릴 계책이 생기지 않는다. 그는 잠도 못 자고 먹지도 못하고 누웠다 앉았다 해가며 번민하는 것이었건만, 누구 한 사람 신통한 계책을 가르쳐주는 사람도 없다.

때는 엄동설한, 몹시 추운 날씨였다.

송강은 방장을 단단히 치고 촛불을 환하게 밝힌 후, 책상머리에 팔을 놓고 혼자 앉아서 골똘하게 생각하다가 몸이 피곤한지라, 옷을 갈아입고 자리에 드러누워버렸다. 밤은 깊어 2경 때였다.

군사들은 벌써 잠들었는지 사방이 괴괴한데 갑자기 진지 안에서는 광풍이 일어나며 싸늘한 기운이 방장을 뚫고 들어오는 것이었다.

송강이 눈을 뜨고 일어나니까, 푸른 옷을 입은 동녀(童女) 하나가 앞으로 걸어오더니 그에게 절을 하는 게 아닌가.

"동녀는 어디서 왔소?"

송강이 물었다. 그러자 동녀가 공손히 대답하는 것이었다.

"예, 낭랑아씨께서 저더러 장군을 모셔오라고 분부하셔서 그래서 왔사옵니다. 잠시 저하고 같이 가시기 바랍니다."

"낭랑아씨가 나를 데려오라구? 그래, 지금 어디 계신데?"

송강이 이같이 물으니까, 동녀는 손으로 가리키면서 대답하는 것이었다.

"네, 바로 저기이와요."

송강이 동녀를 따라 밖으로 나오니까 조금도 춥지 아니할 뿐 아니라, 하늘빛은 눈이 부실 만큼 맑게 갰고, 금빛과 푸른빛이 서로 교차되었는데, 바람은 향기롭고 아지랑이가 하늘거리는 것이, 마치 춘삼월 같은 일기였다.

그가 동녀를 따라서 2, 3리쯤 가니까, 큰 소나무와 측백나무가 우거진 수풀이 보이고, 그 수풀 속에 돌난간이 은은히 보인다.

그곳으로 들어가니, 길 양쪽에는 대나무·버드나무·복숭아나무가 꽉 들어섰고, 난간을 돌아 돌다리를 건너니까, 주홍빛 영성문(欞星門)이 보이는데, 동녀를 따라 그 안으로 들어가서 사면을 둘러보니, 분칠한 것같이 벽은 희고 서까래에는 단청을 산뜻하게 칠했으며, 지붕은 푸른 기와로 덮었는데, 문마다 발을 걷어올려 매달았다.

이때 동녀는 송강을 왼편 복도로 해서 동향(東向)하고 있는 넓은 방으로 인도하더니, 붉은 칠한 문을 열고서,

"잠깐 앉아서 기다리고 계시기 바라옵니다."

하고 돌아선다.

송강이 방 안에 들어가서 사방을 둘러보니, 사면이 고요한데 오색찬란한 안개가 방 안에 가득하고, 천장으로부터는 천화(天花)가 풀풀 날아 떨어지며, 그윽한 향기가 가득 찼다.

그러자 안으로 들어갔던 동녀가 다시 나오더니, 공손히 말하는 것이었다.

"낭랑아씨께서 장군을 모시고 들어오라 하십니다. 성주(星主)님! 같이 들어가사이다."

송강이 자리에서 일어나니, 언제 와 있었는지 다른 선녀 두 사람이 앞으로 나와 그에게 절을 하는데, 머리에는 부용벽옥관(芙蓉碧玉冠)을 쓰고, 몸에는 금빛 나는 생초옷을 입었다.

송강도 예를 하고, 미처 고개를 들기도 전에 두 선녀가 말한다.

"장군께서는 너무 겸손하시기만 합니다. 낭랑아씨께서 장군님과 한자리에 앉아 국가 대사를 의논하시겠다 하옵니다. 어서 저희들과 함께 들어가시지요."

송강이 아무 말 못 하고 그들의 뒤를 따라 안으로 들어가니, 전상(殿上)에서는 종소리가 나면서 옥경(玉磬) 소리가 쟁쟁 울리는데, 푸른 옷 입은 동녀가 송강을 전상으로 인도하는 것이었다.

그러자 두 선녀가 그를 인도하여 동쪽 층계로 올라오게 하여 주렴 앞에 세운다. 이때 주렴 안에서는 옥으로 만든 패물이 서로 부딪치는 소리가 은은히 들렸다.

이때 푸른 옷 입은 동녀가 가까이 오더니, 주렴을 걷어올리고 송강을 방 안으로 인도하여 향안(香案) 앞에 꿇어앉게 했다.

눈을 쳐들어 전상을 바라보니, 상서(祥瑞) 있는 구름이 머리 위에 떠 있고 보랏빛 안개가 피어나는데, 정면에 있는 구룡상(九龍牀) 위에 구천현녀 낭랑(九天玄女娘娘)이 구룡비봉관(九龍飛鳳冠)을 쓰고 칠보용봉(七

寶龍鳳)의 생초옷을 입고, 산하일월(山河日月)의 치마를 두르고, 운하진주(雲霞珍珠)의 신을 신고, 무하백옥(無暇白玉)의 규(珪)를 쥐고 앉아 있으며, 양옆으로는 2, 30명의 선녀들이 늘어서 있다.

이때 현녀 낭랑의 음성이 들렸다.

"내가 그대에게 천서(天書)를 준 것이 벌써 여러 해 전인데, 그 후 당신은 충의를 굳게 지키고 조금도 빠진 일이 없었소. 이번에 송나라 천자가 그대에게 요국을 정벌하라 했는데, 싸움의 승부가 어떠하오?"

송강은 꿇어 엎드려서 아뢰었다.

"낭랑님께서 저에게 천서를 주신 뒤로 저는 오늘에 이르기까지 그것을 경솔하게 다른 사람에게 누설한 일이 없습니다. 이번에는 천자의 칙명을 받고서 요국을 치러 왔습니다마는, 뜻밖에 올안 통군의 혼천상진과 부딪게 되어 두 번 세 번 패전만 하고, 지금은 장차 어찌했으면 좋을지 계책이 생각나지 아니해서, 실로 위경에 빠져 있는 중이올시다."

그가 이렇게 말하니까 낭랑이 묻는 것이었다.

"그대는 혼천상진을 모르시오?"

송강은 두 번 절하고 아뢰었다.

"네. 저는 본시 부족한 사람이어서 그 진법(陣法)을 알지 못합니다. 낭랑께서 저에게 가르쳐주시기 바랍니다."

구천현녀는 잠시 입을 다물었다가 천천히 일러준다.

"그 혼천상의 진법은 모든 양상을 한데로 모은 것이라오. 그런 까닭으로 아무렇게나 들이친대서 깨지지 않고, 상생상극의 이치를 따라서 공격해야만 되는 법이지요. 그러니까 요국군 전면에 있는 흑기군마(黑旗軍馬)는 복판에다 수성(水星)을 두고, 하늘의 북방 오기진성(五炁辰星)을 본 뜬 것이기 때문에, 당신네 송국군은 대장 일곱 명을 뽑아 황기(黃旗)·황갑(黃甲)·황의(黃衣)·황마(黃馬)로써 요국군 흑기(黑旗) 군사의 일곱 개 문을 돌파하고 그 뒤를 따라 황포(黃袍) 입은 맹장 한 명이 곧장

들어가서 수성(水星)을 공격해야 하오. 이것이 토(土)가 수(水)를 이기는 이치를 따르는 거요."

송강이 귀를 기울여 열심히 듣는 모양을 보고 낭랑은 잠시 말을 멈추었다가 다시 계속했다.

"그리고 다시 백포군마(白袍軍馬)로써 대장 여덟 명을 뽑아 세우게 하여 적의 좌익의 청기군진(靑旗軍陣)을 공격합니다. 이것은 금(金)이 목(木)을 이기는 것이지요. 그리고 홍포군마(紅袍軍馬)에서도 대장 여덟 명을 내세우고 적의 오른편 백기군진(白旗軍陣)을 공격하게 합니다. 이것은 화(火)가 금(金)을 이긴다는 뜻이지요. 다시 흑기군마에서도 대장 여덟 명을 내세우고 적의 후군(後軍) 홍기군진을 공격합니다. 이것은 수(水)가 화(火)를 이긴다는 뜻입니다. 그리고 또 청기군마 한 부대에 대장 아홉 명을 세워 적의 중앙, 황기군진의 주장(主將)을 쳐야 합니다. 이것은 목(木)이 토(土)를 이긴다는 뜻입니다. 그리고 또 두 개의 다른 부대로 하여금 하나는 수기화포(繡旗花袍)로써 나후성(羅睺星) 모양을 해서 요국군의 태양군진을 깨뜨리게 하고, 하나는 소기은갑(素旗銀甲)으로써 계도성(計都星)을 모양해서 요국군 태음군진을 깨뜨리게 해야지요. 그리고 스물네 개의 뇌거(雷車)를 만들어 이십사기(二十四氣)를 본뜨고, 그 위에다 화석(火石)·화포(火砲)를 실어 요국군 중군을 들이밀면서 공손승으로 하여금 풍뢰천강법(風雷天罡法)을 행하게 하여 요국 국왕의 어가(御駕)를 직충(直衝)하게 합니다. 이렇게만 하면 족히 전승(全勝)하겠지요. 그러나 낮에는 군사를 출동시키지 말아야 해요. 밤이 어둔 다음에 행군해야 돼요. 그리고 친히 군사를 거느리고 나아가서 독려하면 반드시 공을 세울 것입니다. 내 말을 명심하고, 보국안민하는 일에 후회 없도록 하시오. 하늘과 땅에 차별이 있는 터이니, 나는 이걸로 작별하겠소. 일후에 경루금궐(瓊樓金闕)에서 다시 만날 날이 있을 거요. 그럼 속히 돌아가시오. 이곳에 오래 있지 못하오."

낭랑은 이렇게 말하고 청의동녀로 하여금 송강에게 차를 권하게 하는 것이었다.

송강이 차를 받아 마시고 나니까, 낭랑은 청의동녀를 보고 성주(星主)를 진지(陣地)까지 모셔다 드리라고 분부한다. 송강은 두 번 절하고 그 앞에서 물러나왔다.

청의동녀가 전각 앞에서 송강을 서쪽 층계로 인도하여 뜰아래로 내려가서 붉은 칠한 영성문 밖으로 나오니까 바로 그 길이 아까 걸어오던 길이다.

돌다리를 건너서 울창한 송림 사이를 걸어오노라니까 청의동녀가 송강의 등 뒤에서,

"요국군이 저기 있어요! 어서 무찌르세요!"

이렇게 말하므로, 송강은 동녀를 돌아다보았더니, 그 순간 동녀는 한 손으로 그를 떠다미는 게 아닌가.

깜짝 놀라 눈을 떠보니, 책상머리에 앉아서 꿈을 꾸었던 것이다.

밤은 죽은 듯이 고요하다.

송강이 꿈을 깨고서 정신을 가다듬으며 가만히 있노라니까, 4경을 알리는 북소리가 울려왔다.

송강은 곧 군사(軍師) 오용을 청해오도록 명령했다. 해몽을 해볼 작정이다.

오용이 장중(帳中)에 들어오자, 그는 물었다.

"군사는 혼천상진을 깨칠 계책이 없으시오?"

"글쎄요, 아직은 아무런 묘책이 안 생기는군요."

"이리 좀 가까이 앉으시오. 내가 조금 전에 꿈속에서 구천현녀한테서 비법을 받았어요. 그래서 내가 군사를 오시라고 청한 겝니다. 내 마음에 정한 바가 있으니, 이대로 하십시다."

송강은 구천현녀로부터 들은 비법을 한 구절도 빼먹지 않고 그대로

이야기한 후 오용과 의논을 결정하고서 조안무한테도 이 같은 내용을 보고했다. 그리고 채색칠한 화판(畵板)과 철엽(鐵葉)으로 뇌거(雷車) 스물네 개를 만드는데, 밑바닥엔 기름 먹인 나무등걸을 깔고 그 위에 화포(火砲)를 장치했다. 불만 댕기면 온통 불덩어리가 궁글어 들어갈 판이다. 이렇게 밤을 새워 화기(火器)를 만들게 하는 일방, 여러 장수들을 불러모아 각각 책임을 분담케 하니, 다음과 같다.

즉, 중앙 무기(戊己)의 토(土)는 황포(黃袍) 군마가 적의 수성진(水星陣)을 들이치는데, 대장에 동평이요, 그 좌우 일곱 개 기문의 흑기군(黑旗軍)을 치는 것은 주동·사진·구붕·등비·연순·마린·목춘 등 부장(副將) 일곱 사람이요,

서쪽 경신(庚辛)의 금(金)에는 백포(白袍) 군마가 적의 목성진(木星陣)을 들이치는데, 대장에는 표자두 임충이요, 좌우 일곱 개 기문의 청기군(靑旗軍)을 치는 것은 서녕·목홍·황신·손립·양춘·진달·양림 등 부장 일곱 사람이요,

남쪽 병정(丙丁)의 화(火)에는 홍포(紅袍) 군마가 적의 금성진(金星陣)을 치는데 대장에는 벽력화 진명이요, 좌우 일곱 개 기문의 백기군(白旗軍)을 치는 것은 유당·뇌횡·단정규·위정국·주통·공왕·정득손 등 부장 일곱 사람이요,

북쪽 임계(壬癸)의 수(水)에는 흑포(黑袍) 군마가 적의 화성진(火星陣)을 들이치는데, 대장에는 쌍편 호연작이요, 좌우 일곱 개 기문의 홍기군(紅旗軍)을 치는 것은 양지·삭초·한도·팽기·공명·추연·추윤 등 부장 일곱 사람이다.

그리고 다시 동쪽 갑을(甲乙)의 목(木)에는, 청포(靑袍) 군마가 적의 토성(土星) 주장진(主將陣)을 들이치는데 대장엔 대도 관승이요, 좌우에서 적의 중군(中軍)의 황기주진(黃旗主陣)을 들이치는 것은 화영·장청·이응·시진·선찬·학사문·시은·설영 등 여덟 명 부장이요,

또, 한 떼의 수기화포군은 적의 태양좌군을 공격하는데 대장이 일곱 명이니, 노지심·무송·양웅·석수·초정·탕융·채복이요,

또, 한 떼의 소포은갑군은 적의 태음우군을 치는데 대장이 역시 일곱 명이니, 호삼랑·고대수·손이랑·왕영·손신·장청·채경이요,

다시 적의 중군(中軍)을 들이칠 제일 용맹한 군사는 단박에 요국 왕을 사로잡을 작정인데 이의 대장에는 노준의·연청·여방·곽성·해진·해보 등 여섯 사람이요,

그리고 뇌거를 몰고서 적의 중군에 돌입할 대장에는 이규·번서·포욱·항충·이곤 등인데, 수군의 두령들과 수병들은 전원이 진두에 나와서 공격에 참가하기로 하고, 진 앞바다 오방(五方)에 기치를 세우고 팔면(八面)에 군사를 배치하여 종전대로 구궁팔괘진을 벌이는 것이다.

송강이 이상과 같이 영을 내리자, 모든 장수들이 이대로 시행하면서 화포를 실은 뇌거를 진전에 끌어 내놓고 행동을 개시하려 하는 판이다.

그런데 요국의 올안 통군은 송강군이 며칠 동안 싸우러 나오지 아니하므로 압진의 병졸들로 하여금 송강군의 진지에 가까이 가서 동정을 탐색해오라 했다.

송강은 이미 모든 준비가 다 되므로 그날 밤에 행동을 개시하기로 했다. 그래서 송강군은 느지막하게 진을 한일자로 펴고 전면에 있는 강궁경노(强弓硬弩)로 화살을 쏘아 적의 전진을 막은 후 해가 넘어가기를 기다리고 있었다.

조금 있다가 해가 넘어갈 무렵, 갑자기 북풍이 맹렬히 불면서 눈을 담뿍 품고 있는 구름이 머리 위를 덮어버리니 아직 그다지 어두울 때는 아니건만, 사방은 캄캄해졌다.

이때 송강은 전군에 영을 내렸다.

"모두들 갈대를 끊어서 피리를 만들어 입에 물고 피리 소리로 군호를 삼아라!"

이렇게 하고서 먼저 네 갈래의 군사를 출동시키는데, 황포군(黃袍軍)을 진두에 세웠다. 이 네 갈래의 군사는 적의 정찰부대의 초로(哨路)를 분쇄하고 그길로 적진의 바깥으로 돌아 북쪽을 향해 쳐들어갔다.

그 후 초경(初更) 때쯤 해서 송강군 진중으로부터 연주포 터지는 소리가 나더니, 호연작이 진문에서 뛰어나와 적의 후군으로 돌입하여 화성(火星)을 바로 찔렀다. 이와 동시에, 관승은 적의 중군에 뛰어들어 토성주장(土星主將)을 찌르고, 임충은 적의 좌군 진 속에 뛰어들어가 목성(木星)을 찌르고, 진명은 적의 우군 진 속에 뛰어들어가 금성(金星)을 찌르고, 동평은 적의 두진(頭陣)을 휘몰아치면서 바로 수성(水星)을 찌르는 것이었다.

이때 공손승은 칼을 뽑아들고 서서 법술(法術)을 행하고 있으니, 이것이 구천현녀가 꿈에 송강에게 일러주던 풍뢰천강법인 것이다.

조금 있다가 아니나 다를까, 남풍이 정신을 못 차릴 만큼 맹렬히 일어나서 나뭇가지가 꺾이며 뿌리째 뽑혀 날아가고 모래와 돌멩이가 마구 날리는 까닭에, 요국군은 눈을 뜰 수도 없이 되었다.

"모두 불을 댕겨라!"

호령이 떨어지자, 스물네 대의 뇌거에다 불을 댕긴 흑선풍·번서·포욱·항충·이곤 등 다섯 명 장수는 5백 명의 패수와 날쌘 군사를 휘몰아 뇌거를 밀고 적진 속으로 뛰어들어갔다. 그리고 일장청 호삼랑은 적의 태음진을 들이치고, 노지심은 적의 태양진을 들이치고, 노준의는 뇌거의 뒤를 따라 적의 중군을 들이쳤다. 물샐틈없는 이 같은 작전에, 하늘과 땅은 불바다로 변하고 벼락치는 듯한 요란한 소리는 귀신도 겁내게 하는 일대 수라장이 벌어졌다.

이때 요국군 올안 통군은 여러 장수들과 함께 중군에 앉아서 작전을 의논하고 있다가 별안간 이 모양을 당했는지라, 허둥지둥 뛰어나와 말에 올라타기는 했으나, 벌써 이때는 뇌거가 중군에 들어와 불꽃은 하늘에 닿았고, 포가 터지는 소리는 귀청을 찢는다.

정신을 차릴 사이도 없는데, 벌써 관승의 군사 한 떼가 바싹 들어오므로 올안 통군은 방천극을 가지고 관승과 더불어 맹렬히 싸우는 동안, 올안 통군의 주위에 있던 부장들은 장청이 팔매치는 돌멩이에 맞아 거꾸러지기도 하고 달아나기도 한다. 그뿐이랴. 이응·학사문·시진·선찬 등 여러 장수는 이리 뛰고 저리 뛰며 군사들을 풀 깎듯이 모조리 베어 버리는 게 아닌가.

올안 통군은 좌우에 부장이 없고 혼자 있는 것을 깨닫고 급히 말머리를 돌려 북쪽을 바라보고 도망쳤다.

이때 이놈이 지옥으로 달아난다면 지옥까지 쫓아가서 붙들어오겠다고 마음먹은 관승이 그 뒤를 쫓아가고 그 배후에 있던 화영도 올안 통군이 도망가는 꼴을 보고 말을 채쳐 쫓아오면서 활을 한 대 쏘았다.

화살은 쌩 하고 올안 통군의 등어리 호심경(護心鏡)을 맞힌다.

화영이 두 번째 화살을 뽑아들고 활에 메겼을 때 벌써 관승이 올안 통군한테 바싹 달라붙어 청룡도로 그를 쳤다. 그러나 올안 통군은 죽지 않고 그대로 내뺀다. 그도 그럴 것이 본래 그는 갑옷을 세 겹으로 입고 있으니, 속의 것은 동철(銅鐵) 갑옷, 중간 것은 수피(獸皮) 갑옷, 거죽은 황금 갑옷이어서 관승의 청룡도는 갑옷 두 겹만 끊었을 뿐이다.

관승이 다시 쫓아가 두 번째 청룡도로 내리치자, 올안 통군은 방천극을 가지고 대적한다.

두 사람이 다시 4, 50합 싸우는데, 뒤를 쫓아온 화영이 올안 통군의 얼굴에다 겨냥대고 활을 쏘았다. 화살이 날아올 때 올안 통군은 몸을 틀었건만 화살은 그의 귀를 스쳐서 금관을 때리는 게 아닌가.

올안 통군은 혼이 빠져서 또 달아났다.

이때 장청이 말을 채쳐 쫓아오다가 그의 얼굴을 겨냥대고 돌멩이를 던졌다. 말 등에 폭 엎드리면서 방천극을 끌며 올안 통군은 그대로 달아난다.

관승이 그때 바싹 쫓아와서 다시 한 번 청룡도로 내리치니, 아까부터 혼이 빠진 올안 통군의 머리와 허리가 쪼개지면서 말 아래 떨어졌다.

화영이 달려와서 그의 말을 바꿔 탄다.

장청이 달려와서 창으로 올안 통군의 숨통을 끊었다. 요국군에서 제일가는 호걸의 최후가 이렇게 허망했다.

한편, 노지심과 무송이 여섯 명 두령 장수들과 함께 고함을 지르며 적의 태양진으로 뛰어들어갔을 때 야율득중은 급히 도망가려고 말에 뛰어올랐으나 무송이 계도로 말을 베는 바람에 앞으로 거꾸러지자, 그는 날쌔게 야율득중의 머리털을 거머쥐고 한칼로 목을 성둥 끊어서 그것을 쳐들고 태양진 속으로 달려간다.

"이제 중군으로 들어가서 요국 왕만 잡아버리면, 볼일 다 봤다!"

노지심이 외치면서 무송과 함께 달려간다.

한편, 요국군 태음진에서는 천수공주가 송강군이 쳐들어오는 요란한 소리를 듣고 부리나케 여군을 데리고 말 위에 올라탔더니, 바로 이때 일장청 호삼랑이 쌍칼을 들고 춤추며 고대수 등 여섯 명 두령들과 함께 말을 달려 들어와서 그에게 덮친다. 천수공주는 칼을 들어 마주 대항했다.

이같이 서로 싸우기 두어 합 했을 때, 일장청은 쌍칼을 내던지고 천수공주의 가슴팍을 움켜잡더니, 마상에서 한덩어리가 되어 싸운다. 그러자 왕영이 뛰어들어 천수공주를 사로잡았다. 이때 고대수와 손이랑은 진내에서 여군들을 닥치는 대로 마구 베는데, 손신·장청·채경은 외면(外面)에서 협공했다. 이렇게 해서 금지옥엽 같은 천수공주도 마침내 항복한 포로의 신세가 되고 말았다.

한편, 노준의는 군사를 몰고 적의 중군으로 돌입했었는데, 해진과 해보는 맨 먼저 원수기(元帥旗)를 칼로 베어 넘어뜨리고 닥치는 대로 적군의 장병을 죽이는 판인데, 요국 왕을 모시고 있던 대신과 부장들은 국왕의 어가를 모시고 북쪽을 향해 도망쳤다. 그리고 진중에 남아 있던 나후·월패 두 황질(皇姪)은 두 사람이 다 칼에 맞아 말 아래 떨어져 죽고, 계도 황질은 말 위에서 사로잡았고, 자기 황질은 행방불명되어버렸다.

송강군의 대군은 이같이 중중첩첩으로 에워싸고 공격하다가 4경에 이르러서야 공격을 그쳤다.

20만 명의 요국군은 십 중 칠팔의 사상자를 냈다.

날이 환해질 때, 장수들은 각각 자기 진으로 돌아갔다.

이때 송강은 금고를 울려 군사를 거두고, 적장을 사로잡은 사람은 모두들 보고하라는 영을 내렸다. 그래서 일장청 호삼랑은 태음성의 천수공주를, 노준의는 계도성 황질 야율득화를, 주동은 수성의 곡리출청을, 구붕·등비·마린은 두수해 소대관을, 양림·진달은 심월호 배직을, 단정규·위정국은 위토치 고표를, 한도·팽기는 유토장 뇌춘과 익화사 적성을 각각 보고했으며, 이 밖에 여러 장수가 보고를 올린 적의 수급(首級)의 수효는 헤아릴 수 없이 많았다.

송강은 사로잡은 적장 여덟 명을 모두 조추밀(趙樞密)의 중군에 보내어 감금하도록 하고, 뺏은 말들은 모두 빼앗은 장수들이 타도록 허락했다.

그런데 이때 요국 왕은 정신없이 도망해서 연경으로 돌아가 사대문을 굳게 잠그고 성을 지킬 뿐, 군사 한 사람도 성 밖에 나가지 못하도록 엄명을 내리고 있었다.

요국 왕이 이같이 연경에 돌아가 있는 것을 확인한 송강은 즉시 전군을 거느리고 달려와서 연경성을 포위하고 조추밀에게 사람을 보내어 후방 진영까지 나와서 연경성을 공략하는 싸움을 감전하도록 청했다. 그리고 송강은 연경성 주위에다 구름사다리와 포석을 준비해놓고 성을 공격하려 했다.

성안에 있던 요국 왕은 다급해져서 군신을 모으고 비상회의를 열었다.

"이 일을 장차 어찌하면 좋겠소?"

국왕이 당황한 음성으로 이같이 묻는 말에, 모든 신하들이 이구동성으로 말했다.

"일이 위급하옵니다! 이제는 대송(大宋)에 항복하는 도리밖에 없습니다!"

모든 신하가 이같이 아뢰는 소리를 듣고 요국 왕의 얼굴은 비장해 보였다.

"하는 수 없소!"

그는 이렇게 한마디 하고서, 항복하는 백기(白旗)를 성 위에 달게 하는 한편, 사자를 송강군의 진영으로 보냈다. 해마다 우마(牛馬)와 주진(珠珍)을 조공으로 바치고, 다시는 송국 국경을 침범하지 않겠다고 맹세를 드리게 한 것이다.

송강은 요국 왕의 사자가 도착하자 즉시 그를 데리고 후영(後營)으로 가서 조추밀에게 요국 왕이 항복한 사실을 고했다.

조추밀은 보고를 듣고 말하는 것이었다.

"이 일은 국가의 대사이기 때문에 나로서 감히 크게 주장하지 못하오. 만일 요국이 진정 투항할 마음이 있거든 합당한 대신을 동경(東京)으로 보내어 천자께 직접 뵈옵고 귀순한다는 상주문을 올리도록 하시오. 그래서 조칙을 내리시고 죄를 용서하신다면 그때에야 군사를 거두고 싸움을 끝내겠소."

요국 사자가 성안으로 돌아가 이 말을 국왕에게 보고하니까, 국왕은 즉시 문무백관을 소집하고서 이 일을 의논했다.

이때, 우승상으로 있는 태사 저견이 열에서 나와서 아뢰었다.

"지금 우리나라는 군사라야 얼마 남지 아니했고 장수는 아주 없어졌으니, 이래서야 어떻게 적과 싸우겠습니까. 그런 고로 신의 어리석은 소견으로는, 신이 먼저 송선봉의 진지로 가서 뇌물을 바치고 싸움을 정지하도록 한 후, 예물을 준비해 동경으로 가서 송나라 성원(省院)에 있는 벼슬아치들을 모두 매수하여 천자 앞에 나가서 좋도록 말씀드리도록 하겠습니다. 그래놓고 다시 방책을 강구하겠습니다."

"그게 뜻과 같이 될 것인가?"

"될 수 있으리라고 믿습니다. 지금 송나라는 채경·동관·고구·양전 이 네 놈의 적신(賊臣)이 권력을 통째 쥐고 앉아서, 저 도련님 같은 황제는 네 놈의 말대로 움직이는 바지저고립니다. 그러니까 값진 뇌물을 이 네 놈한테 주고 화평하기를 청하면, 틀림없이 용서한다는 조칙이 내릴 것이고, 우리 땅에 내보낸 군사도 거두어갈 것입니다."

요국 왕은 그 말대로 결정을 내렸다.

이튿날, 요국의 승상 저견은 성을 나와 송강을 찾아갔다.

송강은 방으로 맞아들인 후 그에게 물었다.

"무슨 일로 찾아오셨나요?"

"네. 국왕께서 투항하시기로 작정되어 그래서 왔습니다."

하고 저견은 금과 비단과 기타 값진 물건을 송강 앞에 바치는 게 아닌가.

송강은 이 모양을 보고 냉정한 태도로 위엄 있게 말했다.

"우리가 연일 성을 치면서, 성을 떨어뜨리지 못할까봐 걱정하기는커녕, 다시는 싹도 나지 못하도록 뿌리째 제거하려 했었는데, 당신네들이 성 위에다 항복하는 기를 내세웠기 때문에 우리는 공격을 일시 중지한 거란 말이오. 자고로 나라와 나라가 전쟁을 하다가 한쪽이 항복하는 건 당연한 일이오. 그러기에 우리는 당신네들을 용서하고 싸움을 정지한 거요. 속히 조정으로 가서 사죄하고 공물을 바치도록 한 거란 말이오. 그런데 그렇게 할 생각은 않고 나한테 뇌물을 가져왔으니, 대관절 이 송강을 어떻게 보고 이러는 거요? 또 한 번 이따위 행동을 했다간 용서 없을 테니 그리 알고 돌아가시오."

"죄송합니다!"

"속히 돌아가서 상주문을 써서 동경으로 가 천자님의 재가나 얻도록 하시오. 나는 군사를 움직이지 아니할 터이니, 당신은 속히 갔다가 빨리 돌아오시오."

저견은 굽실굽실 절하면서 물러나와 말 타고 연경으로 돌아와서 국왕에게 적당히 보고했다. 국왕은 대신들을 모아 송나라 서울 동경으로 사신을 보낼 일에 대하여 협의했다.

요왕 항복

이튿날 요국 왕과 신하들은 진기한 기물과 금은과 보물을 수레에 잔뜩 싣고서 승상 저견으로 하여금 수행원 열다섯 명과 함께 송나라 서울로 떠나게 했다.

일행 30여 기는 저희 죄를 용서해주십사 하는 상주문을 품속에 간직하고 연경을 나와서 먼저 송강의 진영으로 찾아가 인사를 드렸더니, 송강은 저견을 데리고 조추밀한테 들어갔다.

"요국에서는 승상 저견이라는 사람을 사자로 삼아 서울로 보내어 천자께 알현하고 죄를 고하고서 투항하기로 했답니다. 지금 사자 일행이 이곳에 들어왔습니다."

이 말을 듣고 조추밀원은 저견 일행을 정중히 대접하고, 또 송강과 의논해 공문서를 작성하여 천자께 상주하도록 했다. 그러고서 시진과 소양에게 행군공문(行軍公文)과 성원(省院)에 가는 조회문서(照會文書)를 만들어준 후, 승상 저견과 함께 서울로 가서 상주하도록 지시했다.

며칠이 지나서 그들은 서울에 도착했다.

열 개도 더 되는 수레에 잔뜩 실은 예물과, 저견 이하 수행원들을 역관에서 쉬게 한 다음, 시진과 소양은 행군공문을 가지고 먼저 성원으로 갔다.

"이번에 우리 송군은 적의 연경을 에워싸고 당장에 적을 격멸시키려 했었건만, 요국 왕이 성 위에다 항복하는 기를 세웠기 때문에 일시 싸움을 정지했습니다. 그래, 적은 지금 승상으로 있는 저견을 보내어 상주문을 바치고 죄를 고한 후 항복하겠다는 겝니다. 애초엔 저희들의 진으로 찾아와서 항복을 빌었습니다마는 저희들이 감히 결정할 문제가 아니기 때문에 성지(聖旨)를 받들려고 올라온 것입니다."

"알겠소. 당신네들은 저 사람들과 함께 역관에 돌아가 쉬고 있구려. 그 일은 여기서 우리가 알아서 처리할 거니까!"

이것이 성원관(省院官)의 대답이었다. 당시 채경·동관·고구·양전 따위와 크고 작은 벼슬아치들은 모두 다 '코아래 진상'밖에 모르는 악질들이었다.

이 같은 실정을 미리 알고 있는 저견과 그 수행원들은 먼저 연줄을 대어서 태사 채경 등 네 사람의 대신을 만나보고, 또 성원의 대소 관원들에게도 골고루 뇌물을 진정했다.

그다음 날 이른 아침, 문무백관이 조하(朝賀)를 드리고 나니까, 추밀사 동관이 열(列)에서 나와 아뢰는 것이었다.

"아뢰옵니다. 변경에 파견한 선봉사(先鋒使) 송강은 요군을 격퇴하고, 일로 연경에 나아가 성지(城池)를 포위하고 성을 공격하여 경각간에 함락시킬 것을, 요왕이 항복하는 백기를 내걸었기 때문에 싸움을 일단 정지시켰다 하옵니다. 그래서 요국에서는 승상 저견을 우리나라에 보내어 상주문을 올리고, 신(臣)이라 부르고, 항복하는 용서를 얻어 화(和)를 맺고자 하옵니다. 군사를 거두고 싸움을 그만두라 하시는 조칙을 내려주시기만 하면, 해마다 조공을 바치는 것은 말할 것도 없고, 맹세코 다시는 국경을 침범하지 않겠습니다 하고 말합니다. 밝으신 처리를 내리시옵소서."

그런데 휘종 황제는 정말 도련님 폐하라, 어찌했으면 좋겠느냐고 적신들한테 물어보는 게 아닌가.

"화평하게 지내고 싸움을 그만두자 하니, 경들은 어떻게 생각하오?"

이때 태사 채경이 앞으로 나와 아뢰는 것이었다.

"저희들이 모두 상의해본 일이옵니다만, 옛날부터 오늘까지 사방에 있는 오랑캐를 멸해본 일이 없습니다. 그러하오므로 요국은 그대로 두고서 북쪽의 방벽(坊壁)으로 삼고 해마다 조공이나 바치도록 하면, 국가를 위해서 유익한 일이라 생각하옵니다."

"저들의 항복을 받고 싸움을 그만두는 것이 국가에 유익하다, 그 말이오?"

"예. 저들의 투항청죄(投降請罪)를 인정해주시옵고, 조칙을 내리셔서 군사를 거두어 돌아오게 하여 그들로 하여금 서울을 수비하라 하시면 좋을까 생각하옵니다."

휘종 황제는 채경의 의견대로 결정하고서 곧 요국 사자를 불러들이라 했다.

전두관(殿頭官)이 천자의 분부를 전하자, 금전(金殿) 아래로 들어온 저견 등 요국의 사절단은 춤을 추면서 엎드려 절하고 황제 만세를 부른다. 그러고 나서 표장(表章)을 올리는 것을 시신이 받아서 어안(御案) 위에 펼쳐놓으니까 곁에 서 있던 학사(學士)가 소리 높여 읽기 시작했다.

요국주(遼國主) 신(臣) 야율휘(耶律輝)는 백 번 절하고 머리를 조아리면서 아뢰옵나이다. 신이 황량한 사막에서 자라나고 커서 미개한 지방에 있는 고로 성현의 말씀을 배우지 못했고 사람으로서 행해야 할 일을 깨닫지 못했사옵니다. 그러하올 뿐 아니라, 좌우에 있는 자 모두 이리 같은 마음과 개 같은 행실의 사람들로서 재물을 탐하고 뇌물만 좋아하는 생쥐 같은 무리건만, 신이 어둡고 어리석은 탓으로 하룻강아지 미친 것들을 데리고서 변경을 침범한 까닭으로 마침내 천병(天兵)의 토죄(討

罪)하심을 자청했고, 황공하옵게도 왕실의 인마를 동원하게 했사옵니다. 이제 생각하옵건대, 작은 개미가 어찌 태산을 움직이겠습니까.

모든 냇물이 필경엔 큰 바다로 돌아가는 것이옵나이다.

이제 사신 저견을 보내어 천위(天威)를 무릅쓰고 국토를 바치고서 죄를 비오니 성상(聖上)께오서는 초개 같은 저의 죄를 용서하시와 조상 때부터 받은 유업을 폐하지 않게 해주시옵고, 전일의 죄를 용서하시고 새로운 경륜을 가지고 살도록 허락하옵시면, 물러가 오랑캐 변방을 지키고 길이길이 천조(天朝)의 방벽이 되어 늙은 것도 어린 것들도 참으로 재생을 얻어 자손만대에 이르도록 영원히 그 은혜를 잊지 못하올 것이오며, 해마다 세폐(歲幣)를 진상하올 것이오며, 맹세코 이를 어기지 아니하겠나이다. 신 등 황공하옵기 이를 데 없사옵나이다. 삼가 글월을 올리옵고 처분을 비옵나이다.

선화 사년 동(冬) 월 일 요국주 신 야율휘 표(表)

휘종 황제는 학사가 읽은 표문을 받아 한 번 훑어보고 어안에 다시 놓았다. 뜰아래 서 있는 문무백관들은 서로들 일이 잘됐다고 칭송하는 모양이다.

천자는 이때 어주(御酒)를 하사했다.

저견 등 사절단은 땅에 엎디어 감사하고, 가지고 왔던 예물을 바쳤다.

천자는 그것들을 보장고(寶藏庫)에 넣도록 하고, 또 따로 해마다 조공으로 가져올 소와 말도 그곳에 넣어두라고 분부했다. 그리고 비단옷감을 사절단에게 하사하고, 음식을 책임받은 광록사(光祿寺)에 잔치를 베풀고 사절단을 대접하면서, 저견을 보고 분부했다.

"너희들은 그냥 돌아가거라. 따로 사자가 조칙을 가지고 갈 터이니 그리 알아라."

저견 등 요국의 사절단은 휘종 황제의 이 같은 처분을 듣고서 머리를 조아리며 감사하고 물러나와 바로 역관으로 돌아왔다. 저견은 우선 이만하면 성공한 셈이라고 안심했다.

그러나 일을 더 튼튼하게 만들기 위해서 이날 조회가 끝나기를 기다려 저견은 제가 데리고 온 사람들을 송나라 조정의 굵직굵직한 벼슬아치들에게 보내어 또 예물을 바쳤다. 이같이 연거푸 뇌물을 받아먹은 인간들 중에서도 가장 만족해하는 인간은 태사 채경이었다.

"승상은 안심하고 본국으로 돌아가시오. 뒷일은 우리 네 사람이 책임지고 할 테니까!"

채태사가 뇌물을 먹은 기운으로 이같이 장담하니까 저견은,

"감사합니다. 저희들은 태사 상공의 수완만 믿고 갑니다."

하고 물러나와 즉시 요국으로 돌아갔다.

그 이튿날 채태사는 백관들과 함께 조회에 들어가 휘종 황제를 보고, 어서 조칙을 내려 요국에 회답을 보내시라고 아뢰었다.

황제는 그 말에 좇아서 한림학사(翰林學士)를 불러 조서(詔書)를 써오라 분부하는 한편, 어전태위(御前太尉) 숙원경을 사자로 임명하고, 그로 하여금 요국에 가서 조서를 읽어주라고 분부했다. 그리고 또 조추밀한테 따로이 칙명을 내려, 송선봉은 군사를 거두어 서울로 돌아오게 할 것이요, 사로잡은 장병은 모두 석방해서 본국으로 돌려보내고, 점령한 지방은 도로 반환하고, 창고에서 얻었던 기구들도 모조리 요국에 돌려주라고 분부하고서, 천자는 조회를 끝마치고 백관은 물러갔다. 송강 이하 1백 7명의 호걸들이 천신만고 요국을 토벌한 전과가 이렇게 허무하게 결말지어졌다.

다음날 성원에서는 관원들이 숙태위 공관에 나와서 그의 행차를 도왔다.

숙태위는 조칙을 받고서 지체할 수 없어 가마와 말과 수행인을 준비시킨 후, 대궐에 들어가 천자께 하직하고, 성원의 관원들과도 작별한

후, 시진·소양과 함께 서울을 떠났다.

때는 엄동설한, 하늘은 회송구름으로 무겁게 덮이고, 함박눈이 펄펄 날리는 까닭에 숙태위 일행은 눈보라 속을 강행군할 수밖에 없었다.

며칠 후 아직도 눈이 펄펄 날리는 국경에 다다랐을 때, 시진과 소양이 먼저 척후병을 조추밀과 송강에게 보내어 연락을 했다.

송강은 두 사람의 연락을 받고 여러 형제들과 함께 술을 가지고 부리나케 50리 밖에까지 달려나와 숙태위를 영접했다.

"엄동설한 원로에 또 수고를 하시니, 황송합니다."

송강은 숙태위에게 절하면서 이같이 말하고 일어나서 접풍주(接風酒)를 올린 후, 그를 진중으로 인도했다. 그러고서 곧 연석을 베풀고 조정의 일을 이야기했다.

그랬더니 숙태위는 한숨을 길게 쉬고,

"참으로 한심하기 짝이 없소!"

하고 탄식하는 것이었다.

"왜요? 무슨 일이 생겼나요?"

송강은 걱정스러워서 가까이 앉으며 물었다.

"다른 일이 생긴 게 아니라, 이번에도 간신배가 또 일을 잡쳤구려! 성원의 관원들과 채경·고구·동관·양전, 이놈들이 모두 요국에서 보낸 뇌물을 받아먹고 폐하께 극력 말씀을 드려, 이번의 혁혁한 전과를 아주 백지로 만들었답니다. 즉, 적의 항복을 허락하고 군사를 거둔 후 싸움은 그만두고, 포로와 기구와 성지를 모두 반환해버리고서 빨리 돌아와 서울이나 지키고 있으라는 칙명이 내렸으니, 이게 한심한 일이 아니오!"

송강도 이 말을 듣고 저도 모르게 한숨이 터졌다.

"제가 조정을 원망하는 건 아닙니다만, 애써 이루어놓은 공훈이 모두 허사가 되고 말았습니다그려!"

숙태위는 미안한 듯, 송강을 위로한다.

"선봉! 걱정 마시오. 내가 조정에 돌아가서 반드시 폐하께 잘 말씀드릴 테니까, 너무 상심 마시오."

옆에서 조추밀은 송강을 위로한다.

"내가 증인인 이상, 장군의 대공은 결코 헛되이 안 될 겁니다."

송강은 감사한다.

"황송합니다. 저희들 1백 8명은 전력을 다해서 국가에 보답하려는 성성뿐이지, 결코 딴 생각은 없습니다. 더군다나 은상(恩賞)을 받고 싶은 생각은 추호도 없습니다. 오직 저희들 형제들이 서로 괴로움을 나누면서 오래도록 같이 살아나갈 수만 있다면, 그 위에 더 소원이 없습니다. 그런데 추밀 상공께서 그렇게까지 동정해주시니 더구나 감사합니다."

이날은 서로 이야기하면서 늦게까지 술을 마시다가 밤이 된 연후에 흩어지면서 요국으로 사자를 보내어 조서(詔書)받을 준비를 하라고 통고했다.

이튿날 송강은 대장 열 명을 뽑아 숙태위를 연경까지 모시고 가도록 했다.

관승·임충·진명·호연작·화영·동평·이응·시진·여방·곽성 등 열 명이 3천 명 군사를 거느리고 숙태위를 옹위했는데, 모두 비단전포에 황금 갑옷을 입고 가죽띠를 둘렀으니 매우 찬란한 군장이었다.

연경 백성들은 수백 년 동안 중국의 군용(軍容)을 못 보았는지라, 숙태위가 온다는 소문을 듣고 모두들 좋아서 대문을 열고 문 앞까지 향불을 피우며 등불을 켜놓고 일행을 환영했다.

요국 왕은 이때 문무백관을 거느리고 말을 타고 남문을 나와서 조서를 봉영(奉迎)하여 대궐로 들어가 금란전(金鑾殿)에 모시었는데, 열 사람 대장은 좌우에 서고, 숙태위는 조서를 안치한 용정(龍亭) 왼편에 서고 요국 왕과 그의 신하들은 전각 아래 꿇어앉았다.

이때 전두관이,

"배례!"

하고 소리치자, 요국 왕 이하 문무백관은 일제히 절을 했다.

그러자 요국 시랑(侍郎)이 조심조심 전상으로 올라가 조서를 펴들고 읽기 시작했다.

> 대송 황제는 말하노라.
>
> 삼황(三皇)이 위(位)를 세우고, 오제(五帝)가 종(宗)을 물리셨도다. 오직 중화(中華)에 임금이 있으면서 어찌 오랑캐라 하여 주인이 없을 것이랴. 이에 너희 요국(遼國)이 천명을 지키지 않고 강토를 누차 침범했는 고로 일고(一鼓)에 너희들을 진멸할 것이로되, 짐이 너희의 정상을 살피어 불쌍히 생각하고 너희 나라를 그대로 두는 바이로다.
>
> 조서가 이르는 날, 사로잡힌 장병은 석방하여 환국케 하고, 빼앗았던 성지는 전부 반환하노니, 해마다 바치는 세폐는 어김없이 신중히 이행할지어다. 대국을 깍듯이 섬기고 천지를 두려워함은 제후의 마땅히 할 일이로다. 너는 그 알음이 있을진저.
>
> 선화 사년 동(冬) 월 일.

요국 시랑이 읽기를 끝내니, 요국 왕과 백관들은 두 번 절을 하여 성은에 감사하고, 군신의 예를 베푼 다음에 조서를 용안 위에 올려놓았다.

그리고 요국 왕은 숙태위와 서로 예를 마친 후, 그를 후원으로 인도하고 산해진미의 성대한 잔치를 베풀었다. 왕의 시종들이 술을 권하고, 장수들이 술잔을 기울이는 사이 풍악 소리는 귀를 흔들었고, 북방의 꽃 같은 미희(美姬)들은 풍악 소리에 맞추어 너울너울 춤을 추었다.

얼마 후 연회가 끝나 숙태위 일행이 역관에 돌아오자, 요국 왕은 이날 숙태위를 따라왔던 모든 수행원들한테도 일일이 빠짐없이 기념품을 선사했다.

그다음 날 요국 왕은 승상 저견을 성 밖에 있는 송강의 진영으로 보내어 연경성 안에서 개최되는 연회에 참석해달라고, 조추밀과 송강을 초대했다. 그러나 송강은 오용과 의논하고서 성내로 들어가지 아니하고, 조추밀만 들어가서 숙태위와 함께 동석했다. 이날 요국 왕은 굉장히 호화스러운 잔치를 차리고 대접하는데, 포도주는 은항아리에 가득하고, 황양(黃羊)의 좋은 고기는 금반에 담기었고, 진기한 과일들은 식탁 위에 그들먹한데 희귀한 화초는 연회석을 더 한층 화려하게 했다.

연회가 끝날 무렵, 요국 왕은 진기한 보물들을 금쟁반에 담아서 내다가 숙태위와 조추밀에게 선사했다. 밤이 깊은 후 연회를 파했다.

사흘째 되는 날, 요국 왕은 문무군신(文武群臣)을 불러모아 풍악을 연주케 하여 숙태위와 조추밀을 위로한 다음, 두 사람을 성 밖에까지 전송했다.

그리고 따로 승상 저견으로 하여금 소·양·말과 금은·채단의 예물을 가지고 송강의 진영으로 가서 성대하게 야외연(野外宴)을 열어 전군을 위로하고, 여러 장수들에게 귀중한 물건을 골고루 선사하게 했다.

송강은 곧 명령을 내려 천수공주 이하 포로 전부를 석방하여 본국으로 돌아가게 하고, 점령하고 있던 단주·계주·패주·유주 네 고을을 요국에 반환했다. 그리고 이와 동시에 숙태위를 서울로 모시고 올라가게 하는 일방, 여러 장수와 군졸과 마부들은 새로 부대를 편성해서 중군을 만들어 조추밀을 호위하여 먼저 서울로 돌아가게 했다.

이같이 마련한 뒤에 송강은 친히 연회를 개최하고 수군 두령들을 위로한 다음 그들로 하여금 먼저 수로로 서울에 돌아가 조정의 지시를 받도록 했다.

이렇게 한 뒤에 송강은 사람을 연경성 안으로 보내어, 잠깐 이야기가 있으니 왔다 가라고 요국의 좌우 두 승상을 초청했다.

이 같은 기별을 받은 요국 왕은 좌승상 유서패근과 우승상 태사 저견을 송강에게로 보냈다.

송강은 두 사람을 장중(帳中)으로 맞아들인 후 단단히 일렀다.

"우리가 성 밑에까지 육박해서 금시에 성을 깨치고서 큰 공을 세울 수 있었던 말이오. 단연코 투항을 용서하지 않고 도륙을 냈을 터이지만, 조추밀 원수께서 그대들의 청을 받아들였기 때문에 그대들이 조정에 가서 상주했던 것이오. 폐하께서도 그대들을 불쌍히 여기시고 싸움을 거두게 하시고, 그대들이 항복하는 상주문을 올리고 죄를 비는 것도 허락하신 거란 말이오. 그래서 지금 폐하께서 분부하신 일이 끝났으므로 우리는 서울로 돌아가는 터인데, 그대들은 내가 그대들을 이기지 못하고서 돌아가는 거라고 생각했다간 안 된단 말야! 또다시 나쁜 심보를 먹고 해마다 바치는 조공을 늦추거나 궐하는 일이 있어서는 안 되오.

나는 지금 본국으로 돌아가지만, 그대들이 은인자중하지 않고 두 번 다시 침노할 생각을 했다가는, 그땐 천병(天兵)이 재림해서 단연코 추호의 용서가 없을 것이니 명심하란 말이오!"

듣고 있던 두 사람의 좌우 승상은 머리를 몇 번이나 굽히면서 용서를 빌고 돌아갔다.

송강은 일장청 호삼랑으로 하여금 일개 부대를 인솔하고 선발대로 떠나게 한 후, 종군하는 사람 가운데서 석공(石工)을 뽑아 그들로 하여금 좋은 석재를 구해다가 비석을 다듬게 하고, 소양으로 하여금 이번의 사적을 가지고 글을 짓게 하여 그것을 김대견으로 하여금 새기게 한 후, 영청현 동방 시오 리 밖에 있는 모산(茅山) 아래에다 세웠으니, 지금도 그 고적은 그냥 남아 있다.

여기 그때 일을 증거하는 시(詩)가 있다.

음산(陰山)에 호마(胡馬)가 지남을 들을 때마다

전연(澶淵)에 포로를 놓아준 일 한이로다.

모산공적(茅山功績)의 기록을 누가 지으리

지하에서 구공(寇公)이 못내 웃으리로다.

每聞胡馬度陰山

恨殺澶淵縱虜還

誰造茅山功績記

寇公泉下亦開顔

음산은 중국과 몽고 사이에 있는 요해지 음산산맥을 이름이요, 전연은 하북 땅에 있는 호수의 이름이요, 구공이라 함은 송나라의 두 번째 황제 태종(太宗)과 세 번째 황제 진종(眞宗)을 섬기던 재상 구준(寇準)을 말함이니, 1004년경에 글안[契丹]이 송나라를 침범했을 때 구준은 진종 황제를 모시고 나아가 싸워 전연이라는 호숫가에서 크게 이겨 글안의 주장(主將) 달람통군(撻覽統軍)을 죽인 후 글안군의 항복을 허락하지 않고 내친걸음에 글안군의 뿌리를 뽑아버리려 했었건만, 진종 황제가 구준의 말을 듣지 않고 글안과 화해를 해버렸던 사실이 있다. 송강이 이번에 올안 통군을 죽이고 내친걸음에 연경을 함락시키고 요국을 무너뜨리려 했었는데 조정에서는 군사를 거두고 요국과 화친해버리게 했으니, 이 어찌 그 옛날 구준이 당한 일과 같지 아니하랴.

송강은 비석을 세운 뒤에 군사를 다섯 부대로 나누어 택일하여 출발하려 했다. 그런데 이때 갑자기 화화상 노지심이 장전에 나타나서 합장 배례하더니 사정을 드리는 것이었다.

"형님께 사정 말씀을 드리려고 왔습니다. 제가 위주에서 진관서를 때려죽이고 대주 안문현으로 도망갔더니, 거기서 조원외가 저를 오대산으로 보냈습니다. 오대산서 지진장로님의 제자가 되어 머리 깎고 중이 됐었죠. 그랬다가 두 번이나 제가 술을 많이 처먹고 지랄을 했기 때문에 장로님은 저를 서울 근처에 있는 상국사로 보내시어 지청선사 밑에서 집사승(執事僧)을 하게 하시더군요. 그래서 제가 상국사의 채원지기를 하던 중, 임충을 도와준 것이 고태위한테 미움을 사 내쫓겨서 도망 다니다가 우연히 형님을 만나, 그동안 형님을 모시고 다닌 지도 여러 해가 됩니다. 지금까지 지진장로님 생각은 간절했습니다만 한 번도 장로님을 찾아가서 인사를 드릴 기회가 없었습니다. 장로님이 저더러, 너는 살인 방화의 성(性)이지만 나중엔 정과진신(正果眞身)이 될 거야, 이렇게 말씀하시던 것을 저는 늘 생각하고 있답니다. 이제는 제가 태평무사한 날을 당했기에 형님한테 4, 5일 휴가를 얻어 오대산에 가서 스님께 인사나 드리고 오렵니다. 그동안 제가 모아두었던 금백(金帛)도 스님께 드리고, 다시 한 번 저의 장래를 물어보고 싶어서 그럽니다. 형님이 먼저 떠나주신다면, 저는 이내 뒤따라서 같이 서울에 들어가겠습니다."

송강이 이 소리를 듣더니 펄쩍 놀라면서 노지심의 얼굴을 똑바로 바라본다.

"아니, 그 활불(活佛)님이 그곳에 계신 줄을 알면서 어째서 여태까지 나한테 얘기를 안 했나? 나도 같이 가세… 나도 앞일을 물어봐야겠네!"

송강은 이렇게 말하고 즉시 여러 사람에게 물어보았더니 모두 다 가겠다고 대답하는데, 오직 공손승 한 사람만 안 가겠다고 한다. 그는 도교(道敎)를 믿는 까닭이었다.

송강은 다시 군사 오용과 상의하고서 김대견·황보단·소양·악화 네 사람으로 하여금 부선봉 노준의를 보좌하여 군사를 통솔해서 먼저 서울로 가게 했다. 그러고서 송강은 약간 명의 군사를 거느리고 형제들과 함께 노지심의 뒤를 따라 오대산으로 향했다.

그런데 오대산에 있는 지진장로는 당대에 제일가는 활불로서 과거와 미래의 일을 아는 사람이었다. 그러기에 벌써 몇 해 전에 노지심을 보고, 이 사람은 참사람이 될 것인데 아직 속세의 인연이 다하지 아니했으니까 좀 더 전생의 부채를 갚고 오라고 내버려두었던 것이다. 지금 노지심이 지진장로를 찾아가는 것도 노지심의 마음속에 도심이 뿌리를 박고 있는 까닭이 아닌가. 그리고 송강도 선심(善心)이 있는 까닭으로 노지심을 따라가는 것이 아닌가.

송강과 여러 장수들은 오대산 밑에서 군사들을 그곳에 머물러 있게 한 다음, 모두 무장을 끄르고 평복으로 바꿔 입은 후 산 위로 올라가면서, 먼저 사람을 보내어 지진장로에게 기별을 했다.

그들이 산문에 이르자, 절 안에서 종소리와 북소리가 은은히 들리더니 중들이 나와서 합장하고 예를 드린다. 노지심은 그 중들이 모두 전날 그대로인 것 같아서 반가웠지만 꾹 참고 있는데, 마중 나온 중들 가운데서도 노지심을 알아보는 중이 더러 있었다. 그랬으나 그들은 송강 이하 많은 손님들 때문에 감히 내색도 보이지 못하는데, 수좌중이 앞으로 나오더니 합장하고, 공손히 허리를 굽히면서 아뢰는 것이었다.

"장로님께서는 지금 좌선을 하고 계시기 때문에 나오지 못합니다. 용서합시오."

하고 수좌중은 일행을 우선 지객료(知客寮)로 인도하고 더운 차를 내왔다.

조금 있다가 시자승(侍者僧)이 나오더니 공손히 말하는 것이었다.

"장로님께선 지금 좌선을 마치시고, 방장(方丈)에서 기다리고 계십니다. 들어오십시오."

송강 등 1백여 명은 자리에서 일어나 곧 방장으로 갔다.

이때 장로는 뜰아래까지 내려와 그들을 영접해 상당으로 올라가서 인사를 나누는 것이었다. 송강이 바라보니, 장로의 나이는 60을 넘었을 것 같고 눈썹이나 머리털이나 모두가 백설(白雪) 같은데, 위엄 있게 보이는 기상이 과연 천태방광출산(天台方廣出山)의 상(相)이다.

일동이 방장 안으로 들어갔을 때, 송강은 지진장로를 상좌에 앉게 한 후, 향을 피우고서 절을 했다. 그러자 일행 여러 형제가 일제히 장로에게 절을 했다. 그다음에 노지심이 혼자 앞으로 나가서 향을 붙이고 절을 했다.

지진장로는 이때 노지심을 물끄러미 바라보면서 한마디 하는 것이었다.

"네가 이곳서 떠난 지도 여러 해가 지났는데, 아직도 살인 방화가 끝나지 않았구나!"

노지심은 두 눈에 눈물이 글썽글썽해서, 아무 말도 못 하고 서 있다.

송강이 이때 앞으로 나가서 입을 열었다.

"장로님의 고명을 들어모신 지는 오래되옵니다마는 속세의 인연이 천박하여서 존안을 뵈올 기회가 없었습니다. 마침 이번에 칙명으로 요국을 정벌하고 돌아가는 길에 대사님을 이렇게 뵈오니, 평생에 한이 없습니다. 지금 장로님이 말씀하셨지만, 이 사람 노지심이 비록 살인 방화를 했을 법합니다마는, 그것은 충의로서 행한 일이지 결코 양민을 해친 것은 아닙니다. 그러기에 지금 노지심이 저희들을 데리고 장로님을 찾아뵈러 온 것이 아닙니까?"

"나도 여러 고승(高僧)들과 함께 세상 이야기를 하다가 장군이 체천 행도한다는 말은 익히 들었소이다. 내 제자 지심이 장군 같은 훌륭한 분을 따라다녔으니까, 큰 잘못이야 저지르지 아니했을 줄 아오."

송강이 이 말을 듣고 감사해서 예를 드리는 동안 노지심은 금·은·채단을 싼 보통이 한 개를 스승님에게 바치는 것이었다.

지진장로는 노지심의 그 모양을 바라보면서 정중하게 이르는 것이다.

"이게 모두 어디서 얻은 물건이냐? 의롭지 못한 물건이라면 단연코 안 받을 터이다!"

노지심이 공손히 아뢰었다.

"그렇지 않습니다. 제가 공을 세웠을 때마다 위에서 내리신 물건입니다. 저는 가지고 있어야 쓸 데가 없어서 일부러 가지고 왔으니, 받아 두셨다가 공용에 쓰시면 좋겠습니다."

"그러나 아마 모두들 좋아하지 않을 것이다. 명목이 없이야 그런 걸 받겠니? 너를 위해서 경을 읽고, 죄업을 소멸시키고, 속히 선과(善果)에 오르도록 축원을 드리는 게 좋겠다."

노지심이 고마워서 다시 절을 드리는 사이, 송강도 가지고 온 금은과 채단을 지진장로에게 바쳤다.

그러나 장로는 단호하게 못 받겠노라고 거절하므로 송강은 또 한 번 절을 드리고 간곡하게 말했다.

"장로님께서 군이 안 받으시겠다면, 이것으로 재를 올려주십시오. 본사에 있는 승려 여러분한테 올리겠습니다."

지진장로도 이 말에는 반대하지 아니했다. 그러고서 그날은 송강 일행이 모두 그 절 안에서 하룻저녁 잤다.

다음날, 절에서는 재 올릴 준비를 다했다. 종소리, 북소리가 울리더니 절 안에 있는 중들은 모두 가사 장삼을 입고 법당으로 들어왔다.

송강과 노지심과 다른 두령들도 양쪽 가에 늘어섰다.

조금 있다 경(磬) 소리가 울리더니, 두 개의 홍사등롱이 앞서 오면서 그 뒤에 지진장로가 법당으로 들어와 법좌 위에 앉는다. 법당 안은 바스락 소리 하나 없이 고요하다.

이때 지진장로는 향 한 가닥을 쥐고서 축원을 드린다.

"이 한 가닥 향은 엎드려 비옵노니, 황상(皇上)의 성수(聖壽) 하늘과 같으시고, 만민이 저마다 모두 업(業)을 즐기도록 합소서!"

다시 그는 또 한 개의 향을 쥐고서 축원을 드린다.

"원하옵노니 오늘의 재주(齋主), 심신이 안락하고 수산(壽算)이 연장되게 하옵소서!"

그다음에 또 한 개의 향을 집어 그는 축원드린다.

"원하옵노니 국태민안(國泰民安)하고, 시화연풍(時和年豐)하고, 삼교(三敎)가 흥하게 일어나고, 사방이 편안케 하옵소서!"

지진장로가 이같이 축원을 마치고 법좌에 앉으니까, 양쪽에 서 있던 승려들은 일제히 합장하고 장로에게 예를 드린 후 다시 시립(侍立)한다.

이때 송강은 앞으로 나아가 향을 피우고서 절을 한 후, 합장하고 장로 앞에 꿇어앉았다.

"제가 감히 한 말씀 여쭈어보겠습니다. 인간 세상의 광음은 한이 있고, 고해(苦海)는 가이 없고, 사람의 몸은 지극히 작사온데, 생사(生死)는 가장 크지 않습니까?"

이 말을 듣고 지진장로는 당장 게(偈)로써 대답하는 것이었다.

"육근(六根)을 속박한 지 여러 해, 사대(四大)를 걸박한 지 이미 오래다. 석화광중(石火光中) 몇 개의 근두(筋斗)를 뒤엎었다. 아아, 염부 세계(閻浮 世界)의 모든 중생이 진흙더미 뒤에서 자주 크게 우는구나."

장로가 게를 부르고 나자 송강은 배례를 드리고 시립했다.

그러자 여러 장수들도 향을 피우고 배례하면서 맹세를 드리는 것이다.

"원하옵노니 저희들 형제, 같이 살고 같이 죽고, 세세상봉(世世相逢)토록 하옵소서!"

축원이 끝나니까 중들은 모두 법당 밖으로 나가면서 송강 일행을 운당(雲堂)으로 인도했다.

여기서 재를 올린 다음에 송강은 노지심과 함께 지진장로를 따라서 그가 거처하는 방장 안으로 들어갔다.

두 사람이 장로를 따라들어가 밤늦게까지 한담을 하다가, 송강은 장로에게 앞일을 가르쳐달라고 청하는 것이었다.

"제가 노지심과 함께 장로님을 모시고 며칠 묵으면서 가르치심을 받아야 하겠는데, 대군을 통솔하고 있는 처지인 까닭에 아무래도 여러 날 머물러 있을 수 없습니다. 그런데 아까 일러주신 말씀은 그 뜻을 알 수가 없으니 참으로 답답합니다. 이번에 저희들이 서울로 돌아간 뒤에 장차 어떻게 될까요? 저희들의 전정을 좀 더 알기 쉽게 가르쳐주시기 바랍니다."

이 말을 듣더니 지진장로는 종이와 붓을 가져오라 해서 게(偈)를 쓰기 시작했다.

바람 만나 기러기 그림자 날리고
동쪽이 비었으니 원만치 못하다
외짝눈의 공로가 족하고
쌍림에 복수(福壽)가 온전하도다.
當風雁影翩
東闕不團圓
隻眼功勞足
雙林福壽全

이같이 네 구절을 적더니만, 지진장로는 그것을 송강에게 주면서,
"이것은 장군 일평생을 두고 한 말이오. 부디 잘 간직해두시오. 아마 필경 맞으리라."

이같이 말하는 것이었다.

송강이 그 글을 받아서 읽어보았으나 도무지 모를 말이다.

"제가 우둔해서 도저히 그 뜻을 알지 못하겠습니다. 죄송합니다만 장로님께선 좀 쉬운 말로 해석해주셨으면 좋겠습니다."

하고 송강이 간청하니까 지진장로는 고개를 가만히 저으면서 말하는 것이었다.

"이것은 선기은어(禪機隱語)니까 그냥 넣어두고 스스로 알아야 하오. 까놓고 설명하는 것이 아니오."

하고 지진장로는 노지심을 가까이 앞으로 오게 한 후,

"네가 이 길로 떠나면 나하고는 영영 이별하는 게다마는 네가 정과(正果)가 될 날은 쉬울 게다! 너한테도 내가 사구게(四句偈)를 줄 터이니, 평생 잘 간직하고 있거라."

이렇게 말하고서 지진장로는 붓을 들더니,

> 하(夏)에 만나 사로잡히고
> 납(臘)에 만나 잡히고
> 조(潮)를 들어서 원(圓)하고
> 신(信)을 보고서 적(寂)하도다.
> 逢夏而擒
> 遇臘而執
> 聽潮而圓
> 見信而寂

이같이 써서 노지심에게 주었다.

노지심은 제가 읽어봐야 무슨 말인지 알 이치가 없건만, 그래도 두 번이나 그 글을 읽어보고는 품속에 깊이 집어넣고, 장로에게 절을 하는 것이었다.

그날 밤도 절에서 자고 이튿날 송강·노지심·오용 등 여러 사람이 모두 장로에게 인사를 드리고 산에서 내려오려니까, 지진장로 이하 모든 승려들이 산문(山門) 밖에까지 따라 내려와서 일행을 전송하는 것이었다.

산 밑에 내려온 송강과 여러 장수들은 그곳에 머물러 있게 했던 군사들을 다시 거느리고 성화같이 길을 재촉하여 미구에 노준의가 거느리고 가는 본대의 뒤를 따랐다. 노준의·공손승 등 여러 사람은 송강 이하 모든 형제들이 이같이 빨리 따라온 것을 보고 모두 반가워했는데, 송강은 이 사람들한테 자기가 오대산에서 일행을 데리고 참선을 하고 또 맹세를 드렸다는 이야기를 하고 나서, 품속에 간직했던 선어(禪語)를 꺼내어 노준의와 공손승에게 보였다.

두 사람은 그것을 받아 읽어보았지만, 무슨 말인지 알 수가 없다.

"이게 무슨 말인지 도무지 모르겠는걸!"

그러자 송강이 옆에서 한마디 하는 것이었다.

"선(禪)의 기미(機微)를 감춘 법어(法語)를 여느 사람이 알아내겠다는 것이 애당초 덜된 수작이지!"

이 말을 듣고 비로소 여러 사람은 고개를 끄덕끄덕했다.

"자, 그럼 어서 행군합시다."

송강이 이같이 영을 내리자, 여러 장수들은 삼군을 재촉하여 서울을 바라보고 길을 가는데, 도중에서 군사들은 지나가는 지방마다 백성들한테 폐를 끼치지 않았기 때문에 백성들은 늙은이 어린애 할 것 없이 모두 길거리에 나와서 구경을 하고, 송강 등 두령들의 영웅 같은 풍채를 보고 저마다 칭찬하고 감탄하는 것이었다.

며칠 만에 송강 등 일행은 한 곳에 다다르니 이곳이 쌍림진(雙林鎭)이라는 곳인데 여기서도 주민들과 근처에서 일하던 농군들이 구경하러 모여들었다.

송강 등 1백 8명의 형제들이 두 사람씩 고삐를 나란히 하고 대오정연하게 말을 걸려 오다가, 선두에 있던 두령 한 사람이 별안간 말 위에서 뛰어내리더니, 왼쪽 편에 몰려서 있는 구경꾼들을 헤치고 들어가면서 한 사람을 붙들고,

"아니, 형님, 이게 웬일이시오?"

하고 소리를 지르는 게 아닌가.

무슨 일이 생겼나 하고 송강이 가까이 가서 보니, 지금 말 위에서 뛰어내린 두령은 낭자 연청인데, 어떤 사람 하나를 붙들고 서로 이야기하고 있는 것이다.

연청은 송강을 보더니 두 손을 모으면서 그 사나이에게 송강을 소개한다.

"허형(許兄)! 이 어른이 송선봉이시어!"

송강이 이 사나이를 보니 두 눈이 영특하게 맑아서 광채를 발하고, 눈썹은 여덟 팔(八)자, 키는 7척, 입가에는 세 갈래로 수염이 길러져 있고, 머리에는 검정 두건, 몸에는 검정 선을 두른 도복(道服), 허리에는 오색실로 끈 허리띠를 매었고, 발에는 푸른빛 헝겊신을 신었는데 위인이 녹록지 않게 생겼으니 산림(山林)의 일사(逸士)임이 분명하다.

송강은 한 번 훑어보고 급히 말 위에서 뛰어내려 그 사나이 앞에 허리를 굽히고 물었다.

"실례올시다마는 존함이 뉘댁이신지요?"

그 사나이는 송강 앞에 엎드려 절을 하면서 말했다.

"오래전부터 성화는 듣고 있었습니다마는, 오늘서야 이렇게 뵙습니다."

송강은 자기도 다시 절을 하고 나서 그 사나이를 일으키면서 말했다.

"이러시면 도리어 송구스럽습니다. 어서 일어나십시오."

그러자, 그 사나이는 일어나서 말하는 것이었다.

"저는 허관충(許貫忠)이라는 사람입니다. 어려서는 대명부(大名府)에 살았습니다마는, 지금은 이런 시골구석에서 살고 지냅니다. 그런데 이 연형하고는 퍽 가깝게 지냈던 사이였습니다마는, 한 번 이별한 뒤론 십 수년 동안 만날 기회가 없었답니다. 그래, 그 후 제가 방랑하고 다니다가 풍편에 이 연형이 장군께 가서 있다는 소문을 듣고 저는 무척 기뻤습니다. 그래서 이번에 장군께서 요국군을 정벌하시고 개선하신다는 소문을 듣고 일부러 나왔습니다만, 여러분 영웅들을 이렇게 우러러뵈오니 평생에 한이 없겠습니다. 그런데 한 가지 청이 있사온데, 이 연형을 제 집에 잠깐 같이 가도록 허락해주실 수 없습니까? 피차간 오랫동안 쌓였던 이야기나 하고 그리웠던 정을 풀어볼까 합니다."

곁에서 연청도 청을 드리는 것이었다.

"저하고 허형하고는 참 유별나게 친히 지내던 터인데 서로 나뉜 지가 오래됐습니다. 뜻밖에 이렇게 만나게 되고 또 저렇게 청하는 터이니 같이 갔다가 오겠습니다. 형님께선 먼저 가십시오. 저도 곧 뒤를 쫓아가겠습니다."

그러자 송강은 허관충의 손을 잡고 도리어 청을 하는 게 아닌가.

"저 연청 아우한테서 선생의 영특한 말씀을 들었습니다. 오직 이 사람이 인연이 모자라서 오늘날까지 못 만났던 모양입니다. 그러니 허선생이 우리들과 함께 가십시다. 가셔서 우리한테 모르는 걸 가르쳐주십시오."

"감사합니다. 장군은 참으로 충의의 권화(權化)이시므로 제가 모시고 싶습니다만 제 집에 70이 넘으신 노모가 계십니다. 그래서 제가 멀리 떠나지를 못합니다."

"그러십니까? 그러시다면 어쩔 수 없겠지요."

하고 송강은 다시 연청을 바라보았다.

"그럼, 같이 갔다 오는데, 제발 걱정되지 않게 빨리 돌아와야 하네!"

"네. 제가 조금도 형님께 걱정을 끼쳐드리지 않고 갔다 오겠습니다."

연청은 노준의한테도 달려가서 그 뜻을 말하고 하직한 후, 허관충이 서 있는 자리로 돌아왔다.

송강은 말 위에 올라탔다. 이때 저만큼 앞서서 가던 두령들은 송강이 허관충과 이야기하고 있는 것을 보고 행진하기를 멈추고 기다리고 있었는데, 송강이 말을 채찍질하여 달려왔으므로 그들은 서둘러 다시 행진하기 시작했다.

한편, 송강이 이같이 달려간 뒤에 연청은 자기한테 딸린 사병을 불러 자기 행장을 단단히 묶게 한 다음, 말 한 필을 따로 준비시키고, 자기가 타던 좋은 말에는 허관충을 타게 한 후, 앞에 보이는 주막에 들어가 군복을 벗어버리고 평복으로 갈아입었다. 그러고는 두 사람은 말을 타고 사병은 연청의 행장을 짊어지고 쌍림진을 떠났다. 서북쪽으로 뚫린 작은 길로 들어서 몇 개의 마을과 수풀과 언덕을 지나니까, 길은 꼬불꼬불 산속으로 들어가는 길이었다. 두 사람은 지나간 이야기에 다른 생각이 없었다. 꼬부랑길을 다 걸어나와서 큰 시냇물을 건너 한 30리를 더 갔을 때, 허관충이 손으로 앞을 가리키면서 말했다.

"저 높은 산속에 바로 내 집이 있어!"

그리고 보니 바로 코앞에 있는 듯싶은데, 걸어가자면 아무래도 십 리는 되어 보인다. 연청이 친구를 따라서 십여 리를 더 걸어 산속에 들어와보니 산봉우리는 뾰죽뾰죽 하늘 위에 솟아 있고, 이 산골 저 산골에서 흘러내리는 시냇물은 맑기가 거울 같다. 그가 이같이 사방을 둘러보며 경치에 취했을 때, 어느덧 해는 저물었다.

그런데 이 산은 대비산(大伾山)이라는 산이다. 태고시절 대우성인(大禹聖人)이 황하(黃河)의 물을 여기까지 끌어왔다고 『서경(書經)』에는 적혀 있는데, 지금 이 대비산은 대명부 준현(濬縣) 지방에 소속되어 있는 것이다.

하여간 허관충은 연청을 인도하여 산모퉁이를 몇 개나 더 돌아서 한 군데 오목한 곳에 다다랐는데, 그곳은 주위가 3, 40리 되어 보이는 평평한 땅으로서 수목이 울창한 가운데 초가집이 서너 개 있고, 그 중의 몇 집은 남쪽으로 흐르는 시냇가에 남향하고 앉아 있다.

그리고 울타리는 대나무로 삥 둘렀는데, 사립문은 반쯤 닫혀 있고, 울타리 밖으로는 소나무·대나무·측백나무·단풍나무가 수없이 많다.

"저게 내 집이야."

허관충이 그 집을 가리키며 이렇게 말할 때 연청이 유심히 바라보니, 울타리 안마당에서 열댓 살 되어 보이는 더벅머리 총각 하나가 솔가지 마른 것을 주워모아 처마 밑에다 쌓아놓는 일을 하고 있다.

그때 더벅머리 총각은 부지런히 나무를 쌓고 있다가 말발굽 소리를 듣고 이상하게 생각했다.

"헤헤, 별일 다 보겠네! 말이 어쩌자고 이 산골에 들어왔노?"

총각은 혼잣말을 하고서 바라보고 있다가, 뒤에 말을 타고 오는 것이 바로 저희 집 주인인 것을 알아보고는, 사립문 밖으로 달음박질해 나와서 두 손을 팔짱 끼고 입을 딱 벌린 채 멍하니 섰다.

원래 허관충이 호사스럽게 타고 가는 것이 싫어서, 말 모가지에서 방울을 끌러버렸던 까닭으로 이렇게 두 사람이 집 앞에 가까이 오도록 총각은 알지 못했던 것이다.

두 사람은 말에서 내려 사립문을 열고 곧장 초당으로 들어가 우선 뜨거운 차 한 잔씩을 마셨다.

그러고 나서 허관충은 연청을 따라온 사병을 불러 두 필의 말에서 안장을 내리고, 헛간으로 끌고 가서 거기다 매두라고 이른 다음에, 총각을 불러 말 먹일 풀을 갖다주라 하고, 다시 사병더러는 바깥방에 가서 쉬라고 했다.

그러자 연청이 허관충을 보고,

"자당(慈堂)께 인사를 드려야겠는데…."

이같이 말했다.

"그러실라오? 그럼 같이 들어가십시다."

허관충은 연청을 데리고 안으로 들어가서 모친에게 인사를 드리고 다시 연청의 손을 이끌고 서향(西向)하고 앉아 있는 초당으로 들어갔다.

동쪽으로 있는 창문을 열어젖히니까 바로 그 창문 아래로 맑은 시냇물이 흐르는 게 아닌가. 두 사람은 교의를 창문 앞으로 바싹 다가놓고 앉았다.

"집안이 협착하고 누추해서 마음에 안 들겠지만, 여기서 쉬십시다."

허관충이 이렇게 말하자, 연청이 대답했다.

"원, 천만에! 산은 아름답고, 물은 맑고, 골고루 바라보기에 겨를이 없을 지경인데… 정말, 이런 경치가 또 어디 있겠소!"

이렇게 이야기가 시작되어 허관충이 요국정벌의 화제를 꺼냈기 때문에 두 사람은 그 이야기를 하느라고 날이 어두워지는 줄도 모른다.

한참 있다가 더벅머리 총각이 들어와서 불을 켜놓고, 창문을 닫고, 탁자를 잇대어놓더니, 음식 그릇을 옮겨놓는데, 산채가 5, 6접시에다 영계백숙 한 그릇, 생선 한 그릇, 산에서 딴 과일, 그리고 따끈하게 데운 술 한 병이다.

허관충은 술잔을 집어서 연청에게 주면서 말했다.

"형장을 일부러 모시고 오긴 했지만, 이거 뭐 이런 걸 가지고야 손님 대접이 말 아니니, 허물하지 마십시오."

"당치도 않은 말씀!"

두 사람은 서로 술을 권하면서 이야기를 하는데, 창문 밖은 달빛이 대낮같이 밝다.

연청이 창문을 열고 보니, 달빛은 교교한데 시냇물은 잔잔하고, 바람 한 점 없는 울창한 산림은 한 폭의 그림처럼 방속에 들어와버린다. 이루 형언할 수 없는 선경(仙境) 같은 경치에 연청은 취하여서 옛날일이 생각났다.

"오래전에 우리가 대명부에 있을 적엔 형과 내가 가장 막역하게 지내던 사이였는데, 형이 무과(武科)에 급제한 뒤로 그만 못 만나게 되었지요. 그런데 이렇게 좋은 곳에 계실 줄은 참 몰랐어! 난 그동안 괜스레 동에 번쩍 서에 번쩍 쫓아다니느라고 하루도 한가롭게 지내보지 못했지 뭐요!"

"형장과 나와는 비교가 안 되지요. 송공명 이하 장군 같으신 분들은 세상을 뒤엎는 영웅 아니시오? 더구나 이번엔 사나운 오랑캐를 납작하게 만드셨지만, 나 같은 인생은 이런 산골에 달팽이처럼 엎드려 있기만 한데, 어떻게 형장들과 비교가 됩니까! 간사한 놈들이 권세를 움켜쥐고 조정을 어지럽히고 있기 때문에 세상 꼴이 보기 싫어서 강산(江山) 구경 다니다가 우연히 이곳에 주저앉게 된 것뿐이죠!"

하고 허관충은 한바탕 웃더니 다시 술잔을 권한다.

연청은 은 20냥을 전대에서 꺼내 주인 앞에 놓고 말했다.

"이건 약소합니다만 정표로 아시고 받아주십쇼."

"무슨 말씀이시오! 천만의 말이지, 도로 집어넣으시오."

"아니, 이러지 마시오. 그러시면 내가 무안하지 않습니까? 이걸 받아 두시고, 나하고 같이 서울로 가십시다. 형장같이 포부가 깊고 재주가 높으신 분이 이렇게 숨어 계시다니! 적당히 기회를 보아서 입신 출세하셔야죠."

그러나 허관충은 한숨만 쉬고 머리를 흔들었다.

"흥! 간사하고 아첨하는 놈들이 위에 앉아서 현명한 사람들을 시기하고 있는 판인데… 귀신같은 놈, 뱀 같은 놈들이 높은 자리에 앉아서 세상을 호령하고, 충량한 사람은 모함에 빠져서 헤어나지를 못하고 목숨을 빼앗기는 판인데… 난 연형도 공을 세우고 이름을 빛낸 뒤에는 속히 물러나는 것이 좋을 줄 압니다."

연청도 이 말을 듣고,

"옳은 말씀이오!"

하고 한숨을 내쉬었다. 그는 이 말을 천년 가도 변하지 않을 좋은 말이라고 믿고 있기 때문이다.

두 사람은 밤이 깊도록 세상 이야기를 하다가 늦게야 자리 속에 들어갔다.

이튿날 일찍이 산속의 샘물에 세수하고 아침밥을 먹은 다음에 허관충은 연청을 따라나섰다. 상당히 높은 뫼뿌리 위에 올라가 보니, 중첩중첩 보이느니 산봉우리뿐이요, 전후좌우 아래위에서 들리는 것이 오직 가지각색 새들의 지저귀는 소리뿐인데, 왕래하는 사람의 그림자가 전혀 없고, 여기저기 숲속에 들어앉은 인가가 불과 20호가량 보일 뿐이다.

"과연 도원경(桃源境)이 바로 여기로군!"

연청은 별천지 같은 경치에 취해서 한참 동안 넋을 잃었다.

이날도 날이 저물어서 그는 또 하룻밤을 쉬었다.

그다음 날 연청은 아침을 먹은 뒤에 주인에게 작별 인사를 했다.

"송선봉 형님께서 걱정하고 계실 테니까, 오늘은 가야겠습니다."

허관충도 그를 붙들지 못하고 사립문 밖에까지 따라나와 전송하다가,

"잠깐만 기다리시오!"

하더니, 더벅머리 총각을 시켜 종이에 싼 족자를 한 개 갖다가 그것을 연청에게 주는 것이었다.

"이건 내가 요새 그린 시원찮은 그림이올시다. 서울 가지고 가셔서 보십시오. 혹시 후일 참고가 될는지도 모르니까요."

"고맙습니다. 허형의 친필을 오래오래 간직하겠습니다."

연청은 족자를 받아 자기 행장 속에 넣고서 사병으로 하여금 두 필 말을 끌고 뒤를 따라오게 한 후 앞서서 걸었다.

허관충은 연청을 전송하느라고 어깨를 나란히 하고 걸어오면서, 작별하기가 서운해서 2리가량이나 따라왔다.

"너무 멀리 내려오셨습니다. 그만 들어가시지요."

"괜찮습니다. 조금만 더 가지요."

"그러실 거 없어요. 천리 길에 님을 보낸대도 필경 이별은 해야 하는 거 아닙니까? 설마 일후에 만날 날이 있겠죠. 그만 들어가셔요."

마지못해 허관충은 연청의 손을 잡고 작별한 후 돌아섰다. 연청은 허관충의 그림자가 안 보일 때까지 그 자리에 서서 바라보다가, 친구의 모양이 완전히 안 보이게 되자 아쉬운 듯 말 위에 올라앉으면서 사병더러도 말을 타라고 했다.

며칠 만에 서울에 다다르니 마침 송강은 군사를 진교역에 주둔시켜 놓고 천자로부터 성지가 내리기를 기다리고 있는 중이었다. 연청은 영내에 들어가서 송강을 뵈었다.

그런데 이보다 앞서서 숙태위와 조추밀이 거느리고 온 중군은 이미 성내에 들어가서 송강 등 여러 사람의 공적을 천자께 아뢰고 있었다.

"송선봉 등 여러 장병들은 변경으로부터 회군하와 지금 관문 밖에까지 돌아와 있사옵니다."

하고 조추밀이 한 걸음 앞으로 나아가 송강 등 여러 사람의 공적을 자세히 보고하니까, 휘종 황제는 대단히 기뻐하면서 그들 일동을 무장한 채 그대로 입성하여 배알하도록 하라고 황문시랑(黃門侍郎)에게 분부하는 것이었다.

이 같은 어명을 받은 송강 이하 여러 장수는 갑옷 입고 투구 쓰고 금패·은패를 각각 차고서 동화문(東華門)으로 들어와서 문덕전에 이르러 천자께 알현하고 우렁차게 성수만세를 불렀다.

휘종 황제가 그들을 내려다보니, 모두들 비단전포에 금빛 혁대를 매었는데, 오용·공손승·노지심·무송, 네 사람만은 각각 평소에 입던 복색을 하고 있다.

황제는 기뻐하는 낯으로 그들에게 위로의 말을 내렸다.

"과인이 경들의 수고를 다 들어서 알고 있다. 변경에 가서 상한 자가 많다 하니 매우 걱정된다."

송강은 두 번 절하고 나서 아뢰었다.

"저희들 장수들 중에서 몇 사람 부상을 당하기는 했습니다만, 폐하의 하늘같으신 홍복(洪福)으로 모두들 무사하게 되었습니다. 이제 오랑캐가 항복하여 변경이 편안하게 된 것은 진실로 폐하의 위덕이 그같이 만드심이었고, 저희들의 힘으로 된 것이 아니옵니다."

하고 송강이 다시 두 번 절할 때, 황제는 성원관(省院官)을 불러 이 사람들에게 관작(官爵)을 내리도록 속히 절차를 밟으라고 분부했다.

그러나 태사 채경과 추밀 동관이 잠깐 무엇이라고 귓속말을 하더니 채태사가 아뢰었다.

"송강 등에 관작을 내리시는 일은 신 등이 상의해서 다시 상주하겠습니다."

"그럼 속히 하오."

하고 황제는 광록사(光祿寺)에 분부를 내리어 성대한 잔치를 베풀라 하고, 송강에게는 금포(錦袍) 한 벌, 금갑(金甲) 한 벌, 명마(名馬) 한 필을 하사하고, 노준의 이하 여러 장수들에게는 각각 금백을 하사하여 모두 내부에서 현품을 찾아가도록 했다. 송강 등 여러 사람은 일제히 천자께 사례를 드리고 궁금(宮禁)에서 물러나와 서화문(西華門) 밖에서 말을 타고 진영으로 돌아왔다.

이같이 돌아와서 성지가 내리기만 기다리고 있는데, 하루가 지나고 이틀이 지나가고, 며칠이 지나도록 아무 기별이 없다. 그도 그럴 것이, 뱀 같고 이리 같은 채태사와 동추밀이 송강 등 1백 8명에게 관작을 내리는 일을 그다지 서두를 까닭이 없다.

송강은 영내에서 할 일이 없으니까 날마다 군사(軍師) 오용과 더불어 고금의 흥망득실을 가지고 이야기하고 있었는데, 뜻밖에 어느 날 대종과 석수가 평상시에 입던 복색으로 송강을 찾아왔다.

"웬일인가? 옷은 왜 그렇게 입고 왔는가?"

송강이 괴이쩍게 생각하고 물으니까,

"아무것도 하는 일 없이 한 구석에 처박혀 있으니까 도무지 맥이 빠져서 못 견디겠어요. 그래 석수하고 둘이 밖에 나가서 한 바퀴 돌아다니다가 들어오려고, 형님의 허락을 얻으려고 왔습니다."

대종이 이같이 대답하는 것이었다.

"나가기는 나가더라도 빨리 돌아오구려. 같이 술이나 몇 잔 합시다."

송강이 허락하자 두 사람은 밖으로 나와서 진교역을 떠나 북쪽으로 발길을 돌렸다.

두 사람이 몇 군데 저잣거리를 지나가다가 보니까 길가에 커다란 비석이 한 개 서 있는 것이 보인다. 한가운데에 큰 글자 세 개가 있고 그 위에도 작은 글자가 몇 줄 있는데, 비바람에 돌이 깎여서 글자가 잘 보이지 않는다. 대종이 가까이 가서 자세히 보니,

'조자대(造字臺)'

라고 새겨져 있다.

"응, 여기가 황제의 사관(史官)이던 창힐(蒼頡)이 새와 짐승의 발자국을 보고 문자를 발명했다는 곳인가 보다."

대종이 이같이 말하니까 석수가,

"우리하고는 상관도 없는 일이니까!"

하고 웃는다. 대종도 함께 웃으면서 또 걸어갔다.

한참 가노라니까 널찍한 공지가 나타나는데 여기에는 자갈이 쫙 깔려 있고 북쪽에 돌문이 하나 서 있는데 그 위에 있는 석판엔 '박랑성(博浪城)'이라고 새겨 있다. 대종은 그것을 한참 바라보다가 혼잣말처럼 중얼거렸다.

"음, 여기가 한(漢)나라 유후(留侯)가 진시황을 친 곳이로군!"

그러고서 대종은 옛날 육국(六國)이 진시황한테 망한 뒤 한(韓)나라 장량(張良)이 나라의 원수를 갚으려고 창해역사(滄海力士)를 시켜서 이쪽으로 순유(巡遊)하러 나온 진시황을 1백 20근 무게의 철퇴로 내리쳐서 죽이려 했으나, 원통하게도 진시황이 타고 있는 수레가 맞지 않고

부차(副車)가 맞아서 깨강정되었고, 창해역사는 그 자리에서 잡혀 자결했고, 장량은 숨어 있다가 나중에 한패공(漢沛公)을 도와서 항우를 쳐부수고 천하를 통일하게 한 후 유후(留侯)에 봉함을 받았건만 자취를 감추고 말았었다는 이야기를 늘어놓고서, 입에 침이 마르도록 장량을 칭송하는 것이었다.

"어이 분해! 어째서 그놈의 진시황 차를 정통으로 내려치지 못했담!"

석수는 이야기를 듣고 자기가 당한 일처럼 분개한다.

두 사람은 다시 걷기 시작해서 북쪽으로 20리가량 갔었는데, 석수가 앞서 가다가 발을 멈추더니 대종을 돌아다보고 말하는 것이었다.

"형님, 우리가 반나절이나 걸어왔는데, 시장하지 않으시우? 어디 가서 한잔 하고, 영(營)으로 돌아갑시다."

"그래, 좋은 말이여. 저기, 저 앞에 보이는 게 주막 아닌가?"

두 사람은 주막으로 들어가서 창문 밑에 있는 밝은 좌석에 가서 앉았다.

대종은 주먹으로 탁자를 쾅쾅 치면서 소리쳤다.

"여기 술 가져오너라."

그러자 주인집 더부살이가 안주 댓 접시를 탁자 위에 갖다놓으면서 묻는다.

"술은 얼마나 가져오랍쇼?"

"우선 두 각(角)쯤 갖다놔라. 안주는 아무 거든지 뱃속에 들어갈 거면 뭐든지 좋다!"

더부살이는 지체하지 않고 너 되들이 술항아리 두 개와 쇠고기·양고기·닭고기를 각각 한 쟁반씩 담아다가 탁자 위에 놓았다.

대종과 석수 두 사람이 술을 마시며 고기를 먹어가며 이야기를 하는 동안에, 이때 바깥으로부터 검정 옷을 입고 허리엔 전대를 차고 등에다 보따리 한 개를 짊어지고, 다리엔 각반을 치고 마혜 신은 사나이가 우산 한 개와 곤봉 한 개를 손에 들고 쑥 들어오더니, 출입문에 우산과 보따리를 내려놓고서 자리 잡고 앉기도 전에,

"술하고 고기하고 빨리 가져와!"

하고 소리를 냅다 지른다.

더부살이가 급히 술 한 항아리와 채소로 된 안주 세 접시를 갖다놓으니까, 그 사나이는 또 소리를 지르는 것이었다.

"이 멍텅구리야! 고기를 가져와야 하지 않아? 얼른 먹고서 난 급히 성내로 들어가야 할 공사(公事)가 있단 말이다!"

하고서 그 사나이는 술항아리를 들고 벌컥벌컥 술을 들이켜는 것이다.

이 사나이의 모양을 바라보고 있던 대종은 속으로 생각했다.

'이 작자가 어디서 관청에 다니는 공인(公人)인 모양인데 대체 무슨 공무가 그렇게 급하길래 저렇게 수선을 떠는 건가?'

대종은 이렇게 생각하고 그 사나이한테로 가서 두 손을 부비면서 공손히 물어봤다.

"형장! 초면에 무례합니다만, 무슨 일이기에 그다지 급하게 서두르십니까?"

그 사나이는 대종을 쳐다보지도 않고, 한입으로 고기를 씹으며 또 술을 마시고는, 무어라고 씨부렁거리는 것이었지만, 무슨 소린지 알아들을 수가 없다.

"네? 무어라고 하시는지 못 알아듣겠는데요?"

그러니까 그 사나이는 젓가락을 놓고 입을 닦으면서 말했다.

"하북(河北)의 전호(田虎)란 놈이 반란을 일으킨 걸, 당신도 알 거 아뇨?"

"네. 나도 조금은 소문을 들었죠."

"전호란 놈이 여기저기 고을을 빼앗고 역적질을 하는데, 관군이 당

해내지를 못하는구려. 이번엔 개주(蓋州)를 빼앗겼는데, 아 글쎄 조만간 위주(衛州)를 들이친대서, 그래 지금 성내에 있는 백성들은 모두들 도망치고 야단났다우! 그 때문에 관가에선 날더러 공문(公文)을 가지고 급히 성원(省院)엘 갔다 오라는 거요."

그 사나이는 말을 마치고 일어서더니 보따리를 짊어지고 우산과 곤봉을 집어들고 술값을 치르고 문밖으로 나가면서 혼자 중얼거리는 것이었다.

"이러니까 벼슬아치 다녀먹기가 여간 힘드는 노릇 아니라니까! 우리집 식구도 모두 성내에 있는데, 이걸 어쩌나… 하나님! 제발 구원병을 빨리 보내도록 합시오!"

그 사나이는 이런 말을 남기고 흔들흔들 가버렸다.

대종과 석수는 이런 소식을 알고서 자기들도 술값을 치르고 주막에서 나와 진영으로 돌아가서 송강에게 이 소식을 보고했다.

송강이 이야기를 듣더니 곧 오용을 보고 말하는 것이었다.

"지금 이야기를 들었지요? 우리가 이렇게 아무 일 하는 거 없이 들어앉아 있을 게 아니라, 천자께 상주해서 전호란 놈을 토벌하는 게 좋지 아니할까요?"

"천자께 아뢰는 것은 숙태위한테 부탁해서 아뢰도록 하는 게 좋겠군요."

오용이 찬성하므로 송강은 여러 장수들을 불러 의견을 물어보니까 모두들 대찬성이다.

전호의 반란

그 이튿날 송강은 관복으로 갈아입고 십여 명 부하 사병을 거느리고 숙태위를 그의 공관으로 찾아갔다.

마침 숙태위는 집에 있다가 송강을 반가이 맞아들였다.

"장군이 웬일이십니까? 무슨 일이 있습니까?"

송강이 공손히 말했다.

"예. 잠깐 드릴 말씀이 있어서 왔습니다. 풍편에 들으니까 하북의 전호란 놈이 배반해서 여러 군데 고을을 점령하고, 연호(年號)까지 고쳐 쓰고 있으면서 최근엔 개주를 뺏어갔는데, 미구에 위주를 공략할 모양이더군요. 그래서 저희들이 의논을 했습니다. 하는 일 없이 세월만 보내고 있을 게 아니라, 군사를 거느리고 나가서 그놈을 토벌하는 것이 국가를 위하는 일이 아니냐고. 저희들이 모두 진충보국하겠으니, 은상(恩相)이 저희들의 이런 뜻을 폐하께 말씀드려 주셨으면 좋겠습니다."

숙태위는 대단히 기뻐했다.

"감사합니다. 장군들이 이렇게 충의를 다하겠다 하시니 국가에 이런 다행한 일이 없습니다. 물론, 폐하께 말씀드리고말고요. 내일 조회에 들어갈 테니까 염려 마십시오."

"감사합니다. 은상께서 저희들에게 베푸신 은혜는 명심불망하고, 일후에 반드시 보답하겠습니다."

숙태위는 곧 술을 내오게 하여 송강을 대접했다. 두 사람은 오랫동안 천하 국가에 관한 이야기를 하다가 날이 저물어서야 헤어졌다. 그리고 송강은 진영으로 돌아와서 동지들에게 경과를 이야기했다.

다음날 아침, 숙태위가 대궐에 들어가 피향전(披香殿)에서 휘종 황제를 뵈옵고 인사를 드리려니까, 성원관 한 사람이 천자께 보고를 드리는 것이었다.

"하북의 전호가 반란을 일으켜 5부 56현을 점령하고, 연호를 고치고, 스스로 왕이라 자칭하고 있다 하옵니다. 방금 능주(陵州)·회주(懷州)를 들이치고 있기 때문에, 한시가 급하다고 상주문이 올라왔습니다."

천자는 대경실색하면서 곧 문무백관을 불러들인 후 의견을 묻는 것이었다.

"사태가 매우 위급한 모양인데, 누가 능히 과인을 위해서 이 도적을 멸할꼬?"

이때 반열에서 숙태위가 얼른 앞으로 나와 엎드려서 아뢰었다.

"신이 들은 바에 따르면, 전호가 지금 파죽지세로 요원(燎原)의 불길처럼 휩쓸고 오기 때문에 참으로 맹장웅병(猛將雄兵)이 아니고서는 격멸할 수 없는 형편이라 하옵니다. 그러하온데 지금 요국을 정벌하여 승리하고 돌아온 송선봉이 군사를 성 밖에 주둔시키고 그대로 있는 터이오니, 그들에게 조칙을 내리시와 도적을 멸하라 하시오면, 그들이 반드시 대공(大功)을 세우리라 생각되옵니다."

천자는 대단히 기뻐하면서 즉시 성원관에게 분부하여 송강과 노준의를 불러오게 했다.

어명을 받은 송강과 노준의가 급히 들어와서 피향전으로 천자를 찾아뵙고 배무(拜舞)하기를 끝내자, 천자의 옥음(玉音)이 들렸다.

"짐이 경들의 충성과 의리를 아오. 이번엔 하북에서 일어난 도적을 토벌하도록 명하는 터이니, 괴롭다 하지 말고 나아가 토벌한 후, 하루속히 개가를 올리도록 하라. 돌아오면 짐이 무겁게 쓰리라.”

송강과 노준의는 땅바닥에 이마를 조아리면서 아뢰었다.

“큰일을 위임하옵시는 성은을 입사오니, 오직 죽을힘을 다하려 할 뿐이로소이다.”

천자는 매우 만족한 기색으로 그 자리에서 송강을 평북정선봉(平北正先鋒)에, 노준의를 부선봉(副先鋒)에 임명했다. 그러고서 두 사람에게 각각 어주(御酒)·금대(金帶)·은포(銀袍)·금갑(金甲)·채단(採緞)을 하사하는 동시에, 정·부(正副)의 장수들에게도 채단과 돈을 하사하고, 도적을 평정한 후 돌아오면 그 공훈에 따라서 상을 주고 관작을 내릴 것이며, 전군의 모든 두목들한테도 돈을 하사하는 터이니 내부에서 찾아가도록 하고 날짜를 정해 빨리 출동하라고 분부를 내렸다. 송강과 노준의는 분부를 받들고서 두 번 절하고 어전을 물러나왔다.

진영으로 돌아온 두 사람은 모든 장수들에게 행군할 준비를 하도록 명령하고, 다음날엔 내부에 가서 천자께서 하사한 물건을 찾아다가 전군의 두목들한테 골고루 나누어주었다. 그러고서 송강은 오용과 의논한 후 먼저 수군 두령들을 불러 명령했다.

“수군은 모두들 전선을 정비해서 변하(汴河)로 해서 황하로 들어가 원무현(原武縣) 접경까지 가서 있다가, 대군이 도착하거든 접응하여 황하를 건너도록 하란 말이오.”

이같이 명령하고, 다음엔 마군 두령들을 불러 명령했다.

“그대들은 마필을 정비하여, 수륙 양로로 배와 말이 함께 나가도록 출동준비를 해놓으시오.”

송강군은 이리해서 만반의 태세를 갖추었다.

그런데 반란을 일으킨 전호란 작자는 어떤 인물이냐 하면, 본시 위승주(威勝州) 심원현(沁源縣)에 살던 사냥꾼으로서 힘이 세고 그 위에 무예에도 능숙한데, 어렸을 때부터 불량배들과 돌아다니며 개고기짓만 해오던 인간이다. 그리고 심원현의 지형이 산이 가로막혀 있기 때문에 저희들끼리 작당하기가 좋은 데다가, 몇 해 동안 장마가 지고 가뭄이 들어서 인심이 흉흉했던 까닭으로 이 틈을 타서 전호는 도망구니들을 규합하고 유언비어를 퍼뜨려 어리석은 백성들을 선동하고, 처음에는 재물을 빼앗기만 했었는데, 나중에는 주아(州衙)·현청(縣廳)을 들이치고, 온통 한 고을을 점령했건만 관군이 이를 당해내지 못했다.

전호가 불과 산골에 살고 있는 일개 사냥꾼에 지나지 않는데 어찌해서 이렇게 형세가 강대해졌느냐 하면, 당시의 문관(文官)들이라는 것은 모두 돈만 알고, 무장(武將)이라는 것들은 모두 죽기를 겁내는 인간들이었던 까닭이다. 그래서 고을을 수비하는 관군이라는 것이 있기는 있지만 대개는 장부에 이름만 기입해놓은 것들이요, 실지로 있는 것은 늙은이와 어린 것들뿐이고, 한 놈이 두세 사람의 급료를 속여서 타먹는 것은 예사이며, 세력 쓰는 집에서 으스대기만 하는 하인들은 돈냥이나 주고서 딴 사람의 이름을 사서 병적(兵籍)에 올린 다음에 그 사람 앞으로 나오는 양식이나 가로채는 것이 일이고, 어쩌다가 점호(點呼) 때나 조련(調練) 때가 오면 임시로 사람을 사서 충당해오는 판국이다. 아랫도리 말단만 이런 것이 아니라, 위와 아래가 다 같이 속여나가는 터이니까, 국가에서는 아무리 돈을 많이 써도 실지에 있어선 한 푼의 효과도 나타내지 못하니, 전쟁만 터지면 병정이라는 것들이 진격할 생각을 하기 전에 도망갈 다리가 두 개밖에 달리지 않은 것을 부모한테 원망하는 형편이다. 대부분 이 같은 무리들 가운데서 군인 냄새가 나는 군인이 몇 사람 있어서 군사를 이끌고 전호를 치러 나가기는 했었다. 그러나 감히 마주 싸울 용기는 없어서 적의 후방을 공연히 동분서주하여 허세만 부렸고, 심한 놈들은 무고한 양민의 목을 베어 공을 세웠기 때문에 백성들은 원한을 품고 적군 속으로 도망해 들어가고 관군이라면 몸서리치는 형편이었다. 이런 까닭에 5주 56현을 전호한테 빼앗겼던 것이다.

그런데 그 5주(州)라는 것은 첫째가 위승, 오늘의 심주(沁州)요, 둘째가 분양(汾陽), 오늘의 분주(汾州), 셋째가 소덕(昭德), 오늘의 노안주(潞安州), 넷째가 진녕(晉寧), 오늘의 평양주(平陽州), 다섯째가 개주(蓋州), 오늘의 택주(澤州)이며, 56현(縣)이라는 곳은 모두 이 다섯 주에서 관할하는 고을이다.

전호는 분양에다 궁궐을 건축하고, 문무 관원들을 임명하고, 내정을 다스리는 재상과 외부를 방어하는 장수를 두고서, 자칭 진왕(晉王)이라고 일컬었다. 그리고 그의 군사들은 사납고 장수는 용맹스러운 데다가 산천이 험준한 까닭에 앉아서 지키기 좋고 나아가 싸우기도 좋은 터이라 군사를 두 갈래로 나누어 지금 반란을 일으킨 것이다.

한편, 송강은 정한 날짜에 성원에 들어가 출정 인사를 하고 돌아왔더니, 숙태위가 전송하러 친히 나오고, 조안무가 성지를 가지고 나와서 장병들을 위로하는 것이었다.

송강과 노준의는 숙태위와 조추밀에게 사례를 한 다음, 군대를 세 대로 나누어 행군케 하니, 맨 앞에 전군으로 나아가는 것이 오호팔표기(五虎八驃騎)다. 즉, 오호장(五虎將) 다섯 사람은 대도 관승·표자두 임충·벽력화 진명·쌍편장 호연작·쌍창장 동평이요, 팔표기(八驃騎)의 여덟 사람은 소이광 화영·금창수 서녕·청면수 양지·급선봉 삭초·몰우전 장청·미염공 주동·구문룡 사진·몰차란 목홍인데, 이들은 열여섯 명의 소표장(小彪將)을 동반하고 나가게 하니 그들은 진삼산 황신·병울지 손립·추군마 선찬·정목한 학사문·백승장 한도·천목장 팽기·성수장 단정규·신화장 위정국·마운금시 구붕·화안산예 등비·금모호 연순·철적선 마린·도간호 진달·백화사 양춘·금표자 양림·소패왕 주통, 이 사람들이다.

그리고 송강·노준의·오용·공손승과 막료 장수들과 두령들은 다 함께 중군을 통솔하여 호포(號砲) 세 방을 신호로 금고와 악기를 일제히 울리면서 진교역을 떠나 동북방을 바라보고 행군하기 시작했다. 송강의 호령이 엄한 까닭에 군대의 행렬이 정숙해서, 지나가는 지방마다 백성들한테 조금도 폐를 끼치지 아니하기 때문에 구경꾼이 거리에 늘어섰는 형편이었다.

이같이 행군하여 부대가 원무현 경계선에 다다랐을 때, 그 고을 관원들이 교외까지 나와서 환영했다.

그런데 이때 선두에서 행진하던 군사가 달려와서 보고를 올린다.

"수군 두령님들이 배를 가지고 오래전부터 기다리고 계신답니다."

송강은 이 보고를 듣고 즉시 이준에게 명령을 내려, 수병 6백 명을 두 패로 나누어 좌우 양익(左右兩翼)을 정찰하도록 하고, 이 지방에 있는 배를 모조리 징발해서 말과 수레를 싣도록 했다.

이같이 준비를 시킨 뒤에 송강의 대군은 황하의 북쪽 언덕을 향해서 물을 건넜다. 그러고서 곧 이준에게 명령하여 전선을 이끌고 위주의 위하(衛河)로 가서 그곳에서 대기하고 있도록 했다. 그런 후에 송강군의 선봉 부대는 위주까지 가서 그곳에 잠시 주둔하기로 했다.

그랬더니 위주의 관원들은 성내에다 연회석을 차려놓고 송강 등 일행을 모셔들인 후 성대히 대접하는 것이었다.

"전호가 거느리고 있는 적병(賊兵)은 세력이 강대해서 도저히 얕잡아볼 수 없는 것들입니다. 택주(澤州)는 지금 전호의 부하 유문충(鈕文忠)이 지키고 있으면서 그놈의 부하 장상(張翔)·왕길(王吉) 두 놈이 1만 명 군사를 거느리고 휘현(輝縣)을 공격하는 중이고, 또 심안(沈安)과 진승(秦升) 두 놈은 1만 명 군사로 회주(懷州) 관하의 무섭(武涉)을 공격하는 중입니다. 속히 이 두 곳을 구원해주십시오."

송강이 이 말을 듣고 진영으로 돌아와서 즉시 오용과 상의했다.

"자, 그럼 속히 나가야겠는데, 어느 쪽을 먼저 구해야 할까?"

"능천(陵川)은 개주의 요해지니까, 먼저 능천을 들이치면 두 군데 포위는 저절로 풀릴 겝니다."

오용이 이렇게 말하자, 노준의가 자원했다.

"제가 능천을 공격하렵니다."

송강은 좋아하면서 즉시 마군 1만 명과 보군 5백 명을 허락했다. 이리하여 마군의 두령으로는 화영·진명·동평·삭초·황신·손립·양지·사진·주동·목홍이 결정되고 보군의 두령으로는 흑선풍 이규·포욱·항충·이곤·노지심·무송·유당·양웅·석수를 결정하고, 이튿날 노준의는 군사를 거느리고 출동했다.

노준의가 출발한 뒤에 송강이 오용과 함께 앉아서 이번의 전략이 성공적으로 이루어질는지 걱정을 했더니 오용이 말하는 것이었다.

"염려 없을 겝니다. 적군이 오랫동안 으스대고 교만해졌을 거니까, 노선봉이 이번에 반드시 이길 겝니다. 그런데 이곳 삼진(三晋)의 땅이 워낙 산천이 험준한 까닭에 우리가 먼저 해야 할 일은 지형을 정찰할 일입니다. 그러지 않고서는 작전을 꾀 있게 하기 어렵습니다."

오용의 말이 떨어지자 방문 앞으로 지나가던 연청이 방으로 들어오더니 말하는 것이었다.

"저한테 이곳 삼진의 지형을 그린 그림이 한 장 있습니다. 이걸 보시면 아주 소상하게 이곳 지형을 알 수 있을 겝니다."

연청이 이같이 말하고 품속에서 족자 하나를 꺼내어 탁자 위에 놓는 게 아닌가. 오용이 족자를 펴들고 보니 아닌 게 아니라 지금의 산서성·하남성과 하북성의 서남부를 합친, 삼진 땅의 산천과 성지(城池)·관소(關所)를 자세히 그려놓은 지도로서 어디다가 진영을 설치하고, 어디다가 복병을 감추고, 어디서 백병전을 전개하면 유리할 것인지 저절로 판단될 만한 것이었다.

오용이 보고 놀라워서 물었다.

"이렇게 좋은 지도가 어디서 나왔소?"

연청은 송강을 바라다보며 말했다.

"지난번 요국을 치고 돌아오는 길에 제가 쌍림진에서 허관충을 만나지 않았습니까? 그때 그 친구의 집에 따라갔다가 돌아올 때 그 친구가 자기가 그린 그림이라면서 이것을 기념으로 가져가라고 저한테 주더군요. 그동안 잊어버리고 있다가 오늘 처음으로 꺼내봤더니, 이곳 삼진의 지도이기에 지금 갖고 들어온 거랍니다."

"그래, 자네가 그때 돌아왔을 적엔 천자를 배알하는 일 때문에 총총해서 이야기도 할 새가 없었네마는, 그때 보기에도 허관충은 매우 훌륭한 사람 같아 보이더군. 그런데 그 사람이 지금 무얼 하고 지낸다던가?"

"허관충은 학식이나 재주가 많은 데다가 무예가 출중하고 담보도 크고, 그뿐만 아니라 거문고·바둑·그림 그리기… 온갖 잡기에도 못 하는 게 없답니다. 벼슬하기가 싫으니까 산속에 들어가 있을 뿐이죠."

연청이 이렇게 말하고 더 자세히 허관충의 칭찬을 하니까 송강과 오용은 탄복할 뿐이었다.

그런데 한편, 노준의는 군사를 거느리고 가다가 먼저 황신과 손립으로 하여금 3천 명 군사를 떼어서 능천성 동쪽 5리 밖에 가서 매복하라 하고, 그다음에 양지와 사진에게 3천 명 군사를 주고 능천성 서쪽에 가서 매복하라 한 후, 오늘밤 오고(五鼓) 때 군사들은 모두 입에 헝겊을 하나씩 물고 소리 없이 나가서 정찰을 하고 있다가 내일 아침에 본대는 진군하여 적의 방비가 없으면 싸우지 않고 성을 빼앗은 후, 남문에다 기를 꽂을 테니까 모두들 서서히 입성할 것이요, 만일 적이 엄중히 방비하고 있을 경우엔 호포를 쏠 테니까 그것을 신호 삼아 양쪽에서 일제히 달려와서 응원하도록 하라고 명령했다. 네 사람의 장수는 명령을 받은 후 앞서서 가버렸다.

이튿날 새벽에 노준의는 군사들로 하여금 밥을 지어 배부르게 먹게 한 다음, 하늘이 훤히 밝았을 때 능천성 아래까지 단숨에 와서 거기서 군사를 한일(一)자로 펼치고 기를 내젓고 북을 울리면서 싸움을 돋우었다.

이때 성을 지키던 적군의 파수병은 급히 뛰어가서 수장(守將) 동증(董澄)과 부장(副將) 심기(沈驥)·경공(耿恭)에게 보고했다.

그런데 이 동증이라는 장수는 유문충의 부하 선봉으로서 키가 9척이나 되고, 힘이 무지하게 세어서 30근짜리 발풍도(潑風刀) 쓰기를 파리채같이 휘젓는 인간이었는데, 지금 송나라 조정에서 파견한 양산박의 군사가 성 아래까지 와서 공격을 시작한다는 보고를 듣고서 급히 지휘소에 나와 군마를 점검하는 일방, 성문을 열고 나가서 싸우려고 덤비는 것이었다.

이 모양을 보고 부장으로 있는 경공이 충고를 했다.

"급히 서두르지 마십시오. 제가 듣기엔 송강 등 일당은 영웅들이라더군요. 괜스레 얕잡아볼 게 아닙니다. 우리는 성을 굳게 지키기만 하고 급히 사람을 개주로 보내어, 구원병이 도착하거든 그때 성내, 성외에서 한꺼번에 협공해야 능히 이길 것 같습니다."

이 말을 듣고 동증은 화를 버럭 냈다.

"어디서 이런 덜된 수작이야! 그래 성 밑에까지 와서 들이치는 놈들을 그냥 보고만 있으란 말야? 저놈들이 먼 길을 왔으니까 피로했을 건데, 내가 나가서 한 놈 남기지 않고 잡을 테니 구경이나 하라고!"

"그렇게 얕잡아보지 마십시오. 좀 냉정히 생각하셔야지요."

"글쎄, 쓸데없는 소리 말아! 군사 1천 명만 남겨두고 나갈 테니, 성이나 지키고 있어요. 심심하거든 성루에 올라가서 내가 저놈들을 때려잡는 거나 구경하고 있으라고!"

동증은 칼을 빼어들고 부장 심기와 함께 3천 명 군사를 거느리고 성문 밖으로 뛰어나갔다.

이때 송강군의 진에서는 강궁경노로 화살을 빗발같이 쏘기 시작했다.

그러자 능천군의 진에서 북소리 바라 소리가 요란스럽게 일어나더니

키가 9척 되는 한 장수가 흰 말을 타고 큰 칼을 휘저으며 달려나오면서,

"이놈들 양산박 도둑놈들아! 일부러 여기까지 와서 뒈지고 싶단 말이냐?"

하고 호령을 하는 것이었다.

송강군 진에서 주동이 달려나가서 마주 호령했다.

"역적 놈들! 천병이 오셨으니 빨리 내려와 결박을 받지 않겠니? 더러운 네놈들의 피는 칼에 묻히기도 싫다!"

이래서 양쪽 군사가 고함을 지르는 가운데 두 장수는 마주붙어 싸우기 시작했다. 그러나 접전 불과 10합에 주동은 말머리를 돌려 동쪽으로 달아나므로 동증은 의기양양해서 그 뒤를 쫓아갔다.

동증이 주동의 뒤를 쫓아갈 때 송강군의 동쪽 진에서 화영이 창을 꼬나잡고 뛰어나와 가로막으므로 동증은 화영과 마주 싸웠다. 그러나 두 사람이 싸우기를 30여 합 하여도 승부가 나지 아니할 때, 동증의 부장 심기가 달려와서 동증을 응원하는 까닭에 화영은 말머리를 돌려 동쪽으로 달아났다. 동증과 심기는 그 뒤를 쫓았다. 그러자 화영은 다시 돌아서서 두 사람을 상대하여 맹렬히 싸운다.

성루 위에서 이 모양을 바라보고 있던 경공은 이때 혹시나 동증과 심기가 실수할까 염려되어 바라를 쳐 싸움을 정지시키려고 했는데, 이때 별안간 송강군의 한 떼가 성문을 들이치는 게 아닌가. 흑선풍·노지심·포욱·항충 등 십여 명 두령들이 군사를 이끌고 조교를 쏜살같이 건너오는데 그 형세가 어찌나 맹렬하던지 반란군들은 도저히 당할 수 없어서 뒤로 쫓겨갔다.

성루에 앉았다가 이 모양을 당한 경공은 크게 낭패하여 급히 성문을 닫아걸라고 명령했다. 그러나 벌써 노지심과 흑선풍은 문안에 들어왔다. 그래서 문안에 있던 군사들은 일제히 앞을 가로막고 못 들어오게 했는데, 이때 노지심이 소리를 벽력같이 지르며 선장을 내리치는 바람

에 한꺼번에 두 놈은 맞아죽고, 흑선풍이 두 손의 도끼를 내리치는 바람에 한꺼번에 5, 6명이 거꾸러진다. 이럴 때 포욱이 뛰어들어와 성문을 장악하자 반란군 사병들은 풍비박산해버렸다.

경공은 형세가 급하게 된 것을 알고 급히 성루에서 내려와 북쪽을 바라보고 도망가려 하다가 한 발자국도 떼어보지 못하고 사로잡히고 말았다.

이때 동증과 심기는 화영을 상대로 접전하고 있다가 성문 쪽에서 함성이 일어나는 것을 듣고 급히 말머리를 돌려 성문 쪽으로 달려갔다. 그러나 화영은 그 뒤를 추격하지 않고 안장 위에다 창을 걸어놓고, 등에서 활을 떼어들고 화살을 메긴 후 동증의 등가죽을 겨냥해 한 대를 쏘았다. 시위 소리가 나는 동시에 동증은 두 다리를 쭉 뻗으면서 마상에서 거꾸로 떨어졌다. 이때 노준의는 대부대를 거느리고 달려오고, 동평은 심기를 한창에 찔러 죽이니, 능천을 지키고 있던 반란군들은 벌써 절반이나 죽어버렸고, 나머지는 풍비박산했다.

노준의 이하 장수들이 일제히 성안으로 들어가면서 보니 흑선풍은 마치 살인귀 모양으로 온몸이 피투성이가 되어서 닥치는 대로 사람을 죽이며 날뛰는 게 아닌가.

"여보, 이형! 백성들한테는 손을 대지 말아요!"

노준의가 이같이 고함을 지르니까 이 소리를 듣고 흑선풍은 그제야 손을 놓았다.

"자아, 이제는 빨리 남대문에 인군기(認軍旗)를 세워라!"

노준의는 사병을 시켜서 남문에다 기를 꽂게 하여 동·서 양쪽에 있는 복병들에게 알리게 하는 한편, 군사를 각 문에 배치하고서 문을 파수 보게 했다.

조금 있으려니까 황신·손립·사진·양지가 거느린 복병들이 일제히 들어왔다. 그리고 화영은 동증의 머리를 가지고 들어오고, 동평은 심기의 머리를 가지고 들어오고, 포욱은 경공과 그 밑에 딸린 두목 몇 놈을 산 채로 묶어 들어왔다.

노준의는 여러 장수들에게 위로의 말을 한 다음, 결박지은 밧줄을 끌러버리고서, 경공의 손을 붙들어 자리에 앉혔다. 그랬더니 경공은 몹시 감격한 모양이었다.

"사로잡혀온 적장에게 이건 너무 과도히 대우하십니다."

하고 경공은 땅에 엎드려서 일어날 줄을 모른다.

노준의는 경공의 팔을 잡아 일으키면서 말했다.

"장군이 성을 나와서 우리와 싸우지 아니한 것은 참 깊이 생각한 잘한 일이었습니다. 어찌 동증 따위가 장군과 비교가 되겠습니까. 우리 송선봉께서는 인재를 아끼시는 터이니, 장군은 조정에 귀순하십시오. 그런다면 송선봉께서 반드시 좋도록 보고를 올려서 장군을 무겁게 쓰도록 하실 겝니다."

경공은 머리를 땅바닥에 대면서 감사했다.

"저를 죽여주시지 않는 은혜만 해도 백골난망입니다. 휘하에 두시고 심부름이나 시키시면 충성껏 하겠습니다."

노준의는 만족한 낯빛으로 경공에게 위로의 말을 하고, 즉시 방문을 써서 저잣거리에 내다 붙이게 하여 백성들을 안심시키는 한편, 술과 음식을 장만하여 군사들한테도 먹이는 동시에, 부하 장수들과 경공한테도 음식을 대접했다.

이같이 한 자리에 앉아서 음식을 나누다가 노준의가 개주성 안의 사정을 물어보았다.

"지금 개주성 안에 있는 병력이 얼마나 됩니까?"

"개주는 지금 유추밀이 대군을 거느리고 수비하고 있죠. 양성과 심수는 그 서쪽에 있고, 여기서 60리쯤 떨어진 곳이 고평현(高平縣)입니다. 그리고 고평현의 성지는 한왕산(韓王山) 밑에 있고, 수장(守將)은 장례(張禮)·조능(趙能) 두 사람인데, 군사가 2만 명 있습니다."

노준의는 이 말을 듣고 술잔을 경공에게 권하면서 말했다.

"자아, 이 잔을 받으십시오. 이 사람이 오늘밤에 장군한테 한번 공을 세우도록 해드리겠습니다. 조금이라도 사양하질랑 마십시오."

"선봉께서 저를 살려주셨는데, 제가 무슨 명령이든 사양할 이치가 있겠습니까? 말씀대로 하겠습니다."

"장군이 그같이 승낙하시니 고맙습니다. 오는 밤에 내가 우리들 형제 중 몇 사람과 장군 배하의 두목들을 장군한테 붙여드릴 테니, 그 사람을 데리고 내가 하라는 대로 이렇게 이렇게 하시기만 하면 됩니다."

하고 노준의는 이번에 경공과 함께 항복한 6, 7명의 반란군 두목들을 불러들여 음식을 주고 또 돈도 주고, 그리고 그들이 공을 세운 뒤에는 다시 상을 두둑이 내리겠다고 약속을 했다.

일동이 음식을 다 먹고 난 다음에 노준의는 흑선풍과 포욱 등 일곱 명의 보군 두령과 백 명의 보군에게 능천 병정들이 입던 군복을 입히고, 또 사진과 양지에게는 5백의 마군을 주고서 말에게는 재갈을 물리고 말방울은 떼어버리게 한 후, 경공(耿恭)의 뒤를 따라서 가도록 단단히 일렀다. 그리고 화영 등 여러 장수들은 성을 지키고 남아 있게 한 다음, 노준의 자신은 3천 명 군사를 거느리고 후방에서 수시로 지원하기로 했다.

이같이 책임을 각각 분담한 다음에 경공은 출발했다. 때는 이미 해가 서쪽으로 기울어진 때였다.

경공이 고평현 남문 밖에 닿았을 때는 해가 이미 완전히 지고, 별빛이 반짝이는 초저녁이었는데, 성 위에는 기가 무수히 꽂혀 있고, 성안에서는 시각을 알리는 경고(更鼓) 소리가 둥 둥 둥 들렸다.

경공은 성 밑으로 바싹 들어서서 큰소리로 외쳤다.

"나는 능천 수장 경공이다. 동증·심기 두 장수가 내 말을 안 듣고 성문을 열고서 싸웠기 때문에 성을 빼앗기고 말았다. 난 겨우 백 명의 군사를 데리고 가만히 북문으로 피난해 나왔다. 어서 성문을 열어다오!"

성문을 지키고 있던 수비병들이 횃불을 들어 성 아래를 비쳐보고는, 즉시 장례와 조능에게 보고했다.

"지금 경공 부장이 성 아래 오셨습니다."

보고를 듣고 두 장수가 친히 성루 위에 올라가 사병들로 하여금 횃불로 성 아래를 환히 비추게 한 후, 장례가 경공을 내려다보면서 말했다.

"아무리 우리 편 군사라고 하지만, 확인해야만 하는 거니까, 그리 아시오."

그러고서 찬찬히 살펴보니 과연 능천에 있는 경공이 백여 명 군졸을 거느리고 있는데, 그들의 군복이나 기호가 모두 능천에서 사용하는 것과 추호도 틀림이 없다. 이때 성 위에서 내려다보고 있던 군인들 가운데 몇 사람이 성 아래 와 있는 두목들을 알아보고 손가락으로 가리키면서,

"저 사람이 바로 손여호(孫如虎) 아닌가."

하니까 또 한 사람이,

"오오, 이금룡(李擒龍)이도 왔네."

하고 떠벌린다.

장례는 빙그레 웃고서 명령했다.

"성문을 열어줘라!"

이래서 성문이 열리고 조교가 걸쳐진 다음, 문 지키던 수비병 30명이 양쪽으로 늘어서서 경공으로 하여금 성문 안으로 들어가게 하는 판인데, 뒤에서 따라오던 군인들은 서로 떠다밀면서,

"빨리! 빨리 가지 못하고 어째 이럴까! 뒤에서 적이 쫓아온단 말야! 어서 어서 빨리 가자!"

이렇게 고함치고 떠다밀고 야단법석을 피우니, 경장군 같은 것은 안중에도 없고, 제각기 우선 나 먼저 살겠다는 판국이다.

이 꼴을 보고 수비병들이,

"이 새끼들아! 여기가 어딘 줄 알고 지랄들이냐?"

이렇게 악을 쓰고 있을 때, 별안간 한왕산 기슭에서 불길이 타오르더니 한 떼의 군사가 뛰어나오면서 선두의 장수 두 사람이 고함을 지르는 게 아닌가.

"거기 가는 적장아! 네가 내빼야 갈 데 없다!"

이때 경공을 따라오던 군졸들 가운데는 흑선풍·포욱·항충·이곤·유당·양웅·석수 등 호랑이 같은 일곱 명이 있다가 일제히 무기를 뽑아들고 고함을 지르니까 경공을 따라오던 백여 명이 행동을 개시했다. 이렇게 되고 보니 성안에 있던 군사가 언제 성문을 닫아걸고 말고 할 사이도 없다. 그리하여 성문 안팎에 있던 군사가 눈 깜짝하는 사이에 수십 명 죽고, 성문은 점령당하고 말았다.

'아뿔싸! 속았구나!'

장례는 비로소 자기가 속은 줄 알고서 급히 창을 꼬나쥐고 성루 위에서 내려와 경공을 찾으려 하다가 석수하고 맞부딪쳤다.

두 사람은 싸우기 5, 4합, 장례는 싸우고 싶은 마음도 없어서 창을 들고 도망질치다가 하필이면 흑선풍과 맞부딪쳐, 도끼가 한 번 번뜩하는 데 그의 몸은 두 동강이 나서 죽고 말았다.

한편, 한왕산 기슭에서 나타난 한 떼의 군사는 고함을 지르면서 풍우같이 몰려와 성문 안으로 쉽사리 들어가버리니 이들은 말할 것도 없이 사진과 양지가 거느린 부대였다. 그리고 이들은 성안에 들어가서 흑선풍과 함께 반란군을 닥치는 대로 죽여버렸다. 수장(首將) 조능도 죽음을 당했고, 장례의 집안 식구들도 모조리 주륙을 당했고, 아무튼 고평성의 군사가 반수 이상 죽고 말았다.

이때, 성중의 백성들이 울부짖는 가운데 노선봉은 군사를 거느리고 입성하는 즉시 성문을 걸어닫고 엄중히 파수 보게 하는 한편, 십여 명 군사로 하여금 각처로 돌아다니면서 백성을 해치지 못하도록 하라고 명령을 내렸다. 그러고서 날이 밝을 무렵, 거리마다 방을 써붙여 백성들을 안심시키고, 송선봉에게는 군사를 보내어 전과를 보고했다.

이번에 노준의가 이같이 힘들이지 않고 능천과 고평 두 군데 성지를 쉽게 점령하게 된 까닭이 무엇인가. 말할 것도 없이 전호의 부하 장병들이 오랫동안 적수를 못 만났기 때문에 저희들 힘만이 제일인 줄로 믿고 송강군의 실력을 얕잡아본 결과이다. 그러기에 오용은 이럴 줄을 미리 알고서 노준의더러 이번 싸움에는 크게 공을 세우게 될 것이라고 미리 예언했던 것이다.

그런데 송강은 이때 위주성 밖에 군사를 주둔시키고 있었는데, 노선봉으로부터 승전 보고와 동시에 장차 군사를 어떻게 움직이면 좋을까 지시해달라는 보고가 올라왔다.

송강은 대단히 기뻐하면서 오용을 보고 말했다.

"노선봉이 하루 동안에 성을 두 개나 빼앗았으니, 저놈들의 간담이 서늘하겠는데요!"

이 말에 오용이 미처 대답도 하기 전에 척후병 두 명이 들어와서 보고를 하는 것이었다.

"휘현과 무섭 두 군데 성을 포위하고 있던 적군이, 능천이 함락됐다는 소식을 듣고 죄다 물러가버렸습니다."

송강은 더욱 기뻐하면서,

"참으로 군사의 신산(神算)은 고금에 없겠습니다. 어쩌면 이렇게 신통히 들어맞습니까?"

라고 오용을 칭찬하고서 그는 군사를 이끌고 서쪽으로 가서 노선봉과 합류해 다시 진군하려 했다.

그러자 오용이 송강에게 주의를 준다.

"이곳 위주는 왼편에 맹문(孟門)이 있고, 오른편에 태행(太行)이 있고,

남쪽은 황하에 면해 있는 요지입니다. 만일 적이 우리 군사가 이곳을 떠나 서쪽으로 이동했다는 소식을 알고, 소덕(昭德)으로부터 군사를 이끌고 남쪽으로 내려오기만 하면, 우리 군사는 동서가 서로 연락이 끊어집니다. 이에 대한 대책부터 먼저 세워야 할 겁니다."

"과연 그렇군요! 옳은 말씀입니다."

송강은 다시 앉아서 관승·호연작·공손승에게 군사 5천을 주고 그들로 하여금 위주를 지키게 하고, 수군 두령 이준·장횡·장순·원가 삼형제와 동위·동맹들에게 명령을 내려, 그들로 하여금 배를 끌고 죄다 위하로 집결하여 성안에 있는 군사들과 협력하도록 했다.

이렇게 각각 배치가 결정되니까 그들은 명령을 받고서 모두 물러갔다.

이같이 대책을 세워놓은 뒤에 송강 이하 여러 장수는 대군을 거느리고 그날로 출발하여 도중에 별일 없이 고평현에 도착했다.

노준의가 성 밖에까지 나와서 마중하므로 송강은 그의 손을 잡고 치하했다.

"하루에 성을 두 개씩이나 빼앗은 것은 참으로 그 공이 큽니다. 공적부에 자세히 기록시키겠습니다."

"그런 말씀 나중에 하시고, 이번에 투항한 장수들이나 만나주십시오."

노준의는 이렇게 말하고서 사람들 뒤에 있는 경공을 끌고 오니까, 경공은 송강에게 공손히 인사를 드렸다.

"장군이 이제부터 사(邪)를 버리고 정(正)을 취하여 우리와 함께 국가를 위해서 힘을 다해주신다면, 조정에서도 반드시 무겁게 써주실 겁니다. 그런 줄 아시오."

송강이 그를 보고 이같이 말하니까, 경공은 다시 공손히 예를 하고 시립(侍立)하는 것이었다.

송강은 자기가 거느리고 온 군사의 수효가 많아서 성내로 들어가면 불편한 일이 많을 터이니까 성 밖에 주둔하도록 영채를 설치하라고 명령을 내린 후, 오용과 노준의가 함께 작전 계획을 의논했다.

"이제부터 어느 고을을 먼저 치는 것이 좋을까요?"

하고 송강이 물으니까 오용이 말했다.

"개주는 산이 높고, 골이 깊고, 길은 험해서 어려운 곳이지만, 이미 개주에 딸린 두 고을을 빼앗았으니까 지금은 개주가 완전히 고립 상태에 빠져 있습니다. 그러니까 개주를 들이쳐서 적의 세력을 분산시킨 뒤에 길을 두 갈래로 나누어 협공하면, 어렵지 않게 성을 뺏을 수 있습니다."

"선생 말씀이 옳습니다. 나도 그렇게 생각합니다."

송강은 즉시 시진과 이응에게 능천으로 가서 그곳을 지키라 하고, 그 대신 화영 등 여섯 명의 장수를 불러들이는 동시에, 사진과 목홍은 고평을 지키고 있게 했다.

시진 등 네 사람이 명령을 받고 떠나자, 몰우전 장청이 송강에게 와서 휴가를 청하는 것이었다.

"제가 요새 며칠 동안 감기에 걸려서 그럽니다. 잠시 고평에 머물면서 조섭을 한 후, 다시 진영으로 나오겠습니다."

"그러면 신의 안도전 선생하고 같이 성내로 들어가시구려."

송강은 장청과 안도전에게 고평성 안으로 들어가서 몸을 조리하도록 했다.

다음날, 화영 등 능천을 지키던 장수들이 도착했다. 송강은 즉시 화영·삭초·손립 등에 군사 5천 명을 주어 선봉을 삼고, 동평·양지·주동·사진·목홍·한도·팽기 등에게는 군사 1만 명을 주어 좌익이 되게 하고, 황신·임충·선찬·학사문·구붕·등비 등에게도 군사 1만 명을 주어 우익이 되게 하고, 서녕·연순·마린·진달·양춘·양림·주통·이충 등은 후채가 되게 하고, 송강과 노준의와 그 외 나머지 장수들은 대군을 거느리고 중군이 되었다. 이같이 다섯 부대의 영특한 군사는 반란군의 본거지 개주를 향해서 쳐들어갔다.

그런데 이때 개주성을 지키는 반란군의 탐색병이 이것을 알고 급히 성내로 뛰어들어가, 개주성의 수장 유문충에게 보고했다. 그러나 유문충은 별로 놀라는 기색도 없었다.

본래 이 유문충은 도둑놈의 괴수였는데, 각처에서 도둑질한 금은보화를 전호한테 바치고 그와 공모해서 송조를 뒤집어엎으려고 반란을 일으켜 몇 군데 고을을 점령하고 추밀사라는 직함을 얻어 가진 자이다. 그런데 이자는 삼첨양인도를 잘 쓰기만 할 뿐 아니라, 다른 무예에도 출중하고, 그의 배하에는 사위장(四威將)이라고 이름 붙는 네 명의 맹장이 있으니,

예위장 방경(猊威將 方瓊)

비위장 안사영(貔威將 安士榮)

표위장 저형(彪威將 褚亨)

웅위장 우옥린(熊威將 于玉麟)

이상 네 명이 바로 사위장인데, 이들은 네 사람씩의 부장(副將)을 각각 거느리고 있어, 도합 열여섯 명의 장수가 있다.

즉, 양단(楊端)·곽신(郭信)·소길(蘇吉)·장상(張翔)·방순(方順)·심안(沈安)·노원(盧元)·왕길(王吉)·석경(石敬)·진승(秦升)·막진(莫眞)·성본(盛本)·혁인(赫仁)·조홍(曹洪)·석손(石遜)·상영(桑英), 이상 열여섯 명이다.

개주성 공략

유문충은 이들 사위장과 열여섯 명의 부장들과 함께 3만 명의 군사를 거느리고 개주성을 지키고 있는 터인데, 이번에 능천과 고평이 함락되었다는 소식을 듣고는 관군을 맞아 싸울 준비를 하는 한편, 위승(威勝)·진녕(晉寧) 두 곳에 공문을 보내고 원군을 청했던 것이다. 그런데 탐색병이 뛰어들어와서 송강군이 쳐들어오고 있다는 보고를 하므로 그는 곧 사위장의 한 사람인 방경과 부장(副將)인 양단·곽신·소길·장상 등에게 군사 5천 명을 주고서 쫓아나가 송강군과 싸우라고 했다.

"장군들은 조심해서 잘 싸우시오. 나도 곧 응원 나갈 테니까!"

그들을 내보내면서 유문충이 이같이 말하니까 방경이 그를 안심시키는 것이었다.

"추밀님, 염려 마십시오. 저 빼앗긴 두 군데도 힘이 부족해서 빼앗긴 게 아니고, 저놈들의 계교에 떨어졌기 때문이죠. 제가 장담합니다만, 오늘 나가서 몇 놈을 죽이지 않고서는 맹세코 돌아오지 않겠습니다."

하고서 방경은 여러 장수들과 함께 동문으로 나가 송강군을 마주보며 진세를 벌였다.

이때 송강군의 진에서 북소리, 바라 소리가 요란하게 일어났다.

그러자 방경이 거느리고 있는 북쪽 진에서 문기가 좌우로 열리더니,

방경이 선두에서 나오고, 네 명의 부장이 따라나와 좌우에서 그를 호위하고 섰다. 머리에 권운관(捲雲冠)을 쓰고, 몸에 용린갑(龍鱗甲)과 녹금포(綠錦袍)를 입고, 허리에 사만대(獅蠻帶)를 띠고, 발에 말록화(抹綠靴)를 신고, 왼편 어깨에 활을 메고 오른편 어깨에 화살통을 메고, 황준마(黃駿馬)를 타고 혼철창을 들고 앉은 방경이 큰소리로 호령하는 것이었다.

"양산박 도둑떼야! 또 무슨 잔꾀로 우리를 속여먹으려고 왔니?"

이 소리를 듣고 송강군 진에서 손립이 큰소리로 마주 호령했다.

"역적 놈들아! 천병이 왔는데도 아직도 모가지가 붙어 있다고 주둥아리를 놀리느냐?"

손립이 호령하고 말을 채쳐 나가 방경과 마주 싸우기를 30여 합 하자, 방경의 힘이 점점 약해지기 시작한다.

이것을 본 반란군의 장수 장상이 말을 채쳐 진전으로 나와 손립을 향해 활을 쏘았다.

손립은 재빨리 말고삐를 잡아당겨 머리를 치켜들었더니 화살은 말의 눈을 찌르고, 말은 소리를 지르면서 껑충 뛰었다.

말 위에서 떨어진 손립은 땅바닥에 서서 방경을 대항해 싸우는데, 북쪽을 향해 미친 듯 뛰어가던 말은 불과 열댓 발자국 가다가 자빠지고 말았다.

활을 쏘았다가 손립을 맞추지 못한 장상은 칼을 휘두르며 말을 채쳐 나와 방경을 도우려 했다. 그러나 송강군에서 진명이 달려나와 막는 바람에 진명과 들러붙어 싸우게 되었다.

손립은 진으로 돌아가서 다른 말을 바꿔타려고 했지만, 방경의 창이 손립을 놓아주지 않는다.

이때 이 모양을 바라보고 분해서 이를 악물고 활을 겨누는 사람은 신비장 화영이었다.

"네까짓 놈들은 속임수로 활을 쏘았지만, 정말 진짜 화살을 한 대 나한테서 맞아봐라!"

화영이 입속으로 이같이 말하며 보기 좋게 활을 잡아당겨서 탕 쏘자, 화살은 방경의 얼굴에 꽂히면서 그는 땅바닥에 거꾸로 떨어진다. 손립은 얼른 달려가서 창으로 그놈의 목을 찔러 숨을 끊어놓고, 다른 말을 가지러 본진으로 돌아갔다.

이때 진명은 낭아곤으로 장상의 대가리를 내리칠 기회만 노리고 있고, 장상은 우선 그것을 막아내기에 여가가 없었는데, 방경이 말에서 떨어져 죽는 것을 보고는 그만 겁이 나서 도망갈 틈만 찾았다.

그럴 때 반란군 장수 곽신이 달려나와 창을 휘저으며 장상을 응원한다.

그러나 진명은 기운이 용솟음치는 듯 혼자서 두 사람을 상대해서 무섭게 싸운다.

이렇게 세 필의 말이 한데 어우러져 백열전이 전개되고 있을 때 화영은 두 번째 화살을 집어 활을 겨누었다.

장상의 등허리를 겨냥하고 쏜 화살이 날아가자 장상은 두 다리를 번쩍 쳐들더니 말 아래 떨어진다.

곽신은 이 모양을 보고 도저히 당할 수 없으니까 지는 체하고 말머리를 돌려 본진으로 달아나려 했다.

이럴 때 손립은 재빨리 다른 말 한 필을 집어타고 달려가면서 화영·삭초와 함께 적군을 무찔렀다. 반란군 측에서는 일대 혼란이 일어났다.

이렇게 되고 보니 대항하기가 곤란한지라, 양단·곽신·소길 등 반란군 장수들은 후방으로 도망쳤다.

그런데 이때 별안간 반란군 측 후방에서 함성이 요란하게 들렸다. 그것은 수장 유문충이 방경을 위해서 안사영과 우옥린에게 각각 5천 명 군사를 주어 두 갈래 길로 응원 나오게 한 까닭이었다.

송강군에서는 화영 등 네 사람의 장수가 달려나가 이것을 막았다.

그러자 이때 후방으로 도망가던 양단·곽신·소길 등이 군사를 도로 돌려서 역습해오는 게 아닌가.

형세는 일변해서 삼면 협공을 당하게 된 화영 등 네 명의 장수는 적에게 포위되고 말았다.

그러나 이때 별안간 동쪽에서 하늘을 흔드는 듯한 함성이 들끓더니, 반란군 측에서 일대 혼란이 일어났다. 그것은 왼편으로부터 동평 등 일곱 명 장수가, 바른편으로부터 황신 등 일곱 명 장수가 각각 수없이 많은 군사를 몰고 반란군을 에워싸고 쳐들어오기 때문이었다. 형세는 완전히 뒤집혀진 셈이다.

이리해서 반란군은 순식간에 무수한 전사자를 냈다.

안사영과 우옥린 등 장수들은 군사를 수습하면서 뒤로 도망하여 간신히 성내로 들어가 성문을 굳게 닫아버렸다.

송강군은 성 아래까지 추격했으나 반란군이 성 위에서 돌멩이와 나무토막을 마구 던지므로 뒤로 물러났다.

조금 있다가 송강군의 대군이 도착해서 성 밖 5리쯤 되는 곳에 진을 쳤다.

송강은 중군의 지휘실에 앉아서 소양을 불렀다.

"소양형은 이번에 화영이 세운 공훈을 공적부에 기록해두시오."

송강이 이같이 부탁해서 소양이 공적부에 화영의 공적을 기록하고 있노라니, 갑자기 일진괴풍(一陣怪風)이 불면서 모래와 돌멩이를 서쪽에서 동쪽으로 날리더니, 나중에는 깃대까지 쓰러뜨리는 게 아닌가.

오용이 놀란 얼굴로 송강을 바라보며 말했다.

"이 바람이 오늘밤에 적이 우리 진지를 습격해올 전조입니다. 빨리 준비를 하고 있지 않으면 안 되겠습니다."

"그래요! 이 바람은 확실히 심상한 바람이 아니군요!"

송강도 이같이 말하고, 즉시 구붕·등비·연순·마린 등에게 명령해서

3천 명 군사를 진지의 왼편에 매복하게 하고, 왕영·진달·양춘·이충 등에게도 3천 명 군사를 진지의 오른편에 매복하도록 준비시켰다.

그러고서 다시 노지심·무송·흑선풍·포욱·항충·이곤 등은 군사 5백 명을 데리고 진중에 매복하고 있다가 호포가 터지거든 일제히 내달아 반란군을 무찔러버리도록 지시한 후, 송강은 오용과 더불어 촛불을 환히 켜놓고서 이야기하고 있었다.

한편, 반란군 측 유문충은 장수 세 명을 한꺼번에 잃고, 또 잃어버린 군사 수효가 2천 명도 넘는 것을 알고서 마음이 어지럽고 분해서 한 손으로 이마를 짚고 앉았노라니까 비위장(貔威將) 안사영이 들어와서 위로를 했다.

"추밀님! 너무 근심 마십시오. 송강이란 놈의 일당이 연전연승했대서 아주 교만한 생각에 잠겨 있을 겝니다. 반드시 아무런 방비가 없을 거니까, 제가 오늘밤 적진을 기습할 계획입니다. 물론 이길 거니까, 그러면 오늘 당한 원수를 갚을 거 아녜요?"

"장군이 그렇게 해준다면, 나도 친히 군사를 몰고 나가 응원하지! 성은 우옥린·저형 두 장군더러 지키고 있으라면 될 테니까!"

안사영은 대단히 만족했다.

"은상께서 친히 나가시면, 반드시 송강이란 놈은 사로잡죠!"

그들이 계획을 정하고서 밤이 2경쯤 되었을 때, 안사영은 심안·노원·왕길·석경 등 부장과 군사 5천 명을 거느리고 사람들은 가볍게 무장을 하고 말은 방울을 떼고 재갈을 물린 다음에 성 밖으로 나갔다.

그리하여 송강군의 진지 앞으로 달려가 일제히 고함을 지르면서 돌격했더니, 진문은 활짝 열려 있고, 안에는 등불만 휘황하게 밝을 뿐이다.

'아뿔싸! 속았구나!'

안사영은 계교에 빠졌음을 깨닫고 급히 돌아서서 나오려 했더니, 이때 별안간 쾅 쾅 쾅 호포 소리가 연달아 터지면서 좌우 전면으로부터 관군이 쏟아져 나왔다. 즉, 왼편에서는 연순 등 네 명의 장수요, 오른편에서는 왕영 등 네 명의 장수요, 진내에서는 흑선풍 등 여섯 명의 장수가 만패(蠻牌)를 쓰는 보군을 휘몰아 나오며 마구 치는 바람에 반란군은 대패했다. 그리하여 심안은 무송의 계도에 죽고, 왕길은 왕영의 손에 죽었다. 그리고 안사영·노원·석경 등은 송강군에게 완전히 포위된 것을 유문충이 부장 조홍·석손과 함께 전력을 다해 구원하여 간신히 본진으로 돌아갔다.

그러나 다음날 유문충이 군사를 점고해보니, 어젯밤 기습 작전에 잃어버린 군사가 자그마치 1천여 명이나 되고, 더군다나 심안·왕길 두 장수를 잃은 위에 석손은 중상을 입어 목숨이 실낱같이 붙어 있는 상태였다.

유문충은 울화통이 터져서 끙끙 앓고 있는데, 위승으로부터 전호의 사자가 영지(令旨)를 가지고 왔다는 보고가 올라왔다. 그는 즉시 자리를 털고 일어나, 말을 타고 북문으로 나가서 사자를 영접하여 들어왔다.

'사천감(司天監)이 요사이 밤에 천상(天象)을 보니, 강성(罡星)이 우리 진(晉)나라 땅을 침범한다. 아무쪼록 성지를 단단히 지켜 실수함이 없게 하라.'

전호의 영지라는 것은 이런 내용이었다.

유문충은 영지를 읽고서 사자에게 하소연했다.

"송조에서 송강군을 보내어 벌써 두 군데 성을 빼앗고 이제는 이곳까지 밀고 들어왔는데, 어젯밤에는 정장(正將)·부장(副將) 모두 다섯 사람을 잃었습니다. 속히 구원병을 보내주셔야 이곳을 보전하겠습니다."

"글쎄, 내가 위승을 떠날 때엔 그런 소식을 못 들었는데 송조가 군사를 파견시켰다는 소문을 도중에서 비로소 들었군요."

유문충은 연석을 베풀어 사자를 대접하고 예물을 진정하는 한편, 나무토막·돌멩이·강궁·경노·화전·화기 따위를 준비시켜 성을 지키면서 구원병이 오기를 기다리기로 방침을 정했다.

한편 송강군 측에서는 연순·왕영 등이 야습해온 반란군을 물리쳐 크게 이기고 진지로 돌아온 후, 송강은 그 이튿날 분온차(轒轀車)를 수리해 성을 칠 준비를 하라고 명령을 내렸다.

분온차라는 것은 커다란 수레를 쇠가죽으로 덮은 것인데, 그 속에 군사들이 숨어서 기계를 가지고 성벽을 망가뜨리는 공작을 할 수 있는 공성차(攻城車)다.

그리고 임충·삭초·선찬·학사문 네 사람은 군사 1만 명을 거느리고서 동문을 공격하고, 서녕·진명·한도·팽기 등은 군사 1만 명을 거느리고서 남문을 공격하고, 동평·양지·단정규·위정국 등은 군사 1만 명을 거느리고 서문을 공격하는데, 북문만은 그대로 두었다. 그리고 적의 구원병이 올 때, 성내에서 돌격해 나오면 양쪽으로부터 적을 받게 될 것이므로, 사진·주동·목홍·마린으로 하여금 5천 명 군사를 이끌고 성의 동북방 산 밑에 가서 매복하게 하고, 황신·손립·구붕·등비로 하여금 5천 명을 이끌고 서북방 밀림 속에 매복하고 있다가 적의 구원병이 오거든 양쪽에서 내달아 적을 무찔러버리게 했다.

그럴 뿐 아니라 화영·왕영·장청·손신·이립에게는 마군 1천을 주고서 네 군데 성문을 왔다 갔다 하는 유격대가 되어 정찰을 하게 하고, 흑선풍·포욱·항충·이곤·유당·뇌횡 등에게는 보병 3백 명을 주어 화영 등과 호응해서 행동하도록 명령했다.

이상과 같이 배치하기를 마치자, 그들은 모두 물러갔다. 송강은 노준의·오용 등 정부의 장성들과 함께 성의 동쪽 1리쯤 되는 지점으로 진영을 옮기고, 이운·탕융으로 하여금 운제비루(雲梯飛樓)를 만들게 하여 그것을 각 진영에 나누어주었다.

그런데 임충 등 네 사람의 장수는 성의 동쪽에서 운제비루를 성벽에 바싹 다가세우고, 몸이 가벼운 사병을 비루 위에 올려보내면서 그 밑에서는 함성을 질러 기세를 돋우었더니, 때를 놓치지 않고 성내에서는 화전을 빗발처럼 쏟아붓는 바람에 비루에는 불이 붙고 사병들은 몸을 숨길 새도 없이 비루와 함께 무너져 떨어져서 5, 6명이 죽고, 십여 명은 부상을 당했다.

서쪽과 남쪽 두 곳의 공격도 이와 마찬가지로 화전과 화포 때문에 군사만 상했을 뿐, 아무런 효과가 없었다.

이렇게 되어 6, 7일 동안 매일 공격했지만, 성은 떨어질 것 같지 않으므로 송강과 노준의는 오용과 함께 친히 남문 성 밑으로 와서, 성을 빨리 떨어뜨리도록 재촉했다.

그러자 화영 등 다섯 명 장수가 마군 유격대를 거느리고 동쪽으로부터 정찰을 하면서 그곳으로 왔다.

이때 성루 위에서는 우옥린이 양단·곽신과 함께 아병들을 데리고 수비하고 있다가, 화영이 점점 성루로 가까이 오는 것을 보고 양단이 이를 악물고 중얼거렸다.

'저놈 때문에 우리 편 장수 두 사람이나 죽었지? 오냐, 오늘은 내가 원수를 갚아야겠다!'

그는 활을 잡아당겨 화영의 가슴을 노리고 한 대를 탕 쏘았다. 이 순간 화영은 시위 소리를 듣고 몸을 뒤로 젖히면서 날아오는 화살을 한 손으로 휙 잡아 입에 물고 다시 몸을 일으켜 자세를 바로잡은 후 재빨리 창을 창걸이에 걸고 왼손에 활을 쥐고 오른손으로 지금 받아쥔 화살을 그 활에 메겨 양단을 겨누고서 탕 쏘니까, 화살이 양단의 모가지에 꽂히면서 보기 좋게 넘어진다.

그 꼴을 보고 화영은 호령을 했다.

"쥐새끼 같은 놈들! 속임수 화살로 나를 해치려고 했다만, 너희 놈들 이제부터 진짜 활맛을 좀 보아라!"

화영이 오른손에 화살을 쥐고 다시 활 쏠 자세를 취하자, 그때 성루 위에서는 군졸들이 비명을 지르면서 아래로 내빼는데, 우옥린·곽신은 얼굴이 흙빛으로 변해서 몸을 감출 구석을 찾느라고 갈팡질팡한다.

"이놈들아! 오늘에서야 신전장군(神箭將軍)의 솜씨를 알았느냐!"

화영이 이렇게 꾸짖고 껄껄 웃으니까 송강과 노준의도 신이 나서 손뼉을 쳤다.

"형님! 지금 이런 때가 좋은 기회입니다. 화영 장군과 함께 성벽을 한 번 둘러보십시다."

오용이 이때 이렇게 주장하므로 화영은 송강·노준의·오용을 호위해 가면서 성을 한 바퀴 돌아본 다음에 진영으로 돌아왔다.

그들은 자리에 앉으면서 전일 항복해온 반란군 장수 경공을 불러, 오용이 개주성 안의 일을 물었다.

"지금 유문충은 개주의 주청을 원수부로 쓰고 있습니다. 주청은 성내 한복판에 있습죠. 그리고 성 북쪽에는 묘가 여러 군데 있구요. 아무것도 없는 공지는 전부 마초장이랍니다."

이 말을 듣고 오용은 송강과 의논한 후 시천과 석수를 불러서 소곤소곤 말했다.

"이렇게 하란 말야. 화영의 진에 가서 명령을 전한 뒤에 기회를 봐서 단행하란 말야!"

이렇게 명령한 다음에 오용은 다시 능진·해진·해보 세 사람을 불러 군사 2백 명과 굉천(轟天)·자모(子母) 등 크고 작은 여러 개의 호포를 가지고 이리이리하라고 부탁했다.

그리고 노지심·무송에게는 금고수 3백 명을 주고, 유당·양웅·욱보사·단경주에게는 각각 2백 명씩 군사를 주어 모두 횃불을 준비해서 동서남북으로 흩어져 있다가 계략 세운 대로 행동하라고 지시했다.

그러고는 대종을 동·서·남 세 군데 진영에 보내어, 성안에서 불길이 타오르기만 하거든 전력을 다해 성을 공격하라는 명령을 전하게 했다.

이상과 같이 명령을 받은 모든 장수들은 제각기 자기가 갈 곳으로 돌아갔다.

한편, 유문충은 낮이나 밤이나 구원병이 오기만 기다리고 있건만, 아무 소식이 없으므로 근심 걱정하면서도 군사를 더 뽑고, 나무토막과 돌멩이를 성벽 위에 더욱 많이 운반해다놓고 성을 지키기에만 힘을 썼다.

황혼도 지나고 초저녁 때 별안간 북문 밖에서 하늘을 흔드는 듯한 고함 소리와 함께 북소리, 피리 소리가 한꺼번에 울려왔다.

유문충이 북문으로 달려가서 성벽 위로 올라가 바라다보았으나 그때는 이미 함성도 없어지고, 북소리도 안 나고, 어느 쪽 군사였는지 그것조차 알 길이 없다.

"그거 이상하다!"

입속으로 이같이 중얼거릴 때, 이번에는 성의 남쪽에서 함성이 크게 들리면서 금고 소리가 하늘을 흔든다.

"장군은 북문을 지키고 계시오."

유문충은 우옥린에게 북문을 맡기고 자기는 남문 쪽으로 달려갔다.

그러나 괴이한 일이 아닌가. 여기서도 함성은 벌써 그치고 금고 소리도 안 들린다.

"그거 이상하다!"

유문충이 한참 동안 바라보고 있노라니까, 송강군의 남쪽 진영에서 시각을 알리는 경고 소리가 은은히 들려왔다. 그러고 나서 다시 사방은 괴괴하고, 불빛이라고는 한 점도 보이는 것이 없다.

도깨비한테 속은 것 같아서, 유문충은 이상한 느낌으로 천천히 성루에서 내려와서 원수부 앞으로 왔다.

'점호나 해볼까?'

이런 생각이 나서 그는 발을 멈추었다. 그때 동문 밖에서 연주포 터지는 소리가 요란하고, 성의 서쪽에서는 함성이 진동하면서 북소리가 들끓는다.

이에 놀란 유문충은 동으로 갔다 서로 갔다 허겁지겁 달렸다.

그러는 동안 어느새 날이 밝았다.

날이 밝으니까 송강군은 또 동·서·남 세 군데서 종일토록 성을 공격하다가 해가 넘어간 뒤에야 군사를 거두어가는 것이었다. 그러더니 그날 밤 2경쯤 되어서 또 피리 소리, 고함 소리가 들끓는다.

유문충은 이때 입속으로 중얼댔다.

'흥! 이놈들이 우리 편 군사를 헛수고시키려고 일부러 허세를 올리는 게로구나! 네까짓 놈들 내가 상관하지 않고 성을 지키고만 있겠다.'

그가 이렇게 마음먹고 있노라니까, 갑자기 군사 한 명이 달려오더니 뜻밖의 일을 보고한다.

"지금 동문 밖에 화광이 충천하구요, 횃불이 얼만지 수를 모르겠구요, 운제비루를 성벽에 들이대고 있어요!"

자기가 짐작했던 것과는 형세가 딴판인지라, 유문충은 깜짝 놀라 성의 동쪽으로 달려가서 저형·석경·진승 세 사람과 함께 군사를 독려해서 화전과 포석을 송강군에게 퍼부었다.

이렇게 맹렬히 반격을 가하는 중인데, 별안간 굉장히 큰 화포 소리가 쾅 터지며 땅바닥을 온통 뒤흔들어놓는다.

성내에 있던 군사들과 백성들이 모두 그 소리에 겁을 집어먹고 떨지 않는 사람이 없다.

이 모양으로 이틀 밤을 계속해서 반란군 측을 괴롭히던 송강군은 날이 밝으니까 또 성을 공격해댄다.

반란군 측 사병들은 이틀 밤을 완전히 눈을 붙이지 못했으니, 사기가 말이 아니다.

그래도 유문충은 한시도 쉬지 않고 성내를 순시하며 돌아다녔는데, 갑자기 서북쪽에서 깃발이 햇빛을 가리며 한 떼의 군사가 동남쪽으로 오고 있는데, 송강군의 대열 중에서 십 수 기의 척후병이 날듯이 본진으로 달려가는 꼴이 눈에 띄었다.

유문충은 그것이 자기한테로 오는 구원병인 줄 짐작하고서, 즉시 우옥린으로 하여금 성 밖에 나가 구원병을 영접하게 했다.

그런데 이때 서북쪽에서 달려오던 한 떼의 군마는 진녕(晉寧)을 지키고 있던 수장 전호의 동생 되는 전표(田彪)로서, 그는 개주로부터 구원병을 청하는 공문을 받고 즉시 부하 맹장인 봉상·왕원으로 하여금 2만 명의 군사를 거느리고 가서 구원하게 하여, 그들이 양성을 지나 개주를 향하고 오다가 성으로부터 불과 십 리쯤 떨어진 곳에 이르자, 갑자기 대포 소리가 터지면서 동쪽 산 밑과 서쪽 밀림 속으로부터 쏟아져 나오는 송강군과 맞부딪쳤다. 즉 송강군의 사진·주동·목홍·마린·황신·손립·구붕·등비 등 여덟 명 맹장이 정병 1만 명을 몰고 나와서 역습하는 것이다.

구원병의 수효는 2만 명이나 되지만, 워낙 멀리 떨어져 있는 진녕으로부터 오느라고 대단히 피곤했던 까닭에 열흘 동안이나 이곳에서 훈련을 쌓은 송강군의 기운을 당해낼 수는 없었다. 그래서 진녕서 오는 군사는 여지없이 참패당해서 금고(金鼓)며 기(旗)며, 투구·갑옷·마필·병기 할 것 없이 그냥 내버리고 달아나는데, 거꾸러진 군사가 태반이요, 봉상과 왕원 두 장수는 간신히 목숨만 건져 패잔병과 함께 진으로 도망쳐 돌아갔다.

한편 유문충은 구원병이 송강군과 싸우고 있을 때 우옥린으로 하여금 군사를 이끌고 북문으로 나가서 구원병을 영접해 들이라 했었는데, 우옥린이 군사를 거느리고 북문을 나서자마자, 송강군 장수 화영의 유격대가 서쪽으로부터 달려드는 바람에 군사들 사이엔 큰 혼란이 일어났다.

"야! 신전장군이 왔다!"

"에구머니나! 신전장군이다!"

활을 쏘면 귀신같이 맞히는 신전장군 앞에서는 나아갈 기운도 없어지는지, 군사들은 서로 떠다밀면서 도로 성안으로 도망치는 게 아닌가.

우옥린도 이미 남쪽 성루 위에서 한번 혼이 난 일이 있는지라, 그와 대적해 싸워볼 용기가 있을 까닭이 없다. 그래서 그 역시 창을 꼬나쥔 채 성안으로 도망쳤다.

화영은 그 뒤를 쫓아가며 반란군 20여 명을 무찔러버린 후 그 이상 더 추격하지 않고 모두 다 성안으로 들어가도록 내버려두었다.

성안에서는 급히 성문을 닫아버렸다.

이렇게 한바탕 소란했을 때, 석수와 시천은 반란군의 군복 차림으로 적군 틈에 끼어 성안으로 들어가, 군중이 와글거리는 큰길을 버리고 오솔길로 들어섰다. 두 사람이 한참 동안 걸어가다 보니까 길가에 사당 하나가 있는데, 걸려 있는 현판에는 '당경토지신사(當境土地神祠)'라 쓰여 있다.

시천과 석수가 발자국 소리도 내지 않고 가만가만 그 안으로 들어가 보니까, 도인 한 사람이 동쪽 벽 밑에서 불을 쬐고 있다가 두 사람의 군인을 보더니 묻는 것이었다.

"군인 양반, 지금 바깥 형편이 어찌돼갑니까?"

"바깥 형편 말씀인가요? 조금 전에 우옥린 장군을 따라서 우리가 적을 무찌르려고 나갔댔지요. 그런데 웬걸, 적의 신전장군이 나타났기 때문에 우린 우장군하고 함께 도로 성내로 내빼오는 길이죠."

이렇게 대답하고 나서 시천은 돈 두 푼을 꺼내어 도인한테 주더니,

"영감님, 술 감춰둔 것 있거든 우리들한테 한 잔씩만 줍시오. 당장 추워서 못 견디겠습니다."

하고 청하는 것이었다. 그러자 도인은 허허 웃으면서 말했다.

"여보시오, 군인들이 4, 5일 동안은 신전에 바칠 향촉도 사오질 못했

소! 술이라곤 한 방울도 사올 수 없는 형편인 줄 모르시나베!"

하고서 도인은 돈을 도로 주는 것을 시천은 억지로 그 돈을 도인에게 주었다.

"돈일랑 그냥 받아두십쇼. 그런데 우리가 날마다 성을 지키느라고 몸이 어떻게나 피곤했는지, 꼭 죽을 것만 같습니다. 며칠 동안 눈을 못 붙였으니 오늘밤은 여기서 우리를 좀 재워주십쇼. 내일 아침엔 일찍 일어나서 갈 테니까요."

도인은 그 소리를 듣고 손을 내젓는다.

"어림도 없습니다! 유장군의 군령이 어떻게 엄한지요, 조금 있으면 올 겝니다. 내가 두 분을 여기다 재웠다간 큰일 나지요!"

"그런가요? 정 그렇다면 다른 데로 가는 수밖에!"

시천이 혼잣말처럼 이렇게 중얼거릴 때 석수는 도인의 옆으로 가서 불을 쬐는 체했다.

이때 주위에 인기척이 없는지라, 석수가 시천을 보고 눈짓을 했다.

그때 석수는 허리에서 패도(佩刀)를 쑥 뽑아들었다.

도인은 그런 줄도 모르고 머리를 숙인 채 불만 쬐고 있는 것을 등 뒤에서 석수가 칼로 모가지를 내리치니까, 도인의 머리는 화롯불 앞에 떨어졌다.

시천이 얼른 나가서 사당문을 안에서 걸어잠갔다. 이때는 벌써 유시(酉時)가 지난 때다.

시천이 뒤켠으로 돌아가 보니 중문이 하나 있고, 그 중문 밖에 작은 마당이 있는데 그 마당에 마른풀이 두 무더기나 쌓여 있다. 시천은 석수와 함께 그 마른풀을 안고 와서 도인의 시체를 덮어버리고, 사당문을 다시 열어놓은 다음에, 뒤켠 뜰로 나와서 지붕 위로 올라갔다.

두 사람은 지붕 위 용마루 밑에 드러누워서 하늘을 쳐다보았다. 하늘은 맑게 갰고, 싸늘한 별빛이 수십 개 반짝일 뿐이다.

두 사람은 한참 동안 이렇게 사방을 엿보다가 도로 내려와서 사당 밖으로 나갔다.

한길에 나와서 아래위를 살펴보아도 길에는 사람의 그림자가 하나도 없다.

두 사람은 안심하고 발길 내치는 대로 걸었다.

길가에는 집이 몇 채 있기는 있으나, 모두 대문이 닫혀 있고 불빛조차 보이지 아니하는데, 그 중에서 사람이 느껴 우는 소리가 들려왔다.

시천과 석수는 다시 남쪽을 향해서 걸었다.

담을 끼고서 한참 돌아가 보니 넓은 공지가 나서는데, 여기저기마다 마른풀을 산더미같이 쌓아놓았다.

'음, 여기가 마초장이로구나! 그런데 어째 파수병이 안 보이느냐?'

시천이 속으로 이렇게 생각했다. 그도 그럴 것이 원래 성안에 있는 장병들은 모두 성벽을 지키느라 이런 데까지 마음을 쓸 여유가 없었고, 마초장을 지키던 파수병들은 구원병이 오다가 송강군한테 아주 결딴이 나서 도로 내빼버렸다는 소식을 듣고 저마다 목숨이 아까워서 미리 도망해버린 까닭이다.

시천과 석수는 거기서 다시 사당으로 돌아가서 도인의 시체 위에 덮어 깔았던 마른풀에 불을 지른 다음에 마초장으로 도로 가서 여기저기 산더미 같은 마른풀에다 불을 질렀다.

하늘을 찌를 듯한 불이 일어났다.

물론 죽은 도인도 사람도 불덩어리가 되었다.

이때 마초장 서쪽에 있는 백성 한 사람이 횃불을 쳐들고 쫓아나왔다. 궁금해서 보러 나온 모양이었다.

그런 것을 시천이 그 사람 앞으로 뛰어가서 횃불을 뺏어드니까, 곁에서 석수가 말했다.

"이거 봐! 우리가 유원수에 속히 가서 알려드려야 하잖아?"

횃불을 빼앗기고 두 사람의 얼굴을 바라보던 그 사람은, 틀림없이 두 사람이 성중에 있는 군사인지라, 아무 말 없이 횃불을 주고 우두커니 섰다.

시천과 석수는 횃불을 들고, 유원수한테 보고하러 간다고 소리를 지르면서 남쪽으로 뛰어갔다.

두 사람은 달음박질해가면서도 좌우에 있는 민가 여러 군데에다 불을 질렀다.

이같이 한참 달아나다가 두 사람은 좁은 골목으로 들어가서 반란군의 군복을 얼른 벗어버리고, 인기척이 없는 으슥한 곳을 찾아가서 몸을 숨겼다.

성내에서는 한꺼번에 너덧 군데에서 화광이 충천하는 것을 보고 큰 소동이 일어났다.

유문충은 먼저 마초장의 불부터 끄라고 군사들에게 영을 내렸다.

이때 성 밖에 있는 송강군의 진에서는, 성내에서 불길이 오르는 것은 틀림없이 시천과 석수가 들어가서 불을 지른 것인 줄 알고, 전력을 다해서 성을 들이치기 시작했다.

이때, 송강과 오용은 해진·해보를 데리고 성의 남쪽으로 갔다.

"내가 살펴봤는데, 여기가 제일 성벽이 얕고, 또 허술하단 말야!"

오용이 진명을 보고 이렇게 말하고서 그 성벽에다 비루(飛樓)를 갖다 붙이게 한 후, 해진과 해보에게 그 위로 올라가라고 명령했다.

"지금 성안에 있는 것들은 간담이 서늘해서, 넋이 빠졌단 말야! 겁내지 말고 성벽 위로 올라가라구!"

오용이 이같이 말하는 소리를 듣고, 해진이 박도를 허리에 차고 비루로 올라가서 성벽 위로 건너가자, 그 뒤를 따라서 해보가 성벽 위로 건너와, 두 사람은 고함을 지르고 박도를 휘둘렀다.

성 위에 있던 군사가 워낙 피곤한 데다가 불의의 습격을 당했을 뿐 아니라, 해진과 해보의 형상이 너무도 사나워 보였기 때문에 겁을 집어먹고 일제히 성 아래로 도망질쳤다.

그래도 저형만은 창을 꼬나쥐고 달려들었다. 그러나 불과 십여 합 싸우다가 내리치는 박도 아래 저형의 목숨은 끊어졌다. 해진은 얼른 달려들어 저형의 목을 썽둥 베어버렸다.

이때 이미 송강군은 비루를 타고 성벽 위로 백여 명이나 올라왔을 때다.

해진과 해보는 이들의 선두에 서서 박도를 내저으며 고함을 질렀다.

"이놈들 모두 덤벼들어라. 올라오기만 하면 모두 고기떡을 만들어주마!"

이렇게 큰소리를 하는 동안에 석경과 진승은 군사들 손에 죽고, 문을 지키던 파수병은 달아나고 해서, 성문은 완전히 송강군의 수중에 들어왔다.

사병들이 성문을 열고 조교를 내리니까, 서녕 등 여러 장수가 거느린 군사들이 제일 먼저 성안으로 들어왔다. 곧 서녕은 한도와 함께 동문으로 달려갔다.

이때 동문을 지키던 안사영은 변변히 싸워보지도 못하고 서녕에게 맞아죽고, 동문을 빼앗겼다.

서녕은 문을 열고 임충 등 여러 장수를 성안으로 들어오게 했다.

진명과 팽기는 군사를 몰고 달려가 서문을 빼앗고서 동평 등 여러 장수를 들어오게 했다.

이러는 동안에 막진·혁인·조홍 등 반란군의 장수도 전사하고, 성을 지키던 군사들의 시체는 한길에 깔렸다.

이같이 성문이 죄다 송강군의 손아귀에 들어간 것을 알고서 유문충은 성을 포기하기로 작정하고, 패잔병 3백여 명을 이끌고서 우옥린과 함께 북문으로 도망했다. 곽신·성본·상영 등 살아남은 장수들이 그를 호위했다.

그러나 1리도 채 못 가서 어둠 속으로부터 흑선풍 이규와 화화상 노지심이 군사를 거느리고 튀어나와 길을 막으며 고함을 지르는 것이었다.

"이놈들! 난 송선봉의 명령으로 뱃속 검은 네놈들을 여기서 기다린지 오래다!"

흑선풍은 이같이 호령하면서 두 자루의 도끼를 춤추며 달려들더니, 눈 깜짝할 사이에 곽신과 상영을 찍어서 거꾸러뜨리는 게 아닌가.

유문충은 혼이 빠져서 수족을 놀리지도 못하고 있는 사이 노지심이 고함을 지르면서 선장을 내리치는 바람에 그는 투구와 두골이 한꺼번에 반쪽이 나 말 위에서 떨어졌다.

반란군 2백 명도 다 죽고, 우옥린과 성본만이 겨우 살아서 도망질친다.

"저 두 놈일랑 쫓아가지 말고 그대로 목숨을 붙여두어서 전호한테 보고나 하도록 하지!"

노지심이 도망가는 놈들을 바라보며 말하는 것이었다.

그러고서 노지심과 흑선풍은 반란군 장수의 모가지 세 개와 안장·갑옷 같은 것을 보따리에 꾸려 그것을 송강에게 바치려고 성을 향해서 말을 달렸다.

이때 송강은 본부의 병력을 이끌고 개주성에 입성하는 즉시 각처의 화재를 진화시키는 일방, 백성들을 해치지 말라는 엄명을 내렸다.

한편, 모든 장수들은 저마다 자기가 세운 공을 바쳤다.

송강은 장수들이 바친 적장의 머리를 각각 그것들이 지키고 있던 성문에 매달게 했다. 그러고서 그 밤이 밝기를 기다려 거리거리에 방문을 써붙여 백성들을 선무하고, 간밤에 입성하지 못한 군사들도 전부 개주성 안에 들어오게 한 후, 크게 잔치를 베풀어 장병들을 위로했다.

그리고 공적부에 특히 석수·시천·해진·해보의 공훈을 기록하게 하고, 또 개주성을 점령했다는 상주문을 조정에 올리는 동시에 부고에 들어 있는 금은보화를 모조리 서울로 보내면서, 따로 숙태위에게 이 사연을 편지로 보고했다.

이때는 엄동 12월 그믐께였다.

송강은 군무를 처리하느라고 3, 4일 동안 바쁘게 지냈는데, 생각지도 않던 기쁜 소식이 왔다.

"장청의 병이 다 나아서 지금 안도전과 함께 명령을 받으러 들어와 있습니다."

송강의 기쁨은 형용할 수 없었다.

"참 다행한 일이군! 내일이 마침 선화(宣和) 5년의 정월 초하룻날이니 우리 모두 한자리에 모이게 됐구나!"

이같이 기뻐하며 그날은 편히 쉬고 다음날 이른 아침, 송강 이하 모든 장군들은 관복을 입고, 박두(撲頭)의 관을 쓰고서, 대궐이 있는 서울을 향해서 다섯 번 절하고 또 세 번 머리를 조아려 조하(朝賀)의 예를 드렸다.

그러고 나서 일동은 관과 관복을 벗고 붉은색 전포로 바꿔입은 후, 90여 명의 두령과 새로 항복해 들어온 경공이 줄지어 늘어서서 송강에게 새해 인사를 드리는 예를 올렸다.

송강은 의식이 끝난 후 잔치를 열어 장병들과 함께 명절을 축하했다.

그러자 모든 두령들은 차례차례로 송강에게 술잔을 드리는 것이었다. 술이 몇 순배 돈 다음에 송강은 자리에서 일어나 여러 사람을 둘러보았다. 그러자 모두들 입을 다물고 송강의 입을 바라보았다.

"여러분 형제들의 힘으로 우리나라는 이번에 세 군데 성지를 도로 찾고, 오늘은 우리가 이렇게 즐거운 명절을 맞았습니다. 이런 일은 진실로 드문 일이올시다. 그런데 공손승·호연작·관승 그리고 수군 두령 이준 등 여덟 사람과 능천을 지키는 시진·이응, 고평을 지키는 사진·목홍,

이렇게 열다섯 사람의 형제가 참석하지 못한 것이 참으로 섭섭합니다."

이렇게 말하고 송강은 군중의 두목들을 불러 그들로 하여금 2백여 명의 군졸을 데리고 술과 고기를 가지고 위주·능천·고평 세 군데로 가서, 이번에 개주성을 함락시킨 소식을 전하고 오라고 명령했다. 그러고서 그들에게는 특별 상여를 주었다.

송강이 이같이 분부를 내리고 있는 중인데 뜻밖에 군사가 들어와서 지금 세 군데 두령님들한테서 사자가 도착했다고 보고하는 게 아닌가.

"송선봉님의 명령으로 몸이 군무에 매여 있기 때문에 세배를 드리러 나오지 못한다는 말씀입니다. 그래서 그 말씀을 드리러 왔답니다."

"좋아! 소식만 들어도 만나본 거나 다름이 없어!"

이렇게 말하고 송강은 심부름 온 사람에게 상을 주고 음식을 새로 내다가 형제들과 같이 한 좌석에서 온종일 취토록 즐긴 후에 산회했다.

다음날, 송강은 음식을 적당히 준비시켜 동쪽 성문 밖으로 나가서 봄맞이를 하기로 했다. 이날 자시(子時) 정사각(正四刻)이 입춘 절후를 맞는 시각인 때문이다.

동교일몽

그런데 그날 밤에 동북풍이 불고, 무거운 구름이 땅바닥을 덮는 것 같더니, 함박 같은 눈송이가 홀홀 날리기 시작해 밤새도록 큰 눈이 왔다.

이튿날, 송강 이하 모든 두령들은 동교(東郊)로 나왔다. 새해 명절날 천하가 은세계(銀世界)를 이루었으니, 이것은 풍년 들 징조라고 그들은 모두 기뻐했다.

이때 지문성 소양이 여러 사람을 둘러보면서 이야기를 꺼냈다.

"눈이 오는 것을 보고도, 눈을 잘 아는 사람은 드뭅니다. 사실 눈에는 여러 가지 명칭이 있지요. 한 조각으로 된 눈의 이름은 봉아(蜂兒), 두 쪽으로 된 것은 아모(鵝毛), 세 쪽으로 된 것은 찬삼(攢三), 네 쪽으로 된 것은 취사(聚四), 다섯 쪽으로 된 것은 매화(梅花), 여섯 쪽으로 된 것은 육출(六出), 이렇게 이름이 있죠. 그런데 눈이란 것이 본래 음기(陰氣)가 뭉쳐서 된 것이기 때문에 육출이라고 하는데, 육(六)이라는 게 음(陰)의 수죠. 그렇기 때문에 입춘(立春)만 지나면 매화꽃이 다섯 쪽 이하만 생기지, 여섯 쪽으로 되는 것은 안 생깁니다. 그러나 오늘은 입춘이긴 하지만, 아직 겨울과 봄 사이에 있기 때문에, 눈의 모양도 다섯 조각으로 됐다가 여섯 조각으로 되기도 하여 일정하지 못하답니다."

이 같은 이야기를 듣고서 악화가 신기하다는 듯이,

"정말 그런가? 어디 봅시다."

하고 처마 바깥으로 뛰어나가더니 검정 옷소매에다 떨어져내리는 눈송이를 받아보았다.

"어어, 정말 그렇군요!"

과연 눈송이는 여섯 조각으로 되었는데, 그중 한 조각은 형용이 되다가 말았다. 그리고 어떤 것은 아주 처음부터 다섯 조각으로 된 것도 있다.

"그거 참 신기한데! 정말 그렇군!"

악화가 옷소매의 눈을 들여다보며 연방 감탄하는 바람에 여러 사람이 쫓아나와 악화의 옷소매를 들여다보려 했으나, 흑선풍의 콧구멍에서 나오는 콧김 때문에 눈은 죄다 녹아버렸다.

여러 사람이 박장대소했다.

"야아, 흑선풍 콧김이 뜨겁기도 하구나!"

한 사람이 이같이 말하자, 또 여러 사람이 와아 웃었다.

송강이 나와서 그들을 보고 물었다.

"뭘 가지고 그렇게들 웃는 거요?"

그러자 한 사람이 대답하는 것이었다.

"눈을 좀 보려는데 흑선풍의 콧김 때문에 눈이 녹아버려서 그럽니다."

송강도 허허 웃었다.

"여기서 이럴 것 없이 의춘포(宜春圃)로 갑시다. 내가 미리 그곳에다 술을 준비시켰으니까, 우리 같이 가서 설경이나 보며 취토록 즐깁시다."

원래 이 개주성 주청(州廳) 동쪽에 의춘포라는 넓은 정원이 있는데, 정원 한가운데엔 우향정(雨香亭)이라는 정자가 있고, 정자 앞에는 전나무·측백나무·소나무·매화나무가 있어서 경치가 매우 아름다웠다.

일동은 송강을 따라서 우향정으로 가서 즐겁게 술을 마시며 떠들고 놀다가 날이 어두워지는 것도 몰랐다.

정자 안에는 금시에 불이 환하게 켜졌다.

송강도 술을 어지간히 마셨는지라 취기가 돌더니만, 지나간 일이 그의 마음에서 감회를 자아냈다.

"참말 여기 있는 형제들이 아니었다면, 나는 벌써 이 세상에 없을 거요! 내 본시 운성현 아전으로서 살인죄를 짓고 죽을 목숨이 실낱같이 붙어 있다가, 강주에서 대종형과 함께 형장에 끌려갔을 때는 정말 다 죽은 목숨이었죠! 그렇던 것이 지금은 국가의 신하가 되어서 나라를 위해 몸을 바치고 있으니, 지난 일을 생각하면 정말 꿈속 같기만 하구료!"

송강은 이렇게 말하다가 말끝도 맺지 못하고 눈물을 주르르 흘렸다. 모두들 술이 과도했는지라, 그때 송강과 난을 같이 겪었던 대종과 화영도 송강의 이야기를 듣고 눈물을 흘리는 것이었다.

이때 흑선풍 이규는 술이 곤죽이 되어서 입으로는 말대꾸를 하면서도 눈이 감기는 것을 어쩌지 못하고, 이따금 눈을 떠보는 시늉을 하더니, 필경 두 팔 사이에 얼굴을 파묻고서 코를 골더니만, 홀연히 무슨 생각이 났는지 입 안의 소리로,

"바깥엔 아직도 눈이 오는 모양인가?"

하고 일어나려는 시늉을 하는 것이었다. 그러나 그것은 마음뿐이지, 몸뚱어리는 조금도 자리에서 뜨지 않았다.

그런데도 흑선풍은 자기가 정자 바깥에 벌써 나와 있다고 느꼈다. 그리고 사방을 둘러보고는 이상하게 생각했다.

그렇게도 많이 내리던 눈이 한 점도 안 보이고, 날씨가 아주 양명하다.

그는 정자 안에 있는 형제들에게,

"모두들 가만히 앉아 있어. 내가 잠깐 다녀올 테니 기다리고 있으라구!"

이같이 한마디 부탁을 하고서 의춘포를 나와서 휘적휘적 걸었다.

잠시 동안에 성 밖에 나온 흑선풍은 별안간 생각이 났다.

"아뿔싸! 도끼를 갖고 나올 걸, 깜박 잊었구나!"

그는 입속으로 중얼거리면서 손으로 허리춤을 더듬어보았더니, 다행히 도끼가 제자리에 꽂혀 있는 게 아닌가.

그는 너무도 기뻐서 어깨를 추썩거리며 정처 없이 앞으로만 걸어갔다.

되는 대로 걸어가다가 보니까, 앞에 높다란 산 하나가 보였다.

조금 더 가니까 거기가 산기슭인데, 움푹 들어간 굴속에서 웬 사람 하나가 나오는 게 아닌가.

머리엔 절각(折角) 두건을 쓰고, 몸엔 누른빛 도포를 입은 선비 같아 보이는 젊은 사나이가 이쪽으로 내려오면서 흑선풍을 보더니 수작을 거는 것이었다.

"장군! 산보하시는 길이거든 이 산을 한번 돌아가 보십시오. 참 좋은 데가 많습니다."

이 말을 듣고 흑선풍이 물었다.

"여보 노형! 그런데 이 산 이름이 뭐요?"

"이 산은 천지령(天池嶺)이라는 산입니다. 장군님, 그럼 산보하시고 돌아오실 때 여기서 만나뵙지요."

흑선풍은 그 사나이가 일러주던 대로 산을 돌아서 올라갔더니 길가에 커다란 집 한 채가 있고, 웬일인지 그 집안에서 요란스럽게 떠드는 소리가 들리므로 그는 가만히 안으로 들어가 보았다.

그랬더니 그 안에는 험상궂게 생긴 장정 십여 명이 몽둥이와 칼을 가지고 그 집 세간살이를 닥치는 대로 때려부수고 있는 판인데, 그 중에서 제일 크게 생긴 놈이 주인을 보고 땅방울 같은 호령을 하는 것이었다.

"이 늙은 것아! 어서 빨리 네 딸년을 데려내다가 내 계집으로 달란 말야! 그렇게만 한다면 무사하지만 만일 내 말을 안 듣기만 한다면 알겠느냐? 한 놈 안 남기고 모두 죽여버린단 말이다!"

그 집에 들어오자마자 이런 소리를 들은 흑선풍은 속에서 별안간 불덩어리 같은 것이 치밀어 올라와서 소리를 버럭 질렀다.

"이 불한당 놈들아! 어째서 남의 집 귀한 딸을 억지로 빼앗아가려는 거냐? 죽일 놈들!"

그러자 그중 한 놈이 대꾸하는 것이었다.

"우리는 이 집 가시내한테 볼 일이 있어 그러는데, 네까짓 게 무슨 참 견이야!"

흑선풍은 두말하지 않고 도끼로 내리쳤다. 그런데 이때 도끼는 한 번 밖에 내리치지 않았는데 한꺼번에 죽어 넘어지는 놈은 세 놈이었다.

이 모양을 당하고 다른 놈들은 혼이 빠져 모두 달아나므로, 흑선풍은 쫓아가면서 마구 도끼로 내리쳤다. 그리하여 순식간에 7, 8명이 죽어 넘어졌는데, 그 중에서 오직 한 놈만이 용케 빠져 밖으로 도망질쳤다. 그러나 흑선풍은 달아나는 그놈을 쫓아가지 않고, 다시 안으로 뛰어들 어갔다. 그런데 안에 들어가 보니 중문이 꽉 잠겨 있는 게 아닌가.

그는 한쪽 발로 문짝을 냅다 찼다. 그랬더니 문짝이 깨어지면서 문이 활짝 열리고 그 안에서는 머리가 하얗게 센 늙은 영감과 노파가 울고 앉았다가,

"에구머니! 기어코 왔구나!"

하고 슬피 운다.

흑선풍은 그 모양을 보고 큰소리로 외쳤다.

"아니오! 놀라지 마오. 난 나쁜 놈을 치는 사람이야. 아까 바깥에 왔던 나쁜 놈들을 내가 모조리 죽여버렸으니 염려 말고 나를 따라와 보라구!"

울고 있던 그 노인이 와들와들 떨면서 따라오다가 시체가 즐비하게 드러누운 꼴을 보더니 흑선풍의 팔에 매달리면서 애걸하듯 말하는 것이었다.

"여보시오. 나쁜 놈들을 죽여 없앴으니까 좋긴 합니다만, 우리가 이 제 관가에 붙들려가게 됐으니 어쩌면 좋습니까?"

흑선풍은 껄껄 웃었다.

"걱정 마시우! 영감님이 깜둥이 영감님을 모르시는 모양인데, 나는 양산박 흑선풍 이규라는 사람이야! 송공명 형님과 함께 천자님의 칙명을 받고 전호란 놈을 치러 나온 사람이야! 지금 우리 형제들은 성내에서 술을 먹고 있는 중인데, 난 한자리에 오래 앉아 있는 게 따분해서 산보를 나왔거든. 그러니까 이까짓 것들 죽인 것쯤 문제도 안 돼! 이런 것들은 몇 천 명 죽인대도 아무 걱정 없어!"

노인은 그 소리를 듣고 비로소 눈물을 닦았다.

"정말 그러시다면 오죽이나 좋겠습니까! 잘됐습니다. 그럼 장군님, 안으로 들어가셔서 잠깐 쉬었다 가십시오."

흑선풍이 노인을 따라서 안으로 들어가 보니, 탁자 위에는 벌써 술과 안주를 벌여놓았다.

노인은 흑선풍을 상좌에다 모셔 앉히고 나서, 술잔에 술을 하나 가득 따라서 그것을 두 손으로 바친다.

"장군님께서 저의 딸을 위태한 지경에서 구해주셨습니다. 변변치 못하나마 이 잔을 받아주십쇼."

흑선풍이 잔을 받아 한숨에 쭈욱 들이켜니까, 노인이 또 한 잔을 부어주며 권한다.

이렇게 너덧 잔을 연거푸 마시고 있는 판인데, 조금 전까지 울고 있던 노파가 옆방에서 처녀 하나를 데리고 나오더니 두 손을 모아 함께 엎드려 절을 하는 것이었다.

"장군님이 송선봉 부하에 계시고, 더군다나 저렇게 훌륭하신데, 이런 말씀 드리기가 부끄럽습니다마는, 저의 딸을 드릴 테니 데려가주십시오."

흑선풍은 이 소리를 듣고 벌떡 일어났다.

"아니, 이렇게 못생긴 것을 날더러 데려가래? 내가 너의 집 딸이 탐나서 아까 그 새끼들을 찍어 죽인 게 아니란 말야! 아가리 닥치고, 개방

귀 같은 소리 하지 마라!"

그는 발길로 탁자를 걷어차고 바깥으로 뛰어나왔다.

이때 맞은편에서 범같이 생긴 커다란 사나이가 박도(朴刀)를 끌고 오다가 그의 앞을 딱 막으면서,

"이놈 깜둥아! 네가 어디로 도망가느냐? 네놈이 아까 우리 형제를 잘도 죽였겠다! 그래, 우리가 이 집 딸년을 뺏으려는데 그게 너하고 무슨 상관이냐?"

이렇게 호통을 치면서 그 사나이는 박도를 꼬나들고 달려들었다.

흑선풍은 크게 노해서 도끼를 휘두르며 마주 싸웠다. 한참 싸우더니 그 사나이는 도저히 못 당하겠는지 도끼를 피해서 나는 듯이 도망치는 게 아닌가.

"이놈! 어디로 내빼니?"

흑선풍이 고함을 지르며 그 뒤를 쫓아서 침침한 수풀 속을 지나가니까 뜻밖에도 굉장히 큰 대궐이 보이는 것이었다.

그런데 그 대궐 앞까지 도망치던 그 사나이는 궁전 앞에서 박도를 집어던지고, 숱한 사람들 틈으로 몸을 감춰버리는 게 아닌가.

흑선풍이 닭 쫓던 개 모양으로 멀거니 서서 바라보노라니까, 별안간 전상(殿上)에서 호령하는 소리가 들린다.

"이규야! 무례한 짓을 그만해라! 여봐라, 저 사람에게 배알(拜謁)을 시켜라."

이때 흑선풍은 비로소 여기가 어딘지를 알았다.

"옳거니, 여기가 바로 문덕전(文德殿)이로구나! 전날 송공명 형님하고 여기 와서 배알했지. 그래, 여기가 천자님이 계시는 곳이야."

그가 이렇게 지껄이고 있는 때 전상으로부터는 또 호령 소리가 들렸다.

"이규야! 속히 엎드려 절을 드리지 않고, 왜 가만히 서 있는 거냐?"

흑선풍은 도끼를 허리춤에 찌르면서 문덕전 앞으로 나아가 보니, 천자는 전상에 높이 앉아 있는데, 숱하게 많은 신하들이 전각 앞에 열을 지어 늘어섰다.

그는 한번 전상을 바라보고 나서 옷깃을 바로잡고, 천자를 향해 절을 두 번 했다.

'이런 제기, 절 한 번을 덜 했네!'

절을 하고서 열 밖으로 나서며 생각하니 잘못했다.

이때 천자의 음성이 들렸다.

"너는 어찌해서 조금 전에 그 많은 사람들을 죽였느냐?"

흑선풍은 그 자리에 꿇어앉아 아뢰었다.

"그놈들이 무도하게시리 남의 집 귀한 딸을 뺏으려고 하기에 제가 왈칵 분이 나서 그만 죽여버렸습니다."

"이규는 무도한 행동을 보고서 악당들을 처치했으니 그 의용(義勇)이 매우 가상한 일이다. 너의 무죄함을 밝히기 위해서 너를 치전(值殿) 장군에 명한다."

치전 장군이란 숙직하는 장군을 말하는 이름이다.

흑선풍은 너무도 좋아서 입속으로 중얼댔다.

"워낙 우리 황제 폐하는 사람의 자격을 잘 알아주신다니까!"

하고 그는 열 번도 더 머리를 꾸벅거리어 절을 하고 문덕전 아래에 섰다.

그런데 이때 채경·동관·양전·고구 등 네 사람이 일렬로 꿇어 엎드리더니 아뢰는 것이었다.

"지금 송강은 군사를 거느리고 전호를 정벌하러 나왔으면서도 한 군데 붙박여 있으면서 온종일 술타령만 하고 있습니다. 바라옵건대 폐하께서는 징벌을 내리시옵소서."

이 소리를 듣고 흑선풍의 가슴속에는 별안간 불길이 천길만길 타올랐다. 그는 두 자루의 도끼를 휘둘러 한꺼번에 네 놈의 목을 끊어뜨리고 소리를 질렀다.

"폐하! 이놈들 도둑놈 같은 놈의 말씀을 곧이듣지 마십시오. 우리 송공명 형님은 세 개의 성을 연달아 빼앗고 나서 지금은 개주에 군사를 주둔시키고 있지만, 또 즉시 군사를 몰고 나갈 준비를 하고 있는 형편입니다. 어쩌면 이렇게도 폐하를 속인답니까!"

이때 문무백관들은 사대신(四大臣)을 죽인 흑선풍을 잡으려고 일제히 그를 에워쌌으나, 그는 도끼를 내두르면서 소리를 질렀다.

"오냐 덤벼오기만 해라! 너희들도 저 간신 놈들처럼 만들어줄 테다!"

이 소리에 사람들은 겁을 집어먹고 뒤로 물러났다.

흑선풍은 그 꼴을 보고 껄껄 웃었다.

"어허 신난다! 네 명의 간신이 고태골 갔구나! 얼른 가서 송공명 형님한테 이걸 알려드려야지!"

그는 활갯짓을 하면서 궁전을 나섰다.

그런데 이게 웬일인가. 궁전 앞에 바로 산이 보이는데 자세히 보니 이 산이 바로 얼마 전에 누른빛 도포를 입은 선비를 만났던 그 산이다.

'벌써 여기까지 왔나?'

이렇게 생각하면서 몇 발자국 걸어가노라니까 누른빛 도포를 입고 절각 두건을 쓴 선비가 언덕 위에 앉았다가 내려오더니 웃으면서 그를 맞이한다.

"장군! 유쾌하게 다녀오셨습니까?"

"여보 노형, 참 재미났어! 글쎄, 조금 전에 그놈들 간신 놈 네 명을 죽여버렸다우!"

그러니까 선비가 유쾌하게 웃으면서 대답했다.

"원래 그렇게 됐을 겁니다. 나는 원래 분심(汾沁) 사이에 사는 사람입니다만, 요즈음 이곳으로 자주 놀러 왔기 때문에 장군들의 충의(忠義)의 마음을 알게 됐지요. 그런데 장군한테 꼭 이야기해야 할 요긴한 말이 있습니다."

"무슨 말인지 하십시오."

"다른 게 아니라, 지금 송선봉이 전호를 토벌하지 않습니까? 그런데 내게 전호를 때려잡을 수 있는 열 자(十字)의 비결이 있습니다. 장군은 이것을 단단히 기억하고 돌아가서 송선봉한테 전하셔야 합니다."

"아따나, 어서 그 비결이나 말해보시우!"

흑선풍이 재촉하자 그 선비는,

"그럼 똑똑이 들으시오.

요이전호족(要夷田虎族)

수해경시족(須諧瓊矢鏃)

'전호의 족속들을 없애버리려면,

모름지기 경시(瓊矢)의 족(鏃)과 사이좋게 지낼지어다.'

알아들으셨소?"

이 소리를 대여섯 번이나 되풀이해서 일러주는 것이었다.

흑선풍은 그 말이 유리한 말인 것 같아서 선비가 일러주는 대로 몇 번이나 입속으로 비결을 받아 외웠다.

선비는 이때 손가락으로 숲속을 가리키면서 말했다.

"자, 저길 좀 보십시오. 저 수풀 속에 나이 많은 노파가 한 분 앉아 있잖아요?"

흑선풍이 선비가 가리키는 쪽으로 머리를 돌리는 사이에 그 선비는 그 자리에서 없어졌다.

"야아, 그 사람 참 빨리도 내뺐네! 하여간 저리로 가서 어떤 사람인가 내가 한번 보아야 할 거 아닌가?"

흑선풍은 이같이 혼잣말하고 숲속으로 들어가 보니 과연 머리가 하얀 노파가 한 사람 쪼그리고 앉아 있다. 그는 발자국 소리를 죽여가며 살금살금 걸어 들어갔다.

그런데 이게 웬일인가. 이 노파는 딴 사람이 아니라 바로 자기의 죽은 어머니로서, 눈을 딱 감은 채 청석(靑石) 위에 맥없이 앉아 있는 게 아닌가. 그는 반가운 마음이 복받쳐 어머니한테 달려들어 끌어안았다.

"어머니, 어머니! 여태까지 어디서 고생을 하셨어요? 저는 꼭 어머니가 호랑이한테 먹힌 줄만 알고 있었는데 어떻게 된 일예요? 네, 어머니!"

그는 자기가 몇 해 전에 고향에 가서 어머니를 등에 업고 캄캄한 밤중에 기령을 넘어오다가 개울에 가서 물을 떠가지고 오는 사이에 어머니가 없어지고, 호랑이 한 마리가 사람의 다리 한 개를 뜯어먹고 있는 것을 보고는, 눈이 뒤집혀서 그놈의 호랑이를 때려죽였던 일이 생각났던 것이다.

그러나 어머니는 그런 일은 모른다는 듯이 대답하는 게 아닌가.

"철우야, 난 호랑이한테 잡혀 먹힌 일 없다."

어머니의 목소리를 듣고 흑선풍은 흐느껴 울었다.

"어머니 용서하세요! 그런데 나라에서 요번에 우리를 모두 초안해서 이제 내가 관리가 됐다우. 그래서 송공명 형님이 대군을 거느리고 지금 성내에 주둔하고 있으니까, 내가 어머니를 업고 그리로 갈게!"

흑선풍이 이렇게 말하고 서 있을 때 별안간 '어흥!' 하는 소리가 나더니, 숲속으로부터 등가죽이 얼룩덜룩한 범 한 마리가 뛰어나오면서 벼락 치는 듯한 소리를 지른 후 꼬리로 땅바닥을 한 번 치더니, 그를 향해 와락 덮치는 게 아닌가.

그는 정신없이 도끼로 내리쳤다.

그러나 힘을 다해서 내리친 두 자루 도끼는 허공을 치고 그대로 의춘포 우향정 안에 있는 탁자 위에 떨어졌다.

이때 송강은 형제들과 함께 지난 일을 이야기하기에 정신이 없어서 처음에 흑선풍이 탁자 위에다 두 팔을 뻗고 얼굴을 파묻은 채 잠드는 것을 보기는 했었지만, 그다음부터는 그쪽을 보지도 않았는데, 갑자기 요란한 소리가 나므로 돌아다보니 흑선풍이 잠결에 두 주먹으로 탁자를 쾅 친 것이었다. 그래서 술병과 안주 그릇이 술상에서 넘어가 양쪽 옷소매는 쥐어짜게 생겼는데, 흑선풍은 그냥 눈을 감은 채 소리만 지르는 게 아닌가.

"어머니! 그만 놓쳤어요, 범을!"

이렇게 소리를 지른 흑선풍은 제 소리에 놀라서 눈을 떴다. 눈을 뜨고 보니 등촉이 휘황한데, 송강 이하 형제들은 이 구석 저 구석에 삥 둘러앉아 술을 마시고 있다.

흑선풍은 그 광경을 보고 혼자 씨부렁거렸다.

"허, 그거 참! 꿈을 꿨었구나? 하지만 꿈은 꿈이라도 상쾌한 꿈이다!"

이 소리에 여러 사람이 와하하 웃어젖혔다.

"무슨 꿈을 꾸었나? 대단히 기분이 좋은 모양인데?"

하고 한 사람이 물으니까 흑선풍은 신이 나서 이야기했다.

"이거 봐, 꿈에 보니까 우리 어머니는 안 돌아가시고 살아 계셔! 그래 둘이서 이야기하고 있는데 말야, 그놈의 호랑이가 나와서 이야기를 끝까지 못 했지 뭐야!"

"그거 참, 분하게 됐군!"

여러 사람이 모두 그의 이야기를 듣고 이렇게 동정했다. 흑선풍은 또 자기가 남의 집 귀한 딸을 뺏으려는 악당들을 죽이고, 대문짝을 걸어차고 하던 이야기를 하자, 노지심과 무송과 석수는,

"어! 통쾌하다! 통쾌하다!"

하면서 손뼉을 치며 좋아했다.

"그뿐이냐, 또 있어! 그보다 더 통쾌한 일을 했어!"

흑선풍은 웃으면서 이렇게 말하고 자기가 문덕전에서 채경·동관·고

구·양전 등 네 명의 적신(賊臣)을 죽여버린 이야기를 했다.

그러니까 여러 사람이 일제히,

"통쾌! 통쾌!"

이렇게 부르짖으며 손뼉을 치고 좋아했다.

"야아, 그런 꿈은 아무리 꿈이라도 속이 후련하군! 또 한 번 꿨으면 좋겠다!"

한 사람이 이렇게 말하는 소리를 듣고 송강이 점잖게 타일렀다.

"입을 다물어요. 그런 소리 하는 게 아니라니까!"

송강이 타일렀건만, 흑선풍은 더욱 신이 나서 소매를 걷어올리면서 또 이야기를 늘어놓는다.

"말 못 할 게 뭐예요? 정말 통쾌했는데! 그런데 이상한 일이 또 하나 있었지. 어떤 선비를 만났더니, 그 사람이 나한테 전호를 치는 비결을 가르쳐주면서 송강 형님한테 꼭 전해달라구 한단 말야. '전호의 족속을 없애려거든 모름지기 경시의 족과 사이좋게 지낼지어다(要夷田虎族, 須諧瓊矢鏃)', 이 열 자를 꼭 전하라더군."

흑선풍의 꿈 이야기를 듣고, 송강과 오용은 그 비결이라는 글자를 종이에 써놓고 아무리 생각해보아도 도무지 그 뜻을 알 수가 없었다.

그럴 때 옆에서 안도전이 그 비결에 있는 '경시족' 석 자를 보고 무슨 말을 하려다가, 문득 장청이 눈짓을 하는 것을 보고는 빙그레 웃고, 그만 입을 다물어버렸다.

그런데 오용은 열심히 그 비결을 풀어보다가 안 되니까,

"좌우간 그 꿈은 대단히 이상한 꿈이야! 눈이 그치거든 빨리 군사를 출동시켜야겠어!"

이렇게 결정짓고 말았다.

얼마 후 술자리를 파하고, 각각 처소로 돌아갔다. 이튿날 눈은 오지 않고 날씨는 청명했다.

송강은 지휘소에 나아가서 노준의·오용과 의논한 끝에 군사를 동서 (東西) 두 갈래 길로 나누어 진격하기로 했다. 즉, 동쪽 길로 가는 군사는 호관(壺關)을 지나서 소덕(昭德)을 빼앗고, 노성(潞城)·유사(楡社)를 지나서 바로 적의 소굴을 돌아 대곡(大谷)에서 임현(臨縣)으로 나가고, 서쪽 길로 가는 군사는 진녕(晉寧)을 빼앗고 곽산(霍山)으로 나가서 분양(汾陽)을 점령한 후 분휴(分休)·평요(平遙)·기현(祁縣)을 지나서 바로 위승(威勝)의 서북을 돌아 임현에서 양군이 합류하여 위승을 공략해서 전호를 사로잡자는 것이다. 그리고 이 두 갈래 길로 나아갈 장령(將令)을 다음과 같이 결정했다.

정선봉(正先鋒) 송강이 영솔하는 정·부(正副)의 장령 47명은,

군사(軍師) 오용·임충·삭초·서녕·손립·장청·대종·주동·번서·이규·노지심·무송·포욱·항충·이곤·단정규·위정국·마린·연순·해진·해보·송청·왕영·호삼랑·손신·고대수·능진·탕융·이운·유당·연청·맹강·왕정륙·채복·채경·주귀·배선·소양·장경·악화·김대견·안도전·욱보사·황보단·후건·단경주·시천, 그리고 반란군에서 항복해온 경공.

또, 부선봉 노준의가 영솔하는 정·부의 장령 40명은, 군사(軍師) 주무·진명·양지·황신·구붕·등비·뇌횡·여방·곽성·선찬·학사문·한도·팽기·목춘·초정·정천수·양웅·석수·추연·추윤·장청·손이랑·이립·진달·양춘·이충·공명·공량·양림·주통·석용·두천·송만·정득손·공왕·도종왕·조정·설영·주부·백승.

이상과 같이 동·서 두 부대의 편성을 끝마친 후 송강은 노준의와 다시 의논했다.

"자아, 이렇게 두 갈래의 길로 진격을 해야겠는데, 아우님은 어느 쪽 군사를 택하시렵니까?"

"군사에 관한 일은 주장(主將)이 하시는 일이니까, 형님의 명령대로 할 뿐이지요. 어찌 감히 제가 택하고 어쩌고 하겠습니까?"

"글쎄, 아무리 그렇더라도, 어디 한번 천명(天命)을 들어봅시다. 제비를 뽑지요."

송강은 이렇게 말하고서 즉시 배선으로 하여금 제비를 만들게 한 후, 향을 피우고서 먼저 송강이 제비를 뽑아보니 그것은 동쪽 길로 배정된 군사였다. 따라서 노준의한테 서쪽 길이 배정된 것은 말할 것도 없다.

이렇게 결정된 후, 송강과 노준의가 화영·동평·시은·두흥 네 사람으로 하여금 2만 명을 거느리고 개주를 수비하도록 하고, 자기들은 6일의 길일(吉日)을 택해 출동할 준비를 하고 있는 중인데, 갑자기 보고가 들어왔다.

"개주의 속현(屬縣)인 양성(陽城)과 심수(沁水) 두 곳 군민(軍民)은 오랫동안 전호한테 박해를 당해오다가 할 수 없이 그자한테 항복했었지만, 이번에 천병(天兵)이 왔다는 소식을 듣고, 양성 수장(守將) 구부(寇孚)와 심수 수장 진개(陳凱)를 결박하고, 성을 비워놓고 왔답니다."

그리고 두 곳 속현의 대표 되는 노인들이 수십 명의 짐꾼한테 양과 술을 지워가지고 왔다고 알리는 것이었다.

송강은 대단히 기뻐서 두 곳 군민에게 상을 내리는 동시에 그들을 위로하고, 구부와 진개 두 놈은 천병이 왔음에도 불구하고 빨리 귀순하지 아니한 죄로 그 목을 베어 반란군에 대한 본보기를 보였다.

이날 이와 같은 일이 있은 후 동서 양로의 대군이 함께 북문을 나서게 되었기 때문에 화영과 동평 등은 주연을 베풀고 두 부대의 장도(壯途)를 축복했더니, 송강은 술잔을 들고 화영을 보면서,

"아우님의 위엄에는 적군이 벌벌 떠는 형편이니까, 이 성은 넉넉히 지키고도 남음이 있을 겝니다. 현재 이 성은 북쪽으로만 적과 상대하고 있는 터인데, 만일 적군이 쳐오거든 아우님의 기계(奇計)로 그놈들의 간담을 서늘하게 해버리시오. 그렇게만 한다면 적군이 감히 남쪽으로는 성을 넘겨다보지 못할 거요."

이렇게 말하고 나서, 이번엔 노준의를 보고 말했다.

"오늘 출동하는 날, 양성과 심수 두 고을에서 장수를 잡아다 바치니, 얼마나 기쁜지 모르겠군요. 이렇게 두 고을이 이미 평정된 셈이니까, 형장은 이제 진녕까지 곧장 가셔서 속히 큰 공을 세우고, 전호를 잡아 조정에 바치도록 하십시오."

"여러분 형제들의 위덕(威德)으로 싸우지 않고서도 항복을 받을 수가 있었던 것입니다. 이미 명령을 받은 이상, 진심갈력(盡心竭力)해서 싸우겠습니다."

"그러면 이 그림을 한 장 참고로 갖고 가시지요."

송강은 이렇게 말하고서, 소양을 시켜서 한 장 더 복사해두었던 허관충의 삼진(三晋) 지방의 산수화 한 장을 노준의에게 주었다.

조금 있다 주연을 파하고, 송강은 명령을 내려 동로(東路)의 군사를 세 대로 나누었다. 즉, 임충·삭초·서녕·장청은 군사 1만 명을 거느리고서 전위대가 되고, 손립·주동·연순·마린·단정규·위정국·탕융·이운은 군사 1만 명을 거느리고서 후위대가 되고, 송강과 오용은 그 밖의 장수들을 데리고 군사 3만 명으로 중군(中軍)이 되었다. 이같이 세 개의 부대는 병력 5만 명으로써 동북방을 향하여 출동했다.

이때는 부선봉 노준의가 먼저 송강과 화영 등에게 작별하고, 40명의 장수와 5만 명 군사를 데리고 서북방을 향하여 출동한 뒤였다.

송강·노준의를 전송한 후 화영·동평·시은·두흥 등 네 사람은 성내로 돌아와서 화영은 즉시 명령을 내려 성의 북방 5리쯤 되는 곳에 두 개의 진영을 설치하고, 시은과 두흥에게 각각 군사 5천 명을 주어 강궁(强弓)·경노(硬弩)와 각종 화기(火器)를 준비해놓고서 적이 오거든 대항하도록 하는 동시에, 동쪽과 서쪽 두 군데 길에는 기병(奇兵)을 매복시켰다.

그리고 이미 수복한 고평현에서는 사진과 목홍이, 능천현에서는 이응과 시진이, 위주현에서는 공손승·관승·호연작이 각각 엄중히 수비하고 있었다.

그런데 개주를 출발한 송선봉의 세 부대가 성을 떠나서 50리쯤 왔을 때 송강이 마상에서 바라보니, 멀찌감치 전면에 산 하나가 앞을 가로막고 있는 것이 보였다.

그대로 한참 전진해서 산 밑에 당도해보니, 산은 길 오른쪽으로 돌아앉았는데, 아무리 보아도 산 생긴 모양이 흔히 보는 산과는 다르게 생겼다.

수목이 울창해서 바위 하나 보이는 것이 없고, 깎아 세운 듯한 봉우리는 수십 개가 잇닿아서 성곽처럼 보이는데 봉우리 위에는 안개가 서리어 있다.

송강이 말을 세우고 산 모양을 바라보고 섰노라니까, 뜻밖에 흑선풍 이규가 달려오더니 손으로 산을 가리키면서 말하는 것이었다.

"형님! 이 산 생긴 모양이 요전 날 꿈에서 보던 그 산과 꼭 같아요!"

송강은 즉시 경공을 불러 물었다.

"당신은 이 지방에 오래 살았으니까 이 산의 내력을 잘 알 거요. 허관충의 그림으로 보면, 방산(房山)이라는 것이 고을의 동쪽에 있는데, 그것이 천지령(天池嶺)이라고 그랬더군요. 정말 그런가요?"

경공이 미처 대답하기 전에 흑선풍은 가로챘다.

"그래요! 꿈에 만났던 그 선비도 분명히 '천지령'이라고 그랬어요. 내가 깜빡 잊어버리고 있었네!"

흑선풍의 말이 끝나자 경공이 입을 열었다.

"그렇습니다. 이 산이 천지령입니다. 산봉우리 위에 있는 바윗돌이 꼭 성과 같이 생겼는데, 옛날 사람들은 난리가 나기만 하면 저기 가서 피난했답니다. 그런데 요새 이 근처 사람들의 이야기를 들으면 괴상한 일이 있다죠. 밤만 되면 바위틈에서 붉은 광채가 비친다거든요! 그래, 어떤 나무꾼이 그 바위 앞에 가까이 가봤더니 이상한 향내가 풍겨나오더랍니다."

바위틈에서 광채가 비친다는 거나, 향내가 풍긴다는 거나 두 가지가 이상한 일이기도 하거니와, 더구나 눈앞에 보이는 이 산이 흑선풍의 꿈에 보였다는 것이 정말 이상한 일이다.

'흑선풍의 꿈과 부합되는 것이 이상한 일이로군!'

송강은 입속으로 이같이 혼잣말했다.

이날 송강은 60리도 못 가서 영채(營寨)를 벌이고 쉬었다.

그 후로 별다른 일 없이 며칠 뒤 송강군은 호관(壺關)의 남쪽 5리쯤 떨어진 곳에 도착하여 그곳에 진지를 구축했다.

그런데 호관은 산 동쪽 기슭에 있는 요해지로서 그 모양이 마치 술병 같이 생긴 곳이다. 그리고 옛날 한(漢)나라 시대에 처음으로 여기다 관소(關所)를 두었던 까닭으로 이름이 호관인데 동쪽에 있는 포독산(抱犢山)이 호관산 기슭과 서로 연접해 있기 때문에, 호관은 바로 이 두 산 틈바구니에 끼여 있는 터이다. 그리고 호관은 소덕에서 80리 떨어진 남방에 위치한 요해지인 까닭에, 산 위에는 전호의 부하 맹장 여덟 명과 3만 명의 군사가 지키고 있는 터이다. 여덟 명의 맹장이란, 산사기(山士奇)·육휘(陸輝)·사정(史定)·오성(鳴成)·중량(仲良)·운종무(雲宗武)·오숙(俉肅)·축경(竺敬)이다.

그런데 산사기라는 위인은 본래 심주의 부잣집 아들로 힘이 센 데다가 창봉술이 용해서 어쩌다가 사람을 죽였기 때문에 살인죄를 피해 전호의 부하로 들어와 있었는데, 몇 번 큰 공을 세웠던 까닭으로 지금은 병마도감의 자리에 있는 위인이었다. 그는 무게가 40근이나 되는 쇠몽둥이를 지팡이처럼 휘저을 뿐 아니라 여러 가지 무술에도 정통했다.

전호는 조정에서 이미 송강 등을 파견했다는 소식을 듣고, 특별히 산사기를 소덕에 보내어 정병 1만 명을 거느리고 육휘 등과 함께 호관을 지키게 하고, 그곳에서 일이 생기거든 일일이 보고할 것도 없이 요량해서 처리하라고 부탁했던 것이다.

그리하여 산사기는 호관으로 와서 개주성이 함락되었다는 소식을 듣고, 반드시 송강군이 호관을 공격해올 것이라 생각하고 날마다 군사를 훈련시키면서 기다리고 있었다.

산사기가 이러고 있는 판인데, 어느 날 돌연히 송강군이 벌써 관소로부터 5리쯤 떨어진 남쪽 지점까지 와서 주둔하고 있다는 보고를 받았다.

그는 즉시 마군(馬軍) 1만 명을 거느리고 사정·축경·중량 등과 함께 무장을 단단히 하고 관소에서 나가 송강군을 상대하여 진을 쳤다.

송강군에서도 즉시 진세를 벌이고, 쌍방에서는 서로 강궁과 경노로 싸우기 시작하니, 북소리·나팔 소리가 천지를 뒤흔들었다.

그러자 반란군 측 진지에서 문기(門旗)가 열리더니 장수 하나가 말을 걸려 나오는데, 몸에는 붉은 전포를 입고, 손에는 순 강철로 만든 쇠몽둥이를 들고, 청준마(青駿馬)를 탔으니, 묻지 않아도 이 사람이 산사기다.

산사기는 송강군을 향해서 큰소리로 외쳤다.

"양산박 좀도둑 놈들아! 네놈들이 어찌 감히 남의 땅을 침범하느냐?"

이때 송강군 진지에서는 표자두 임충이 달려나가면서,

"이 개새끼 같은 놈들아! 천병이 왔는데도 항복하지 않고 무슨 개수작이냐!"

하고 뛰어가 창으로 찔렀다. 이리해서 두 장수가 맞붙어 싸우기 시작하자, 양쪽 진에서는 함성이 진동했다.

두 사람이 이같이 싸우기를 50합가량 했는데도 승부가 나지 아니하자 임충은 내심으론 적에게 감탄했다. 그 기술이 너무도 훌륭한 때문이다.

이때 축경은 산사기가 임충을 거꾸러뜨리지 못하는 것을 보고 칼을 휘두르며 쫓아나온다.

이것을 본 송강군 진에서는 몰우전 장청이 말을 채쳐 달려나와 축경을 가로막았다. 네 필의 말이 한데 어우러졌다.

장청은 축경과 맞붙어 20여 합을 싸우다가 기운이 파해서 말을 돌려서 도망했다.

축경은 장청을 놓칠세라, 말을 채쳐 쫓아오므로 장청은 손에 쥐었던 창을 안장 위에 걸고서, 주머니 속에 있는 돌멩이 한 개를 집어내 몸을 비틀면서 에익! 소리를 치며 냅다 던졌다. 돌멩이는 신통하게도 축경의 얼굴을 정통으로 때리는 동시에, 그는 말에서 떨어져 피를 쏟는다.

장청이 급히 말을 돌이켜 달려가서 축경의 목을 베어버리려 하자, 사정과 중량이 한꺼번에 달려들어 죽을힘을 다해 축경을 구해갔다. 이때 관소 위에서는 저희 장수 하나가 말에서 떨어지는 것을 보았는지라 전세가 불리한 줄 알고 금고를 울려 군사를 거두었다.

송강도 이때 금고를 울려 군사를 거두어 진지로 돌아온 후 오용과 상의했다.

"오늘은 적장을 한 놈 넘어뜨려 적의 기운을 꺾어놓기는 했지만, 산이 저렇게 험하고 관소가 저렇게 견고하니 어떻게 하면 이곳을 돌파할 수 있을까?"

그러자 오용 곁에서 임충이 먼저 의견을 내놓는다.

"내일은 내가 관소를 들이쳐 적장을 잡아죽일 작정이니까, 형제들이 전력을 다해서 나와 함께 들이치도록 하지요."

그러자 오용이 머리를 저으면서 그의 말을 가로막았다.

"장군! 그렇게 쉽게 생각 마시오! 옛날 손무자(孫武子)도 말하지 않았습니까? 이기지 못할 놈한테는 지키기만 하고 이길 수 있는 놈한테는 들이치라고 했지요. 그러니까 우리 쪽에 충분히 이길 만한 자신이 없는 바에야 튼튼히 수비만 하는 게 옳습니다. 충분히 이길 자신이 있고서라야 공격하는 거죠."

"그렇지요. 군사의 말씀이 옳습니다."

송강도 오용의 의견에 찬동했다.

그런데 다음날 임충과 장청은 둘이서 함께 적에게 싸움을 돋우고 싶다고 송강에게 와서 청을 하는 것이었다.

송강은 잠깐 생각해보고서 허락은 하는데도 주의를 주었다.

"기어코 싸울 테거든 나가 보시오. 그러나 설령 이긴다 할지라도 얕잡아보고 관소로 뛰어들어가지는 마시오!"

송강은 이렇게 주의를 주고서도 서녕과 삭초로 하여금 군사를 이끌고 장청과 임충을 도와주게 했다.

소원대로 되어서 임충과 장청은 5천 명의 군사를 거느리고 나가서, 아침 진시(辰時)로부터 오시(午時)가 되도록 관소 밑에서 기를 흔들고 북을 울리며 욕을 퍼붓고 싸움을 돋우었건만 관소 위에서는 아무런 움직임도 보이지 않는다.

그래서 임충과 장청은 뜻을 이루지 못하고 진지로 도로 돌아가려 했는데, 이때 별안간 관소 안에서 대포 소리가 탕 터지더니 관문이 열리면서, 산사기가 오숙·사정·오성·중량 등과 함께 군사 2만 명을 거느리고 뛰어나오는 게 아닌가.

이것을 보고 임충이 장청더러 말했다.

"저놈들이 우리가 피곤해지는 것을 기다리다가 이제야 쏟아져 나오는군! 그렇지만 우리 힘을 다해서 한번 저놈들을 골탕 먹입시다."

이때 후위대로 나온 서녕과 삭초도 군사를 이끌고 왔으므로, 그들은 진세를 벌이고서 일제히 적을 공격했다.

임충은 오숙과 맞붙었다.

그러자 산사기가 뛰어나오는 것을 장청이 창으로 가로막았다. 그리고 오성과 사정이 한꺼번에 뛰어나오는 것을 삭초가 도끼를 휘저으며 혼자서 맡았다.

양쪽 진에서는 천지를 진동하는 함성을 올리고 일곱 필의 말은 먼지에 가리어 보이지 않는데 살기만 충천한다.

싸움이 이렇게 백열화했을 때, 표자두 임충이 한소리 크게 지르면서 창으로 한 번 찌르자, 오숙은 말에서 떨어졌다.

오성과 사정은 둘이서 삭초 한 사람을 당해내지 못하고 쩔쩔매다가 오숙이 창을 맞고 말에서 떨어지는 것을 보고는 사정이 짐짓 파탄을 보이고 도망해버린다. 이때 오성도 사정이 패해서 내빼는 것을 보고 자기도 달아나려 했으나 어느새 삭초의 도끼가 그를 찍어서 두 동강이 되고 말았다.

형세가 이쯤 되고 보니 맹장이라고 뽐내던 산사기도 기운이 꺾여서 말머리를 돌이켜 달아날 수밖에 도리가 없었다.

그러나 이때 장청이 그 뒤를 쫓아가면서 돌멩이를 냅다 던지니 돌멩이는 산사기의 투구를 때리고 쟁그렁 소리를 냈다. 산사기는 간이 콩알만 해져서, 안장 위에 납작 엎드려 말을 채쳐 도망질쳤다.

이때 중량이 급히 군사를 이끌고 관소로 돌아가려는 것을 보고, 임충은 그 뒤를 쫓아가며 마구 두들겨댔다. 이리해서 반란군 측은 참패하고 말았다. 산사기는 패잔병들과 함께 관소 안으로 돌아와 관문을 단단히 걸었다.

이때 관문 근처까지 추격해온 임충은 이곳을 돌파해보려고 가까이 갔었는데, 관문 위에서 내리 퍼붓는 화살과 돌멩이 때문에 정신을 차릴 수가 없었다. 그는 도저히 접근하지 못할 것을 각오하고 돌아서다가 왼편 팔에 화살 한 개를 맞고 급히 진지로 돌아왔다. 송강은 안도전에게 부탁해서 그를 치료해주도록 했는데, 다행히 갑옷이 두터웠기 때문에 그의 상처는 그다지 심하지 않았다.

한편 관소에 돌아온 산사기가 군사를 점검해보니, 장수 두 사람이 없어진 위에 군사 2천 명이 없어졌다. 그래서 그는 긴급 군사회의를 열고 위승에 있는 진왕(晉王) 전호에게 사자를 보냈다.

'송강 일당은 사졸이 강하고 장수는 용맹하여 도저히 당해내기 어렵습니다. 바라옵건대, 더 훌륭한 장수와 군사를 보내주십시오.'

이같이 공문서를 전호에게 보내는 동시에, 포독산의 수장으로 있는 당빈(唐斌)·문중용(文仲容)·최야(崔埜)에게도 비밀로 다음과 같은 계획을 전달시켰다.

'그들이 포독산에 있는 정병을 인솔하고 산 동쪽으로 송강군의 후방을 돌아나오면 약정한 날짜에 호포 소리를 군호삼아 이쪽에서도 관소 밖으로 군사를 몰고 나가 양쪽으로 적을 협공하자. 그러면 반드시 이길 것이다.'

이렇게 전략을 세웠는지라, 산사기는 관소를 굳게 지키면서 당빈으로부터 회답이 오기만 기다리고 있었다.

이때 송강은 호관이 너무나 험준해서 쉽사리 돌파할 수 없음을 알았기 때문에 보름 동안이나 그냥 세월을 보내면서 맘속으로 번민하고 있었는데, 하루는 위주에 있는 관승으로부터 뜻밖에 사자가 편지를 가지고 왔다. 사자의 말이, 그 속에는 비밀 사정이 있다 한다.

송강과 오용이 급히 겉봉을 뜯고 읽어보니, 사연은 다음과 같다.

포독산의 채주(寨主) 당빈은 본시 포동 지방의 군관으로서 위인이 용감하고 강직한데 일찍이 나와는 결의형제를 한 터입니다. 그런데 어쩌다가 세력 있는 자의 모함을 입어 그것이 원인으로 원수 되는 자를 죽인 까닭에 관부의 쫓김을 받게 되어 부득이 양산박에 몸을 던지려고 이곳을 지나다가 이 산의 두목 문중용·최야와 서로 싸우게 되었더랍니다. 그러나 두 사람은 당빈을 당할 수 없어서 그에게 항복하고 그를 채주로 모셨답니다. 그런데 작년에 전호가 호관을 침범하고 그에게 항복하라 하므로 본뜻은 아니지만 형세가 외로운 까닭에 강순(降順)했다는 것입니다. 그래서 지금까지 호관을 지키고 있었는데, 얼마 전에 나와 관승이 위주를 점령하고 지키고 있다는 소식을 듣고, 금년 초에 자기의 충정을 호소해온 일이 있습니다. 그러니까 오래전부터 당빈은 형님의 충의에 감복하고 형님 휘하에 있으면서 공을 세워 속죄하고 싶었다는 것입니다. 저도 당빈과 함께 포독산에 가서 문·최 두 사람을 만나보고 그들이 조금도 다른 뜻이 없음을 알았습니다. 그 두 사람도 당빈과 함께 귀순하기를 원하고 관(關)을 바치겠다 하오니 이쯤 알고 계시옵기 바랍니다.

송강은 그 편지 사연을 세밀히 검토한 후 오용과 상의해 당빈과 책응(策應)할 기회만 기다리기로 하고, 관소 안의 동정을 살피고 있었다.

한편, 산사기가 당빈에게 몰래 군사를 이끌고 나와달라는 청을 하도록 보냈던 사자는, 임무를 마치고 돌아와서 당빈의 회답을 다음과 같이 보고했다.

"당장군 말씀이, 요새는 달이 대낮같이 밝아서 안 되겠으니, 달이 없어질 때까지 기다려 군사 행동을 하시겠답니다. 적에게 추호도 눈치를 보여서는 안 된다시는군요."

산사기가 이 말을 듣고 오히려 탄복했다.

"그래, 그 말이 옳다!"

이렇게 되어 산사기는 십여 일을 꼼짝 않고 지냈다.

다행히 그동안 송강군 쪽에서도 관소를 공격해오지 아니했다. 그러던 중 어느 날, 당빈이 몇 사람 부하를 데리고 포독산 아래로 내려와 지금 관소를 향해서 달려온다는 보고가 들어왔다.

그러고 나서 얼마 지나지 아니하여 당빈이 관소 아래로 들어오더니 산사기한테 가만히 말하는 것이었다.

"오늘밤 3경에 문중용과 최야가 군사 1만 명을 거느리고 몰래 포독산 동쪽으로 나오기로 했습니다. 군사는 모두 가볍게 무장하고 말은 방울을 떼고 내일 새벽에는 틀림없이 송강군 진지의 바로 후방에 도착할 것이니, 여기서도 지체 없이 이에 호응할 준비를 하셔야겠습니다."

"잘됐소! 그렇게 앞뒤에서 협공하면 송강이란 놈도 별수 없지!"

산사기는 기뻐하면서 술을 내다가 당빈을 대접했다.

그럭저럭 날이 어두워졌다.

이때 당빈은 자리에서 일어나 관소 위로 올라가 사면을 잠시 정찰하는 모양이더니, 혼잣말처럼 중얼대는 것이었다.

"그거 괴상한 일이로군! 별빛에 보이는 게, 저것이 적의 척후가 아닌가."

그가 이렇게 중얼대자 그의 친수병(親隨兵)이 어깨에 메고 있던 활을 떼어들고 그쪽을 향해 화살 두 개를 쏘는 것이었다. 어둠을 뚫고 화살은 날아갔다.

이때 관소 바깥에는 사실로 송강군 병사 몇 사람이 명령을 받고 관소 내부의 동정을 탐색하고 있었는데, 당빈의 친수병이 쏜 화살은 마침 그 중 한 사람의 바른편 다리를 맞혔다. 그런데 이상한 것은 화살에 맞았건만 넓적다리가 조금도 아프지 아니하니 이것이 웬일인가. 이상하다 생각하고 그 사병이 화살을 집어들고 보니, 화살촉이 명주 헝겊으로 두껍게 감겨 있다.

이건 필시 무슨 곡절이 있는 일이라 생각한 그 사병은 그 화살을 집어들고 송강에게로 달려갔다.

송강이 이때 등불 앞에 앉았다가 그것을 받아 화살촉에 감겨 있는 명주 헝겊을 풀어보니 그 속에서 깨알같이 작은 글씨로 몇 줄 적은 종잇조각이 나왔다. 묻지 않아도 당빈이 보낸 비밀 편지다.

내일 새벽에 문중용·최야가 군사를 거느리고 송선봉 진영 후방에 도착할 것이오. 그때 호포 소리를 군호 삼아 관소 안에서도 군사가 쏟아져 나갈 것입니다. 이때 당빈이 관소에 있다가 관문을 장악할 터이니, 송선봉은 속히 준비해서 관소로 들어오십시오.

이 같은 편지 사연을 보고 나서, 송강은 오용과 의논했다.

"자아, 이대로 할까요?"

"글쎄, 당빈은 관승이 보증하는 사람이니 염려는 없겠지만 그러나 적군이 우리들 진영 바로 뒤에 온다면, 이것을 그냥 보고만 있을 수도 없지 않습니까?"

"그러면 어찌하겠습니까?"

"언제든지 일은 튼튼하게 해야죠. 손립·주동·단정규·위정국·연순, 이 사람들에게 군사 1만 명을 주고서 기(旗)를 감추고 금고(金鼓)를 울리지 말고 가만히 우리 진지 뒤에 숨어 있다가 문중용·최야가 오거든 그놈들을 가까이 못 오도록 한 후, 우리가 관소에 들어간 뒤에 호포를 터뜨리거든, 그때에 그들을 가까이 오게 합니다. 그리고 서녕과 삭초는 군사 5천 명을 데리고 동쪽에 가서 복병하고 임충과 장청도 군사 5천 명을 데리고 서쪽에 가서 복병하고 있다가, 호포 소리를 신호로 해서 양쪽에서 일시에 호응해 관소를 들이치게 해야 합니다. 만일을 모르니까, 혹시 우리 군사가 적의 계교에 빠지는 일이 있더라도, 그들이 우리를 구원할 수 있으니까요."

"좋습니다. 과연 그래야겠군요."

송강이 즉시 이대로 명령을 내리니까 모든 장수들은 그 명령에 따라서 각각 준비해서 떠났다.

한편, 산사기는 관소 안에서 당빈으로부터 소식을 듣고 송강군의 후방에서 호포 소리가 나기만 기다리고 있었다.

동쪽 하늘이 훤히 밝아온다. 이때 별안간 관소 남쪽에서 연주포 터지는 소리가 들렸다.

당빈과 산사기가 관소 위에 나가서 보니까 송강군의 진지 후방에서 먼지가 뿌옇게 일어나고, 깃발이 어수선하게 흔들린다.

"음, 이제야 문·최 두 장군이 오는 게로군! 빨리 관소 밖으로 나가 서로 호응해야지!"

당빈이 이같이 말하니까, 산사기와 사정은 부리나케 뛰어내려가 군사 1만 명을 이끌고 먼저 관문 밖으로 뛰어가면서 당빈과 육휘더러는 군사 1만 명을 데리고 뒤에서 호응해달라고 부탁하고, 축경과 중량은 그냥 관소 안에 남아 있으면서 관소를 수비하라고 부탁하는 것이었다.

송강군은 이때 관소 안에서 적이 쏟아져 나오는 것을 보고 급히 퇴각하기 시작했다.

이것을 보고, 선두에서 쫓아 나오던 산사기는 군사를 휘몰아 그 뒤를 추격했는데, 별안간 포 소리가 한 방 터지더니 달아나는 송강군 좌우에서 두 패의 군사가 뛰어나오면서 마구 치는 게 아닌가.

이때 당빈은 산사기의 뒤를 따라오다가 급히 말머리를 돌려서 군사를 이끌고 관소로 도망해 들어가 창을 비껴들고 말을 관문 밖에 세웠다.

송강군과 싸우고 있는 것은 산사기와 사정뿐이다.

이때 송강군 진에서는 또 한 방 호포 소리가 들리더니, 흑선풍·항충·포욱·이곤 등이 표창패수(標鎗牌手)들을 이끌고 함성을 울리면서 달려드는 것이었다.

산사기는 이때야 비로소 적의 계교에 빠진 것을 깨닫고, 급히 군사를 돌이켜 말을 관소 쪽으로 달렸다.

그랬더니 이것이 웬일이냐. 관문 앞에 말 탄 장수 한 사람이 창을 비껴들고 서서, 산사기를 향해 크게 호령하는 것이다.

"여기 당빈이가 있다! 호관은 벌써 송조(宋朝)로 들어갔으니 산사기 너도 빨리 말에서 내려 항복해라!"

이렇게 호령하더니 그 장수는 눈 깜짝할 사이에 축경을 찔러 죽여버린다.

이 모양을 당한 산사기는 너무도 기가 막히고 놀라워서 수십 기(騎)의 추종자만 딸린 채 서쪽을 향해 죽을 둥 살 둥 뛰기만 했다.

임충과 장청은 호관을 점령하는 것이 바쁘니까 달아나는 산사기를 쫓아가지 아니하고, 군사를 휘몰아 관소로 들어갔다. 이때 흑선풍 등 보병의 두령들은 관소 위에 뛰어올라가서 호포를 터뜨리고, 당빈과 함께 관소의 수비병을 풍비박산시켜 마침내 호관을 빼앗아버렸다. 이 통에 중량은 난군 중에 창에 찔려 죽고, 관소 밖에 있던 사정도 서녕의 칼에 맞아 거꾸러졌다.

이렇게 되어서 호관의 반란군이 풍비박산해버렸으니 그것들이 내버린 시체와 갑옷과 깃발은 말할 것도 없고, 살상된 자가 2천 명이요, 사로잡힌 자가 5백여 명이요, 항복한 놈은 부지기수다.

미구에 송강이 대군을 거느리고 관소에 들어왔다. 이때, 당빈은 말에서 내려 송강 앞에 꿇어 엎드렸다.

"제가 죄를 짓고서 피신하던 때, 그때 선생님의 높으신 덕망을 듣고는 즉시 양산박으로 들어가려 했었습니다마는 연줄이 없어서 소원대로 안 되고 말았습니다. 이번엔 하늘이 기회를 만들어주셔서 제가 선생님을 모시게 되었으니, 저는 평생소원을 이루었습니다."

하고 당빈은 또다시 엎드려 절을 하는 것이었다.

송강은 답례를 하고 황망히 그를 붙들어 일으키고서 말했다.

"장군이 조정에 귀순해서 우리들과 함께 역적 놈들을 평정해주신다면, 조정에 돌아가서 이 사람이 천자께 말씀드려 상당히 대우하시도록 하겠소이다."

그러자 그때 손립 등 여러 장수가 문중용·최야와 함께 두 쪽 군사를 거느리고 관소 밖에 와서 명령이 내리시기를 기다린다는 보고가 들어왔다.

송강은 문·최 두 장수를 즉시 들어오라 하고, 손립 등은 군사를 거느린 채 그냥 관소 바깥에 주둔하라고 명령을 내렸다.

이 같은 명령을 받은 문중용과 최야는 관내에 들어와 송강에게 절을 했다.

"저희들 두 사람이 다행히 장군 휘하에 있게 되었습니다. 저희들은 견마(犬馬)의 노(勞)를 힘껏 다하겠습니다."

송강은 두 사람의 이 같은 말을 듣고 대단히 기뻐했다.

"장군들이 꾀를 같이해서 이 관소를 빼앗게 해준 공훈은 참으로 큽니다. 공적부에 일일이 기록해서 분명하게 처리할 것이니 그리 아시오."

송강은 이렇게 말하고서, 즉시 잔치를 열게 하여 세 사람에게 대접했다.

그러고서 관소 내에 있는 군사를 점검해보니, 이번에 새로 항복해온 군사가 2만여 명이요, 사로잡은 전마(戰馬)가 천여 필이다.

송강은 여러 장수들이 각기 저의 공을 보고하는 것을 듣고 그들을 위로한 다음, 당빈에게 소덕성 안에 있는 장병들의 수가 얼마나 되느냐고 물었더니, 당빈이 솔직하게 상세히 대답하는 것이었다.

"소덕에는 본래 군사가 3만 명 있었는데, 그 중에서 산사기가 1만 명을 뽑아내다 관소의 수비병으로 돌렸기 때문에 지금 소덕에 있는 병력은 2만 명밖에 안 됩니다. 그리고 장수는 정·부(正副) 합해서 열 명인데, 손기(孫琪)·섭성(葉聲)·금정(金鼎)·황월(黃鉞)·냉녕(冷寧)·대미(戴美)·옹규(翁奎)·양춘(楊春)·우경(牛庚)·채택(蔡澤), 이것들 열 명이죠. 그런데 전호는 호관을 소덕의 방벽(防壁)이라 생각하고 믿고 있었으니까 이번에 호관을 잃은 것이 그에게는 한쪽 팔을 잃은 거나 마찬가집니다. 제가 재주는 없습니다만 소덕을 치는 데 선봉으로 나가고 싶습니다."

그러자 능천에서 항복한 장수 경공도 자원하는 게 아닌가.

"저도 될 수 있으면 당빈과 함께 선봉이 되어 나가고 싶습니다."

송강은 당빈과 경공에게 그들의 소원대로 선봉이 되는 것을 허락하고, 다시 문중용과 최야에게 명령했다.

"두 분은 오래전부터 포독산에 있었으니까 저것들의 사정을 잘 알 뿐 아니라 저것들도 두 분의 위풍을 알고 있는 터인 고로 내가 부탁을 드리는 건데, 두 분은 이길로 포독산에 돌아가서 그곳을 수비하는 동시에 한쪽을 담당하시는 게 좋겠습니다. 내가 소덕을 점령하고 돌아와서 두 분을 청하죠. 어떻습니까?"

"선봉께서 주시는 명령인데, 무슨 딴말이 있겠습니까?"

이 같은 문답이 있은 뒤 연회는 파하고, 문중용·최야는 포독산으로 돌아갔다.

이튿날 송강은 지휘관실에서 나와서 대종을 불러 명령했다.

"대종형은 지금 진녕으로 가서 노선봉의 군정을 알아내어 속히 돌아와야겠습니다."

"네, 곧 갔다 오겠습니다."

이같이 대종이 떠난 뒤에 송강은 오용과 의논하여 소덕을 공략할 부대를 편성했다. 즉, 당빈·경공은 군사 1만 명을 거느리고 동문을 들이치고, 삭초·장청은 1만 명 군사를 거느리고 남문을 들이치는데, 서문만은 그냥 내버려두었다. 만일 위승으로부터 적의 원군이 온다면 그쪽을 들이치는 군사가 안팎으로 적을 대항해야만 할 위험이 있는 까닭이었다.

그리고 또 흑선풍 이규·포욱·항충·이곤 등은 보병 5백 명을 거느리고 유격대가 되어 원호하기로 하고, 손립·주동·연순은 군사를 데리고 관소 안에 들어가서 마린·번서 등과 함께 호관을 단단히 수비하라 했다.

이같이 부대 편성을 끝낸 후 송강과 오용은 나머지 장병들을 인솔해서 그곳 진지를 출발하여 소덕성 남방 10리 되는 지점에 이르러 진을 쳤다.

한편, 위승에 있는 가짜 성원관은 일이 이같이 되기 전에 호관의 수장 산사기와 진녕의 전표로부터,

"지금 송군(宋軍)의 형세는 강해서 호관과 진녕 두 곳이 함께 위태하게 되었습니다."

하는 상신문(上申文)을 받았었다.

이같이 보고를 받은 전호는 전상(殿上)에 앉아서 그의 신하들과 더불어 구원병을 파견할 일을 의논했다. 그랬더니 반열 가운데서 한 사람이 나오는데, 머리엔 누른빛 관을 쓰고, 몸엔 학의 깃으로 만든 갑옷을 입었다.

"대왕께 아룁니다. 제가 호관에 나가서 적을 물리치겠습니다."

그가 이렇게 말하므로 바라보니, 이 사람은 교열(喬冽)이라는 사람으로 본래는 섬서 경원(涇原) 지방 사람인데, 그의 어머니가 그를 배었을 때 방 안으로 승냥이가 뛰어들어오더니 금시에 사슴으로 변해버리는 꿈에서 깨어난 다음에 그를 낳았다는 것이다.

그런데 교열은 어려서부터 창봉을 가지고 잘 쓰더니, 우연히 공동산(崆峒山)에 가서 놀다가 이인(異人)을 만나서 환술(幻術)을 배워, 바람을 불게 하고 비를 오게 하고, 안개와 구름을 일으킬 줄 아는 터이었는데, 그 후 구궁현 이선산에 가서 도학(道學)을 배우려 했지만, 나진인은 그를 만나주지 않고 동자를 시켜서 그에게 이런 말로써 거절했다고 전한다.

"그대가 외도(外道)를 배우고 그윽한 이치를 깨닫지 못하는 터이니, 후일 그대가 덕(德)으로써 마(魔)를 물리친 때에나 만나겠노라."

교열은 이 소리를 듣고 분연히 돌아섰었다. 그러고는 제가 술(術)이 있으니까 그것을 믿고 각처로 방랑하면서 환술을 썼기 때문에 사람들은 그를 환마군(幻魔君)이라고 부르는 터였다.

교열이 방랑하고 돌아다니다가 하루는 안정주(安定州)라는 고을에

갔었는데, 그 해 이 고을에서는 다섯 달 동안이나 비가 한 방울도 오지 않고 가뭄이 들었던 까닭에, 그 고을 관리들은 각처에다 비를 오게 하는 사람이 있으면 그 사람한테 상금 3천 관(貫)을 주겠다는 방(榜)을 써 붙였던 것이다.

교열은 방을 쳐다보고,

"3천 관이라면 적지 않은 돈인데!"

하고, 그냥 단상으로 올라가 환술을 부리어 금방 큰 비가 쏟아지게 했다.

그러나 고을 관리들은 비가 흡족하게 내린 것만 좋아하고, 상금을 주어야 한다는 일은 아주 잊어버리고 있었다.

그런데 교열은 이런 운수를 타고났었는지 알 수 없으나, 이 고을에서 회계를 맡아보는 직원과 아주 절친하게 지내는 하재(何才)라는 사나이가 그 상금에 욕심이 나서 직원과 부동해서 상금의 절반은 그 고을 담당관에게 바치고 나머지 절반을 두 놈이 잘라먹은 후 회계 보는 직원이 겨우 돈 3관(貫)을 교열한테 주면서 이렇게 말하는 것이었다.

"당신은 그런 훌륭한 재주를 가지고 있으니 그까짓 상금 같은 것을 받는대도 별로 소용이 없을 겝니다. 그런데 우리 고을에서는 걷힐 돈이 잘 안 걷히기 때문에 윗돌 빼어서 아랫돌 괴고 아랫돌 빼어서 윗돌 괴는 어려운 살림을 하는 터입니다. 그러니까 당신이 탈 상금은 당분간 내게 맡겨두셨다가 이다음에 당신이 요긴할 때 조금씩 찾아가 쓰시는 게 좋겠습니다."

이 소리를 듣고서 교열은 화를 냈다.

"안 됩니다! 다 내시오!"

"글쎄, 우리 고을 금고에 넣어두었다가 요긴하게 쓸 때마다 찾아가시면 좋지 않습니까?"

"뭣이 어쩌고 어째? 상금이라는 건 본시 너희 고을에 사는 부자들이 모아서 내놓은 돈이란 말야! 말하자면 백성들의 피와 땀으로 된 돈인데, 그런 돈을 네가 이때까지 가로채서 배때기에 살찌우고, 계집을 사고, 나라의 일을 망치고… 그래왔지? 예끼놈! 한 대 먹어라! 너 같은 더러운 놈을 죽여버리는 것은 곡간에서 버러지 한 마리 없애는 거나 마찬가지다!"

교열이 이렇게 말하고 주먹으로 한 대 치니까 회계 보는 직원은 그 자리에서 고꾸라졌다. 원래 그럴 것이, 술과 계집 때문에 허해빠진 몸뚱어리에다가 살만 돼지같이 쪄놓았으니 주먹으로 대항하기 전에 먼저 숨이 가빠서 견딜 수 없었다. 그래서 그는 몹시 얻어맞고 간신히 내빼기는 했지만 제 집에 가서 4, 5일 앓다가 그대로 이 세상을 떠나고 말았다.

회계 직원의 아내는 이 사실을 관가에 고소했다.

고을의 상관들도 그 상금 때문에 이런 사건이 생긴 줄은 알지만, 고을의 직원이 죽었으니 어름어름할 수 없는 일이라, 서류를 작성해놓고서 곧 살인범 교열을 체포해 들이라고 호령을 했다.

이때 교열은 밤을 새워 고향 경원으로 돌아가서 집안일을 처리한 다음, 자기 모친과 함께 위승으로 도망가서 성도 이름도 갈아버리고 도사 행세를 했다. 즉, 이름자 열(洌)자를 청(淸)자로 고치고, 법호(法號)를 도청(道淸)이라 자칭했다.

그러자 미구에 전호가 반란을 일으킨 이후 도청이 환술을 잘한다는 소식을 듣고 그를 저희 무리에 끌어넣었다. 그래서 도청은 요언(妖言)을 퍼뜨리고, 환술을 부리면서 어리석은 백성을 선동하고, 전호를 위해서 가까운 지방 고을들을 빼앗은 고로, 그다음부터 전호는 도청을 생불(生佛)처럼 믿고 그를 위해서 호국영감 진인군사(護國靈感 眞人軍師)라 존칭하고 그를 좌승상 자리에 앉혔더니 도청은 그때부터 본성을 드러냈으므로, 사람들은 그를 국사 교도청(國師 喬道淸)이라고 부르게 되었던 것이다.

이 같은 경력을 가진 교도청이 지금 전호한테, 제가 군사를 거느리고 호관에 나가서 송군(宋軍)을 물리치겠다고 자원했으니, 전호의 마음이야 얼마나 기쁘랴.

"국사가 과인을 위해서 근심을 덜어주겠다니 이렇게 고마운 일이 또 어디 있겠소!"

전호는 입이 딱 벌어질 만큼 기뻐했다.

그런데 또 전수(殿帥)로 있는 손안(孫安)이 앞으로 나오더니 아뢰는 것이었다.

"신이 군사를 이끌고 진녕으로 구원을 가겠습니다."

전호는 더욱 기뻐하면서 교도청과 손안을 정남 대원수(征南大元帥)에 임명하고, 두 사람으로 하여금 각각 군사 2만 명을 거느리고 출동하라고 처분했다.

그러자 교도청이 또 아뢰는 것이었다.

"지금 호관은 아주 위급합니다. 제가 경기병(輕騎兵)을 선발하여 시급히 가서 구원해야겠습니다."

전호는 더욱 기뻐하면서 교도청과 손안에게 빨리 장병을 할당하라고 추밀원에 명령을 내렸다. 이렇게 되어 교도청·손안 두 사람은 각각 장병을 할당받아 그날로 출발했다.

그런데 이 손안이란 사람은 교도청과는 한 고향인 경원 사람이니, 키가 9척, 허리통은 여덟 자, 병법에도 제법 익숙하고, 뚝심도 세고, 무예에도 능한데, 그 중에서도 특히 두 자루의 빈철검(鑌鐵劍)을 잘 쓰는 위인으로서, 얼마 전에 저의 부친의 원수 두 사람을 죽인 죄로 피해 다니다가 본래부터 친하게 지내던 교도청이 전호 밑에 들어가 있다는 소문을 듣고, 위승으로 찾아왔기 때문에 교도청은 그를 전호한테 천거하여 장수로 쓰게 했던 것인데, 그 후 몇 번 공을 세웠던 까닭으로 승진해서 전수(殿帥)의 직에 있는 사람이다.

이 손안이 오늘 열 명의 부장과 2만 군사를 거느리고 진녕으로 구원을 가는데 부장 열 명은, 매옥(梅玉)·진영(秦英)·금정(金禎)·육청(陸淸)·필승(畢勝)·반신(潘迅)·양방(楊芳)·풍승(馮昇)·호매(胡邁)·육방(陸芳), 이상 열 사람으로서 모두 괴뢰 국가의 가짜 통제(統制)의 직함을 갖고 있는 사람들이다.

손안은 이 사람들과 함께 군사를 영솔하고 진녕을 향해 출발했다.

이때 교도청은 단련관으로 있는 섭신과 풍기로 하여금 2만 명 군사를 거느리고 뒤따라오게 한 후, 자기는 뇌진(雷震)·예린(倪麟)·비진(费珍)·설찬(薛燦) 등 네 명의 부장과 함께 2천 명의 정예군을 거느리고 소덕을 향해서 먼저 출발했다. 네 명의 부장은 모두 괴뢰 국가의 가짜 총관(總管)이다.

교도청은 밤을 새워서 하룻밤 만에 소덕성 북방 10리쯤 되는 곳에 당도했다.

그때 척후병이 달려와서 보고를 하는 것이었다.

"호관을 어제 송강군한테 빼앗겼답니다! 송강은 지금 군사를 세 갈래로 나누어 소덕성을 치고 있습니다!"

교도청은 이 소리를 듣고 크게 노했다.

"되지 못한 것들! 이놈들이 기어코 내 수단을 한번 맛보고 싶어서 그랬구나. 무례한 놈들!"

교도청은 이렇게 한마디 내던지고 군사를 이끌고 나는 듯이 달려갔다.

한편, 이때 소덕성 북문을 들이치고 있던 송강군의 당빈과 경공은 서북방으로부터 2천여 기의 적의 대부대가 몰려온다는 척후병의 급보를 받고, 다시 진영을 단속해서 적군을 맞았다.

이때 교도청의 기병은 벌써 송강군 진지에 가까이 이르러 진을 벌이니 남북 쌍방이 불과 화살 한 바탕밖에 안 되는 가까운 거리였다.

당빈과 경공이 이때 적진을 바라다보니, 진문 앞에다 커다란 붉은 일산(日傘)을 세웠는데, 그 밑에 말을 타고 앉아 있는 도사(道士) 한 사람을 네 사람의 장수가 호위하고 있다.

도사는 머리에 금빛 나는 도관을 쓰고, 검은 끝단이 있는 도복을 입고, 허리에는 오색실로 만든 띠를 매고, 손에는 곤오철로 만든 고검(古劍)을 들고서 눈같이 흰 말을 타고 앉아 있는데, 눈썹은 여덟팔자요, 눈알은 푸르고, 양쪽 입가에는 메기수염이 뻗쳐 있는데, 목소리는 종소리 같다. 이 도사가 타고 앉은 말 앞에는,

'호국영감 진인군사(護國靈感 眞人軍師)

좌승상 정남대원수 교도청(左丞相 征南大元帥 喬道淸)'

이같이 열아홉 자를 금칠해서 두 줄로 써놓은 커다란 군기(軍旗)가 서 있다.

경공은 이것을 바라보고 적지않이 놀랐다.

'아주 대단한 놈한테 걸렸군!'

속으로 이같이 생각하고 아직 양쪽 군사가 싸움도 시작하기 전에, 흑선풍의 5백 명 유격대가 달려오더니, 흑선풍은 다짜고짜 허리춤에서 도끼를 빼들고 적에게로 뛰어들려 하므로 경공이 붙들었다.

"잠깐만! 저놈은 진왕 전호 수하에서 제일가는 놈입니다. 게다가 요술을 잘 부리는 놈이니 조심해야 해요."

경공이 이같이 말하니까, 흑선풍은 그 말에 귀도 안 기울이는 것이다.

"제기랄! 내가 달려가서 저놈의 모가지를 찍어버릴 텐데 요술이 무슨 얼어죽을 요술이람!"

당빈도 옆에서 흑선풍을 보고,

"장군! 그렇게 너무 적을 얕보아선 안 됩니다."

하고 붙들려 했으나, 이런 말에 귀를 기울일 흑선풍이 아니다. 그는 쌍도끼를 들고 춤추면서 달려갔다.

이때 포욱·항충·이곤 등은 흑선풍에게 무슨 일이 있을까 염려스러워서 5백 명의 패창수(牌鎗手)를 이끌고 일제히 치고 들어갔다. 이때 일산 밑에서 이 광경을 바라보던 도사는 소리를 내어 껄껄 웃더니,

"저것들이 정말 미친 것들이구나!"

하고 조금도 서두르거나 겁내는 빛 없이 보검을 쳐들고 하늘을 가리키며 입속으로 주문을 외우고는,

"빨리!"

이같이 호령을 한다.

그러자 이런 변도 있을까. 이때까지 청천백일이던 좋은 날씨가 삽시간에 돌변하여, 새카만 안개가 꽉 덮이면서 미친바람이 먼지를 일으키고 모래를 뿌리더니, 한 덩어리 흑기(黑氣)가 흑선풍 등 5백 명을 에워싸 버린다. 별안간 이같이 되어버렸으니, 흑선풍 일행은 새카만 부대 속에 빠진 거나 흡사해서, 눈앞에는 바늘귀만한 광명도 안 보이고, 몸을 움직일래야 움직일 수도 없고, 귀에 들리는 것은 오직 풍우(風雨) 소리뿐이며, 도대체 저희들이 지금 어느 곳에 위치하고 있는지조차 알 수 없게 되었다. 형세가 이렇게 되고 보면 제아무리 영웅이라도 어찌할 도리가 없는 것이다. 이때 이 같은 형세를 바라보고 있던 경공은 재미없다고 생각하고서, 말을 채쳐 동쪽을 바라보고 도망해버렸다.

당빈은 이때 흑선풍이 군사들과 함께 적진 중에 빠져서 사로잡힐 뿐만 아니라 경공마저 도망해버리는 것을 보고 속으로 생각했다.

'과연 교도청의 요술은 기막히구나! 도망을 해? 그러나 도망가다가 붙들린다면 되레 웃음거리만 되는 거 아닌가! 용사는 죽음을 겁내지 않고 이름을 아낀다고 하지 않나? 내 처지가 이렇게 된 바에야 목숨만 생각할 필요가 없다!'

당빈은 이같이 생각하고, 죽을 각오로써 이를 악물고, 창을 비껴들고, 말을 채쳐 적진을 향해 달렸다.

오룡산의 도술대결

당빈이 이같이 무서운 형상으로 달려드는 모양을 바라본 교도청은,
"저놈 또 미친놈이로구나!"
하고, 급히 입속으로 주문을 외우고는 손을 들고서,
"빨리!"
소리를 질렀다.

그러자 금시에 모진 바람이 일면서 누런 모래가 당빈의 얼굴에 마구 뿌리므로 그는 눈을 뜨지 못하고 그 자리에 서 있으려니까, 적군이 달려들어 그의 왼쪽 허벅다리를 창으로 찔러 말에서 떨어뜨린다. 이렇게 되어 그는 꼼짝 못 하고 사로잡혔는데, 원래 전호의 반란군 측에서는 적을 사로잡아오는 자에게 상금을 곱절 더 주는 제도였기 때문에, 적장이 죽어서 끌려오는 일은 별로 없었다.

다만 그가 이같이 사로잡히고, 그의 군사 1만 명이 거의 전멸당했을 뿐이다.

한편, 동문 근처에 있던 임충과 서녕은 남문 쪽에서 함성이 요란하게 일어나므로 군사를 몰고 급히 그리로 응원을 갔다.

이때 성안에서는 수장(守將) 손기가 교도청의 깃발을 보고 급히 성문을 열고 뛰어나가 응원했다.

이런 때 흑선풍 이하 5백 명은 이미 반란군에 사로잡혀 성안에 끌려 들어가 있었다.

그런데 아까 동쪽으로 달아나던 경공은 패잔병 몇 명과 함께 숨을 헐떡거리면서 달려오다가 임충과 서녕을 보고 말을 멈췄다. 그들의 투구는 벗겨져 뒤통수에 붙어 있고, 말고삐는 떨어졌고, 안장은 비뚤어졌다.

그 꼴을 보고 임충과 서녕이 소리를 질렀다.

"어느 쪽 군사냐?"

"네! 나예요, 나예요!"

경공은 아직도 숨을 헐떡거리면서 흑선풍이 적진에 뛰어들다가 사로잡히고, 제가 도망해 나온 이야기를 대충 하니까, 임충과 서녕은 더 긴말을 하지 않고, 경공과 함께 본진으로 돌아오는데, 마침 3백 명 기병을 거느리고 정찰을 하고 있던 왕영과 호삼랑을 만났다.

두 사람도 경공의 이야기를 듣더니 모두 본진으로 돌아가자 해서 일동은 송강이 있는 본진으로 돌아왔다.

송강은 경공으로부터 흑선풍이 교도청에게 사로잡힌 이야기를 듣더니 소리를 내어 우는 것이었다.

"흑선풍이 죽었구나! 저놈들이 죽였을 거다."

송강이 이같이 한탄하므로 오용은 그를 위로하면서 말했다.

"형님! 너무 번민하지 마십시오. 속히 대책을 세우셔야 합니다. 적이 요술을 쓰는 줄 알았으니, 우리도 빨리 호관에 있는 번서를 데려다가 적을 대항하도록 해야 합니다."

"그럽시다. 번서를 불러옵시다. 그와 동시에 내가 군사를 거느리고 나가서 저놈들을 쳐야겠소! 그래야 흑선풍을 구해낼 거 아뇨?"

"아닙니다! 번서가 올 때까지 형님은 가만히 계시는 게 좋습니다."

오용이 여러 번 이같이 반대했건만, 송강은 기어이 고집을 세우고, 오용더러 장수들과 함께 본진을 지키고 있으라 한 후, 자기는 임충·서녕·노지심·무송·유당·탕융·이운·욱보사 등 여덟 명 장수와 2만 명의 군사를 거느리고 소덕성 남쪽으로 급히 출동했다. 이때 남문을 치고 있던 삭초와 장청은 이들과 합세하여 기를 흔들고 북을 치고 고함을 지르면서 성 아래로 몰려갔다.

한편, 교도청은 성내의 원수부에 들어가 손기 등 열 사람의 장수를 불러 접견한 후 그들이 미리 준비해놓은 연회석에 나아가 앉아 있으려니까, 연락병이 들어와서,

"지금 송강군이 또 쳐들어옵니다."

하고 보고를 하는 것이었다.

"이놈 송강이란 놈을 내가 나가서 잡아와야겠다!"

교도청은 한마디 하고 자리에서 일어나 말을 타고, 네 사람의 부장과 3천 명 군사를 이끌고, 곧 성 밖으로 나갔다.

이때 성 밖에서 이미 진을 벌이고 싸움을 돋우고 있던 송강군이 바라보니 성문이 열리면서 한 떼의 군사가 쏟아져 나오는데, 선두에는 한 사람의 도사가 손에 보검을 들고 있으니 그가 바로 환마군(幻魔君) 교도청이었다.

양쪽 군사가 서로 마주보면서 기를 흔들고 북을 치면서 활을 쏘기 시작했다.

한참 동안 나팔 소리와 북소리가 천지를 뒤흔들도록 요란했다.

그러다가 송강군의 진문이 열리더니 송선봉이 말을 타고 나오는데, 욱보사가 수자기를 들고 앞에서 나오고, 왼편에서는 임충·서녕·노지심·유당이 호위하고, 오른편에서는 삭초·장청·무송·탕융이 호위하고 있다.

송선봉은 이같이 위풍을 떨치고 나와서 손가락으로 교도청을 가리키며 호령을 했다.

"역적 놈을 도와서 협잡질하는 도사 놈아! 네가 빨리 내 형제들과

군사 5백 명을 보내지 않으면 네놈을 잡아 몸뚱어리를 천 조각 내주겠다!"

교도청도 송강에게 욕을 퍼부었다.

"버르장머리 없는 요놈아! 네깟 놈이 나를 잡으러 왔다구? 내가 네놈을 돌려보내지 않을 테니까 그런 줄이나 알아라. 이 어리석은 놈아!"

송강이 이 소리를 듣고 채찍을 높이 들어 가리키니, 임충·서녕·삭초·장청·노지심·무송·유당 등 여러 장수가 일제히 교도청을 향해 덤벼들었다.

이때 교도청은 이를 갈면서 주문을 외우고 칼을 들어 서쪽을 가리키며,

"에익!"

소리를 질렀다. 그러니까 삽시간에 무수한 장병들이 서쪽으로부터 날아오더니 송강군을 덮쳐버린다.

교도청은 또 칼을 들고 북쪽을 가리키며 입속으로 중얼거리고,

"에익!"

소리를 지르니까, 이번엔 하늘이 금시에 깜깜해지고 햇빛이 없어지면서 모래와 돌멩이가 마구 날리고 천지가 흔들린다.

임충 등 여러 장수가 교도청을 들이치려고 나가다가 이 모양을 당했으니 누런 모래와 검은 기운 때문에 적의 군사 한 명도 볼 수 없게 되었다. 이렇게 되니 송강군은 접전도 하기 전에 어지러워지고, 말은 놀라서 껑충껑충 뛰면서 소리 높이 울고 야단이 났다.

임충 등은 하는 수 없이 송강에게로 돌아와서 그를 호위하여 북쪽을 향해 달아나기 시작했다.

그러나 교도청이 군사를 몰아 그 뒤를 추격했기 때문에 송강군은 사분오열 대혼란을 일으켰다.

송강이 이같이 추격을 받아가면서 정신없이 반리(半里)쯤 도망했을

때 이것이 웬일인가? 먼저 올 때는 분명히 평원광야였는데, 지금은 물이 가득 찬 망망대해가 앞을 가로막고 있는 것이다. 이렇게 되고 보니, 비록 양쪽 겨드랑이에 날개가 돋쳐 있다 하더라도 날아서 넘어갈 수 없는 형편인데, 뒤에서는 수없이 많은 적병이 먼지를 일으키면서 쫓아오고 있는 게 아닌가.

지금 송강군의 눈앞에는 오직 죽음만이 놓여 있다.

이때 노지심·무송·유당 등 세 사람이 소리를 버럭 질렀다.

"암만 이래봐라! 네놈들한테 만만히 사로잡히진 않는다!"

세 사람이 전신의 용기를 일으켜 추격해오는 적군을 뚫고 나가려 하는데, 이번엔 별안간 공중에서 벼락 치는 소리가 나면서 금갑(金甲)을 입은 20여 명의 신인(神人)이 나타나 병장기로 툭탁 툭탁 세 사람을 때려 넘어뜨린다. 그러자 반란군들이 와아 달려들어서 세 사람을 꽁꽁 묶어 사로잡아버리는 것이었다. 그와 동시에 공중에서,

"송강아! 속히 말에서 내려 밧줄을 받아라! 그러면 목숨만은 살려주겠다!"

이 같은 소리가 들린다.

송강은 그만 하늘을 쳐다보며 탄식했다.

"하나님! 저는 죽어도 좋습니다만, 상감님 은혜를 못 다 갚고, 늙으신 부모님을 봉양할 사람이 없고, 흑선풍 등 몇 사람 형제를 구해내지 못하고 죽는 게 원통합니다! 지금 제가 저놈들의 손에 붙잡혀 욕을 당하느니 차라리 제가 스스로 목숨을 끊겠습니다!"

그가 이렇게 탄식하고 자결하려 하자, 임충·서녕·삭초·장청·탕융·이운·욱보사 등 일곱 사람이 그를 에워싸고,

"형님! 우리가 모두 형님과 함께 죽어서 귀신이 돼서라도 적을 무찔러버리겠으니 제발 마음을 단단히 잡수십시오."

하며 용기를 북돋우는 것이었다. 그러고서 욱보사는 이때 화살을 두

개나 맞아서 몸을 상했건만 수자기를 쳐들고 조금도 그 자리를 떠나지 아니했다.

반란군 측에서는 이 수자기가 송선봉 곁에서 넘어지지 아니하는 것을 보고 함부로 쳐나오지 못한다.

이때 송강 등 일동은 제각기 칼을 빼들고 목을 찔러 자결해버릴 준비를 하고 있었는데, 이것이 또 웬일일까. 별안간 웬 사람이 달려오더니 그들을 죽지 못하게 막는다.

"여러분들 이러지 마시오! 안심하시오! 나는 무기(戊己)의 신(神)이오! 그대들의 충의에 내가 감복해서 지금 요수(妖水)를 걷어버리고, 그대들을 돌아가게 해줄 터이니 빨리 돌아가라!"

이같이 말하는 소리를 듣고 여러 장수가 그 사람을 바라보니, 형상이 아주 괴이하게 생겼는데, 머리에는 두 개의 화살 같은 뿔이 솟아 있고, 몸은 검푸르고, 머리털은 빨갛고, 벌거벗은 몸에 하반신에만 누런 옷을 입었고, 왼편 손에 방울을 쥐고 있다.

이렇게 생긴 사람이 허리를 구부려 땅에서 흙을 한 덩어리 집더니, 눈앞에 있는 망망대해에다 휘익 던지니까, 그 흙이 물 위에 떨어지자마자 어느새 망망대해가 변해서 그전대로 평원광야가 되고 말았다.

신인(神人)은 이렇게 만들고 나서 송강 등을 보고 말하는 것이었다.

"그대들은 아직도 수일간 재액을 당하는 운수야! 지금 요수를 걷어버렸으니, 빨리 진지로 돌아가라! 위주로 사람을 보내면 재액을 면할 방도가 생길 거야. 그대들은 성심성의껏 나라에 충성을 다하라!"

이 같은 말소리가 끝나자마자, 바람이 휘익 불더니, 신인은 눈앞에서 없어졌다.

여러 사람은 놀라지 않을 수 없었다. 하여간 일동은 송강을 보호해가면서 남쪽으로 달렸다.

이렇게 약 5리쯤 오노라니까, 갑자기 먼지를 뽀얗게 일으키며 한 떼의 군사가 달려오는데, 가만히 보니 이것은 오용이 왕영·호삼랑·손신·고대수·해진·해보 등 1만 명 군사를 이끌고 응원하러 오는 것이었다.

송강은 이렇게 오용을 만나 먼저 사과를 했다.

"내가 아우님의 말을 듣지 않고 나왔다가, 하마터면 서로 만나보지 못할 뻔했소이다!"

"그런 말씀 그만두시고, 어서 돌아가시죠."

오용은 송강과 함께 진영으로 돌아왔다. 그러고서 송강 등이 교도청과 싸우다가 패한 이야기와 신인을 만나서 요수로부터 구원을 받은 이야기를 들었다.

이야기를 다 듣고 나서 오용은 이마에 손을 얹고 말했다.

"무기의 신이란, 토지신(土地神)입니다. 형님의 충의에 토지신이 감동했습니다. 토(土)는 수(水)를 이기는 거니까요!"

송강 등은 이 말을 듣고서 비로소 토지신의 도우심을 깨닫고, 하늘을 향해 절을 했다.

이미 해는 져서 날이 어둡기 시작하는데 도망쳐온 군사들의 말에 따르면 소덕성 안의 손기·섭성·금정·황월 등 적장들이 남문을 열고 덮친 까닭으로 거기서도 수많은 군사가 죽고, 나머지는 모두 뿔뿔이 흩어졌다는 것이다.

송강이 그 말을 듣고 군사를 점검해보았더니 과연 없어진 수효가 만여 명이나 된다.

그는 기운이 풀어져 묵묵히 앉아 있었다.

그 모양을 보고 오용이 가까이 다가앉으면서 말했다.

"적이 요술을 써서 두 번이나 연거푸 이겼습니다. 그러니까 우리는 한시바삐 대책을 세우고서 방비해야 할 거 아닙니까? 지금 우리 군사는 모두들 겁을 잔뜩 집어먹어서, 바람에 풀잎이 흔들리기만 해도 적이 오는 줄 알고 놀랍니다. 그러니까 이곳 영채는 군사가 있는 것처럼 가장

하고서 비워놓은 채, 우리는 모두 10리쯤 후퇴해서 그곳에 진지를 새로 꾸미는 것이 좋겠습니다."

송강은 그 말에 찬성하고 즉시 영을 내려, 10리를 후퇴했다.

오용은 다시 송강에게 권해서 큰 진으로 작은 진을 싸도록 하는데, 진마다 서로 연결되는 이약사(李藥師)의 육화진(六花陣) 같은 진을 벌이도록 했다.

모든 장수가 명령대로 진을 만들어놓고 나니까, 그때 호관에서 명령을 받고 번서가 달려왔다는 보고가 들어왔다.

송강은 즉시 번서를 들어오게 하여, 자기가 교도청과 싸우다가 참패당한 이야기를 자세히 했다.

"형님! 염려하지 맙시오. 그건 별게 아니고 요술입니다. 제가 내일 술법을 써서 그놈을 잡아버리겠으니 걱정 마십쇼."

번서는 송강의 이야기를 듣더니 이렇게 장담하는 것이었다.

그러자 오용이 한마디 의견을 달았다.

"적이 싸움을 걸어오지 않거든 우리 쪽에서도 움직이지 말고 가만있다가, 공손일청(公孫一淸)형이 오는 것을 기다려서 대책을 세우는 게 좋겠습니다."

송강은 그 말이 옳다 하고, 즉시 장청·왕영·해진·해보 등으로 하여금 경기병 5백 명을 거느리고 위주로 가서 공손승을 데려오도록 했다.

그러고서 이들이 출동한 뒤에 송강은 진지 주위에 녹각(鹿角)을 심고, 목책을 튼튼히 하고, 병장기를 완전히 준비해놓고서 엄중히 경비했다.

한편, 교도청은 요술을 써서 송강 등을 곤경에 빠뜨린 후 쥐 잡듯이 모조리 잡아버릴 작정이었는데, 평원광야를 바다로 만들었던 물이 갑자기 없어져서 송강이 내빼버렸다는 것을 알고 그는 대단히 놀랐다.

"그거 참 이상한 일이다! 이번에 내가 베푼 술법은 아무나 쓸 줄 아는 술법이 아닌데, 어떻게 그것을 푸는 방법을 알았을까? 아무래도 저 놈들 가운데 이인(異人) 같은 게 있는 모양이지!"

교도청은 이같이 혼잣말하고, 군사를 거두어 손기 등과 함께 성내로 들어가 원수부에 올라갔다.

그러자 손기 등은 즉시 교도청에게 승전을 치하하는 축하연을 열었다.

그래서 술자리가 떡 벌어졌는데, 도부수(刀斧手)들이 노지심·무송·유당과, 먼저 잡혀온 흑선풍·포욱·항충·당빈 등을 묶어 그 앞으로 끌고 나왔다.

이때 손기가 교도청의 왼편에 서 있다가 당빈이 끌려나오는 것을 보더니 호령을 하는 것이었다.

"이 역적 놈아! 진왕께서 언제 너한테 섭섭하게 한 일이 있기에 네가 배반했단 말이냐? 죽일 놈!"

그러나 당빈도 마주 호령했다.

"이놈아! 너도 목숨이 얼마 남지 않았는데 무슨 개수작이냐!"

이때 교도청이 큰소리로 호령했다.

"이놈들, 모두들 성명을 대라!"

이 소리를 듣더니 흑선풍은 눈을 부릅뜨고 가슴을 쑥 내밀면서 우레 같은 목소리로 크게 꾸짖는 게 아닌가.

"이 도둑놈 같은 도사 놈아! 어른 이름을 잘 들어봐라. 나는 깜둥이님 흑선풍 이규라는 어른이시다!"

흑선풍은 이렇게 당당하게 이름을 대었건만, 노지심과 무송 등은 입을 다물고 숨만 씨근거리면서 이름을 대지 않는다.

교도청은 그들의 대답을 기다리지 않고 사병들에게 명령했다.

"너희들 지금 곧 가서 이놈들을 잡아온 군사들을 불러오너라!"

명령을 받은 도부수들은 밖으로 나가더니 금시에 몇 사람을 데리고 들어왔다.

"이 군사들이 저것들을 붙잡아왔답니다."

교도청은 이 말을 듣고 사병들에게 이자들이 어떤 것들이냐고 일일이 물었다. 그리고서, 이 사람들이 모두 송강군의 용맹스러운 장수인 것을 알고 그는 일동을 내려다보며 말했다.

"너희들이 항복만 한다면 내가 진왕께 말씀을 잘 드려서 너희들을 모두 고관대작에 앉히겠다. 생각이 어떠냐?"

이 말이 떨어지자마자, 흑선풍이 벼락같이 큰소리를 질렀다.

"네 이놈! 우리를 뭘로 보고 하는 말이냐? 그따위 개방구 같은 소리 뀌지 말고, 이 깜둥이 어르신네를 처치하고 싶거든 백 토막 천 토막 내봐라! 그런데도 이 깜둥이 어르신네 눈썹 하나 까딱 안 한다! 그런다면 내가 사내대장부가 아니다!"

그러자 노지심·무송·유당 등도 일제히 큰소리로 호령하는 것이었다.

"이 여우같은 도사 놈아! 그따위 잠꼬대 같은 수작을 어따 대고 하는 거냐? 우리들의 모가지는 네가 끊을 수 있어도, 우리들의 무릎은 꿇리지 못한다!"

교도청은 더 참을 수 없는 모욕을 느꼈다.

"저놈들을 어서 밖으로 끌고 나가서 목을 베어라!"

명령을 듣고, 도부수들이 그들을 끌고 나가려니까, 노지심이 껄껄 웃으면서 이렇게 말했다.

"이놈아! 죽는다는 건 나한텐 집으로 돌아간다는 것이다. 지금 죽어서 바른 길로 간다!"

도부수들이 그들을 끌고 나간 뒤에, 교도청은 속으로 생각했다.

'내가 이때까지 이렇게 꿋꿋한 놈들 처음 봤다! 죽이는 건 아무 때고 죽일 수 있는 거니까, 좀 더 살려두고 다시 생각해보자!'

이렇게 마음먹고 교도청은 도부수들을 도로 불러,

"아직 죽이지 않을 터이니 저놈들을 단단히 감금해둬라!"

이같이 명령했다. 그랬더니 무송이 고개를 번쩍 쳐들면서 냅다 소리를 질렀다.

"낯간지러운 도둑놈아! 죽이려거든 빨리 죽여! 더럽게 무슨 에누리냐!"

이 소리를 듣고도 교도청은 고개를 떨어뜨리고 아무 말 안 했다. 도부수들은 그들을 데리고 감금하러 나갔다.

교도청은 자기의 신수(神水)의 법술(法術)이 이번에 효과를 거두지 못했기 때문에 아까부터 맘속에 의심과 근심이 들어앉아 있는 것이다. 그래서 그는 성안에 가만히 앉아서 송강군의 동정만 살피기로 작정했다.

이래서 그다음 날부터 양쪽 군사는 5, 6일 동안 조금도 움직이지 아니했다.

그러다가 5, 6일 만에 섭신과 풍기가 와서 교도청에서 인사를 드리고, 끌고 온 군사를 전부 성안에 머무르게 했다.

교도청은 송강군이 수비만 하고 있으면서 싸우러 나오지 않는 것을 보고 그들이 별다른 계책이 있어서 그러는 것은 아니라고 믿고 손기·대미·섭신·풍기 등과 함께 군사 2만 명을 거느리고 날이 밝기 전에 성 밖으로 나가 남쪽에 있는 오룡산에 진을 쳤다. 그러고서 교도청은 손기에게 장담했다.

"내가 오늘은 세상없어도 송강이란 놈을 사로잡고 호관을 탈환하겠단 말야!"

그러니까 손기는 허리를 굽신했다.

"저는 오직 국사(國師)님의 법력만 믿고 바랍니다!"

교도청은 자신 있게 군사 1만 명을 이끌고 송강군의 진영을 향해 돌격했다.

이때 송강군 탐색병이 적군이 오는 것을 알고 나는 듯이 송강에게 돌아가 보고했다.

송강은 즉시 번서·단정규·위정국 등을 불러 적을 맞아서 싸울 준비를 하라고 명령했다.

교도청은 군사를 몰고 오다가 높은 언덕 위에 올라가서 송강군의 진지를 한 번 관찰했다. 가만히 보니, 사면팔방이 모두 법에 맞고, 전후좌우가 서로 연결되었고, 들고 나고 하는 곳에 기틀이 꽉 짜여 있는데, 함부로 건드리기 어려운 진법(陣法)이므로 그는 맘속으로 적이 감탄했다.

그런데 이때 별안간 송강군의 진에서 대포 소리가 한 방 터지더니, 진문이 열리면서 한 떼의 군사가 뛰어나왔다.

이럴 때 교도청이 언덕에서 내려와 진 앞으로 뛰어나가니까, 뇌진·예린·비진·설찬 등이 그의 좌우를 호위한다.

송강군의 진지에서도 이때 깃발을 세우더니 한 사람의 장수가 말을 걸려 나오는데, 이 사람은 혼세마왕 번서로서 한쪽 손에 보검을 들고 교도청을 가리키면서 큰소리로 호령하는 것이었다.

"역적 도사 놈아! 네가 이놈, 어따 대고 감히 건방지게 굴었느냐?"

교도청이 이 소리를 듣고 생각해보니 이놈이 아무래도 법술(法術)을 아는 놈 같은지라, 한번 큰소리로 약을 올려보았다.

"미련한 패장(敗將) 놈아! 네가 감히 나하고 한번 겨루어보겠느냐?"

"그래 이놈아! 한번 해보려거든 어서 달려들어라! 한칼로 썩 베어줄 테니!"

이때 양쪽 군사들은 고함을 지르고 북소리를 요란하게 냈다.

번서가 칼을 춤추면서 말을 달려 들어가니까, 교도청도 칼을 휘두르며 말을 채쳐 달려나와 두 마(魔)가 한덩어리가 되어 싸우기 시작했다.

조금 있다가 양쪽에서는 각기 재주를 부려, 사람의 형체는 보이지 않고 두 줄기의 검은 기운만이 공중에서 서로 부딪치고 있다.

양쪽 군사들은 이때 공중의 이 광경만 멍하니 바라보고 있었다.

번서는 싸움이 절정에 다다랐을 때, 적한테서 틈을 보았는지라 그 틈에 칼을 내리쳤다.

그러나 이것은 헛된 일이었다. 일부러 교도청이 틈을 보여 번서를 헛손질하게 해놓고서 그는 오룡태골지법(烏龍蛻骨之法)으로 번개같이 자기 진으로 돌아가 크게 소리를 내어 웃고 있는 게 아닌가.

번서는 그만 질겁을 해서 진으로 돌아오고 말았다.

그럴 때 송강군의 진에서는, 좌편에서 성수장군 단정규가 검은 갑옷, 손에는 단패·표창·강차·이도(利刀)를 들고 있는 보병 5백 명을 몰고 나오고, 우편에서는 신화장군 위정국이 몸에 붉은 옷을 입고 손에는 화기(火器)를 쥐고 전후에 50채의 화차(火車)를 끄는 5백 명의 화군(火軍)을 몰고 뛰어나오는 것이었다.

그런데 그 화차마다 갈대와 마른풀 같은 인화물이 가득하고, 군사들은 저마다 손에 유황과 염초 같은 화약을 갖고 오다가 일제히 불을 질러버리니 반란군 좌편으로는 검은 구름이 땅 위를 덮고 쳐들어가는 판이요, 우편으로는 뜨거운 불덩어리가 쳐들어가는 판이다.

이때 반란군은 모두 질겁을 해서 도망치려고 했다.

그러나 교도청이 호령을 내렸다.

"도망하는 놈은 죽인다!"

그는 호령을 하고서, 바른손에 칼을 쥐고는 입속으로 주문을 외웠다.

그러자 삽시간에 시꺼먼 구름이 땅 위를 덮고 바람이 맹렬히 불면서 우레 소리가 하늘이 뻐개지는 듯 요란하더니 주먹 같은 우박이 쏟아져 성수장군과 신화장군의 군사를 두들겨대니, 화차의 불은 여지없이 꺼져버리고 군사들은 우박을 맞으며 쩔쩔매는 게 아닌가.

성수장군 단정규와 신화장군 위정국은 혼비백산해서 본진으로 돌아갔다.

잠시 후, 우박이 그치고 구름이 걷혀 다시 청천백일이 되었는데도 땅 위에는 계란만큼씩, 어떤 것은 주먹만큼씩 큰 얼음덩어리가 무수히 흩어져 있다.

교도청이 이때 송강군을 바라보니까 우박에 맞아서 대가리가 깨진 놈, 이마가 깨진 놈, 눈퉁이가 터진 놈, 코가 터진 놈이 수두룩하다.

이 꼴을 보고 그는 더욱 위엄을 떨치면서 호령을 했다.

"이놈들아! 너희들 중에 좀 더 수단이 높은 놈은 없느냐?"

송강군의 진에서 이 소리를 들은 번서는 분한 마음과 부끄러운 마음이 얽혀 머리를 흔들면서 칼을 집고 죽을힘을 다해서 또다시 주문을 외웠다.

그러자 삽시간에 사방으로부터 광풍이 불면서 모래와 돌멩이를 날리며 햇빛을 캄캄하게 했다.

이때 번서는 군사를 휘몰아 적진으로 돌격했다. 그러나 교도청은 이 광경을 보고 비웃는 것이었다.

"이게 다 뭐냐? 이따위 수단을 가지고 뭣에 쓰겠느냐!"

교도청은 비웃고 나서, 칼을 곧추 들고, 다시 입속으로 주문을 외웠다.

그러자 바람이 일어나 송강군 쪽으로 모래와 돌멩이를 날리며 하늘에서는 번갯불이 번뜩번뜩하다가 벼락 치는 소리가 나더니, 무수한 신병(神兵)과 신장(神將)이 내려와 마구 치는 게 아닌가.

송강군은 온통 혼비백산해서 수라장을 이루었다.

교도청은 네 명의 부장과 함께 이때 송강군을 들이치므로 번서는 자기의 법술이 효력을 내지 못했을 뿐 아니라 당장에 적군을 막아낼 도리가 없어서, 그냥 도망하기 시작했다.

교도청의 군사는 그 뒤를 쫓는다. 번서와 그의 군사가 바야흐로 위태하게 쫓겨가는 판인데, 이때 뜻밖에도 송강군의 진영에서 한 가닥 금빛 광채가 뻗치면서 바람과 모래를 진압해버리더니, 추격해오던 신병과 신장은 제풀로 모두 땅바닥에 떨어져버리는데 가만히 보니까 그것은 모두 사람이 아니고 오색 종잇조각이다.

이때 교도청은 저의 법술이 깨어진 것을 보고, 머리를 풀어 날리면서 칼을 곧추 쥐고 또다시 입속으로 주문을 외우더니,

"빨리!"

하고 소리를 지르니까, 금시에 천만 근이나 되는 듯한 무거운 흑기(黑氣)가 북쪽으로부터 쏟아져 나왔다. 교도청이 이번에 쓴 법술은 삼매신수법(三昧神水法)이라는 것이었다.

이때 송강군 진에서는 한 사람의 선생이 말을 달려 진 앞으로 나오면서 송문고정검(松紋古定劍)을 높이 쳐들고 입속으로 주문을 외우고는,

"빨리!"

소리를 지르는 것이었다. 그러자 공중에서 무수한 황포신장(黃抱神將)이 나타나 북쪽으로 날아가면서 그 검은 기운을 말끔하게 걷어버린다.

교도청은 자기의 법술이 깨지는 것을 보고 기가 막혀 수족을 움직이지 못하고 멍하니 있는데, 송강군은 이때 기운을 얻었는지라 일제히 고함을 지르는 것이었다.

"교도청아! 요망스런 도둑놈아! 이제야 정말 진짜 법술을 네가 보았느냐?"

이 소리를 듣고 교도청은 너무 부끄러워서 귓바퀴까지 낯빛이 붉어져 본진으로 도망해버렸다. 여태까지 제 위에는 신통한 사람이 없는 줄 알고 요술을 부리던 것이, 이제는 풀이 꺾여서 어깨가 축 늘어졌다.

그런데 이번에 송강군의 진에서 교도청의 요술을 깨어버린 사람은 바로 입운룡 공손승이었다. 그는 여태까지 위주에 있다가 송강의 장령(將令)을 받고 왕영·장청·해진·해보 등과 함께 급히 이곳으로 달려왔던 것이다. 그래서 공손승이 진중에 들어가서 송강에게 인사를 드렸을 때가 바로 교도청이 요술을 부려 번서를 괴롭히는 그때였던 것이다.

이날이 바로 2월 초파일로 간지(干支)는 무오(戊午)에 해당하는 날이고, 무는 오행에서 토(土)에 속하므로, 공손승은 즉시 천간(天干)의 신장(神將)을 청해다가 임계(壬癸)의 수(水)를 깨뜨리고 요기(妖氣)를 소탕해서 청천백일을 도로 찾은 것이었다.

이때 송강과 공손승이 말을 나란히 타고 진 앞에 나가 보니까, 교도청이 군사를 이끌고 남쪽으로 도망가고 있다.

이것을 보고 공손승이 송강에게 말했다.

"교도청이 지금 법술에 지고서 저렇게 도망합니다. 만일 저 사람을 성으로 들어가도록 내버려둔다면 반드시 저 사람은 뿌리를 박고 우리를 괴롭힐 겝니다. 그러니 형님께서는 곧 명령을 내려서 서녕과 삭초더러 군사 5천 명을 거느리고 동쪽 길로 해서 남문으로 들어가 길을 끊도록 하고, 왕영과 손신한테는 군사 5천 명을 데리고서 문으로 들어가 길을 막도록 하셔야겠습니다. 그래서 교도청의 군사가 쫓겨오거든 그때 그것들이 성안으로 들어갈 길만 끊어버리면 그만입니다. 그러면 싸울 필요도 없이 일이 끝날 겝니다."

송강은 공손승의 말대로 명령을 내려 장수들을 내보냈다. 시각은 점심때가 조금 못 되었을 때다.

송강은 공손승과 함께 임충·장청·탕윤·이운·호삼랑·고대수 등 일곱 명 두령과 군사 2만 명을 이끌고서 총공격을 시작했다.

한편, 반란군 측에서는 뇌진 장군이 교도청을 호위해서 송강군과 한편으론 싸우며 한편으론 피해 달아나는 판이었는데, 또 전방에서 한 떼의 군사가 오고 있어서 적이 근심했었으나, 다행하게도 그것은 손기와 섭신이 군사를 거느리고 응원 오는 것이었다.

교도청은 그 군사를 합쳐 간신히 오룡산 진지에 도착했는데, 이때 벌써 송강군은 꽹과리를 두드리고 북을 치고 고함을 지르면서 덮치는 것이었다.

일이 급하게 되었으므로 손기가 교도청 앞으로 나섰다.

"국사님은 진중에 머물러 계십시오. 저희들이 결사적으로 적을 물리치겠습니다."

교도청은 여태까지 여러 장수들 앞에서 큰소리만 해왔을 뿐 아니라, 그보다도 법술을 써서 한 번도 남한테 져본 일이 없다가 지금 송강군한테 쫓겨서 도망가는 판인데, 이런 판국에 부하로부터 가만히 앉아 있으라는 말을 들었으니 이것이 어찌 창피하지 아니하랴. 그래서 그는 성난 목소리로 손기를 쏘아붙였다.

"모두 뒤로 물러가 있어! 내가 나가서 적을 없앨 테니까!"

교도청은 이렇게 명령하고 군사를 벌려 세운 후 혼자서 말을 채쳐 달려나갔다.

그러자 교도청의 부장 뇌진 등 몇몇 장수가 그를 호위해 나갔다.

교도청은 송강군을 향해 큰소리로 외쳤다.

"양산박 좀도둑 놈들아! 너희 놈들이 감히 나를 속여먹었지? 이놈들, 또 한 번 덤벼들어봐라!"

그런데 이 교도청이란 자는 원래 서북 지방에서도 가장 떨어진 경원 땅 출신이기 때문에 거리가 너무도 떨어진 산동 지방 사정에는 어두워서 송강 일당에 대한 상세한 내용은 알지도 못하고 있었다.

이때 송강군의 진에서 좌우로 기가 흔들리더니 진형(陣形)이 펴지면서 양쪽 군사가 서로 마주보고 나팔을 불고 북을 울리기 시작한다.

그럴 때 진에서 황기(黃旗)가 좌우로 흔들린 후 문기(門旗)가 양쪽으로 갈라서더니 두 사람의 장수가 말을 타고 나오는데, 한가운데 사람은 산동 호보의 급시우 송공명이요, 그 왼편에 있는 사람은 입운룡 공손일청으로서, 그는 한 손에 든 기다란 칼로 교도청을 가리키면서 점잖게 꾸짖는 것이다.

"네가 쓰는 술법은 그게 외도(外道)라는 것이다. 너는 정법(正法)을 못

들었느냐? 빨리 말에서 내려 귀순하여라!"

교도청이 이 사람을 자세히 보니, 자기의 술법을 깨뜨린 그 도사임이 틀림없다. 머리엔 성관(星冠)을 쓰고, 몸엔 구궁(九宮)의 찬란한 도복을 입고, 손에는 송문고정검을 쥐고서 황준마(黃駿馬)를 타고 앉았다.

교도청은 한번 바라보고 나서 제법 의젓하게 말했다.

"오늘은 내가 법력(法力)을 다 나타내지 못한 것뿐이다. 내가 너한테 항복할 줄 아느냐?"

"네가 아직도 코 묻은 어린애 같은 수단을 못 써서 아쉬우냐?"

이 말을 듣고 교도청은 성을 냈다.

"이놈아! 업신여기지 말아라! 내가 쓰는 법을 정말 한번 보고 싶으냐?"

교도청은 정신을 가다듬고 입속으로 주문을 외우면서 한 손을 들어 저의 부장 되는 비진을 가리켰다.

그러자 비진이 쥐고 있던 점강창이 별안간 사람이 잡아당긴 것같이 비진의 손에서 떨어져 나오더니 구렁이처럼 꿈틀꿈틀 날면서 공손승을 향해 찌른다.

이럴 때 공손승은 자기 칼로 진명을 가리켰다. 그러자 진명이 쥐고 있는 낭아곤이 저절로 진명의 손에서 떨어져 나오더니 점강창을 대항해서 나갔다 물러갔다 하며 공중에서 싸우는 게 아닌가. 이 희한한 광경에 양쪽 군사는 감탄하는 소리를 내면서 박수갈채했다.

그럴 때 별안간 쨍그랑하는 소리에 양쪽 군사는 소리를 치고 놀랐는데, 이때 공중에서 낭아곤이 점강창을 힘껏 때려 그 창이 반란군 측 전고(戰鼓) 위에 거꾸로 떨어지면서 북을 찢어버린 것이었다. 그래서 전고를 맡고 있던 군사들의 얼굴빛은 금시에 흙빛이 되어버렸다.

그런데 그 낭아곤은 아까처럼 도로 진명의 손에 쥐어져 있는 게 아닌가.

이것을 보고 송강의 군사들은 눈에서 눈물이 괼 만큼 웃어댔다.

공손승은 이때 교도청을 향해 호령했다.

"이놈아! 네가 하는 행동이, 명인(名人)의 대장간 앞에서 도끼를 자랑하는 격이다."

그래도 교도청은 지지 않겠다고 결심했는지, 입을 다물고서 주문을 외우고는 한 손으로 북쪽을 가리키며,

"빨리!"

소리를 질렀다. 그러자 반란군 진지 뒤의 오룡산 골짜구니에서 검은 구름이 피어오르더니 구름 속으로부터 한 마리 검은 용이 나타나 덤벼드는 게 아닌가.

공손승은 소리를 내어 크게 웃으면서 교도청이 하던 대로 자기도 오룡산을 한 손으로 가리키며 손짓했다. 그러자 오룡산 골짜구니에서 한 마리의 누런 용이 날아와 구름같이 안개같이 검은 용을 맞아 공중에서 싸운다.

교도청은 이 모양을 보고 급히,

"청룡(靑龍)아, 빨리 나오너라!"

하고 외쳤다.

그러니까 오룡산 꼭대기에서 한 마리의 청룡이 날아왔는데, 그 뒤를 쫓아서 백룡(白龍) 한 마리가 금방 날아오더니 청룡의 꼬리를 물고 흔드는 게 아닌가.

양쪽 군사는 입을 딱 벌리고 멍하니 구경만 한다.

교도청은 또 칼을 곧추 들더니 큰소리로 외쳤다.

"적룡(赤龍)아, 빨리 나와 도와라!"

그러자 금시에 산골짜기로부터 한 마리의 붉은 용이 나타나 공중으로 날아왔다.

이렇게 다섯 마리의 용이 공중에서 드잡이를 하고 있으니 이것은 금

(金=흰 것), 목(木=푸른 것), 수(水=검은 것), 화(火=붉은 것), 토(土=누른 것)의 오행을 대표하는 것으로서, 엎치락뒤치락 서로 붙고 떨어지고 하는 싸움이다.

한참 동안 5룡이 이같이 싸우는데, 갑자기 광풍이 크게 불면서 양쪽 진의 기잡이 군사들은 바람에 날려서 한꺼번에 수십 명이 쓰러져버렸다.

이때 공손승은 왼손으로 칼을 쥐고, 바른손에 쥐고 있던 진미(塵尾)를 공중에 내던졌다. 진미라는 것은 사슴의 꼬리로 만든 지휘봉 같은 것이다.

그랬더니 진미는 공중에서 빙빙 돌다가 기러기 같은 큰 새가 되어 날아가더니 하늘 높이 오르면서 점점 커져 마침내 9만 리 장천을 나는 대붕(大鵬) 새로 변해 하늘을 덮을 만한 큰 날개로 다섯 마리의 용을 향해 내리쳤다. 이때 청천에 벽력같은 요란한 소리가 나고서 다섯 마리의 용은 비늘과 살점이 떨어져 뼈만 남아서 흩어져버린다.

원래 오룡산에는 영검이 있어서 산속에 항상 오색구름이 떠돌고 있었고, 그 지방 사람들 꿈에 용신(龍神)이 나타나는 일이 가끔 있었기 때문에, 백성들은 그곳에 사당을 세우고 용왕의 위패를 모시고, 동서남북과 중앙과 오방(五方)에 맞춰서 청·황·적·흑·백(青黃赤黑白)의 다섯 마리 용의 형상을 만들어 각각 그 방향에 따라서 기둥에 감아놓았던 것이다. 그리고 그것은 모두 흙으로 만들어진 용으로서 그 몸뚱이에 금과 채색을 칠한 것이었는데, 아까 공손승이 진미로 대붕을 만들어서 이 다섯 마리의 흙으로 만든 용을 가루가 되도록 부서뜨려 반란군 머리 위에 떨어뜨린 것이었다. 그래서 반란군 병정들이 고함을 치고 내빼는데 용의 몸뚱어리에 붙었던 바짝 마른 흙덩어리에 맞아서 얼굴은 터지고, 이마는 깨져서 피가 흐르니 삽시간에 부상당한 자가 2백여 명이다.

교도청은 속수무책이었다. 계속해서 요술을 더 쓰기는커녕 공중에서 용의 꼬리의 흙덩어리가 그의 머리에 떨어지는 바람에 하마터면 머리가 깨질 뻔했지만 다행히 도관(道冠)만 깨어지고 말았으니 어찌 놀라지 아니했으랴.

이럴 때 공손승이 손을 들고 대붕새를 부르는 시늉을 하니까, 대붕새는 눈 깜짝할 사이에 없어지고, 진미는 먼저처럼 공손승의 손에 쥐어져 있다.

이렇게 혼이 나고서도 교도청은 또 요술을 부려보려고 했다. 그랬으나 공손승은 즉시 오뢰정법(五雷正法)의 신통력을 발휘해서 그 머리 위에 금갑을 입은 신인이 나타나게 하여 큰소리로 호령하게 했다.

"교열아! 속히 말에서 내려 밧줄을 받아라!"

그래도 교도청은 이 소리를 못 들은 체하고 입으로 주문을 외웠지만 도무지 효과가 나타나지 아니했다. 이렇게 되고 보니 겁이 나는지라 그는 말을 돌려 자기 진을 향해 달아났다.

이때 임충이 창을 들고 말을 채쳐 교도청을 쫓아가면서 소리를 질렀다.

"요사한 도사 놈아! 게 있거라!"

이럴 때 반란군 진에서 예린이 칼을 들고 달려오고, 뇌진은 창을 비껴들고 뛰어나와서 힘을 합친다.

이것을 보고 송강군에서는 탕융이 철조추(鐵爪鎚)를 휘저으며 달려나가니, 양쪽 군사의 함성 속에서 네 사람의 장수는 두 패로 나뉘어 백열전을 전개하게 되었다.

이때 임충은 예린과 더불어 20여 합이나 싸우다가 요행히 틈을 얻었는지라, 그 틈에 창으로 상대방의 말다리를 찔렀다. 그래서 말이 앞발을 쳐들고 껑충 뛰는 바람에 예린이 말에서 떨어지자 임충은 번개같이 달려들어 창으로 가슴팍을 찔러 죽여버렸다.

이때 뇌진은 탕융과의 싸움이 절정에 달했었지만 예린이 말에서 떨어진 것을 보고는 못 이기는 체하고 말머리를 돌려 도망하기 시작했다.

그러나 탕융이 급히 쫓아오면서 철조추로 힘껏 내리치는 바람에 그의 머리는 투구와 함께 두 쪽으로 쪼개지면서 떨어져 죽었다.

이때 송강이 채찍을 들어 한 번 신호를 하니까, 장청·이운·호삼랑·고대수 등 여러 사람이 일제히 적을 무찌르며 돌격했다. 반란군은 대혼란을 일으켜 도망가기에 정신을 못 차렸지만 죽은 놈의 수효가 더 많았다.

이럴 때 손기·섭신·비진·설찬 등은 오룡산을 포기하고, 교도청을 호위해가며 군사를 끌고 소덕성으로 들어갈 작정으로 언덕을 넘어 성까지 6, 7리쯤 떨어진 곳에 이르니까, 별안간 전방에서 함성이 요란하더니 동쪽으로부터 한 떼의 군사가 달려나오는데 선두에서 뛰어오는 두 장수는 금창수 서녕과 급선봉 삭초였다.

이렇게 뛰어나온 송강군과 반란군이 아직 접전을 하기 전에 소덕성 안에서는 성 밖의 형세를 보았는지라 성을 지키고 있던 장수 대미(戴美)와 옹규(翁奎)가 5천 명의 군사를 이끌고 남문으로 달려나와 응원한다.

서녕과 삭초는 군사를 쪼개서 양쪽의 적과 싸우게 된 까닭으로 우선 1천 명으로 소덕성에서 나온 응원군을 막았더니 대미가 달려와서 삭초와 마주 싸우기 불과 10여 합에 대미는 삭초의 금잠부(金蘸斧)에 찍혀 몸뚱어리가 두 동강이 나서 죽어버렸다.

이 광경을 본 옹규는 혼비백산해서 군사를 이끌고 성내로 도망했다.

삭초는 그 뒤를 추격하며 적을 백여 명이나 죽이면서 바로 남문의 성 밑까지 바싹 들어갔다. 그러나 먼저 도망해 들어간 옹규의 군사는 성문을 굳게 닫아걸고 성벽 위에서 나무토막과 바윗돌을 빗발처럼 떨어뜨리는 바람에 삭초의 군사는 가까이 갈 수가 없어서 단념하고 말았다.

한편, 서녕은 군사 3천 명을 이끌고 반란군이 달아날 길을 막았었다.

그런데 이것들 반란군은 싸움에 패하기는 했지만 아직도 2만여 명의 큰 군사를 가지고 있기 때문에 손기와 섭신은 서녕의 군사와 싸우려고 했다. 그러나 비진과 설찬은 싸울 마음이 없어서, 5천 명 군사와 함께 교도청을 호위하여 서쪽을 향해서 그냥 내뺐다.

그러자 손기와 섭신과 마주 싸우게 된 서녕은 기운을 다해서 싸웠건만 워낙 적의 수효가 많기 때문에 손기의 군사한테 포위당하고 말았는데, 이때 다행하게도 송강과 삭초가 거느린 군사가 남북 양쪽 길에서 달려왔기 때문에 형세는 완전히 뒤바뀌어서 손기와 섭신이 되레 삼면으로 공격을 받게 되었다. 그래서 손기와 섭신은 삼면 공격을 막을 길이 없어 허둥지둥하다가 섭신은 서녕의 창에 맞아 죽고, 손기는 도망하려다가 장청의 창에 찔려 죽었다.

이렇게 해서 반란군은 형편없이 참패하여 3만 명의 군사가 절반이나 없어졌으니 시체는 들에 깔렸고, 피는 흘러 강을 이루었으며, 그들이 내버린 깃발·금고·투구·마필 따위는 부지기수였다.

송강과 공손승·임충·장청·탕융·이운·호삼랑·고대수 등은 서녕·삭초가 거느린 병력과 합친 2만 5천 명의 병력을 거느리고 교도청·비진·설찬 등이 5천 명의 군사를 이끌고 서쪽으로 도망갔다는 말을 듣고 그 뒤를 추격하려 했지만 시각이 벌써 점심때가 훨씬 지난 때여서 군사들이 몹시 배고파하고 피로했기 때문에 그만두었다.

송강은 군사를 거두어 진지로 돌아가 쉬려고 할 때였는데 뜻밖에도 군사 오용이 송선봉의 군사가 격전을 하고 있다는 소식을 듣고 번서·단정규·위정국 등에게 군사 1만 명을 주어 횃불을 들고서 응원 왔다는 보고가 올라왔다.

"그거 잘됐군! 참 고마운 일이야!"

송강이 이같이 기뻐하자, 공손승이 그를 보고 권했다.

"형님은 진중에서 좀 편히 쉬십시오. 응원군이 오고 있다니까, 나는 그들과 함께 교도청을 쫓아가서 기어코 항복시키고 돌아오겠습니다."

"왜 나더러만 쉬라 해요? 아우님 덕택으로 우리가 재난에서 벗어났는데, 나만 쉴 게 아니라 모두 같이 쉽시다. 그까짓 교도청이란 놈은 법술이 깨어져서 밑천이 드러난 놈이니까 걱정할 게 없어요. 그놈을 잡을 계책은 내일 서서히 의논합시다."

"그렇지 않습니다. 형님은 모르시는 일입니다만, 저의 스승님 나진인께서 그전에 저한테 말씀하신 일이 있습니다. '경원에 교열이라는 사내가 있다. 도사(道士)가 될 자격을 가진 자로서, 나한테 한 번 도(道)를 물으러 온 일이 있었지만, 내가 만나주지 아니했다. 그때 그 사내한테는 마심(魔心)이 너무 많고, 또 이 세상 중생이 악(惡)을 행하고, 살운(殺運)이 끝나지 않았을 때였기에 내가 안 만난 거야. 그러나 필경엔 그 사내의 마심도 점차 가라앉고 덕(德)으로 돌아와 복종할 때가 올 거야. 내가 너한테 특별히 부탁하는 것은 네가 그 사내와 만나게 될 연분이 있는 터이니까, 그를 잘 붙들어서 인도하란 말이다. 그렇게만 하면 그 사내도 도를 깨치게 될 뿐만 아니라 일후에 그가 필요한 때도 있게 된다는 말이다.' 이런 말씀을 저한테 하셨습니다."

"그래요? 그런 일이 있어요?"

"그래 이번에 제가 위주에서 형님의 명령을 받고 이리로 올 적에 그 요술을 부린다는 사내의 이름을 몇 번이나 물어봤더랬죠. 그랬더니 장청 장군의 말이, 경공이 말하는데 들으니까 교도청이라는 이름은 경원 교열의 이름이라고 말하더군요. 바로 나진인 스승님이 말씀해주시던 그 사람예요. 그런데 아까도 그 사람의 법술을 보았지만, 그 사람이 나하고 겨룰 만한 수단을 가지고 있는 게 사실입니다. 다만 저는 스승님으로부터 오뢰정법을 배웠기 때문에 그의 법술을 깨뜨린 것뿐입니다. 저 성(城)의 소덕이라는 이름은 스승님이 하시던 말씀에 '덕을 만나 복종한다'는 말씀과 부합됩니다. 만일 이 사람을 놓쳐서 이 사람으로 하여금 마(魔)에 빠지게 한다면 이것은 스승님의 법지(法旨)를 어기는 것이 됩니다. 저는 이번 기회를 놓칠 수 없으니, 군사를 거느리고 제가 교도청의 뒤를 쫓아가 기회를 보아 그를 항복시켜 데리고 돌아오겠습니다."

송강은 이 말을 듣고 가슴속이 시원했다.

"그렇게 하시오! 그럼 나는 돌아가서 편히 쉬죠."

송강은 여러 장수들과 함께 군사를 거두어 진영으로 돌아와 편히 쉬고 있는데, 공손승은 번서·단정규·위정국 등과 함께 군사 1만 명을 거느리고 교도청의 뒤를 쫓아갔다.

이때 교도청은 비진·설찬과 함께 살아남은 군사 5천 명을 이끌고 소덕성 서쪽으로 달려가서 서문으로 들어가려 했는데, 별안간 북소리, 나팔 소리가 요란하게 나더니, 밀림 속으로부터 왜각호 왕영과 소울지 손신이 5천 명의 군사를 이끌고 나와 성안으로 들어가는 길을 막으므로, 비진과 설찬은 죽기를 각오하고 북쪽으로 길을 뚫고 달아났다. 이때 손신과 왕영은 공손승의 명령대로 교도청을 성안에 못 들어가게만 하고, 도망가는 것을 뒤쫓아가지는 아니했다. 그리고 이때 성안에서는 교도청이 요술을 부리다가 참패했기 때문에 송강군이 물밀듯 쳐들어온다는 소식을 들었는지라, 성문을 굳게 닫은 채 나와서 도와줄 생각은 하지도 않았던 것이다.

그런데 손신과 왕영은 조금 있다가 공손승이 번서·단정규·위정국 등과 함께 군사를 거느리고 오는 것과 만났다.

공손승이 먼저 두 사람을 보고,

"두 분은 어서 진영으로 돌아가 쉬십시오. 교도청을 쫓아가는 일은 내가 맡았으니까 걱정 마시오."

이렇게 말하므로, 두 사람은 바로 송강의 진영으로 돌아왔다. 해는 져서 벌써 저녁때가 되었다.

한편, 교도청은 성안으로 들어가려다가 실패하고서 비진·설찬과 함께 패잔병을 이끌고 북쪽을 향해 달아나는 판인데, 뒤에서는 공손승이 번서·단정규·위정국과 함께 군사 1만 명을 몰아 맹렬히 추격해오는 것이었다.

"교도청아! 속히 내려서 항복해라! 쓸데없이 고집만 부리면 무슨 소용 있니?"

등 뒤에서 공손승이 이같이 외치는 소리가 들렸건만, 교도청은 아직 그럴 생각이 나지 아니했다.

"사람은 다 각기 섬기는 주인을 위해서 있는 거니까, 날보고 그런 소리 하지 마라!"

교도청은 이같이 대답하고 계속해서 달아나는데, 벌써 사방은 깜깜해졌다.

송강군은 이때 횃불을 밝혔다.

불빛이 대낮같이 환하게 비치자, 교도청은 좌우를 돌아보았다. 비진과 설찬 외에 겨우 2, 30명의 기병이 남아 있을 뿐, 죄다 도망가고 없는 게 아닌가. 초라하기 짝이 없는 신세가 되고 만 것을 깨닫고, 그는 칼을 쑥 뽑았다.

'어쩔 도리가 없구나!'

그는 결심하고서 칼을 목으로 가져갔는데, 이때 비진이 황급히 달려들어 칼을 거머잡고,

"국사님! 이러지 마십시오. 잠깐만 참으십시오!"

하고 한 손으로 앞에 보이는 산을 가리키면서 말하는 것이었다.

"저 산은 몸을 숨길 만한 산입니다. 저 속으로 들어가시지요."

교도청은 죽을 수도 없어서 비진과 설찬을 따라 그 산 속으로 향했다.

그런데 본래 소덕성 동북쪽에는 백곡령(百谷嶺)이라는 산이 있고, 태고 때 신농(神農)씨가 이 골짜기에서 백초(百草)를 맛보았다는 전설이 있어서 신농묘(神農廟)까지 있는 곳인데, 이 골짜기로 들어온 교도청은 비진·설찬과 함께 신농묘 안으로 들어갔다. 그리고 여기까지 따라온 군사는 겨우 15, 6명밖에 없었다.

공손승은 이때 교도청이 백곡령 속으로 은신한 것을 알고 즉시 군사를 네 갈래로 나누어 사방으로부터 산을 에워쌌다.

밤이 2경 때쯤 되니까 동서 양쪽에서 불빛이 환하게 비친다. 알고 보니 이것은 송강이 진영에 돌아와서 임충과 장청으로 하여금 군사 5천 명씩을 거느리고 나가서 형세를 살펴보고 오라고 파견한 부대들이었다. 그래서 임충과 장청은 여기서 공손승의 군사와 만나 합세하고 보니 병력이 모두 2만 명이라, 그들은 더욱 군사를 여러 갈래로 쪼개어 교도청이 꼼짝 못 할 만큼 백곡령을 둘러쌌다.

이곳의 상황은 이러했는데, 그다음 날 송강은, 교도청이 숨어 있는 백곡령을 공손승이 포위하고 있다는 소식을 듣고, 즉시 오용과 상의하고서, 적군을 동원하여 소덕성 아래로 육박해 들어가 물샐틈없이 성을 포위해버렸다.

이때 성을 지키는 수장인 섭성 등도 완강히 저항하는 까닭으로 이틀 동안 공격했지만 성은 떨어지지 아니하므로 송강은 큰 걱정을 했다.

"저놈들 수중에 잡혀 있는 흑선풍 등 여러 형제의 목숨이 어찌되었을까?"

송강이 눈물을 떨어뜨리고 비창해하니까, 오용이 위로하는 것이었다.

"형님! 너무 걱정하지 마십시오. 종이를 몇 장만 쓰면, 힘 안 들이고 저 성을 얻을 것이니 염려 마십시오."

송강은 귀가 번쩍 뜨였다. 종이 몇 장을 가지고 성을 얻는다면, 왜 그런 말을 진작 하지 아니했나 싶어서,

"군사(軍師)! 무슨 좋은 수가 있습니까?"

하고 그는 급히 물었다.

오용이 침착하게 대답하는 것이었다.

"제 말씀을 들어보십시오. 지금 성안에 있는 적군은 하잘것없습니다. 그전엔 교도청의 요술을 믿었었지만 이제는 그놈의 요술이 한 푼어

치 값도 없는 것인 줄 알았고, 또 응원군도 오지 않는 것을 알고 있기 때문에 지금 대단히 겁을 집어먹고 있는 중입니다. 제가 오늘 아침에 구름사다리 위에 올라가서 바라봤더니, 성안에 있는 군사들이 모두 불안해서 떨고 있는 게 분명하거든요. 그러니까 저것들이 겁내고 있는 틈을 타서 저것들이 나아갈 길을 알려주고, 어떻게 하는 것이 저희들한테 이로운 일이라는 것을 가르쳐준다면, 저것들이 반드시 장수를 묶어와서 항복을 할 겝니다. 이렇게 하는 것이 칼에 피를 묻히지 않고 성을 수중에 넣는 방법이죠."

"과연 참 훌륭한 계책입니다!"

송강은 몇 번이나 감탄하고서 다음과 같은 수십 장의 효유격문(曉諭檄文)을 만들었다.

대송(大宋)의 정북 정선봉(征北正先鋒) 송강은 소덕주의 성을 지키는 장병과 백성들에게 말하노라. 전호는 반란을 일으켰으므로 당연히 법에 의해서 목이 베이겠지만 마지못해 그자에게 협조했던 사람들은 용서할 점이 있다고 생각하는 바이라, 성을 지키는 장병들은 사(邪)를 버리고 정(正)으로 돌아와 지난날의 잘못을 뉘우치고, 마음을 새롭게 갖고서 군민(軍民)을 이끌고, 성문을 열어 항복해온다면 어김없이 조정에 보고하여 죄를 용서하고, 나라에서 쓰도록 할 것을 언약하노라. 만일 장사들이 끝까지 듣지 않거든 그대들은 송조(宋朝)의 적자(赤子)로서 대의를 일으켜 그 같은 장사를 결박해가지고 나와서 천조(天朝)에 귀순하라. 두목으로 행동한 자에게는 중상을 줄 것이고, 천자님께 아뢰어 좋게 대우하도록 하리라. 그러나 좌우 결단을 못 하고 그대들이 주저한다면 성을 깨뜨리는 날, 옥석(玉石)이 함께 불에 타고 부서져버릴 것이니 십분 생각하라. 특히 이르노라.

송강은 이 같은 격문을 군사들에게 주어서 그것을 화살촉에 달아 사방에서 성안으로 쏘아뜨리게 했다. 그리고 성을 공격하는 손을 잠시 정지하고, 성내의 동정을 살피라고 명령했다.

이와 같이 했더니 그다음 날 첫 새벽에 성내에서 굉장히 요란한 함성이 들리면서 사방 성문에 항복하는 기가 꽂히었다. 오용의 계략이 그대로 들어맞은 셈이었으니, 소덕성을 지키고 있던 부장(副將) 김정과 황월은 송강군의 격문을 받아보고 군민을 모아 귀순하기를 거부하는 섭성·우경·냉령 등 동료 부장들을 죽인 후 목을 베어 그 머리를 장대 끝에 매달아 성 위에 꽂아놓고, 옥 속에 가두었던 흑선풍 이규와 노지심·무송·유당·포욱·항충·이곤·당빈 등을 모두 가마에 태워서 성 밖으로 내보내고, 군민들은 모두 향화등촉(香花燈燭)을 밝히고서 송강군의 입성을 환영하는 것이었다.

송강은 대단히 만족하여 사방의 성문을 공격하던 장수들에게 명령하여 군사를 거느리고 차례로 입성하게 하니, 이야말로 칼에 피 한 점 묻히지 않고 성을 빼앗은 것이다. 그리고 이같이 점령해 들어오는 송강군이 추호도 백성들에게 해를 끼치지 않으니까 주민들은 손바닥을 치면서 환영하는 것이었다.

송강이 입성하여 원수부에 들어가 앉으니까 노지심 등 여덟 명의 형제가 그 앞에 나와서 절을 했다.

"형님! 다시는 못 만나뵙고 죽는 줄만 여겼더니 형님 덕택으로 이렇게 살아서 만나뵈니, 정말 꿈속 같습니다."

"정말 하늘이 도우셨지!"

송강도 더 긴말 하지 못하고 눈물을 머금으니 다른 사람들도 모두 감격의 눈물을 흘리는 것이었다.

그러자 김정과 황월 두 장수가 옹규·채택·양춘 등을 끌고 와서 무릎을 꿇었다.

송강은 답례를 하는 둥 마는 둥, 얼른 그들을 안아 일으키면서,

"장군들이 대의(大義)를 일으켜 백성들의 목숨을 구한 일은 참으로 훌륭한 일이외다."

이같이 말하자 황월이 고개를 숙이면서,

"저희들이 얼른 항복하지 아니한 것만 해도 그 죄가 무거운데, 이렇게 저희들을 후대해주시니, 그 은혜를 뼈에 새겨서 죽는 날까지 보답하겠습니다."

하고 감사의 뜻을 표하는 것이었다. 그러고서 그는 또 노지심과 흑선풍 등이 저한테 욕만 퍼붓고 조금도 굴복하지 않던 당시의 상황을 자세히 이야기하니, 송강은 그 이야기를 듣고 감격하여 또 눈물을 씻었다.

그럴 때 흑선풍이 송강 앞으로 쑥 나오면서 또 큰소리를 한마디 하는 게 아닌가.

"형님! 제가 들으니까 그 더러운 도사 놈이 백곡령 안에 들어가 숨었다죠? 내가 쫓아가서 그 자식을 도끼로 백 토막 내놓을 테니 날 보내주세요."

"걱정 말게! 교도청은 일청(一淸)형이 백곡령에다 몰아넣고 항복을 받으려고 하는 중이야. 나진인 선생님이 그렇게 하라는 말씀을 하셨기 때문에 그러는 거니까, 다른 사람은 상관을 마라!"

"그까짓 나진인의 말이 제일인가요? 우리 형님이 선봉이신데, 왜 그런다는 거예요?"

이때 옆에서 노지심이 그를 달랬다.

"그러지 말아요. 형님의 명령이 아닌가베? 잠자코 하라는 대로 명령만 복종해요!"

그러니까 흑선풍은,

"에이, 분해!"

입속으로 중얼거리면서 뒤로 물러섰다.

송강은 즉시 방문(榜文)을 성내 각처에다 붙여서 백성을 무마시키고, 적군의 사병들과 장령들을 위로하는 잔치를 열고, 공손승·장청·황월 등의 공훈을 기록해두도록 지시하는 등 이렇게 한참 바쁘게 군무를 처리하고 있는데,

　　"신행태보 대종이 진녕에서 지금 돌아오셨습니다."

　　하는 보고가 들어왔다.

　　송강은 즉시 그를 불러들여 먼저 진녕의 사정부터 물었다. 그랬더니 대종이 보고하는 것이었다.

　　"제가 형님의 명령으로 진녕에 도착했을 때 노선봉은 마침 성을 치고 있었는데, 저를 보더니만 이렇게 말씀하시더군요. '지금 내가 성을 떨어뜨릴 테니까 여기 있다가 점령하는 즉시 형님한테 승전했다는 보고를 가지고 가도록 하시오.' 이렇게 말하기에 저는 그 말만 듣고 진녕에 머물러 있었죠. 그랬는데 3, 4일이 지나도록 성이 어디 떨어져야죠? 그러다가 이달 초엿샛날이었습니다. 그날 밤, 안개가 깊어서 눈앞에 있는 것이 잘 보이지 않는 그런 때였는데, 노선봉은 군사들에게 명령해서 흙을 부대 속에 넣어 성벽 밑에다가 쌓아올렸습니다. 그랬다가 그날 밤 3경쯤 성의 동북쪽 적의 수비가 허술한 곳으로 우리 군사가 흙 부대를 디디고 성벽 위로 올라가서 성을 지키던 장사 열세 명을 찔러 죽였죠. 그랬더니 전표가 북문으로 달려나와 죽을 애를 쓰면서 기어코 달아나 버리고, 그 밖에 부장(副將)들은 죄다 항복했는데, 이 통에 항복해온 군사가 2만여 명이고, 노획한 전마가 5천여 필이고, 적군의 사상자는 부지기수이지요. 이렇게 해서 노선봉이 진녕을 점령하고 날이 밝기를 기다려서 사무를 처리하고 있는 중인데, 이때 위승에 있는 전호가 전수(殿帥)로 있는 손안에게 장수 열 명과 군사 2만 명을 주어 구원병으로 보냈는데 그것들이 벌써 성 밖 10리쯤 되는 곳에 와 있다는 급보가 들어왔군요.

그래서 노선봉은 곧 진명·양지·구붕·등비 등에게 성 밖으로 나가 적을 맞아 싸우라 하고, 자기도 친히 군사를 거느리고 쫓아나갔습니다. 그때 진명은 손안과 5, 60합이나 싸웠지만 좀처럼 승부가 나지 않았는데, 이때 노선봉이 도착했습니다. 그런데 노선봉은 이들 두 사람이 싸우는 것을 보고 즉시 징을 쳐서 군사를 거두었답니다. '손안은 용맹한 장수란 말야. 지혜로 이겨야지, 힘으로는 안 돼!' 노선봉은 이렇게 말씀하고, 다음날 군사를 몇 군데다 복병시키고 친히 전투에 나가서 손안과 50여 합을 싸우다가 말이 실족(失足)해서 손안이 땅에 떨어졌더랍니다. 그럴 때 노선봉은 손안을 찌르지 않고 큰소리로, '네가 싸움에 진 것이 아니니까 속히 말을 바꿔 타고 오너라!' 이렇게 호령을 하시더군요."

　　"훌륭한 처사로군! 그래, 어떻게 됐어?"

　　"그래, 손안이 말을 바꿔 타고 와서 다시 50여 합 싸웠는데, 별안간 노선봉이 지는 체하고 달아나면서 손안을 숲속으로 유인했죠. 그때 별안간 포(砲) 소리가 탕 터지더니 양쪽에 숨어 있던 복병이 일시에 뛰어나와 반마삭을 내던져서 말과 함께 손안을 묶어버려 사로잡았답니다."

　　"노선봉이 과연 지용겸전(智勇兼全)하군! 그래서?"

　　"이렇게 되니까 반란군 진에서 진영·육청·요약의 세 장수가 달려나와서 손안을 뺏어가려고 했지요. 그러나 이쪽에서 양지·구붕·등비가 달려나가 세 사람을 대적해 싸우는데, 싸움이 한 고비에 올랐을 때 양지가 벼락같은 소리를 지르더니 창으로 진영을 찔러 말 아래 떨어뜨렸답니다. 그러는 동안 육청과 구붕도 힘을 다해 싸우더니 구붕이 일부러 실수를 하는 체하는 것을 모르고서 육청이 헛손질을 하는 틈에 구붕이 창으로 육청의 등어리를 콱 찔러 말 아래 떨어뜨렸지요."

　　"그리고 요약이란 놈은?"

　　"요약이란 놈은 두 사람이 떨어지는 것을 보고 달아나려는 것을 등비가 쫓아가서 철련으로 냅다 후려갈겨서 투구하고 대가리가 한꺼번에 쪼개졌답니다."

"정말 장쾌한 싸움이었군!"

"여하간 이 싸움에서 반란군 측 사상자는 5천여 명이고, 그놈들은 10리 밖으로 물러가서 진을 쳤답니다. 그래, 우리 군사는 승전해서 성 안으로 들어갔는데, 군사들이 결박한 손안을 끌어다가 노선봉한테 바쳤더니, 노선봉이 친히 결박한 것을 풀어주고 귀순하라고 권고하니까, 손안은 감복해서 귀순을 자원했답니다. 귀순을 하면서 손안은, 성 밖에 아직도 장수가 일곱 명이 있고, 군사가 1만 5천 명이나 있는데, 자기를 내보내주면 그들을 전부 귀순시켜 데려오겠다고 그러는군요."

"그래서 어떡했나?"

"노선봉은 허심탄회하게 두말없이 승낙하시더군요. 그래 손안이 놓여 나가더니 잠시 후 그들을 모두 데리고 들어와서 노선봉한테 인사를 드리게 하잖겠어요? 노선봉이 대단히 기뻐하면서 잔치를 열고 그들을 관대하니까 그 자리에서 손안은 이런 말을 했습니다. '나는 교도청과 함께 군사를 거느리고 위승에서 왔는데, 교도청은 호관으로 갔습니다. 교도청은 본래 요술을 잘하는 사람이니까 송선봉이 아무래도 이자한테 걸려 고생할 것입니다. 그렇지만 교도청은 나하고 동향 사람이니까 내가 권고하면 될 것 같으니 나를 호관으로 보내주십시오. 틀림없이 그 사람을 귀순시키겠습니다.' 그래 노선봉은 선뜻 허락하고 절더러 손안을 데리고 승보(勝報)를 형님한테 전하러 가라고 명령했습니다. 그러고서 노선봉은 선찬·학사문·여방·곽성 등에게 군사 2만 명을 주고서 진녕을 지키게 하고는 자기는 다른 장령들과 함께 군사 2만 명을 거느리고서 분양(汾陽)을 치러 나갔습니다. 저는 어제 진녕을 떠났고, 손안에게도 신행법(神行法)을 걸어주었는데, 여기 오다가 도중에서 형님이 벌써 소덕을 포위했기 때문에 교도청이 곤경에 빠졌다는 소문을 들었습니다. 성 바깥에 오니까 이번엔 형님이 대군을 이끌고 입성하셨다는 이야기를 하더군요. 그래서 이렇게 찾아뵙는 겝니다. 손안은 지금 원수부 문밖에서 기다리고 있습니다."

"아, 그럼, 그 사람을 빨리 들어오라고 하시오."

송강은 대단히 기뻐하고 즉시 대종을 시켜 손안을 불러들였다.

바깥에서 들어오는 손안의 용모를 바라보니 과연 의젓하게 잘생긴 비범한 인물인지라, 송강은 층계 아래까지 내려가서 그를 맞이했다.

손안은 그 자리에 엎드려서 사죄했다.

"제가 천병(天兵)에 항거하고 진작 귀순하지 못해서 그 죄가 만 번 죽어도 당연하다 생각합니다."

송강이 말했다.

"장군이 사(邪)를 버리고 정(正)으로 돌아와 이 사람과 함께 전호를 쳐부순다면, 돌아가 조정에 아뢰어서 장군을 중용하도록 하리라."

"감사합니다."

손안이 사례하고 일어서니까 송강은 그의 손을 붙들고 안으로 들어가 술을 내다가 권하자 손안은 다시 절을 하고서 말하는 것이었다.

"교도청의 요술이 만만찮은 것인데, 그것을 공손 선생이 깨뜨려버리셨으니 참으로 다행한 일입니다."

"공손일청은 그 사람을 항복시켜서 정법(正法)을 가르쳐주려고 벌써 3, 4일째 백곡령을 포위하고 있습니다. 그런데 아직 항복을 해올 눈치가 안 보이는군요."

"걱정하실 거 없습니다. 제가 그 사람하고 친하니까, 그 사람을 제가 설득해서 귀순시키겠습니다."

"그러면 좀 수고해주십시오."

송강은 즉시 대종으로 하여금 손안을 데리고 공손승의 진지로 가게 했다.

얼마 후에 대종과 손안은 공손승의 진지에 도착해서 자기들이 찾아

온 뜻을 말했더니, 공손승은 대단히 기뻐하면서 손안을 보고,

"그럼 손장군이 백곡령에 들어가서 교도청을 어떻게든지 찾아보고 오십시오."

하고 부탁하는 것이었다. 그래서 손안은 명령을 받아 혼자서 백곡령으로 올라갔다.

그런데 이때 교도청은 비진·설찬, 그 밖에 15, 6명의 군사들과 함께 신농묘 안에 숨어 있었다. 처음에 그곳으로 들어왔을 때는 몸을 은신하려고 들어온 것이지만, 우선 배가 고프니까 그 사당을 지키는 도인(道人)들한테서 얻어먹을 수밖에 없었다. 그런데 이 사당을 지키는 도인은 세 사람이 있었는데, 그들은 몇 달 동안 마을에 내려가서 동냥을 해다가 모아놓은 쌀을 가지고 밥을 지어주다 보니, 교도청의 식구가 워낙 많아 20명이나 되는 까닭으로, 동냥해놓은 쌀이 며칠 동안에 거의 다 떨어지게 되었다.

그런데 이날 교도청은 성내에서 요란한 소리가 들리는 고로 높은 언덕 위로 올라가서 내려다보았더니, 소덕성 밖에 있던 송강군이 포위망을 걷어버리고 맘대로 성내로 드나드는 게 아닌가. 그렇다면 벌써 송강군이 입성한 것은 의심할 의지가 없다고 생각하고서 교도청은 길게 한숨을 쉬었다. 일이 이렇게 되었으니 어찌하면 좋을꼬? 이 같은 생각에 잠겨 있노라니까 갑자기 버스럭 버스럭하는 소리가 났다. 교도청이 가만히 살펴보니 나무꾼 한 사람이 숲속에서 걸어올라오고 있는데, 허리춤에다 도끼를 한 자루 꽂고 막대기를 짚고 한 발자국 한 발자국 떼어놓으면서 노래를 부르고 있다.

　　산꼭대기 오르기는
　　배(舟) 끄는 것 같지만
　　내려갈 땐 순풍에

돛단 배 같다네.

물 따라 흐르긴

거저먹기 아닌가.

산꼭대기 오르기는

내려가는 재미라네.

교도청이 이 노랫소리를 듣고 번뜩 느껴지는 것이 있어서, 그 사나이한테 말을 붙였다.

"여보게 이 사람! 말 좀 물어보세. 지금 성내의 사정이 어떤가?"

"성내 사정 말씀입니까? 김정과 황월이 부장(副將) 섭성을 죽여버리구요, 성문을 열고서 송조(宋朝)에 귀순했기 때문에 송강의 군사가 피 한 방울 묻히지 않고 소덕성에 입성했죠!"

"그럴 줄 알았다!"

나무꾼은 다시 콧노래를 부르면서 산모퉁이를 돌아 위로 올라갔다.

그러자 또 말 발자국 소리가 나므로 내려다보니 이번엔 말 탄 사람 하나가 신농묘를 향해서 올라오는 게 아닌가. 웬 사람이 오는가 하고 가만히 살펴보다가 교도청은 깜짝 놀랐다. 그 사람은 전수(殿帥)로 있는 손안이었기 때문이다.

'저 사람이 무슨 일로 이런 곳에 왔을까?'

궁금하게 생각하고 있으려니까 손안은 말에서 내리더니 교도청 앞으로 와서 절을 하는 것이었다.

교도청은 황망히 물었다.

"아니, 전수는 군사를 거느리고 진녕으로 가지 않았댔소? 그런데 어째서 혼자 여길 오는 거요? 산 아래 적군이 많은데, 어떻게 붙들리지 않고 왔소?"

"당신한테 할 이야기가 있어서 왔죠."

손안이 이같이 대답하는 소리를 듣고 교도청은 마음이 선뜩해지는 것을 느꼈다. 그전 같으면 으레 '국사(國師)'라고 자기를 부를 것인데, 지금 손안은 '당신'이라 하지 않는가.

　　"그래, 할 이야기가 무엇인데?"

　　"여기서야 어디 이야기가 되겠어요? 잠깐 사당 안으로 들어가서 이야기하십시다."

　　교도청이 손안을 데리고 안으로 들어가니까 비진과 설찬이 인사를 했다.

　　손안은 그들을 보고 자기가 진녕에서 노준의와 싸우다가 붙들려 송조에 항복한 사실을 털어놓고 이야기했다.

　　이때 교도청은 그 이야기를 듣고 아무 소리 않고 가만히 있었다.

　　손안은 다시 말을 계속했다.

　　"너무 의심일랑 하지 말아주십쇼. 송강은 의리에 두터운 사람입니다. 우리가 그 휘하에 들어가서 천조(天朝)에 귀순하기만 하면 우리의 장래도 좋을 겝니다. 그리고 내가 여기까지 온 것은 특별히 형장을 위해서 온 것입니다. 형장은 그전 날 나진인을 찾아간 일이 있잖습니까?"

　　"그걸 어떻게 아오?"

　　교도청은 뜻밖의 말을 듣고 적이 놀랐다.

　　"나진인 선생님이 형장을 만나주지 않고, 동자를 시켜서 이런 말씀을 전하셨다죠? 일후에 덕(德)을 만나 마(魔)에서 벗어날 것이라구."

　　"그래, 그런 일이 있었지! 그런데 그 말은 왜 하는 거요?"

　　"형장의 요술을 깨뜨린 사람, 그 사람이 누군지 아시오?"

　　"그놈은 내 원수야! 송군(宋軍) 중의 한 놈인 줄은 알지만 그놈의 내력은 내가 모르지."

　　"그 사람이 바로 나진인 선생님의 제자로, 공손승이라는 사람입니다. 송선봉의 부군사(副軍師)로 있죠. 지금 말씀한 이야기도 그 사람이 내게 말해주었답니다. 그런데 이곳 성(城) 이름이 소덕(昭德)인데 여기서 형장의 법술이 깨졌다는 것은, '덕'을 만나 '마'를 벗어버린다는 그 법어(法語)와 부합되는 일이 아닙니까? 지금 공손승 선생은 나진인 선생님이 명령하신 대로 형장을 선도해서 함께 정도(正道)로 가려고 애를 쓰는 중이랍니다. 그렇지 않고서야 뭣하러 백곡령을 포위만 하고 있을 뿐, 어찌해서 산속으로 형장을 잡으러 들어오지 않을 이치가 있습니까? 형장이 당해봤으니까 그 사람의 법술이 어떤 것인지 아시겠지요? 그 사람이 만일 형장을 해치려고만 한다면 어렵지 않을 겝니다. 형장은 쓸데없는 고집을 버리시고 바른 길로 나가십시오."

"알아들었어! 당신 말이 옳소!"

교도청은 환연히 깨닫고서 벌떡 일어나 비진과 설찬을 데리고 손안과 함께 산을 내려갔다. 공손승을 찾아가서 귀순하기로 결심한 때문이다.

공손승의 진영에 도착해서 손안이 먼저 관에 들어가 보고했더니, 공손승은 진문 밖에까지 나와서 그들을 영접했다. 이때 교도청은 공손승을 보고 얼른 땅바닥에 꿇어 엎드렸다.

"법사님의 인자하신 마음으로 제가 이처럼 무사한 것을 깨달았습니다. 저 한 사람 때문에 대군을 괴롭히게 된 일, 대단히 죄송합니다."

그가 이같이 사죄하자, 공손승은 그의 손을 붙들어 일으키고,

"별 말씀을! 어서 들어가십시다."

하고 안으로 인도하는 것이었다.

교도청은 자기한테 이같이 대해주는 공손승의 의기에 감동했다.

"제가 눈은 있으면서도 사람을 몰라뵀습니다! 늦었습니다만, 이렇게 법사님을 모시고 있게 되었으니, 제 평생에 다행한 일입니다."

그는 공손승을 따라 들어오면서 진심으로 이같이 말했다.

공손승은 곧 명령을 내려서 백곡령의 포위망을 거두게 했다. 그래서 번서 등 여러 장수가 사방에서 모두 진지를 거두어서 돌아오는 것을 보

고, 공손승은 즉시 교도청·비진·설찬 등을 손안과 함께 데리고 소덕성 안으로 들어가 송선봉에게 인사를 드리게 했다.

송강은 그들을 예(禮)로써 맞아들인 후 말로 위로해주었다. 교도청은 송강이 이렇게도 진중하고 겸손한 것을 보고, 더 한층 마음속으로 깊이 머리가 수그러지는 것을 느꼈다.

조금 있다 번서·단정규·위정국·임충·장청 등이 모두 돌아왔다.

송강은 명령을 내려 군사를 모두 성안에 들어가 숙영(宿營)케 한 후 잔치를 열고서 축하의 술을 나누었는데, 이 술자리에서 공손승이 교도 청을 보고 말하는 것이었다.

"그런데 내가 한마디 말씀을 하겠는데, 노형의 법술은 제불보살(諸佛 菩薩)이 몇 천 년 수행을 해서 허공삼매(虛空三昧)에 자재신통(自在神通) 하는 상등(上等)에는 어림도 없고, 봉래삼십육동(蓬萊三十六洞)의 신선들 이 몇 십 년 동안 고행한 끝에 초형도세(超形渡世)하고 유희조화(遊戱造 化)하는 중등(中等)에도 비교가 안 됩니다. 그저 주문만 믿고서 일시(一 時)를 속이고, 천지의 정(精)을 훔쳐내어 귀신의 움직임을 빌리는 것뿐 이니 불가(佛家)에서 말하는 소위 금강선사법(金剛禪邪法)이요, 선가(仙 家)에서 말하는 환술(幻術)이라는 것에 불과합니다. 만일 그런 법술로 속(俗)을 초월해서 성(聖)에 들어간 것이라고 생각하신다면 큰 잘못입 니다."

이 말을 듣고서 교도청은 꿈속에서 깨어난 것 같아서,

"참, 부끄럽기 한량없습니다."

하고 그 자리에서 공손승을 스승으로 모시었다. 그리고 송강 등 옆에 서 듣고 있던 여러 사람들도 공손승의 명백하고도 현묘한 이치의 설명 을 듣고 감탄했다.

다음날,

송강은 소양에게 진녕·소덕 두 고을을 얻은 사실을 조정에 보고하는 주문(奏文)을 쓰게 하고, 또 숙태위에게 첩보를 알리는 동시에 위주·진녕·소덕·개주·능천·고평 여섯 고을의 결원된 관리를 임명하도록 하고, 장병들은 계속해서 토벌을 나가도록 허락해달라고 편지를 쓰게 했다.

소양이 상주문과 편지를 만들어서 바치자 송강은 곧 대종에게 그것을 주고서 즉시 떠나게 했다.

그래서 영리한 병정 한 명을 수행원으로 데리고 그날로 송선봉 진영에서 떠난 대종은 신행법을 써서 그다음 날 서울에 도착했다.

대종이 먼저 숙태위 저택에 갔더니 마침 숙태위는 집에 있었다. 그래서 그는 문간에서 시중드는 양(楊)이라는 사나이한테 서찰을 주어서 숙태위께 전해달라 했더니 그 사나이는 금시 들어갔다 나와서 대종을 안으로 인도하는 것이었다.

숙태위는 바깥 대청에 앉아서 책을 보고 있다가, 대종이 들어오는 것을 보고 반겨했다.

"아주 때를 맞춰 잘 왔소. 바로 요전날 일인데, 채경·동관·고구 등 이자들이 송선봉한테 벌을 내리십시사고 천자님께 아뢴단 말이오. 싸움에 패해서 장수를 많이 잃고 나라를 욕되게 했으니 그냥 둘 수 없다는 거죠. 천자님께서 어째야 좋을지 몰라서 주저하고 계셨는데, 우정언(右正言)으로 있는 진관(陳瓘)이 상소를 올리고, '저 채경·동관·고구가 충량(忠良)한 사람을 모함하고 현명한 사람을 배격하는 터이오니 저 사람들에게 죄를 주셔야 하겠습니다'고 아주 단단히 통박했다오."

"싸움에 패하기는커녕 줄곧 이기기만 했는데요. 그 문서를 보십시오."

"글쎄, 진정언(陳正言)의 상소에도 송강군이 호관을 넘어갔다는 말이 기록되었더군. 그런데 저 채(蔡)가 놈이 어제는 또 엉뚱한 말을 하는 거 아니겠소. 진관이 존요록(尊堯錄)이라는 책을 지어냈는데, 신종 황제(神宗皇帝)를 요(堯) 임금님에 비한 것은, 결국 지금의 황제를 못난 사람으로 만들려고 그런 것이라 하는 거라오!"

"그래 진정언이 죄를 받게 됐습니까?"

"아직 죄를 내리시지는 않았는데, 이럴 때 천자님이 송선봉의 혁혁한 이 첩보를 받아보시게 됐으니까, 이건 진정언한테 유리할 뿐 아니라, 나한테도 걱정을 덜어주는 좋은 소식이란 말야. 내일 일찍 내가 이 표문(表文)을 천자님께 바치겠네."

"그러면 저는 물러가겠습니다."

대종은 숙태위에게 인사드리고 물러나와, 숙소를 정하고서 들어가 쉬었다. 이튿날, 숙태위는 대궐에 들어가 휘종 황제가 앉아 있는 문덕전 앞으로 가서 문무백관과 함께 배무(拜舞)의 예를 올리고 성수만세를 부른 다음 송강에 대한 보고를 아뢰었다.

"전호를 토벌하러 나간 송강 이하 여러 장수들은 그간 도합 여덟 고을을 수복하고서 사람을 보내어 상주문을 받들어 올려왔습니다."

숙태위가 이렇게 아뢰고 송강의 상주문을 바치니 황제의 용안에는 희색이 만면했다. 숙태위는 다시 입을 열었다.

"정언 진관이 '존요록'을 지어냈는데, 거기서 선제(先帝) 신종 황제 폐하를 요(堯)에 비하고, 폐하를 순(舜)에 비한 것이 무슨 까닭으로 죄가 되겠습니까? 진정언의 인품이 본래 강직하고 굴하지 않는 인물이옵니다. 일을 당해서는 바른 말을 잘하고, 담이 크고, 책략이 뛰어난 인물이오니, 폐하께옵서는 진관에게 관작을 가해주시고, 칙명으로 하북에 나간 군사를 감독하도록 파견하시는 것이 좋으리라 생각되옵니다. 그렇게 하옵시면 그가 반드시 큰 공을 세우리라 믿사옵니다."

"좋소!"

황제는 그 자리에서 진관에게 현직(現職)인 채로 추밀원동지(樞密院同知)의 직함을 내리고, 또 안무(安撫)의 사명을 맡아서 어영병(御營兵) 2만 명을 거느리고 송강군이 있는 곳으로 나아가 감독하라는 분부를 내렸다. 그리고 상금을 가지고 가서 송강군을 위로하라 했다.

이날 조회는 이것으로 끝났다.

숙태위는 집으로 돌아와 대종을 불러서 경과를 이야기한 후 회답문을 주었다.

대종은 성지(聖旨)가 내린 것을 알고 숙태위에게 사례한 후 즉시 서울을 떠나 신행법을 써서 그다음 날 소덕성에 돌아왔으니 소덕과 서울 간을 왕복하는 데 불과 나흘밖에 안 걸렸다.

마침 이때 송강은 군사를 점검하고서 부대를 동원하려고 상의하고 있는 참이었는데, 대종이 돌아왔기 때문에 급히 서울에 갔다 온 결과부터 물었다.

"어떻게 됐소?"

"네, 여기 숙태위님의 회답이 있습니다."

대종이 얼른 편지를 꺼내어 주니까 송강은 그것을 받아 읽어보고 나서 자세한 내용을 모든 두령들에게 이야기해주었다. 그랬더니 모든 두령이 진정언의 이야기에 감탄하는 것이었다.

"조정엔 모두 썩고 더러운 놈들만 있는 줄 알았더니, 진안무같이 배짱이 센 사람도 있군! 훌륭한 사람인데!"

이것이 여러 사람이 감탄하는 소리였다.

송강은 이때 새로 칙지(勅旨)가 있을 거니까 그 칙지를 받아 작전 행동을 개시하기로 명령을 내렸다. 그래서 모든 장령들은 명령대로 성안에 주둔하고 있었다.

그런데 이 소덕성 북쪽엔 노성현(潞城縣)이라는 고을이 있고, 이 고을은 소덕부에 붙은 작은 고을이었는데, 그곳의 수장 지방(池方)이라는 사람은 지난번 교도청이 송강군한테 포위당했을 때 그 소식을 듣고 위승에 있는 전호한테 사태가 위급한 것을 알리기 위해 사람을 급히 파견했었다.

여장군 경영의 흑심

이때 전호의 수하에 있는 괴뢰 성원관이 그 지방의 급보를 받아 이것을 전호한테 전하려 하는 참인데, 또 연달아 급보가 올라왔다. 내용 그것은 진녕이 벌써 함락되어 송강군 수중에 들어갔고, 어제삼대왕(御弟三大王) 전표가 구사일생으로 간신히 도망해 나왔다는 보고였다.

이 같은 보고를 성원관이 전호에게 올리려 할 즈음에, 당자인 전표가 들어왔다. 그래서 성원관은 전표와 함께 전호 앞에 나갔는데, 전표는 전호 앞에 엎드려 울면서 고하는 것이었다.

"송군의 형세가 너무나 강대해서 진녕을 그만 빼앗겨버렸습니다. 자식놈 전실은 죽고, 저만 간신히 도망해 나왔습니다. 땅을 뺏기고, 군사를 잃었으니, 제 죄가 죽어도 마땅합니다."

이렇게 말하고서 그가 또 엉엉 울자, 옆에서 성원관이 아뢰었다.

"조금 전에 노성의 수장 지방으로부터 보고가 올라왔는데, 지금 교국사(喬國師)는 송군에 포위되어 소덕의 함락도 목전에 있는 위태한 지경이라 하옵니다."

전호는 크게 놀라 즉시 우승상 태사 변상(卞祥)·추밀관 범권(范權)·통군대장 마령(馬靈) 등 문무 중신들을 불러들여 긴급 군사회의를 열었다.

"송강이 경계를 침략해 들어와서 큰 고을을 두 곳이나 점령하고, 다

수한 장병을 죽였는데, 지금은 교국사까지 포위되어서 매우 위태하다하니 이 노릇을 어찌하면 좋을꼬?"

전호의 말이 떨어지자 그 자리에 있던 국구(國舅) 오리(鄔梨)가 아뢰는 것이었다.

"주상께선 너무 걱정 마십시오. 제가 군사를 거느리고 소덕으로 가서 송강 일당을 사로잡고, 빼앗겼던 성지를 도로 찾아놓겠습니다."

그런데 이 오리 국구란 사나이는 본시 위승의 부호로서 이름은 오리입골(鄔梨入骨)인데, 그는 창봉을 잘 쓰고, 두 손으로 천근을 들어올리는 힘이 있을 뿐 아니라 경궁을 잘 쏘고, 또 무게가 50근이나 되는 발풍대도(潑風大刀)를 잘 쓰는 인물이었다. 그런데 이 사람의 누이동생이 미인인 것을 전호가 알고 아내로 삼고서 오리를 추밀에 봉하고, 칭호를 국구라 한 것이다.

오리 국구는 계속해서 말했다.

"신의 딸자식 경영(瓊英)이는 얼마 전 꿈에 신인(神人)한테서 무예를 배웠답니다. 눈을 떠보니까 그것이 꿈이더라는 이야기인데, 실지로 힘이 세어졌고 무예에 정통해진 것을 알았는데, 특히 돌멩이를 집어 날아가는 새를 노리고 던지면 백발백중 새가 떨어지는 묘기를 얻었답니다. 그래서 사람들이 딸년을 경시족(瓊矢鏃)이라고 부르는데, 이번에 이 아이를 선봉으로 세울까 합니다. 반드시 큰 공을 세울 줄 압니다."

전호는 그 말을 듣고 곧 경영을 왕의 딸이나 마찬가지 대우로 군주(郡主)에 봉한다는 칙지를 내렸다.

오리 국구가 전호에게 사은(謝恩)하니까 이번엔 통군대장 마령이 아뢰었다.

"신은 군사를 거느리고 분양으로 가서 적을 물리치겠습니다."

"좋소!"

전호는 매우 기뻐하고서 두 사람에게 금인(金印)과 호패(號牌)와 명주

(明珠)와 진보(珍寶)를 하사했다.

이렇게 되어서 오리와 마령은 이날 각각 5만 명 군사를 이끌고 나가기로 했는데, 먼저 오리 국구는 칙지와 병부(兵符)를 받은 후, 즉시 연병장으로 나가 그곳에서 군사 3만 명을 선발하고, 무기를 준비시키고, 다시 자기 집으로 와서 여장군 경영을 선봉으로 세워 대궐에 들어가 전호에게 하직을 고하고서 출발했다. 통군대장 마령이 부장(副將)과 군사를 거느리고서 분양으로 출발한 것은 말할 것도 없다.

그런데 오리 국구가 선봉으로 세운 그의 딸 경영이라는 아가씨는 나이 불과 열여섯, 얼굴이 꽃 같은 처녀였지만 원래는 오리의 친딸이 아니고 본 성이 구(仇)씨요, 아버지의 이름이 구신(仇申)이었으니, 대대로 분양부(汾陽府) 개휴현(介休縣)에 있는 면상(綿上)이란 곳에 살고 있었다. 이 면상이란 곳은 오래전 옛날 춘추(春秋) 때 진(晉)나라 문공(文公)이 개자추(介子推)를 찾다가 못 찾은 면산(綿山)이란 곳으로서 지금의 산서성에 있는 곳이다.

그런데 이 면상에 살고 있던 구신은 상당히 큰 부자였건만 슬하에 자식이라곤 하나도 없었는데, 나이 50에 이르러 상처를 했기 때문에 평요현(平遙縣)에 있는 송유열(宋有烈)의 딸을 후취로 맞아들여 늦게야 자식을 하나 얻었던 것이 바로 경영이었다. 그랬는데 경영이가 열 살 되던 때, 송유열이 죽었기 때문에 경영의 모친 송(宋)씨와 아버지 구신은 평요현으로 가보아야만 하게 되었었다. 그러나 평요현은 개휴현의 이웃이긴 하지만, 70리나 떨어진 곳이기 때문에 송씨는 먼 길에 어린 것을 데리고 가기가 뭣해서 경영이를 집에 있는 하인 섭청(葉淸)이 내외에게 맡기고 둘이서만 길을 떠났다가 뜻밖에 도중에서 도적떼를 만나, 구신은 참혹히 죽고, 송씨는 도둑놈들한테 끌려가고 말았다. 이때, 간신히 살아서 도망해온 하인 하나가 섭청에게 소식을 알렸던 것이다.

섭청은 비록 남의 집 하인이긴 했지만, 의기가 있고, 창봉을 잘 쓸 줄

284

아는 사람이요, 그의 아내 안(安)씨도 사람이 건실한 사람이었다. 그때 섭청은 이 불행한 사실을 구(仇)씨 일족에게 알리고, 관가에도 소지를 올려 범인을 잡아줍시사고 청하고, 한편으로는 주인의 시체를 찾아 장사까지 지냈다.

섭청 내외가 이렇게 건실한지라, 구씨의 대소가에서는 친족회의를 열고서 의논한 끝에, 문중의 한 사람을 후계자로 내세워서 구신의 가업을 계승시키고, 어린 주인 경영이를 섭청이 내외로 하여금 보살피게 했다.

이렇게 된 지 1년이 조금 더 지났을 때 전호가 반란을 일으켜 위승을 점령하고, 오리에게 군사를 주어 마구 약탈을 하게 했는데, 그때 오리가 개휴현 면상까지 와서 많은 물자와 남녀 장정을 사로잡아 갔었다. 그때 구씨 문중에서 세워준 구신의 사자(嗣子)는 난군 중에 죽고, 섭청이 내외와 경영이는 사로잡혀 갔었다.

그런데 오리 이 사람도 역시 자식이 없었기 때문에 경영이의 얼굴이 아리따운 것을 보고는 마음에 들어서, 즉시 경영이를 데리고 안으로 들어가 아내 예씨(倪氏)한테 보였다.

예씨는 한 번도 아이를 낳아보지 못한 사람이라, 그만 첫눈에 경영이가 꼭 들었다. 그래서 예씨는 그날부터 경영이를 자기가 친히 낳은 자식같이 사랑했다.

걸음마를 할 때부터 유달리 총명하고 백령백리(百伶百俐)한 경영이는 여기서 제가 달아날 수도 없고 또 친하게 지낼 사람도 없는데, 예씨가 저를 사랑해주니, 저도 예씨를 따라야겠다고 생각했다. 그래 경영이는 정답게 어머니라고 예씨를 부르고서 청을 했다.

"어머니, 저 청이 하나 있어요."

"뭐냐? 무슨 청이든지 해라. 네 청을 못 들어줄 게 뭐가 있겠니."

"저를 어려서부터 봐주신 섭청의 마누라를 저하고 같이 있게 해주셨으면 좋겠어요."

"그래라. 오늘부터 같이 있으려무나."

이렇게 되어서 그날부터 섭청의 아내 안씨는 경영이 옆을 떠나지 않고 같이 있게 되었다.

섭청이는 처음에 오리한테 붙들렸을 때 어떻게든지 도망해버릴 생각도 했었지만, 나이 어린 경영이가, 주인 구씨 부부가 남겨놓은 오직 하나밖에 없는 혈육이니, 만일 자기가 달아나버린다면 저 애의 생사를 알 수 없을 것이니 그 노릇을 어찌하나 걱정스러웠다.

그랬는데 다행히 자기 아내 안(安)씨가 경영이와 같이 있게 되었으므로, 앞으로 기회를 보아 이 신세를 벗어나야겠다 싶어, 그렇게만 되면 땅속에 있는 주인도 눈을 감으리라 믿고, 도망갈 생각을 버리고 새 주인 오리 국구 밑에 순종하고 있기로 했다. 그러한 뒤에 그는 싸움터에 나가서 공을 세웠기 때문에 오리는 그의 아내 안씨를 다시 섭청에게 돌려주었고, 안씨는 자유롭게 오리 국구의 원수부에 출입하면서 경영에게 바깥소식을 전해줄 수 있게 되었다.

이런 줄은 까맣게 모르고, 오리 국구는 전호에게 청하여서 섭청을 군사를 도맡아보는 총관(總管)에 임명했었다. 그런 뒤에 섭청은 오리의 명령으로 석실산(石室山)에 들어가서 석재(石材)를 캐게 되었는데, 그때 부하 병정 한 놈이 산기슭을 손가락으로 가리키면서 이런 말을 했다.

"저 아래엔 썩 좋은 돌이 있어요. 서리보다도, 눈보다도 더 하얗고, 티 하나 없는 기막힌 돌예요. 그런데 이 고장 사람이 그 돌을 캐려고 손을 댔더니, 별안간 마른하늘에서 벼락 치는 소리가 나고 돌 캐던 사람이 뻗었다가 반나절이 지난 뒤에 소생했다거든요. 그래, 그 후론 모두들 손가락을 깨물어 맹세하고 다시는 가까이 안 간대요."

이 소리를 듣고 섭청은 병정들과 함께 그 산 아래를 내려갔었더니, 그곳에 다다르자 병정들이 일시에 고함을 지르는 게 아닌가.

"에구머니나! 이거 보세요. 아까까지 하얀 돌이었는데, 어느새 이렇게 여인의 시체로 변했어요!"

이상하게 생각한 섭청이 가가이 가보고서 깜짝 놀랐다. 괴상하게도 그것은 죽은 주인마님 송(宋)씨의 시체인데, 얼굴은 살아 있을 때와 변함이 없는데, 머리가 깨진 것을 보니 아마 산 위에서 떨어져 죽은 모양이다.

섭청이 놀랍고 슬퍼서 눈물을 흘리고 있노라니까, 그전엔 전호의 마부 노릇을 했었다는 병정 하나가 그 앞에 와서, 그 당시 송씨 부인이 잡혀왔다가 죽게 되던 내력을 이야기하는 것이었다.

"그때 제가 봤어요. 대왕께서 처음으로 군사를 일으키셨을 때 이 여인이 붙들려왔는데요, 대왕은 이 부인을 보고서는 자기 부인을 삼으려고 했답니다. 그랬는데 부인이 대왕 몰래 여기까지 도망해와서 낭떠러지 위에서 떨어져 자살했답니다. 대왕이 나중에 이 여인이 자살한 것을 알고 절더러 내려가서 여자의 옷과 머리에 꽂은 비녀 같은 것을 벗겨오라더군요. 그래 제가 여길 내려와서 옷을 벗기고 비녀를 뽑고 했으니까 그때 얼굴을 잘 보았을 거 아녜요? 그런데 어쩌면 벌써 3년이 지났는데도 얼굴이 이처럼 생생할까요!"

섭청은 이 소리를 들으니 눈물이 또 저절로 흐른다.

"나도 이제 생각난다. 이 여자는 전일 내 이웃집에 살고 있던 송노인의 따님이다."

섭청은 이렇게 말하고 눈물을 닦은 뒤 병정들을 시켜서 흙으로 시체를 덮어주게 했다. 그랬더니 그 시체가 금시에 하얀 돌로 변해버리는 게 아닌가.

섭청 이하 병정들이 모두 깜짝 놀랐다. 그리고 그들은 다른 곳에 가서 돌을 캐가지고 돌아갔다.

위승으로 돌아간 섭청은, 전호가 구신을 죽이고 송씨를 잡아간 일과, 송씨가 절개를 지키느라고 낭떠러지에서 떨어져 자살한 사실 등을 자기 아내 안씨를 통해서 경영이에게 자세히 전했다.

경영이는 자기 어머니가 그렇게 자살했다는 사실을 알고 눈물을 됫박으로 쏟았다. 그리고 은근히 복수할 생각을 촌시(寸時)도 잊지 아니했다.

그랬는데 그날부터 날마다 밤에 눈을 붙이기만 하면 꿈에 신인(神人)이 나타나서,

"경영아, 네가 네 부모의 원수를 갚으려거든 나한테서 무예를 배워라."

이렇게 말하고, 갖가지 무예를 가르쳐주는 것이었다.

원래 영리한 경영인지라, 꿈속에서 배운 신인의 가르침을 하나도 잊어버릴 까닭이 있으랴. 꿈에서 깨어나 경영은 자기 방문을 닫아걸고 그대로 곤봉을 쥐고 연습을 했다.

날마다 신인한테 꿈속에서 배운 무예를 여러 달 계속했더니, 그의 재주는 놀랄 만큼 훌륭해졌다.

세월은 흘러서 선화(宣和) 4년 겨울이 되었다.

어느 날 밤에 경영이 책상에 엎드린 채 깜빡 잠이 들었는데, 별안간 바람이 획 불더니 이상한 향기가 방 안에 가득해지므로 고개를 들고 돌아다보니, 머리에 절각건(折角巾)을 쓴 한 사람의 선비가 녹포(綠袍)를 입은 젊은 장수 한 사람을 데리고 와서 경영에게 돌멩이 던지는 법을 가르쳐주는 것이었다. 경영이는 정신을 가다듬고 가르쳐주는 대로 배웠다.

공부가 끝나자 그 선비가 경영이를 보고서,

"내가 일부러 고평(高平)까지 가서 천첩성(天捷星)을 모시고 왔단다. 네가 이 술법을 배워 이 호랑이굴 안에서 벗어나 부모의 원수를 갚으라는 거다. 이 장군으로 말하면 너와는 숙세인연(宿世因緣)이 있으니 그런 줄 알아라."

이렇게 말하는 것이었다.

경영은 '숙세인연'이란 말을 듣고, 부끄러워서 얼굴을 가리려고 옷소매를 잡아당기다가 책상 위에 있던 가위를 떨어뜨렸다. 가위가 마룻바닥에 떨어지면서 쩡그렁 소리가 나는 바람에 눈을 뜨고 보니 창문 바깥에는 차디찬 달빛뿐이요, 방 안에는 등불이 외로이 떨고 있는데, 꿈을 꾼 것 같기도 하고 꿈이 아닌 것 같기도 하다.

다음날, 경영은 돌멩이 던지는 법 한 가지를 더 배웠으므로 그것을 시험해보려고 마당 구석에 가서 달걀만큼씩한 굵은 돌을 집어서 침실 지붕 용마루의 기와 한 장을 겨냥대고 던져보았다. 그랬더니 땅 소리를 내면서 신통하게도 돌멩이는 그 기왓장을 맞춰 깨뜨리는 게 아닌가.

이때 기왓장 깨지는 소리에 놀란 경영의 양모 예씨가 쫓아나왔다.

"너 이게 웬일이냐?"

양모가 이같이 묻는 말에 경영은 주저하다가 얼른 꾸며댔다.

"어머니! 저어, 어젯밤 꿈에 신인이 나타나더니 저한테 무예 공부를 시켜주더군요. 너의 아버지가 장차 왕후(王侯)가 될 터이니까 너는 이것을 배워서 공을 세워야 한다고 그래요. 그래 그게 정말인가 하고, 지금 시험삼아 꿈에 배운 그대로 해봤더니 영락없이 겨냥댄 것을 맞히는군요."

예씨는 이 소리를 듣고 이상하게 생각하고, 남편 오리한테 경영의 이야기를 했다.

오리 국구가 그 이야기를 듣고 믿을 까닭이 없었다. 그래 그는 경영을 불러 칼과 창과 곤봉을 주고서 모조리 한 가지씩 시험해보았더니 과연 그 수단이 놀랄 만큼 능숙하지 아니한가. 더구나 돌팔매질해서 겨냥댄 것을 백발백중 맞추어 깨뜨리는 것을 보고는 입이 찢어지도록 기뻐했다.

"이제는 우리 집에 복운(福運)이 터졌다! 하늘이 이인(異人)을 내려보내서 나를 도와주시는가 보다!"

이렇게 좋아하고서 그날부터 그는 경영에게 말을 타고 달리는 법과 칼을 쓰는 법을 하루 종일 연습시켰다.

오리의 집안에서 경영이 이같이 무예를 연습하는 것이었건만 이 소문은 며칠 동안에 쫙 퍼져 위승성 안에 사는 사람들은 모두 경영을 경시족이라고 별명지어 불렀다. 돌팔매질을 활 쏘듯이 잘한다는 뜻이었다.

이 무렵, 오리 국구는 경영이 귀여워 하루 속히 사위를 보고 싶어서, 자기 아내더러 경영의 의사를 떠보라고 부탁했더니, 경영은 양어머니 예씨에게 단호하게 저의 결심을 말했다.

"저한테 배필을 정해주시려거든, 저같이 돌멩이를 잘 던지는 사람을 배필로 정해주세요. 만일 그런 사람이 아닌 사람한테 시집가라 하신다면, 저는 죽으면 죽었지 안 가겠어요."

예씨는 이 말을 남편에게 전했다. 오리는 경영의 뜻이 그러하다는 말을 듣고 사윗감을 고르던 일을 중지해버렸다. 그의 마음속에는 왕후 두 글자만 들어 있기 때문에 경영의 뜻을 그대로 받아들인 것이다.

그래 지금 그는 경영을 선봉으로 세워 송조(宋朝)와 전호의 싸움 틈에 끼어들어가 중간에서 이익을 얻어보려고 마음먹었다. 이렇게 해서 오리는 군사를 거느리고 위승을 출발하면서 정병 5천 명을 뽑아 경영을 앞세우고, 자기는 대군을 거느리고 그 뒤를 따르는 것인데, 오리와 경영의 이야기는 여기서 잠시 멈춘다.

한편, 소덕에 있던 송강 등은 진안무를 기다리던 중, 십여 일이 지나서야 겨우 진안무의 행차가 도착했다는 기별을 받은지라, 송강은 여러 장수를 데리고 성 밖에까지 멀리 나가 영접하여 성내에 들어와서 일행을 쉬게 하고, 그곳을 파견군의 원수부로 정했다.

진안무는 송강이 충성스럽고 의로운 사람이라는 소문만 들었지 아직 한 번도 얼굴을 본 일이 없었는데, 오늘 송강을 만나보니 사람이 겸손하고, 공손하고, 인자하고, 후덕한지라, 저절로 존경하는 마음이 우러났다.

"성상 폐하께서는 송선봉이 여러 번 큰 공을 세우신 기별을 받으시고, 이번에 특히 이 사람을 보내시며 감독하라 하셨습니다. 폐하께서 하사하신 금은과 비단을 가져왔으니 상금으로 쓰십시오."

송강은 엎드려 절했다.

"저희들은 안무 상공의 두터운 은혜를 깊이 감사합니다. 이렇게 된 것이 모두 상공께서 말씀을 잘 아뢰신 덕분이라 생각합니다. 위로는 천자님의 은혜를 받자옵고 아래론 상공의 덕을 입었으니 저희들 일동은 몸이 가루가 된들 어찌 다 보답하겠습니까?"

"장군! 하루 속히 큰 공을 세우시고 빨리 서울로 개선하십시오. 천자께서 반드시 중용하실 겝니다."

"감사합니다. 그럼 상공께서 이 소덕을 잠시 지켜주십시오. 저는 군사를 이끌고 가서 전호의 소굴을 뽑아놓고 오겠습니다."

"내가 이번에 서울서 떠나기 전에 폐하께 말씀드려, 송선봉이 수복한 지구의 결원들을 모두 임명하시도록 했습니다. 아마 불일내로 모두 도착할 겝니다."

이야기가 끝난 다음에 송강은 폐하로부터 하사받은 상품을 모든 장병들에게 나누어주는 한편, 군첩(軍帖)을 작성하여 신행태보 대종으로 하여금 군첩을 각 고을을 지키고 있는 두령들에게 전하게 하고, 새로 임명된 관원들이 도착하거든 그들과 교대해서 군사를 정돈하여 다시 지휘를 기다리도록 했다.

그리고 이같이 군첩을 전달한 뒤엔 다시 분양으로 가서 군정(軍情)을 살펴본 후 돌아와 보고하라고 했다.

그러고서 또 송강은 하북의 항장(降將) 당빈 등의 공적을 진안무에게 보고하고, 김정과 황월을 천거하여 두 사람으로 하여금 호관과 포독을 각각 지키게 하는 동시에, 두 곳을 지키던 손립과 주동은 그전같이 본진의 지휘하에 돌아오게 하도록 청했다. 진안무는 송강의 청을 전부 들어주었다.

이러고 있을 때 돌연히 탐색병 하나가 황급히 들어와서 보고를 올렸다. 역적 전호가 분양을 구원하려고 마령을 그곳으로 출동시키고, 오리 국구와 경영 군주는 군사를 거느리고 지금 양원(襄垣)까지 와 있다는 보고였다.

송강이 보고를 받고서 곧 오용에게 장병을 배치하도록 부탁하니까, 귀순한 교도청이 의견을 내놓는 것이었다.

"마령은 요술을 부릴 줄 알고, 또 신행법을 쓸 줄 알 뿐 아니라, 돌팔매질을 잘해서 백발백중 맞힙니다. 제가 송선봉께 귀순한 뒤 아직까지 아무런 공을 세우지 못했으니, 이런 때 한번 일을 해보고 싶습니다. 별로 지장이 없으시거든, 저의 스승 공손일청 선생과 저를 분양에 보내주십시오. 그러면 제가 마령을 설득해서 기어코 귀순시키겠습니다."

송강은 대단히 기뻐하고 즉시 그더러 군사 2천 명을 거느리고 공손승과 함께 나가라고 허락했다.

두 사람이 분양 지방을 향해서 출발한 뒤에 송강은 또 명령을 내려, 삭초·서녕·단정규·위정국·탕융·당빈·경공 등에게는 군사 2만 명을 주어 노성현을 들이치게 하고, 왕영·호삼랑·손신·고대수 등은 기병 1천 명을 거느리고 먼저 출발하여 반란군 측의 군정을 정탐하도록 명령했다.

이같이 지시를 내린 후, 송강은 진안무에게 하직을 고하고서 오용·임충·장청·노지심·무송·이규·포욱·번서·항충·이곤·유당·해진·해보·능진·배선·소양·송청·김대견·안도전·장경·욱보사·왕정륙·맹강·악화·단경주·주귀·황보단·후건·채복·채경과 새로 귀순한 장수 손안의 정·부(正副) 장령을 합친 31명과 3만 5천 명의 병력을 인솔하고서 소덕성을 떠나 북쪽으로 진군했다.

그런데 이때 최전방에 나간 왕영 등 정찰부대는 벌써 양원현 경계선에 있는 오음산(五陰山) 북쪽까지 나가 있었는데, 어느새 반란군 측에서 정찰나와 있던 섭청·성본 등과 마주쳤기 때문에 양쪽에서는 즉시 싸움을 시작할 준비를 하고, 북을 치며 기를 흔들었다.

반란군 측 진두에서 성본이 말을 달려 나오므로 송강군의 진에서는 왕영이 말을 채쳐 달려나가 아무 말 없이 단번에 요정을 지으려고 성본에게 달려들었다. 이때 양쪽 군사들의 함성이 진동했다.

그러나 성본도 자신만만히 달려들었다. 두 장수가 힘을 다해 싸우기를 10여 합 했을 때, 호삼랑이 왕영을 도우려고 칼을 춤추며 달려나갔다.

성본은 혼자서 두 장수를 대적할 수 없어서 말머리를 돌이켜 내빼기 시작했다.

그럴 때 호삼랑은 그 뒤를 비호같이 쫓아가서 한칼로 성본의 등허리를 쪼개어 말 아래 떨어뜨렸다.

이 모양을 본 섭청은 겁이 나서 급히 군사를 몰고 후퇴하기 시작했다.

이래서 반란군은 잠깐 동안에 5백여 명이 죽고, 섭청은 겨우 5백 명가량의 기병을 남겨 양원성 남방 20리 되는 곳까지 도망해왔는데, 이곳에는 벌써 경영이 군사를 이끌고 와서 진지를 설비하고 있었다.

그런데 원래 섭청은 반년 전에 전호의 명령으로 주장(主將) 서위(徐威) 등과 함께 이곳에 와서 양원성을 지키고 있었던 것이다. 그런 터이었는데 이번에 경영이 군사를 이끌고 선봉이 되어 온다는 소식을 듣고, 섭청은 주장 서위에게 청하여 군사를 거느리고 정찰을 나갔던 것이니 사실을 말하자면 그는 이번에 기회를 보아 옛 주인 구신의 따님으로서의 경영을 만나보고 싶었던 것이다.

그랬는데 그때 주장 서위는 부장 성본더러 섭청과 같이 나가라고 했었기 때문에 두 사람이 나왔던 것인데, 마침 일이 잘되느라고 성본은 호삼랑의 칼에 죽고 지금 섭청만이 경영을 만나게 된 것이다.

그래 섭청이 경영의 진중으로 들어가서 옛 주인의 따님을 바라보니, 그동안 성장해서 훌륭한 여인이 되었을 뿐 아니라, 여자이면서도 위풍이 늠름한 장군의 풍채였다.

경영은 섭청을 보더니, 즉시 다른 사람들을 밖으로 나가게 한 다음에 섭청과 단둘이 앉아서 말을 꺼냈다.

"내가 지금 호랑이굴에서 빠져나오긴 했지만, 수하에 5천 명밖에 없으니 부모님의 원수를 어떻게 갚겠어요? 이대로 그냥 달아나버릴까 해도, 만일 발각되어서 도망가기 전에 붙들릴까봐 주저하던 참인데, 마침 잘 와주셨소."

"저도 여러 가지로 궁리하고 있답니다. 그런데 아직 시원한 방책이 안 나섭니다그려. 내일이라도 기회가 오기만 하면 곧 알려드리겠습니다."

두 사람이 이같이 이야기하는데 급보가 올라왔다.

"송군의 장수들이 군사를 몰고 지금 쳐들어옵니다."

경영은 지체하지 않고 말에 올라탄 후 군사를 거느리고 마주 나갔다.

양쪽 군사가 서로 상대해서 진형을 벌인 다음에 반란군 측 북진의 문기(門旗)가 열리면서 장수 한 사람이 은빛같이 흰 말 위에 앉아서 나오는데, 이는 얼굴이 어여쁜 여장군이었다. 그리고 기호(旗號)에는 '평남 선봉장 군주 경영'이라 쓰여 있다.

이것을 본 남진의 장수들은 잘생겼다고 모두들 속으로 감탄하고 있는데, 양쪽 진에서는 북을 울리는 소리가 진동했다.

그럴 때 왜각호 왕영은 상대가 어여쁜 여장군인지라, 남보다 먼저 창을 들고 달려나갔다. 양쪽 군사가 함성을 지르는 가운데, 경영도 창을 휘두르며 달려나와 두 장수가 서로 싸우기 10여 합, 본래 여자를 좋아하는 왕영은 생각이 딴 데 있었던 까닭에, 창을 쓰는 법이 점점 어지러워졌다.

경영은 상대가 이런 줄 눈치 채고 가증스러워서 왕영의 왼쪽 무릎을 창으로 찔렀다.

으악! 소리를 지르면서 왕영은 두 다리를 뻗고 땅바닥에 떨어졌다.

이때 호삼랑은 자기 남편이 창에 찔려 낙마하는 것을 보고,

"저 쌍년이! 네년 이년 견뎌봐라!"

하고 말을 채쳐 왕영을 구하러 쫓아나갔다.

그러나 경영은 호삼랑을 창으로 막아버렸다. 이때 반란군 측 병사들은 땅바닥에서 일어나려고 버르적거리는 왕영을 사로잡으려고 와 몰려갔었는데 손신과 고대수가 급히 달려나갔기 때문에 왕영은 간신히 살아 돌아올 수 있었다. 그리고 고대수는 호삼랑과 경영이 맞붙어 싸우는 것을 보고 두 자루의 칼을 휘두르면서 호삼랑을 응원하러 그쪽으로 달려갔다. 세 사람의 여장군이 한데 어우러져 싸우는 모양은 백화난만한 꽃밭을 보는 듯한 한 폭의 그림과 같았다.

이렇게 세 사람의 여장군이 싸우기를 20여 합, 경영은 도저히 두 사람을 대적하기가 힘들어서 말머리를 돌이켜 달아났다.

호삼랑과 고대수는 소리를 지르면서 그 뒤를 쫓아갔다. 그러자 경영은 화극(畵戟)을 왼손에 갈아쥐고, 바른손으로 돌멩이 한 개를 집어내더니, 허리를 뒤로 젖히면서 호삼랑을 겨냥대고 냅다 던지는데, 돌멩이는 신통하게도 호삼랑의 오른쪽 팔을 맞혔기 때문에, 호삼랑은 오른손에 쥐었던 칼을 떨어뜨린 채 황급히 말머리를 돌이켜 아픈 팔을 움켜쥐고 본진으로 도망했다.

이 모양을 본 고대수는 경영을 내버리고 호삼랑을 도우려고 그리로 달려갔다.

그럴 때 경영은 고대수를 치려고 그 뒤를 쫓았다.

이 모양을 본 손신은 흥분해서 쌍편을 휘두르며 말을 채쳐 뛰어나왔으나 그가 아직 달려들기도 전에 경영은 또 돌멩이를 냅다 던져 손신의

투구를 딱 맞히는 게 아닌가.

손신은 그만 혼이 빠져 얼른 되돌아와서 호삼랑과 왕영을 보호해가며 고대수와 함께 군사를 끌고 후퇴했다.

경영은 이때 그들을 추격하려고 했다. 그랬더니 대포 소리가 탕 터지면서 언덕 아래로부터 한 떼의 군사가 뛰어나왔다.

이들은 임충·손안·이규 등 보병의 두령들로서 송강의 명령으로 손신·고대수·호삼랑을 응원하러 온 것이다.

양쪽 군사가 서로 북을 요란하게 울리고 함성을 올리는 가운데, 표자두 임충이 팔사모(八蛇矛)를 꼬나들고 뛰어나오므로 경시족 경영은 방천화극을 꼬나쥐고 맞섰다.

임충은 상대가 여자인 것을 보고 소리를 크게 질렀다.

"당돌한 년! 네가 감히 천병(天兵)에 항거하느냐?"

경영은 입을 다문 채 창을 비껴들고 임충을 찌르려고 덤벼들므로 임충도 입을 다물고 마주 싸웠다.

두 사람이 이같이 싸우기를 수합 했을 때, 경영은 짐짓 실수하는 체한 번 허공을 찌르더니, 말머리를 돌이켜 동쪽으로 달아나버린다.

임충은 그 뒤를 급히 쫓았다.

이때 송강군의 진 앞에서 손안이 임충을 향해 큰소리로 주의를 주었다.

"임장군! 쫓아가지 마십시오. 잔꾀에 빠집니다!"

그랬으나 워낙 수단이 높은 임충이 그까짓 여장군 하나쯤 안중에 있을 리가 없다. 그는 충고를 듣지 않고 그냥 달렸다.

경영은 뒤에서 임충이 쫓아오는 것을 알고, 왼손으로 창을 쥐는 체하면서 바른손으로 전대 속에서 돌멩이 한 개를 집어서, 몸을 획 돌리면서 임충의 얼굴을 겨냥대고 냅다 던졌다.

임충은 눈이 밝고 손이 빨라 창자루로 날아오는 돌멩이를 때려 떨어뜨렸다.

이것을 보고 경영은 다시 돌멩이를 집어들고 임충의 얼굴을 향해 또 던졌다.

이번엔 임충이 급히 몸을 틀었으나, 그보다 먼저 돌멩이가 날아와서 얼굴을 정통으로 때렸기 때문에, 그는 피를 흘리면서 본진으로 도망질쳤다.

경영이 말을 채쳐 임충의 뒤를 쫓아가자 송강군 본진에서 흑선풍 이규·노지심·해보 등이 보병 5백 명을 몰고 뛰어나오면서 흑선풍은 쌍도끼를 머리 위로 번쩍 쳐들고 외치는 것이었다.

"이년아! 이 쌍년아! 어디서 배워먹은 버르장머리냐!"

경영이 바라보니 흉악하게 생겨먹은 화상이다. 그래, 아무 말 하지 않고 그는 돌멩이 한 개를 냅다 던졌다.

흑선풍은 이마빡을 얻어맞고 정신이 뜨끔했다. 그는 손으로 이마를 짚어보았으나 다행히 손에 피는 묻지 아니했다. 가죽이 두껍고 뼈가 단단하기 때문에 다치지는 아니한 모양이었다.

경영은 흑선풍이 돌멩이에 얻어맞고서도 거꾸러지지 않는 것을 보고 말머리를 돌이켜 자기 진으로 향했다.

이같이 경영이 내빼는 것을 본 흑선풍은 성이 나서,

"저년! 저년이 그냥 내뺀다! 저걸 그냥 둘 수 있나!"

이렇게 부르짖고서 눈을 부릅뜨고 이를 악물고 그 뒤를 쫓아갔다. 이것을 본 노지심·무송·해진·해보 등도 흑선풍이 염려되는지라, 그 뒤를 따라 뛰어갔다.

이때 진문(陣門) 앞에서 잠시 숨을 돌리고 있던 손안은 흑선풍·노지심 등을 쫓아가서 붙들고 말리려 했으나, 그들은 듣지 않고 경영을 추격했다.

경영은 적장이 이같이 여럿이 쫓아오는 것을 알고 또 돌멩이를 한 개

냅다 던져서 해진을 땅바닥에 벌렁 나가자빠지게 했다.

이것을 보고 해보와 노지심·무송은 해진을 구하려고 그가 쓰러져 있는 곳으로 갔는데, 그럴 때 경영은 자기 뒤를 바싹 따라온 흑선풍을 겨냥대고 돌멩이 한 개를 또 냅다 던졌다.

이번에도 돌멩이는 날아가서 흑선풍의 이마빡을 때린 까닭에, 두 번이나 돌멩이에 맞은 살가죽은 찢어져서 피가 줄줄 흐른다.

그러나 흑선풍은 워낙 무쇠같이 단단한 철한(鐵漢)이라 피를 줄줄 흘리면서도 쌍도끼를 춤추면서 적진으로 뛰어들어가며 마구 닥치는 대로 적을 찍어넘겼다.

한편, 손안도 이때 경영이 본진으로 도망해 들어간 것을 보고는 군사를 몰고 들이쳤다.

마침 이럴 때, 오리 국구가 서위 등 정·부 장령 여덟 명과 함께 대군을 거느리고 도착해서, 이제는 양쪽 군사가 백열전을 벌이게 되었다.

이렇게 되어 한쪽에서는 노지심과 무송이 해진을 구해낸 다음에, 반란군 진중으로 마구 베면서 돌입했다. 이때 해보는 저의 형 해진을 지키고 있기 때문에 나아가 싸우지를 못했는데, 반란군 병사들이 우 몰려와서 올가미를 던졌기 때문에 그만 그들 형제는 적들에게 사로잡혔다.

이 바람에 보병들은 크게 패해서 분주히 도망했지만 손안은 기운을 뽐내어 용감히 싸웠기 때문에 적군의 장수 당현(唐顯)을 베어 말 아래 떨어뜨렸다.

그리고 적의 원수 오리는 손안이 거느린 군사의 냉전(冷箭)에 맞아서 땅바닥에 떨어지는 것을 부장 서위가 간신히 구해내어 말 위에 태웠다.

경영 등 여러 장수는 오리가 부상당한 것을 보고, 즉시 징을 쳐서 군사를 거두었다.

이때 남쪽 송강군 진영으로부터 한 떼의 군사가 풍우같이 몰려나오는데 선두에서 말을 달려오는 장수는 몰우전 장청이었다. 장청은 진중에서 반란군 측에 돌팔매질을 잘하는 여장군이 있어서 호삼랑이 그 때문에 부상을 당했다는 소문을 듣고, 응원도 해야겠지만 그 여장군이 어떤 인물인가 한번 보고 싶어서 이렇게 달려온 것이다. 그런데 이때는 벌써 반란군 장수 경영이 군사를 거두어서 오리 국구를 호위하여 숲을 돌아서 양원으로 가고 있었다.

장청은 말을 세우고 멍하니 그 여장군의 뒷모양만 바라볼 수밖에 없었다.

이때 손안은 해진·해보 형제가 사로잡혀 가고, 노지심·무송·흑선풍 세 사람이 적진 속으로 쳐들어간 것을 보고, 자기도 군사를 몰아 뒤쫓아 들어가려고 했었지만, 날이 이미 저물었기 때문에 그만 단념하고서 장청과 함께 임충을 호위하면서 군사를 거두어 본진으로 돌아왔다.

송강은 이때 영내 지휘소에 앉아서 신의(神醫) 안도전으로 하여금 왕영의 상처를 치료시키고 있었다.

여러 장수가 들어가 보니 왕영은 다리가 다쳤을 뿐 아니라 머리까지도 깨어진 곳이 있다.

안도전은 왕영의 치료를 끝내고 다음으로 임충을 치료했다.

송강은 해진·해보가 사로잡혀 가고, 흑선풍 등 세 사람의 행방을 알 수가 없다는 보고를 듣고 대단히 근심하는 중인데, 얼마 지나지 아니해서, 무송이 온몸이 피투성이가 되어 흑선풍을 데리고 돌아왔다.

무송은 송강 앞에 와서 흐느끼며 보고를 했다.

"저는 이형이 너무도 성급하게 마구 치고 들어가기 때문에 뒷일이 걱정스러워서 그 뒤를 따라 들어갔었는데, 성 밑에 이르러서 보니까 그놈들이 해진·해보 형제를 결박하여 성안으로 끌고 들어가잖겠어요? 그래 제가 두 놈의 적병을 죽이고 해진·해보를 빼앗았더니, 어느새 서위의 대군이 들이닥치는 바람에 해진·해보를 도로 빼앗기고, 저희들 둘만 혈로(血路)를 뚫고서 도망해왔습니다. 그런데 노지심은 어떻게 됐는지

도무지 알 수 없습니다."

송강은 이 소식을 듣고 눈물을 떨어뜨리면서 급히 사람을 사방으로 풀어놓아 노지심의 행방을 찾도록 하는 한편, 흑선풍은 안도전의 치료를 받도록 지시했다. 날은 이미 저물어서 저녁때가 되었다.

송강이 다시 군사를 점검해보니까 3백 명이나 없어졌으므로 진지의 채책(寨柵)을 단단히 걸고, 요소요소에 방울을 달아두고서, 엄중히 경계하도록 지시했다.

그 이튿날 아침에 병정들이 돌아와서 노지심의 행방을 찾아보았으나 전혀 알 수 없었다고 보고를 하는 고로, 송강은 더욱 마음이 초조해서 다시 악화·단경주·주귀·욱보사 등 네 사람으로 하여금 각각 군사를 이끌고 사방으로 길을 갈라 나가서 노지심의 행방을 찾아보라고 명령했다.

송강은 군사를 거느리고 나가서 빨리 성을 치고 싶었지만, 장수들이 여러 사람 부상을 당했기 때문에 그럴 수도 없고 해서 가만히 있었는데, 적측에서도 성문을 닫아건 채 나오지 아니했다.

이 모양으로 이틀이 지났을 때, 욱보사가 간첩 한 명을 잡아서 들어왔다.

손안이 내다보니까 간첩이라는 자는 다른 사람이 아니라 오리 국구의 부하 총관으로 있는 섭청이므로, 그는 송강 앞으로 가서 말했다.

"제가 알기엔 저 사람이 본래부터 의기가 있는 사람이라고 평판을 듣는 사람인데, 무슨 까닭이 있기에 혼자 성을 빠져나왔을 겝니다. 그러니 선봉께서 조용히 물어보십시오."

송강은 즉시 군사를 시켜 그의 결박진 것을 풀어주게 하고 그를 올라오게 했다.

섭청은 올라와서 송강 앞에 꿇어 엎드리면서 말하는 것이었다.

"장군께 비밀에 속하는 말씀을 사뢰러 왔습니다. 곁에 아무도 없도록 해주셨으면, 제가 자세히 말씀드리겠습니다."

이 소리를 들은 송강이 대답했다.

"여기 있는 사람들은 다 한마음 한뜻으로 있는 사람이니까 안심하고 말해도 괜찮소!"

"그럼 말씀 올리겠습니다. 지금 성내에 있는 오리는 전날 싸우다가 독이 든 화살에 맞았습니다. 그래 독이 온몸에 퍼져 지금껏 혼수상태에 있는데, 치료를 하고는 있지만 아무 효과가 없습니다. 그래 저는 용한 의원을 구해오겠다고 핑계대고 나와서 동정을 살피던 중이었습니다."

"지난번 싸울 때 우리 편 장수 두 사람을 잡아갔는데, 그들은 어떻게 처치했는가?"

"제가 그 두 분을 해칠까 봐서, 오리가 끙끙 앓고 있을 때 명령이라고 속여 우선 감후(監候)로 돌려놨습니다. 그랬으니까 아직 감방에서 그냥 저냥 살아 있을 겝니다."

이렇게 말하고서 섭청은 계속해서 자기의 옛날 주인 구신 내외가 전호에게 한 사람은 죽고, 한 사람은 붙들려간 이야기와 경영이 오늘날까지 지내온 이야기를 털어놓더니 통곡을 한다.

송강은 그 이야기를 듣고 눈물이 핑 도는 것을 깨달았다. 그러나 섭청이 반란군 측 장수이니 혹여 거짓이나 아닌가 의심스럽기도 했다.

이럴 때 송강의 등 뒤에서 이때까지 이야기를 듣고만 있던 안도전이 송강 앞으로 나와서 말하는 것이었다.

"이 세상 인연이란 하늘에서 정하는 것이라더니, 과연 이번 일은 우연한 일이 아닙니다."

"그게 무슨 말씀이오?"

"지난겨울에 장청 장군의 꿈에도 그런 선비가 나타나서 그가 보는 눈앞에서 여자에게 돌팔매질하는 법을 가르쳐주더니, 이 여자가 당신의 배필 될 사람이라고 그러더래요. 그리고 그 꿈을 깨고 나서 그만 병이 됐다잖아요? 왜, 그때 제가 형님의 분부로 장청과 함께 고평에 가서 장청의 병을 치료해주지 않았습니까? 그때 제가 그 사람의 맥을 보니까 아무래도 정 속에서 일어난 병인 것 같기에 재삼 캐물어봤지요. 그랬더니 결국 마음에 있던 이야기를 하더군요. 그래, 약을 써서 병을 낫게 하기는 했습니다만, 지금 이분의 이야기를 들으니, 그때 장장군의 꿈과 꼭 같군요."

송강은 이 말을 듣고서 항장(降將) 손안을 보고 물었다.

"사실, 경영이란 여장군이 그런가?"

"네, 사실입니다. 제가 들은 바로는, 경영은 오리 국구의 친딸이 아니랍니다. 제 부하 장수에 양방이란 사람이 있는데요, 이 사람이 오리의 측근자와 친밀히 지냈기 때문에 경영의 내력에 대해서는 잘 알고 있습니다. 지금 섭청의 이야기에는 조금도 거짓이 없는 줄 압니다."

그러니까 섭청은 또 말을 계속했다.

"저의 옛 주인의 따님 경영은 오래전부터 부모의 원수를 갚을 생각만 하고 있는데, 그런 경영이 이번에 천병을 상대해서 싸웠으니 미구에 성이 떨어지는 날엔 옥석구분될 거 아닙니까? 그래서 제가 죽음을 무릅쓰고 이같이 나와서 원수님께 간청을 드리는 것입니다."

오용이 이 말을 듣고 일어나서 섭청의 얼굴을 한참 살펴보더니, 다시 앉아서 송강을 보고 입을 열었다.

"저 사람 얼굴에 진심과 정성이 아주 가득합니다. 훌륭한 의사(義士)입니다. 하늘이 형님을 도와서 공을 세우게 하고, 또 효녀로 하여금 원수를 갚으라고 가르치시는 것입니다."

이렇게 말하고서 오용은 다시 송강의 귀에다 입을 대고 소곤소곤 말을 계속했다.

"우리 군사가 지금 세 갈래로 길을 나누어 친다 하더라도 전호가 만일 금(金)나라와 동맹을 맺는다면, 우리가 양쪽으로 적을 맞아 싸워야 합니다. 설령 금나라가 뛰어나오지 않는다 하더라도 전호가 세궁역진(勢窮力盡)하면 금나라에 투항할 겁니다. 이렇게 된다면 어떻게 토벌의 공을 세우겠습니까? 그래서 나는 적 가운데서 누가 내응해주기를 기다리고 있던 참이었는데, 장청 장군의 천정 인연이야말로 정말 하늘이 주신 좋은 기회입니다. 그저 내 말대로만 하면 전호의 머리는 틀림없이 경영의 수중에 들어오지요. 왜, 흑선풍의 꿈에 신인(神人)이 나타나서 미리 예언을 하지 않았습니까? 형님도 들으셨지요? '전호의 족(族)을 쳐없애려거든 모름지기 경시의 족(鏃)과 화목할지로다.' 이 두 구절 글귀를 흑선풍이 외우던 것을 기억하실 겁니다."

송강은 무릎을 탁 치면서 고개를 끄덕였다. 그러고는 장청·안도전·섭청 세 사람을 가까이 불러 가만 가만히 계교를 일러준 후, 그들을 즉시 출발시켰다.

한편, 양원성을 지키던 군사들이 이날 성문 위에서 내려다보니까, 성 밑에 섭청 장군이 와서,

"나는 오리 국구님의 부장(副將) 섭청이다. 국구님의 분부로 의원(醫員) 두 분, 전령(全靈)과 전우(全羽)를 모시고 왔으니 빨리 성문을 열어라!"

하고 외치는 것이었다.

성문을 지키던 군사가 원수부로 뛰어가서 보고를 하니까 원수부에서는 명령을 적은 쪽지의 화살을 성문에다 대고 쏘았다. 이래서 성문이 활짝 열렸다.

섭청은 전령과 전우를 데리고 안으로 들어가 오리 국구가 있는 원수부 뜰 앞에까지 갔다.

이때 안에서는 속히 의원을 들여보내라는 명령이 내렸다.

섭청이 즉시 전령과 함께 안으로 들어가니까, 좌우에서 시종하던 군사가 경영에게 보고하고서 전령을 안으로 모시고 들어가 경영에게 인

사시킨 후 그다음에 오리 국구의 침상 안으로 안내하는 것이었다.

침상 위에 누워 있는 오리는 실낱같은 숨줄이 겨우 붙어 있는 형상이었다.

전령은 우선 맥을 짚어보고 나서,

"증세가 좀 무거우시군요. 약을 여러 첩 써야겠습니다."

이렇게 말하고 먼저 살가죽에 바르는 약을 발라주고, 내복약으로는 보약을 먹였다.

이같이 치료하기를 사흘 하니까 신통하게도 환자의 혈색이 차차 붉어지고, 식욕도 회복되어 음식을 먹기 시작했다.

이렇게 되어 불과 5일 만에 상처가 완쾌되지는 못했으나 음식 먹는 것은 완전히 복구되었는지라, 오리 국구는 대단히 기뻐서 섭청을 시켜 전령을 불러들이게 했다.

"노형의 신술(神術) 덕택으로 이제는 상처도 다 나았습니다. 일후에 부귀를 같이 나누겠으니 그런 줄 아시오."

오리가 이같이 말하는 것을 듣고 전령은 공손히 대답했다.

"변변치 못한 의술을 가지고 도리어 황송했습니다. 그런데 제 동생에 전우라는 사람이 있는데, 오랫동안 저를 따라 세상엘 돌아다니는 동안에 웬만한 무예는 죄다 배워서 익숙한 터입니다. 지금도 저를 따라 들어와서 밖에서 약을 만들고 있는 터인데, 상공께서는 이 사람을 좀 출세시켜 주셨으면 좋겠습니다."

"그거 어렵지 않은 일이오."

오리 국구는 허락하고 즉시 불러들였다.

전우가 들어와서 인사를 드리는 것을 보니 외양이 비범한 인물인지라, 오리 국구는 만족하고서 전우로 하여금 바깥에 나가 명령을 기다리고 있으라 했다.

전령과 전우가 사례를 드리고 원수부를 물러나온 지 나흘째 되는 날,

별안간 송강군이 군사를 몰고 쳐들어온다는 급보가 들어왔다.

섭청은 원수부로 들어가서 보고를 했다.

"사태가 급하게 됐습니다. 송강의 군사가 모두 강하고 용맹한 것들이어서 군주님이 아니고서는 물리치기 어렵습니다."

"나도 그렇게 생각한다."

오리가 이렇게 말하고서 즉시 경영을 데리고 연병장으로 나가 군사를 점검하고 있노라니까, 이때 전우가 연무청으로 와서 오리에게 아뢰는 것이었다.

"은상께서 소인더러 명령을 기다리고 있으라 하셨습니다만, 들으니까 지금 적군이 쳐들어오고 있다는군요. 제가 재주는 부족합니다만, 군사를 끌고 성 밖에 나가서 적군을 한 놈도 남기지 않고 살아서 돌아가지 못하게 만들겠습니다."

그러자 옆에서 총관 섭청이 아주 성이 난 것처럼 호령을 했다.

"건방진 소리 마라! 네가 나하고 무예를 겨루잔 말이냐?"

전우는 껄껄 웃으면서,

"나는 십팔반무예를 어렸을 적부터 죄다 배웠습니다. 만일 당신하고 재주를 한번 시험해볼 수 있다면 참 좋겠어요."

이렇게 대꾸하는 게 아닌가.

이 소리를 듣고 섭청은 오리에게 청했다.

"저 소리를 듣고 제가 가만히 있을 수 없습니다. 한번 싸워보겠으니 허락해주십시오."

"그렇게 해보오."

오리는 허락하고 두 사람에게 창과 말을 주었다.

두 사람은 연무청 앞에서 서로 밀었다 밀렸다 붙었다 떨어졌다, 보는 사람이 손에 땀을 쥐도록 맹렬히 싸우기를 40여 합 싸웠는데, 그래도 승부가 나지 않는다.

이때 경영은 오리의 곁에서 이 모양을 구경하고 있었는데, 전우의 얼굴을 유심히 바라보다가 마음에 이상스러운 생각이 들었다. 어디서 본 듯싶은 얼굴일 뿐만 아니라 그가 창을 쓰는 법이 자기와 꼭 같은 수법이 아닌가. 저 사람을 어디서 보았을까? 이같이 한참 생각하다가, 경영은 번뜩 생각이 났다.

'옳다! 꿈에 나한테 돌멩이 던지는 법을 가르쳐주던 그 사람이 바로 저 사람이다! 그렇지만 저 사람이 정말 돌멩이를 잘 던지는지 알 수 있나?'

경영은 이렇게 생각하고서 창을 꼬나잡고 두 사람 사이를 뻐개고 달려들었다. 그는 섭청과 전우가 서로 짜고서 연극을 하는 것인 줄은 모르고, 섭청이 전우를 해칠까 봐서 걱정한 것이었다.

이같이 두 사람 사이를 뻐개고 달려든 경영이 창을 비껴들고서 전우에게 덤벼들자, 전우도 창을 휘저으며 경영에게로 덤볐다.

두 사람은 이렇게 해서 또 50여 합을 싸웠는데, 한참 싸우다가 경영은 말머리를 돌이켜 연무청을 향해 달아났다.

전우가 재빠르게 그 뒤를 쫓아가니까 경영은 돌멩이를 한 개 꺼내 몸을 획 돌이키면서 전우의 겨드랑이를 겨냥대고 냅다 던지는 것이었다.

그러나 전우는 벌써 그것을 보고, 날아오는 돌멩이를 한 손으로 살짝 잡아쥐는 게 아닌가.

경영은 전우가 돌멩이를 잡아쥐는 것을 보고 깜짝 놀랐다. 다시 두 번째 돌멩이를 던졌는데, 이 순간 전우는 경영이 손을 쳐들 때에 자기도 손에 쥐고 있던 돌멩이를 냅다 던진 까닭에 양쪽에서 팔매친 돌멩이 두 개가 공중에서 부딪쳐 깨지면서 가루가 되어 떨어져버리는 게 아닌가.

이 광경을 본 사람들은 모두 입을 딱 벌리고, 그 신출귀몰한 재주에 정신을 잃었다.

이날 성내의 장수 서위 등은 모두 사방의 성문을 수비하고 있었기 때문에 연병장에는 하급 장교들과 하사관들만 있었는데, 그들 가운데서는 이 전우라는 사나이가 혹시 간첩이 아닐까 의심해보는 사람도 더러는 있었다. 그러나 금지옥엽 같은 군주의 경영 아씨가 저 사람과 재주를 시험해보고 있을 뿐 아니라 오리 국구와 가장 친밀한 섭청 장군이 데리고 온 사나이였기 때문에 아무도 저 사람이 의심스럽다는 말을 입 밖에 내지는 못했다.

이때 이 광경을 연무청 위에서 바라보고 있던 오리 국구는 속으로 감탄하고서, 전우를 가까이 불러서 그에게 갑옷과 말을 주고, 군사 2천 명을 주고서 성 밖으로 나가 적을 맞아 싸우라고 명령했다.

전우는 명령을 받고 성을 나가 송강군을 격퇴시킨 후 성내로 돌아와 싸움에 이긴 것을 보고했다.

오리 국구는 대단히 만족해하면서 즉시 그에게 상을 주고 편히 쉬게 했는데, 그 이튿날 송강군은 또 공격을 해왔다.

오리 국구는 전우에게 이번엔 군사 3천 명을 주고, 속히 나가서 적을 물리치라고 명령했다.

그래서 아침때부터 점심때가 지나도록 양쪽 군사는 격전을 했었는데, 그러는 동안 전우의 돌팔매질에 얻어맞은 송강군의 장병들은 제각기 달아나느라고 정신이 없었다.

전우는 이렇게 해서 승승장구 송강군의 뒤를 쫓아 오음산 너머까지 추격하여 물리쳤다.

송강 등은 그만 퇴각해서 소덕성으로 들어가버렸다.

전우는 이같이 적을 물리친 후 군사를 거느리고 돌아와서 오리 국구에게 승전 보고를 올렸다.

오리는 전우가 또 이기고 돌아온 보고를 받고 대단히 기뻐했다.

이 모양을 보고 곁에서 섭청 장군이 오리의 기분을 돋우었다.

"은상께선 이제 염려 없으십니다. 경영 군주님이 계신 데다가 또 저런 훌륭한 인물을 얻으셨으니, 송(宋)나라 군사가 제아무리 용맹한들 무슨 걱정 있습니까! 그런데 제가 한 가지 여쭐 말씀이 있습니다…."

"무슨 말인데!"

"다른 말씀이 아니라 군주님께서 그전부터 자기같이 돌팔매질을 교묘하게 잘하는 사람이라야 자기의 배필이 된다고 하지 않았습니까? 그런데 지금 전우 장군이 저렇게 돌팔매질을 잘하니, 이야말로 천정배필이라 하지 않을 수 없습니다. 두 분을 백년해로토록 해주셨으면 좋겠습니다."

"글쎄, 나도 그렇게 생각하네."

오리 국구도 엊그제부터 그 같은 생각을 했던 터이라, 그는 그 자리에서 3월 16일로 택일을 해서 결혼식을 올리게 했다. 그리하여 며칠 후 3월 16일에 오리 국구는 잔치를 베풀고서 전우라는 가명을 가진 장청을 사위로 삼았다. 이날 생황의 음악 소리에 맞추어 예식을 끝낸 후 전우와 경영은 예복을 입고, 신전(神前)에 예배를 드리고, 가짜 장인인 오리 국구한테도 절을 드린 다음, 화촉동방에 들어가 꽃다운 부부의 인연을 맺었다.

전우는 그날 밤 자리에 누워서 경영에게 비로소 자기의 본 성명을 말했다.

"내 이름은 전우가 아니라 몰우전 장청이고, 또 나하고 같이 온 의원은 전령이라는 사람이 아니라 신의(神醫) 안도전이라오."

장청이 이같이 본색을 나타내니까, 경영도 자기가 오리 국구한테 사로잡혀온 뒤에 오늘날까지 지내온 과거 내력을 죄다 이야기하느라고 두 사람은 밤을 그대로 새워버렸다.

첫날밤을 지낸 후 그다음 날, 경영과 장청은 섭청과 안도전을 불러서로 긴밀히 짜고서 오리 국구를 독살해버렸다. 그리고 서위 장군은 의논할 일이 있다고 원수부로 불러들여 목을 베어버렸다.

이같이 되고 보니까 나머지 장병들은 모두 장청과 경영에게 항복하고 마는 것이었다.

장청과 경영은 즉시 영을 내려, 만일 성내의 실정을 외부에 누설하는 자가 있다면 그자 옆에 있는 사람까지 목을 베어버리는데, 그 주범자한테는 군(軍)이고 민(民)이고 간에 삼족을 멸한다고 위협했다.

이같이 엄명을 내렸기 때문에 성내의 사정은 물 한 방울 새어나갈 틈도 없이 확고하게 비밀히 보장되었는데, 옥에서 풀려나온 해진과 해보는 장청·섭창과 함께 네 군데 성문을 각각 맡아서 수비했으며, 안도전은 섭청 수하에 있는 군사를 데리고 성에서 나와 소덕으로 가서 이같이 된 경과를 송선봉에게 자세히 보고했다.

안도전의 보고를 받은 후 오용은 그날 밤에 흑선풍과 무송으로 하여금 성수서생 소양을 데리고 양원으로 가서 경영과 장청을 만나게 하여, 오리 국구의 필적을 찾아 그 글씨체를 그대로 본떠서 보고서를 쓰게 한 뒤에, 섭청으로 하여금 그것을 가지고 위승으로 가서 전호에게 군주(郡主)가 남편 군마(郡馬)를 맞이했다는 보고를 올린 후, 섭청은 위승에 있다가 기회를 타서 일을 일으키도록 지시했다.

이렇게 해서 섭청은 품속에 보고서를 간직하고 장청과 경영에게 하직을 고한 후 위승으로 떠났다.

한편, 소덕성 안에 있는 송강은 소양과 안도전을 떠나보낸 직후 삭초와 서녕 등의 장수가 노성(潞城)을 함락시키고 나서 올리는 첩보를 받았는데, 그 첩보의 내용은 대략 다음과 같다.

삭초와 서녕 등이 군사를 거느리고 노성을 포위했을 때, 노성을 지키던 수장 지방(池方)은 성문을 닫아걸고 나오지 아니하므로 서녕은 부하 장수들과 의논하여 병졸들로 하여금 빨가벗고서 성을 향해 욕지거리를 퍼붓게 하여 군사들의 약을 올려놓았다.

그랬더니 아니나 다를까, 약이 바짝 오른 성내 군사들이 기어코 싸우겠다고 주장하는 바람에 지방 장수도 그들을 막을 수 없어서 필경 성문을 열고 나가서 싸우도록 하고 말았다.

이렇게 되어 반란군 장병들이 네 군데 성문으로부터 쏟아져 나온 것을 서녕·삭초 등은 마주 싸우는 체하다가 후퇴를 하기 시작하여 반란군들을 성으로부터 먼 곳까지 끌어내었다.

그럴 때 동쪽으로는 당빈이 군사를 몰고 쳐들어가고, 서쪽으로는 탕융이 군사를 몰고 쳐들어가, 동쪽과 서쪽 성문을 닫아걸기 전에, 탕융·당빈 두 장수는 성안으로 군사를 몰고 들어가 성을 빼앗고, 서녕은 지방을 찔러 죽이고, 그 외 장병들은 죽었거나 내뺐거나 항복했거나 했기 때문에 죽은 자가 5천여 명이요, 빼앗은 말이 3천여 두요, 항복한 군사가 만여 명에 달하는 전과(戰果)였다.

송강은 이 같은 보고를 받고 대단히 기뻐서 즉시 이 사실을 진안무에게 보고하는 한편, 삭초·서녕 등의 공적을 기록하게 하고, 보고서를 가지고 온 사자에게는 상을 준 후 군령서를 갖고서 돌아가게 했다. 그러고서 이제 각처에 나가 있는 군사가 돌아오면 일제히 진격할 태세를 차렸다.

한편, 위승에서 자칭 진왕(晉王)이라고 버티고 있는 전호의 성원관한테는 군사 한 명이 달려들어와서 교도청과 손안이 모두 항복했다는 보고를 올렸는데, 또 그다음엔 계속해서 소덕과 노성도 벌써 함락되었다는 보고가 올라왔다.

성원관은 즉시 이것을 전호 앞에 나가서 아뢰었다.

전호는 크게 놀라 여러 장령들을 소집한 후 급히 대책을 협의하는 중인데, 이때 또 성원관이 들어와서,

"양원을 지키고 있는 부장 섭청이 국구님의 서찰을 가지고 지금 도착했습니다."

이같이 아뢰는 것이었다.

전호는 즉시 섭청을 불러들이라고 명령했다.

섭청이 들어와서 배례를 드린 후 서찰을 올리니까, 전호는 받아서 봉투를 뜯고 편지를 꺼내더니, 그것을 글 읽을 줄 아는 근시(近侍)에게 주는 것이었다.

"옛다! 무어라고 썼나 읽어봐라. 내가 들어보겠다."

근시는 그 편지를 받아 펴들었다.

(7권 계속)

강리정안
요국 왕후의 오라비로, 요나라 패주를 지키는 국구(國舅)이다.

경영
나이 불과 열여섯, 원래 구신의 딸이었으나 부모가 모두 죽고 오리의 딸이 되었다. 꿈속에서 무예를 배워 부모의 복수를 하고자 한다.

경요납연
올안 통군 휘하에 무관으로 있는 장수다.

교도청
원래 이름은 교열이었으나 도술을 배워 법호를 도청이라 자칭하고 전호 아래서 좌승상 직을 맡아 행세하는 인물이다.

구양시랑
요국의 신하로 송군을 요국에 귀순시키자는 제안을 하고 사신 역할을 맡는다.

구진원
올안 통군 휘하 장수로, 연경의 효장(驍將)으로 이름 있는 인물이다.

구천현녀
송강에게 천서를 전해준 하늘의 인물로 송강을 위기에서 구해준다.

금복시랑·섭청시랑
강리정안 휘하에서 패주를 지키는 인물들이다.

동증
유문충의 부하 선봉으로서 키가 9척이나 되고, 힘이 세서 30근짜리 발풍도 쓰기를 파리채같이 휘젓는 인간이다.

보밀성
야율득중 휘하의 총사령관격인 총병대장이다.

섭청
구신의 하인으로 의기가 있고 창봉을 잘 쓸 줄 아는 사람으로, 아내 안(安)씨와 함께 경영을 지킨다.

사위장
유문충 휘하의 네 명의 맹장들로, 예위장 방경·비위장 안사영·표위장 저형·웅위장 우옥린이다.

사위장 휘하의 열여섯 장수
양단·곽신·소길·장상·방순·심안·노원·왕길·석경·진승·막진·성본·혁인·조흥·석손·상영.

소덕에 있는 정·부(正副) 장수들
손기·섭성·금정·황월·냉녕·대미·옹규·양춘·우경·채택.

손안
교도청과 한 고향 사람으로, 뚝심도 세고 무예에도 능한데, 특히 두 자루의 빈철검을 잘 쓰는 위인이다.

아리기·교아유강·초명옥·조명제
단주성 요국 관리 '동선시랑' 휘하의 장수들이다.

야율국진·야율국보
요국 임금의 생질로, 용맹무쌍하여 혼자서 능히 만 명을 당하는 요국의 상장(上將)들이다.

야율득중
요국 왕의 아우 되는 장수이다.

오리 국구
이름은 오리입골이며, 창봉과 경궁을 잘 쓰고, 무게가 50근이나 되는 발풍대도를 잘 쓰는 인물이다. 누이동생이 전호의 아내라서 칭호가 국구이다.

올안 도통군
요국에서 첫째가는 상장. 십팔반무예에 정통하며 전략도 뛰어난 인물이다.

올안연수
올안 통군의 큰아들로 진법에 능한 인물이다.

올안 통군 휘하 11요 대장
야율득중·답리패·야율득영·야율득화·야율득충·야율득신·지아블랑·오리가안·동선문영·곡리출청·올안광

올안 통군 휘하 28수 장군
각목교 손충·항금룡 장기·저토맥 유인·방일토 사무·심월호 배직·미화호 고영홍·기수표 가무·두수해 소대관·우금우 설용·여토복 유득성·허일서 서위·위월연 이익·실화저 조흥·벽수유 성주나해·규목랑 관영장·누금구 아리의·위토치 고표·묘일계 순수의·필월오 국영태·자화후 번이·참수원 주표·정수한 동리합·귀금양 왕경·유토장 뇌춘·성일마 번군보·장월록 이복·익화사 적성·진수인 반고아

왕문빈
송강에게 내려보낸 조정의 특사. 어전(御前) 팔십만 금군에게 창봉을 가르치는 교두이다.

유문충
본래 도둑놈의 괴수였으나 전호와 공모해서 송조에 반란을 일으켜 몇 군데 고을을 점령하고 추밀사라는 직함을 얻어 가진 인물이다.

유이·유삼
오래전부터 사냥꾼으로 생업을 삼고 살아오는 청석욕의 형제로, 해진·해보 형제에게 도움을 준다.

이금오
이름은 이집이지만, 집금오(執金吾)라는 벼슬 칭호를 줄여 모두들 이금오라 부르는 요나라 장수이다.

장례·조능
전호 휘하에서 고평헌을 지키는 수장(守將)들이다.

전표
전호의 동생이다.

전호
원래 사냥꾼이었으나 인심이 흉흉한 틈에 어리석은 백성들을 선동해 송나라 5부 56현을 점령하고, 연호를 고치고, 스스로 왕이라 자칭하며 지내는 인물이다.

전호의 부하 맹장 여덟 명
산사기·육휘·사정·오성·중량·운종무·오숙·축경.

조안무
송강군을 감찰하는 특사. 위인이 착하고, 너그럽고, 행실이 공명하며, 단정한 사람이다.

종운·종전·종뢰·종림
야율득중의 네 아들이다.

태진서경
요국 왕의 부마 되는 장수이다.

천산용
야율득중 휘하의 부사령격 부총병으로 맹장이다.

포독산의 수장들
당빈·문중용·최우. 이들은 이후 송강군에게 귀순한다.

하중보
올안 통군 밑에 부통군(副統軍)으로 있는 사람. 키는 열 자나 되고 힘은 만 명을 대적할 만하며, 게다가 요술을 잘 부리고 삼첨양인도를 잘 쓰는 장수다.

하탁·하운
하중보의 동생들이다.

허관충
연청과 대명부에서 친하게 지내던 인물. 이후 세속을 떠나 시골구석에서 지내고 있으며 송강군에게 요긴한 지도를 전해준다.